Paola Scott

Provocante

Série Provocante · Volume 1 - primeira parte

Copyright© 2015 Paola Scott
Copyright© 2016 Editora Charme

Todos os direitos reservados. Nenhuma parte deste livro pode ser utilizada ou reproduzida sob qualquer meio existente sem autorização por escrito dos editores.

Esta é uma obra de ficção. Nomes, personagens, lugares e acontecimentos descritos são produtos de imaginação do autor.
Qualquer semelhança com nomes, datas e acontecimentos reais é mera conhecidência.

1ª Impressão 2016

Produção Editorial: Editora Charme
Capa e Produção Gráfica: Verônica Góes
Revisão: Ingrid Lopes
Imagem da capa: Shutterstock

Este livro segue as regras da Nova Ortografia da Lingua Portuguesa.

CIP-BRASIL, CATALOGAÇÃO NA PUBLICAÇÃO
SINDICATO NACIONAL DE EDITORES DE LIVROS, RJ

Paola Scott
Provocante - Volume 1 - primeira parte / Paola Scott
Editora Charme, 2016

ISBN:978-85-68056-27-1
1. Romance Brasileiro - 2. Ficção brasileira

CDD B869.35
CDU 869.8(81)-30

---

www.editoracharme.com.br

Provocante

Série Provocante - Volume 1 - primeira parte

Paola Scott

Editora **Charme**

Agradecimentos

Esse projeto só foi possível graças ao apoio de amigas mais do que insanas de certo grupo de uma rede social, que acompanharam essa história desde o começo, quando ainda era só um sonho.

Agradeço às administradoras desse grupo por me darem a abertura de publicar primeiramente lá.

Obrigada às pessoas que foram minha inspiração nesse romance, mesmo sem ter conhecimento disso.

Agradeço especialmente às amigas que me ajudaram a trilhar este caminho: Andréa Curt, Camila de Moraes e Roseana Silva, que estiveram conectadas comigo desde o início, ajudando-me nas pesquisas e ideias, na criação desse projeto. Vocês têm um lugar mais do que especial no meu coração.

Àquelas que chegaram depois, mas que também tiveram um papel significativo para que esse sonho se concretizasse: Diana Medeiros, Vanda Lucia Silva Marques, Giselle Moraes, Mari Barros e Ana Helena Dal Forno. Meu muito obrigada!

À Karina Vieira Fernandes Neves e Wislem Leisse, da WK Fotografia Profissional. Vocês chegaram nos últimos minutos e fizeram um estrago maravilhoso na minha vida!

Minhas paoletes amadas! Nunca terei como a todas vocês por tanto carinho!

Equipe da Editora Charme! Obrigada por acreditar e tornar esse sonho realidade!

E por último, muito obrigada ao meu marido, pelo apoio e incentivo em continuar, por acreditar que eu era capaz! Amo você!

Divirtam-se!

PaolaScott

Capítulo 1 - Um novo cliente

Paola

Lá estava eu novamente analisando se tinha tomado a decisão correta ao romper com Maurício. Isso frequentemente acontecia quando eu me sentia só. Não que fosse o caso naquele momento, pois estava trabalhando, aliás, com muito trabalho me esperando, mas, por algum motivo, não conseguia me concentrar. Devia ser efeito do romance para lá de intenso que estava lendo.

Fazia algum tempo que estava solitária — de homem, mais especificamente. Desde o rompimento com Maurício, não havia me envolvido com mais ninguém. E isto já fazia algum tempo... Para ser exata, dois anos. Eu estava subindo pelas paredes pela falta de sexo... Infelizmente, não sou do tipo que curte uma transa de apenas uma noite. E como eu não me contentava com pouca coisa, ainda achava melhor me virar sozinha. Mas isso precisava mudar!

Não que antes a coisa estivesse muito boa. Aliás, nada boa, e esse foi um dos vários motivos que me levaram a tomar a tal decisão que agora eu questionava. Terminar um namoro de três anos não era tão simples, tão fácil. Queira ou não, as famílias já haviam se envolvido, principalmente no meu caso, com uma filha de dezesseis anos, fruto do meu primeiro relacionamento, já apegada ao Maurício. Apesar de o rompimento ter sido relativamente tranquilo, não havia como não sair magoada ou magoar as pessoas que se ama.

Há um tempo eu já estava cansada de lutar sozinha, de ser o pilar da relação. Ter que falar tudo, fazer enxergar as coisas, tomar sempre a iniciativa, me contentar com sexo insosso. E não era a primeira vez. Meus outros relacionamentos — três, para ser mais exata — também não foram muito satisfatórios. Estava chegando à conclusão de que o problema era comigo. Eu era campeã em arrumar homem mulherengo, encostado, acomodado. Em todos os sentidos. Profissionalmente, afetivamente, sexualmente. Tudo bem que, no meu primeiro, eu era ainda muito jovem e inexperiente.

Aconteceu quando passei no vestibular. Estava com dezoito anos e vi ali minha carta de alforria. Sim, porque até então eu era privada de me divertir. A superproteção da minha família não permitia que eu saísse sozinha, frequentasse bares, casas noturnas, nem mesmo na companhia das melhores amigas. Aí pergunto: como arrumar namorado desse jeito? Meus poucos amigos do sexo masculino não queriam ficar muito perto devido a essa atitude dos meus pais. E eu achava que o problema era comigo.

Não, eu não tinha nenhum trauma ou coisa do tipo. Era uma moça bonita, bem cuidada, bem tratada. Só que era muito apagada, tímida, insegura. Encolhia-me e vivia de acordo com o que os outros pensavam e queriam de mim. Talvez minha postura diante disso afastasse os homens.

Foi na faculdade que minha vida mudou. Conheci Guilherme e ele era tudo o que eu queria. Bonito, inteligente, honesto e me tratava muito bem. Porém, assim como eu, também era muito jovem. No começo, tudo era muito lindo — ou eu achava que era —, tamanha a vontade de ter alguém ao meu lado. Mas, com o tempo, a coisa foi esfriando. Já não havia tanto assunto, ele já não me procurava mais como no começo. Eu achava novamente que o problema era comigo e desconfiava que houvesse outra. Quando tomei coragem para dar um basta na relação, engravidei. Por causa disso, resolvi nos dar uma segunda chance.

Ledo engano. A coisa só piorava. Cada vez fomos ficando mais distantes um do outro. Quando nossa filha tinha dois anos, eu não aguentei mais e, tendo a confirmação de que havia outra mulher, decidi me separar. Por mais que a traição tivesse me magoado muito, acabamos nos tornando bons amigos, afinal, tínhamos uma filha, então precisávamos manter uma convivência cordial. Não posso dizer que em todo esse tempo que estivemos juntos fui infeliz, pois tivemos muitos bons momentos. Mas faltava alguma coisa. Aquele "tcham", sabe? Aquela coisa que você lê nos livros, vê nos filmes e gostaria muito de sentir? Pois é, faltava isso. Com o tempo, me conformei que a vida real era bem diferente. E assim fui levando.

O telefone toca na minha mesa, tirando-me do meu devaneio.

— Paola, é o Dr. Alberto. Pode atendê-lo? — pergunta minha assistente, meu braço direito. Eliane era nossa funcionária mais antiga no escritório. Minha e do meu ex-namorado. Sim, eu tive um relacionamento com o meu sócio, no início da nossa parceria profissional.

Conhecemo-nos logo que terminei a faculdade, em uma empresa em que trabalhamos juntos. Sempre nos demos bem e devo dizer que sempre houve uma química entre a gente. Porém, nunca aconteceu nada. Assim que me separei, Eduardo, que já não trabalhava mais comigo, me procurou com a proposta de montarmos nosso escritório. Eu, como estava em uma época de mudanças em minha vida, resolvi aceitar mais este desafio. E junto com a sociedade, iniciamos um relacionamento. Ele era um homem extremamente bonito, galanteador e bom de cama, porém, um baita mulherengo. Ficamos juntos por um ano. Eu ainda tinha uma filha pequena e não estava disposta a passar pelo stress de monitorar um namorado. Então nos separamos, mas continuamos sócios no escritório de contabilidade.

— Tudo bem, pode passar — disse, suspirando e imaginando o que vinha pela frente.

Quando Alberto me ligava, era para fazer alguma pergunta idiota, que ele já havia feito pelo menos umas três vezes antes e eu já tinha explicado. Como a grande maioria dos advogados que eu conhecia, ele se achava a última bolacha do pacote. Todo metido a falar difícil, usando termos jurídicos, mas, no fundo, era um grandessíssimo babaca, sempre querendo levar vantagem em cima de tudo e de todos, principalmente do governo. Eu cansava de orientá-lo na forma correta e legal de fazer as coisas, para que não tivesse prejuízo futuro e dor de cabeça, mas ele insistia em fazer cagada. Tudo para economizar míseros reais.

— Bom dia, Alberto! Como vai? — perguntei, tentando parecer simpática.

— Bom dia, Paola! Bem, e você? Tudo na paz?

— Tudo tranquilo. — Até aquele momento, pelo menos. — No que posso te ajudar?

— Na verdade, não é para mim, mas para um colega. Ele está com problemas com a Receita Federal, mais especificamente com o leão... é advogado também. — Pronto, mais um tentando parecer inteligente... justo com o governo. — E então sugeri a ele que conversasse com você. Eu disse que você é especialista em IR e conseguiria resolver a situação dele.

Eu odiava quando diziam isso. Considerava-me uma boa contadora e, como tal, tendo conhecimento da legislação e experiência no assunto, procurava fazer o meu melhor para que meus clientes ficassem satisfeitos. Era isso e tão somente isso e tentei deixar claro mais uma vez para meu ilustríssimo cliente.

— Não me coloque em maus lençóis, Alberto. Se vou conseguir resolver a situação dele, só poderei dizer após saber do que se trata e isso se houver solução. Vai depender do estrago que foi feito antes. Sabe me dizer quem fez as declarações anteriores dele? — perguntei, já imaginando que seria o próprio, tudo no intuito de economizar. Sim, porque eles sabiam cobrar bem seus honorários advocatícios, mas os nossos, de contadores, não eram reconhecidos da mesma forma.

— Então, parece-me que quem fazia era o contador do escritório dele, mas o cara andou fazendo umas besteiras, esquecendo-se de informar algumas coisas, e ele acabou caindo na malha.

— Entendo. — Era sempre a mesma história. Para variar, a culpa sempre recaía em cima do contador. Nunca era o contribuinte que tinha omitido, fraudado ou coisa parecida.

— Eu dei a ele o seu telefone. Ele deve ligar para agendar um horário. Só quis te adiantar o assunto, pois ele está meio desesperado. Dá uma atenção especial a ele.

Claro que ele estava desesperado. Se já havia caído na malha, tinha pouco tempo para justificar as burradas. Até já fazia ideia do que se tratava: incompatibilidade entre rendimentos e patrimônio. Caso típico.

— Tudo bem, Alberto. Vou esperá-lo entrar em contato e veremos o que pode ser feito.

— Ok. Obrigado, Paola. Conversamos na sequência. Abraço.

— Um abraço, Alberto. — Desliguei, tentando disfarçar meu mau humor. Já não estava muito bem desde cedo e agora isso. Declaração de advogado... argh... eu tinha cisma com advogado. Eles sempre se acham superiores. Ou talvez eu que me colocava abaixo deles, sei lá. Enfim...

Mal tinha terminado com Alberto e o telefone tocou novamente.

— Paola, é a Viviane, da Lacerda & Meyer Advogados. Ela quer agendar um horário para o Dr. Pedro Lacerda e insiste em falar com você.

— Tá no desespero mesmo o tal advogado. — Ri, imaginando a situação. — Pode transferir, Eliane, obrigada. — Pois não?

— Bom dia. Dra. Paola? — perguntou a secretária com voz eficiente.

— Bom dia! Somente Paola, por favor, não sou doutora — falei amistosamente.

— Perdão, pensei que fosse advogada também — disse como se advogado fosse Deus. — Meu nome é Viviane e estou entrando em contado para agendar um horário para o Dr. Pedro Lacerda. Quem lhe indicou foi o Dr. Alberto Gonçalves. Seria possível marcarmos para hoje às 14h aqui no escritório?

Mas era muito engraçado mesmo. O problema era dele, a pressa era dele e queria que eu largasse tudo para atendê-lo em caráter de urgência? E no escritório dele, ainda por cima? Tá bom!

— Sinto muito, Viviane, mas hoje é impossível! — falei como se realmente sentisse. — Tenho algumas pendências para finalizar e não posso adiar. — Se estava desesperado, então eu ia valorizar. — Mas podemos verificar outra data.

— É que o Dr. Pedro tem certa urgência. É uma questão delicada — disse a pobre secretária, como se o problema fosse dela.

— Como te disse, Viviane, tenho outros assuntos para resolver ainda hoje e não posso deixar meus clientes de longa data em segundo plano — falei para que entendesse que, para mim, o tal Dr. Pedro não era prioridade. — Mas, se é realmente urgente e ele não pode esperar, tenho certeza de que poderá encontrar outro contador que esteja disponível para hoje ainda.

— O Dr. Pedro faz questão de conversar com a senhora, pois foi muito bem recomendada. Poderia aguardar um minuto na linha, por gentileza? Para que eu possa confirmar se amanhã ele estará disponível para recebê-la? — perguntou toda preocupada.

Ela ia verificar se amanhã ele estaria disponível? Foi isso mesmo que entendi? Mas era muita petulância mesmo. O cara caiu na malha fina, tem prazo para resolver a cagada que fez, faz questão de ser atendido por mim... Porra, meu, ele tem que dar um jeito de estar disponível na hora que puderem atendê-lo. E ainda achava que eu ia até lá? Vai sonhando!

— Aguardo sim, Viviane, porém, te adianto que ele terá que vir ao meu escritório. Meus horários estão bastante apertados e não terei tempo para me deslocar. Portanto, o único momento que disponho é amanhã, às 15h. Se ficar bom assim, minha assistente pode lhe passar o endereço — disse, já desejando que ele desistisse. Pelo visto, o cara era um mala. E se achava o todo poderoso. Já era o suficiente para eu não gostar do sujeito.

— Ok, só um minuto, por favor.

A moça já deveria estar me achando insuportável. Mas e eu com isso! Cansei de estar à disposição para tudo e para todos. Sempre anulando minha vontade, meus horários, minhas ideias. Foi-se o tempo que eu saía correndo como um cachorrinho desesperado. Não que estivesse nadando em dinheiro, mas hoje me encontrava em uma situação que me permitia selecionar clientes e trabalhos. E o mesmo ocorria com minha vida amorosa. Não estava mais na idade de aceitar qualquer coisa. Era madura, experiente e sabia o que queria. E eu só queria o melhor para mim.

— Tudo bem, o Dr. Pedro estará em seu escritório amanhã, às 15h. — A coitada estava com uma voz de quem tinha ouvido o que não queria.

— Certo. Vou transferir para minha assistente, que lhe informará o endereço e como chegar. Peça ao Dr. Pedro que, por favor, traga toda a documentação disponível a respeito do assunto que ele quer tratar — disse, encerrando a conversa.

— Obrigada e tenha um bom dia, Sra. Paola!

— Bom dia para você também, Viviane. — Quis dizer para não me chamar de senhora. Eu não era uma velha. Tinha apenas quarenta anos; estava na flor da idade. Pelo menos, era o que eu queria pensar, mas quis me livrar o quanto antes daquele telefonema.

Estava até imaginando o que me aguardava amanhã. Um ser petulante, se achando o dono da razão e todo poderoso, do tipo malandro, que acha que está enganando o governo e levando vantagem, quando na verdade está entregando o ouro ao bandido. No mínimo, era um franguinho novo, daqueles recém-saídos da faculdade, cheirando a leite ainda. Tipo papai pagou a PUC, deu carrão, montou escritório. E agora está achando que é gente. Já vi muitos desses. Mas fazia parte do processo, não é mesmo? Afinal, era o meu trabalho.

Para descontrair um pouco, acessei minha rede social, para verificar o que estava rolando por lá. Mais precisamente o que estava rolando no grupo do qual participava — sim, fiz isso em pleno horário de trabalho e cheia de coisas para fazer. Eu já havia admitido meu vício. Era um grupo fechado, composto apenas por mulheres e tinha sido criado no auge da fama do livro "Cinquenta Tons de Cinza".

Como fã incondicional da trilogia, eu participava de outros grupos semelhantes, porém não tinha me identificado muito com nenhum deles. Em uma das minhas andanças pela rede, encontrei este. Solicitei a participação e logo fui aceita.

Ali começaram grandes e sinceras amizades. O objetivo central do grupo era discussões literárias, sugestão de leituras, comentários, troca de ideias, e, como não podia deixar de ser, os personagens literários dominavam o assunto e seus respectivos avatares. Havia dias em que a mulherada ficava tão insana que só dava homem gostoso no grupo e óbvio que muitos comentários picantes. Ali eu me desligava do mundo, me divertia e esquecia os problemas.

Capítulo 2 - Procurando uma contadora

Pedro

Modéstia à parte, eu era um homem bem-educado e procurava ser gentil e cortês. Minha mãe sempre exigiu isso de mim, principalmente com as mulheres. Mas estava a ponto de contrariá-la. Mariza, uma "ficante", estava ao telefone mais uma vez, inconformada com minha negativa em sair com ela. Não era a primeira vez que eu a dispensava, mas ela continuava insistindo. Parecia que gostava de ouvir não.

— Não, Mariza, essa semana não posso.

— De novo, Pedro? Você já me dispensou na semana passada! O que está acontecendo? — Pude sentir mágoa em sua voz.

— Sim, eu sei, minha querida... Acontece que estou cheio de trabalho, tenho ficado muito tempo fora. As coisas se acumularam aqui no escritório e preciso ficar até mais tarde.

— Não me chame de querida. — A mágoa tinha se transformado em raiva. — E um jantarzinho não vai atrasar tanto assim seu trabalho. — Ela definitivamente não havia se tocado ainda.

— Por favor, Mariza, não quero ser indelicado com você.

— Eu sei, você tem outra, né? Cansou de mim? O que eu fiz de errado, Pedro? Ou o que eu não fiz para você? — Agora ela falava com voz chorosa, achando que ia me comover.

— Tudo bem, Mariza. — Bufei, cansado daquela ladainha. — Você quer que eu seja sincero? Se não se tocou ainda, eu não estou a fim de sair com você. Pronto! Cansei! Enjoei! Dê o nome que quiser. Não quero mais. A gente se divertiu, mas foi só. Deixei bem claro que não estava à procura de um relacionamento. A gente estava apenas curtindo. Em momento algum eu te enganei. Só que agora não quero mais. Era isso que você queria ouvir? Tá dito. — Sei que fui meio canalha falando daquela forma, mas se não havia outro modo de ela entender... Eu não suportava mulher grudenta.

— Não precisa ser tão grosso assim. — Mais lágrimas ao telefone.

— Desculpe, mas tentei ser gentil. Porém, você não entendeu. Escute, Mariza, você é uma mulher linda, jovem, tenho certeza de que vai encontrar alguém que goste muito de você e te faça feliz. — Lá ia eu com aquele discurso manjado. — O problema não é você, sou eu. Simplesmente não rolou, entende?

— Não, eu não entendo. Mas tudo bem, Pedro, não vou mais te incomodar. — E assim ela desligou.

Menos mal. Acho que me livrei dessa. Uma coisa a menos para me preocupar. Não que eu realmente estivesse preocupado, mas era o típico assunto que enche o saco. Mulheres! Detestava aquela pegação de pé.

Eu estava com quarenta e dois anos, não tinha mais paciência para esse tipo de coisa. Conheci Mariza há aproximadamente três meses, em um jantar de um cliente do escritório. Era uma mulher bonita, atraente, simpática. E claro, transamos naquela mesma noite. Sim, fácil e disponível como todas as outras. Era sempre assim. Não precisava fazer esforço algum para ter a mulher que eu quisesse. Tinha consciência da atração que exercia sobre elas e usava isso a meu favor.

Apesar de não ser mais tão jovem, eu era um homem bonito, me cuidava, tinha um corpo malhado em 1,85m de altura, estava sempre bem vestido, frequentava lugares da moda e sabia usar meu *sex appeal*. Não era extremamente rico, mas levava uma vida bastante confortável. Podia me dar ao luxo de viagens ao exterior, carro importado, restaurantes finos.

Algumas, além de serem atraídas pela minha aparência, se aproximavam também com interesse financeiro. Mas eu conseguia identificar com tranquilidade o tipo de mulher que chegava até mim. Com Mariza, eu diria que foi um pouco de cada coisa. Deixei bem claro para ela que era apenas sexo. Não queria compromisso. Não conseguia sentir mais nada por mulher alguma. Aquela coisa que todos chamam de amor? Nem sabia dizer como era, nunca havia sentido. Nenhuma mulher que conheci me fez querer algum tipo de relacionamento mais sério. Nada até então que valesse a pena abrir mão dos meus costumes, meus vícios, do conforto de ir e vir, sem ter que dar satisfação a ninguém.

O que eu queria mesmo era apenas um bom sexo. E para isso, muitas vezes era melhor contratar uma garota de programa. Não precisava mandar flores, pagar jantares, presentes, viagens, ligar no dia seguinte. Pagava apenas por uma boa foda e a garota sabia disso. E como eu gostava também de algumas vezes colocar meu lado mais selvagem para fora, com uma mulher dessas, era menos perigoso. Afinal, eu estava pagando para ela me satisfazer. Não havia o risco de me denunciar, dizendo que eu havia batido, amordaçado, algemado ou coisa parecida. Quer dizer, risco sempre tinha, mas era bem menor.

Não que eu gostasse de BDSM, mas era bom de vez em quando apimentar o sexo com algumas fantasias. Tudo era de comum acordo, combinado antes do programa. Nunca me arrisquei a fazer um sexo mais devasso que não fosse com essas mulheres. Conhecia um amigo que havia se dado mal por realizar suas fantasias com uma namoradinha, que mais tarde o acusou de violência doméstica e sexual. Não foi fácil para ele escapar e provar que ela também queria. Portanto, preferia me garantir.

Mas, vez ou outra, eu pensava só com a cabeça de baixo e me enrabichava por um rabo de saia. E logo estava me arrependendo.

No final das contas, já estava conformado com a vida que levava. Achava até confortável. Era meu destino. Ficar sozinho era mais tranquilo, dava menos trabalho. Eu não queria ainda mais dor de cabeça do que já tinha. Vi a luz piscando no interfone. Era minha secretária me tirando dos meus pensamentos.

— Dr. Pedro, estou com a Sra. Paola ao telefone, a contadora indicada pelo Dr. Alberto. Infelizmente, ela não tem disponibilidade para atendê-lo hoje. — Já não bastavam os problemas do escritório e agora também aquela notificação da Receita Federal. Merda mesmo! O que aquele contadorzinho tinha feito de errado? Era cagada das grandes!

— Porra, mas você falou que tenho urgência em resolver esta questão, Viviane? — Hoje não era o meu melhor dia.

— Sim, mas ela disse que tem outros assuntos a tratar que não podem ser adiados. Só tem disponibilidade amanhã. Ou se o senhor não puder esperar, ela sugeriu que procurasse outro contador.

Mas era só o que faltava. A dita cuja se fazendo de difícil.

— Está bem, marque para amanhã, então. Diga que eu a aguardo nesse mesmo horário.

— Ah... Dr. Pedro... acontece que ela pede que o senhor vá até o escritório dela, e só poderá lhe atender às 15h. Solicita ainda que não se esqueça de levar nenhum documento.

Só podia ser brincadeira! A talzinha era pretenciosa. Mas eu não tinha tempo para encontrar outra pessoa. Teria que ser ela mesma. Alberto havia me garantido que ela poderia me salvar... Será que podia mesmo?

— Tudo bem, Viviane, pode confirmar.

Liguei para o Alberto em seguida para ver se valia a pena esperar ou deveria recorrer a outro profissional.

— Bom dia, Alberto! Posso roubar um pouco do seu precioso tempo? — Alberto era mais novo do que eu e tão mulherengo quanto. Era um verdadeiro *bon vivant*.

— Pedro! Sempre tenho tempo para os amigos. Diga lá, meu caro.

— Essa contadora que você me indicou vale a pena mesmo? Acho que está se fazendo de difícil. Disse que não pode me atender hoje. Não tenho tempo a perder, você sabe, por isso estou te perguntando.

— Ah, meu amigo, alguém não está te dando prioridade? E uma mulher, ainda por cima? — Riu abertamente, curtindo com a minha cara.

— Pelo menos seria uma mulher que vale a pena? — Ri também. — Ou é uma tia, grisalha, gorda, com óculos fundo de garrafa? Se for, tem que ser muito competente para compensar, né? — falei, entrando na brincadeira, apesar da apreensão devido à situação em que me encontrava.

— Cara, acho que vou deixar que você veja com seus próprios olhos, assim dá mais emoção — falou, rindo novamente. — Só posso lhe dizer que é velha para mim.

— Velha para você? Já entendi tudo... Se fosse bonita, você já tinha traçado, não é mesmo?

— Mas fique tranquilo, Pedro. É competente sim. Estou com ela já há alguns anos e até hoje nunca tive problemas. É um tanto CDF, mas, em se tratando desse assunto, prefiro assim. Depois me conte o que achou.

— Tudo bem, Alberto, vou confiar em você. Obrigado por enquanto — falei, ouvindo baterem à minha porta.

Era Rodrigo, meu sócio e amigo de infância. Montamos nosso escritório assim que nos formamos. Apenas nós dois. Com o tempo, fomos trazendo mais parceiros.

— Problemas? — perguntou, já sentando à minha frente.

— A questão da notificação da Receita. Mas já estou resolvendo.

— Acabei de falar com a Silvia. Ela mandou lembranças... Disse que você a está evitando — falou com um sorriso debochado.

Silvia era irmã de Rodrigo e estava nos EUA a trabalho, tratando de assuntos de um de nossos clientes. Logo que se formou, juntou-se a nós. Não foi uma boa ideia, na verdade. Pelo menos, não para mim. Trabalhar junto não facilitava em nada minhas tentativas de fuga. Ela insistia em investir em um amor platônico. E deixava isso bem claro, apesar de eu nunca tê-la incentivado.

Era uma mulher muito bonita, muito parecida com Rodrigo e uma amiga especial, afinal, crescemos juntos. Porém, não havia o mesmo sentimento da minha parte. E apesar de ser muito atraente, era irmã do meu melhor amigo e sócio. Resumindo, era encrenca na certa. Por isso mesmo nunca tentei nada com ela nem lhe dei esperanças. Mas isso nunca a manteve longe.

— Você sabe bem por que a estou evitando, Rodrigo. Não me leve a mal, mas a Silvia insiste em se oferecer, apesar de eu já ter dito que nunca haverá nada entre nós. Entenda, eu gosto muito da Silva como amiga. É só.

— Sim, eu também já cansei de avisá-la que você não presta. Mas parece que ela gosta de sofrer e mendigar sua atenção. Acha que, se você lhe der uma chance, poderá fazer com que se apaixone. Coisa de mulher — falou descontraído.

Ele sabia como eu levava minha vida. Sem compromisso com mulher alguma. E também não queria ver a irmã sofrendo.

— Achei que seria boa essa viagem ao exterior para ela. Talvez pudesse conhecer outras pessoas e me esquecer. Afinal, uma hora vai ter que se tocar, né, cara? — Enquanto eu observava sua reação ao que havia dito, o celular que estava na gaveta começou a tocar. Era outra linha, que eu utilizava para algumas coisas um tanto duvidosas.

— Puta que pariu! Hoje é o dia! — Olhei para Rodrigo. Ele fazia ideia do que se tratava e logo levantou.

— Nos falamos mais tarde — disse e se retirou.

— Não me lembro de ter solicitado nenhum serviço que você precisasse me ligar — falei seco, demonstrando minha insatisfação em atender aquele sujeito.

— Calma, doutor! Não precisa ser tão ríspido com seu amigo aqui. Afinal, somos parceiros, não é mesmo? — falou com a voz arrogante.

— Não temos nada de parceiros, nem de amigos. Você presta serviços para mim e eu te remunero por isso. Pura e simplesmente. Não queira confundir as coisas. É uma via de mão dupla, vantajosa para nós dois. Diga logo o que você quer — falei com muita raiva.

Detestava ter que lidar com aquele tipo de gente. Só o fazia porque havia alguns benefícios difíceis de conseguir de outra forma.

— Ok, ok... Preciso de dinheiro, doutor.

— Que eu saiba não estou te devendo nada. O último serviço já foi pago e muito bem, diga-se de passagem.

— Ah, doutor, mas sabe como é, né? A coisa não tá fácil. Minha galinha dos ovos de ouro está secando... O doutor não tem passado mais nada... A grana está acabando. Como vou conseguir levar a gata para um jantar romântico? Colabora aí, doutor. Pelo tempo de parceria.

Era só o que faltava. Eu ficar na mão desse tipinho. Mas eu não podia vacilar. Ele sabia de muita coisa que não seria nada agradável para minha carreira se viesse à tona.

— Quanto? — perguntei, tentando acabar logo com aquela conversa.

— Acho que dez mil dá para quebrar um galho.

— O quê? Você está louco? Posso te arranjar três mil. — E aquilo ia sair do meu bolso. Não tinha mais como pegar do escritório sem ter que dar maiores detalhes para o Rodrigo.

— Que é isso, doutor? Três mil só dá para a semana. E depois? Vou ter que ligar novamente...

— É pegar ou largar. De onde mais vai sair grana fácil para você? E não adianta vir com ameaças. Se eu me ferrar, você vai junto. — Eu não podia deixá-lo perceber o meu desconforto diante daquela situação.

— Tudo bem, tudo bem... libera lá no mesmo local?

— Amanhã logo após o almoço.

— Beleza, doutor. E vê se acha mais um servicinho aí para mim. Daí, não incomodo mais.

Desliguei o telefone, quase arremessando-o contra a parede.

— Merda! Merda! Merda! — Eu tinha que achar um jeito de me livrar desse indivíduo. Ele estava começando a se tornar indiscreto.

Rodrigo sabia dos artifícios que eu usava para facilitar nossa vida no escritório em alguns processos. Mas era só. Não tinha conhecimento de quem prestava o serviço nem como era exatamente. Concordava em pagar os "honorários" sem questionar maiores detalhes. Porém, dessa vez, eu não iria recorrer ao escritório. Várias vezes ele já havia me alertado sobre o risco que corríamos, se isso viesse à tona. E eu bem que tentava largar, mas algumas vezes era mais fácil recorrer às vias não legais.

Que dia de merda! E a semana estava apenas começando.

A terça-feira começou com mais problemas no escritório. E eu ainda tinha que deixar o dinheiro para o sujeito e ir resolver a questão da minha notificação. Concentrei-me no trabalho e acabei não almoçando. Saí para cumprir com o prometido e me dirigi ao escritório da contadora.

Cheguei lá com dez minutos de antecedência. O escritório ficava no último andar de um prédio bem localizado. Não parecia ser muito grande, mas era bem decorado em tons neutros e móveis discretos. Surpreendi-me pelo silêncio. Normalmente, escritórios de contabilidade são abarrotados de pessoas e papéis. Ali não era possível precisar a quantidade de pessoas trabalhando. O que pude ver foi somente a secretária que me recepcionou, informando que logo seria atendido. Alberto havia comentado que eram dois contadores. Logo, outra moça, muito discreta, surgiu, me indicando uma das portas e me acompanhando.

— Dr. Pedro. Por aqui, por favor.

Agradeci e parei subitamente ao entrar na sala e ter a visão de um belo espécime feminino me olhando. Ok, Alberto, filho de uma puta, você me paga por não me preparar para isso.

Capítulo 3 - O Encontro

Paola

Eu definitivamente não estava preparada para o que estava à minha frente. O que era aquele homem? Esse era o tal Dr. Pedro Lacerda? Para quem estava imaginando um franguinho mimado, aquele homem definitivamente me surpreendeu. Não tinha nada de recém-saído da faculdade. Pelo contrário! Era um advogado experiente, com certeza muito gabaritado e ciente da sua masculinidade. Cheirando a leitinho? Só se fosse daquele outro tipo.

Senti um calor se apossar do meu corpo e o rosto corar. Acho que eu estava com vergonha. Sim, vergonha pelos meus pensamentos, por ele ser tão lindo. Chegava a ser absurdo, indecente de tão bonito. Um rosto com traços angulosos, queixo marcante, profundos olhos verdes. Aqueles cabelos escuros pediam para ser acariciados. Ah, sim, e ele estava de terno. Óbvio que estava, advogados sempre estão vestidos assim. E eu amava homens de terno! Sério, era meu fetiche. Puta que pariu! Eu estava ferrada. Não sabia nem se ia conseguir falar. Fiquei muda, admirando os ombros largos, o porte atlético e o olhar que parece que quer te devorar. Fale, Paola! Mexa-se!

— Boa tarde, Dr. Pedro. — Me adiantei até onde ele estava, estendendo a mão para cumprimentá-lo, tentando manter minha voz estável.

Era uma mão forte, dedos longos, um aperto firme e quente. Na mesma hora, senti o famoso arrepio, aquele que a gente lê nos livros, percorrer minha espinha.

— Boa tarde, Sra. Paola!

Ai, meu Deus! Que voz era aquela? Já o imaginei sussurrando no meu ouvido e eu quase tendo um orgasmo. Reage, mulher! Até parece que nunca viu um homem bonito na vida. Não como aquele! Não ao vivo e em cores, em carne e osso, bem na minha frente. E quanta carne, diga-se de passagem.

— Por favor, somente Paola. Sente-se e fique à vontade. — Bem à vontade, se quiser tirar a roupa para ficar mais à vontade... Senhor, controle seus pensamentos, mulher. — Aceita um café, uma água? — perguntei. Será que eu podia me oferecer também?

— Um café, por favor — respondeu com um sorriso que, sinceramente, derreteu os poucos miolos que eu ainda tinha.

Teria que fazer um esforço sobre-humano para ficar ali sentada, ouvindo aquela voz, fitando aqueles olhos, admirando sua postura de macho alfa, enquanto conversávamos. E tudo isso sem surtar!

— Eliane, nos traga dois cafés, por favor — solicitei à minha assistente.

Ele sentou-se à minha frente e pude reparar ligeiramente nos músculos peitorais quando desabotoou o paletó e recostou-se na cadeira. Cruzou uma perna sobre a outra, evidenciando o volume em sua calça. E que volume! Nossa, eu poderia passar o dia olhando para ele. Era a visão do paraíso!

— Então, como posso ajudá-lo? — perguntei, desejando que a resposta fosse: "favores sexuais".

Acorda para a vida, Paola! Até parece que um homem desses vai olhar para você. Ele era muita areia para o meu caminhãozinho.

— Bem, Paola, como o Alberto já deve ter lhe adiantado, fui notificado pela Receita Federal e preciso da sua ajuda para tentar me livrar do auto de infração. — Sorriu novamente. Ah, meu Deus, até o final dessa reunião eu estaria acabada. — Trouxe toda a documentação que tinha, conforme você solicitou. Espero que esteja aqui tudo o que precisa. — Me estendeu uma pasta, fazendo com que nossas mãos se tocassem. De novo, aquele arrepio. Seria impressão minha ou ele também sentiu?

Peguei os papéis e parti direto para a notificação, para ter uma ideia do que se tratava e, enquanto me atentava à mesma, com certa dificuldade, que fique bem claro, senti que me observava atentamente.

Minha assistente nos trouxe o café e imediatamente nos deixou a sós novamente.

— Bem, Dr. Pedro...

— Apenas Pedro, por favor — ele me interrompeu, sorrindo e levando a xícara aos lábios.

Ah, aqueles lábios... Perfeitos... Daria tudo para ser a xícara agora. Sério, eu me sentia derreter!

— Muito bem, Pedro, preciso analisar a documentação com calma, mas, pelo que pude perceber, trata-se de incompatibilidade patrimonial. Seu rendimento não condiz com seu patrimônio... Algum detalhe que queira me informar, que eu realmente precise saber? Preciso ter conhecimento de todos os fatos para poder te ajudar.

— Sinceramente, Paola, sei apenas o que consta aqui. Eu deliberadamente não omiti nenhuma informação do meu contador. Talvez seja mais fácil você me fazer as perguntas que achar cabíveis à minha situação — falou com um meio-sorriso.

— Você se importa de me dar alguns minutos para verificar se a documentação básica que preciso está aqui?

Eu não queria que ele fosse embora ainda. Adoraria observá-lo um pouco mais. Seria casado? Notei que não usava aliança. Teria namorada? Óbvio que sim. Desde quando um deus grego como aquele ficaria sozinho? Aliás, deveria ter mais de uma, inclusive. Provavelmente uma para cada dia. Devia chover mulher em cima dele. E daquelas espetaculares, todas trabalhadas no silicone, muito bem produzidas.

— Sua filha? — ele perguntou, me tirando dos meus pensamentos e indicando os porta-retratos atrás da minha mesa.

— Sim! — Sorri boba e orgulhosa da minha menina.

— Linda! — falou num tom rouco e baixo. — Como a mãe!

Uau! Por acaso ele estava flertando comigo? Ou era só a minha imaginação me pregando peças? Seria ele sempre direto assim? Mesmo nós termos nos conhecido há apenas alguns minutos?

— Filha única? — Ele estava mesmo interessado em saber ou era só para puxar papo?

— Sim. — Foi o que consegui falar, pois ainda estava de queixo caído, observando seu sorriso poderoso. Voltei minha atenção aos papéis, mas ele continuou.

— Não quis mais filhos? — Me olhou curioso.

— Não. — Mas que droga, Paola. Desde quando você é uma mulher monossilábica? — E você, tem filhos? — perguntei realmente interessada, enquanto também bebia meu café.

— Não! Não sou casado — respondeu e sorriu enigmático.

Por que será que eu tive a impressão de que ele fez questão de me passar essa informação? Pare de imaginar coisas, me repreendi mentalmente. Tentando deixar um clima mais descontraído, resolvi brincar um pouco.

— Mas para se ter filhos não é necessário ser casado, não é mesmo? —

Agora eu falava por experiência própria.

— Realmente você tem razão. Mas, salvo acidentes de percurso, não sou favorável a produções independentes. Não acho que seja tão simples criar um filho sozinho — falou de forma séria.

— Concordo. Eu particularmente também não sou a favor de produções independentes. Pelo menos não para mim. Talvez fale assim por já ter minha filha... Admito que não saiba dizer como seria minha vida sem ela.

— E por que não teve mais?

— Separação com um filho só já é difícil... Imagine com mais — falei, revelando um pouco da minha vida sem perceber.

— Entendo. — Sorriu, desta vez, parecendo satisfeito com a resposta e me fitando mais intensamente. Procurei voltar ao assunto que o trouxe ali.

— Então, Pedro, a princípio, tudo que preciso está aqui. Se eventualmente faltar mais alguma outra informação, entro em contato. Temos até o final da próxima semana para entregarmos a defesa administrativa. É provável que tenhamos que nos encontrar mais uma ou duas vezes para concluir o processo. — Eu iria adorar encontrá-lo outra vez.

— Claro, como você achar melhor, Paola. Agora estou em suas mãos.

Ah, aquele sorriso sedutor. Como eu gostaria de tê-lo em minhas mãos realmente, mais precisamente em meus braços, em minha cama! Foco, mulher!

— O que você acha de agendarmos para quinta-feira? Até lá, terei um esboço do que precisaremos fazer e o que será preciso providenciar a mais de documentos.

— Sem problemas.

— Muito bem, você teria disponibilidade de vir pela manhã? — perguntei, já sentindo ter que me distanciar dele naquele momento.

— Não seria possível marcarmos no meu escritório? Sei que o interesse é todo meu, mas estou realmente com meu tempo cronometrado essa semana. Se você pudesse me ajudar nesse sentido também, seria eternamente grato. — Ele estava sendo firme, porém gentil. Em momento algum demonstrou arrogância.

— Tudo bem. Mas pode ser no primeiro horário? Facilitaria muito para mim — falei, já ansiosa por vê-lo novamente daqui a dois dias.

— Estou no escritório a partir das oito da manhã. Se ficar bom para você, posso reservar este horário para conversarmos.

— Para mim está perfeito.

— Combinado. — Me entregou um cartão de visitas de muito bom gosto. — Muito obrigado desde já. Estou bastante apreensivo com este assunto. Espero contar com toda a sua eficiência para me ajudar — falou, já se levantando e abotoando o paletó.

E o olhar que me dirigiu demonstrava que ele contava com minha eficiência para além daquele assunto. Que corpo era aquele? Que homem era aquele?

— Não posso prometer nada, mas farei tudo que estiver ao meu alcance para amenizar o prejuízo, Pedro. — Também me levantei, saindo de trás da mesa e me dirigindo até ele.

Estendi a mão para me despedir e novamente senti o arrepio. Se ele também sentiu, não sei dizer, mas a segurou por um tempo além do necessário, como se também não quisesse largar.

— Prazer em conhecê-lo — falei, me despedindo.

— Pode ter certeza de que o prazer é todo meu, Paola! — Sorriu mais uma vez de forma sedutora e me deixou ali, parada no meio da sala, babando. Eu estava muito ferrada!

Pedro

Com certeza aquela mulher seria minha. Eu ainda não sabia nada sobre ela, mas era só uma questão de tempo. Onde ela esteve esse tempo todo? Como não a tinha visto ainda? Era linda! E senti que também gostou do que viu. Sim, pude notar que corou, como uma adolescente, quando colocou os olhos em mim. Não que fosse uma. Era uma mulher madura, provavelmente um pouco mais nova do que eu. Mas era muito gostosa!

Reparei quando veio até mim para me cumprimentar. Tinha um corpo sensacional. A calça branca marcava o quadril arredondado e caía solta pelas coxas. Quando retornou para trás da mesa, admirei rapidamente sua bunda. Redonda, com gomos firmes. A cintura estava destacada, talvez pelo contraste entre o branco da calça e a camisa preta de um tecido fino que sutilmente insinuava a renda do sutiã. Era bem abastecida de seios também. Pareciam caber perfeitamente em minhas mãos!

Não era magra. Era a típica gostosa, com carne nos lugares certos. O cabelo com mechas loiras estava preso em um rabo de cavalo comportado, o que evidenciava o lindo rosto, uma pele clara e os lábios carnudos. Ah, aqueles lábios... Eu já conseguia visualizá-los em volta do meu pau! E quando sorriu, me pedindo para chamá-la somente de Paola, então? Ela parecia incomodada com a minha presença. Ou seria impressão minha? Ah, sim, havia uma atração ali e nós dois tínhamos consciência dela.

Apesar disso, era toda profissional. E quando me perguntou no que podia me ajudar, minha vontade foi dizer que gostaria dela na minha cama.

Expliquei rapidamente o ocorrido e, enquanto analisava os papéis, aproveitei para observá-la. Não usava aliança, mas vi os porta-retratos atrás da sua mesa, com fotos de uma menina... Uma moça, na verdade. Muito bonita, por sinal. Presumi que seria sua filha, já que era bastante parecida com ela. Mas daquela idade? Era casada, então? Eu teria que descobrir. Quem seria o sortudo filho da puta que tinha o prazer de tê-la em sua cama?

Resolvi investigar um pouco sobre a menina dos porta-retratos.

Confirmou que era sua filha, com um sorriso aberto, parecendo muito orgulhosa. Ficava ainda mais linda quando sorria daquela forma.

Insisti um pouco mais a respeito da questão de filhos, até que me disse o que eu queria ouvir: ela era separada. Sorri, desta vez bastante animado com a informação. Eu só precisava saber agora se havia um namorado. Não que fosse empecilho para mim.

Enquanto eu me perdia nestes pensamentos, ouvi-a dizer que precisaríamos nos encontrar novamente. Adorei saber aquilo e agora eu a queria no meu território. Nos veríamos novamente na quinta-feira pela manhã e isso me dava menos de quarenta e oito horas para desvendá-la.

Apesar de sua postura bastante sóbria, compenetrada, não deixando demonstrar nada da sua vida privada, eu podia ver que era uma mulher muito sensual. Bastava saber como despertá-la. Senti que precisava ter cautela, fazer aquilo da forma correta. Afinal, não era meu costume me aproximar de mulheres mais maduras. Talvez eu estivesse enganado, mas não parecia ser o tipo que se entrega na primeira noite. Com ela, eu tive a sensação de que teria que conquistá-la, seduzi-la. Mas, afinal, não era disso que eu estava reclamando até ontem? De mulheres fáceis e previsíveis? Estava tão mal-acostumado que tinha dúvidas de como fazer para tê-la para mim.

Enquanto dirigia de volta ao escritório, liguei o som e fiquei imaginando como chegar até ela.

Como disse, não era uma mulher qualquer. Alberto já havia dito que ela era um tanto CDF. Se era assim profissionalmente, era provável que também o fosse na vida privada. E havia o fato de ter uma filha moça. Eu realmente estava tendo dificuldades em saber como lidar com aquilo. Sim, porque a queria para mim. Ela era diferente de tudo o que estava acostumado. Não demonstrava ser fútil ou imprudente, pelo contrário. Ela tinha classe, era serena, tranquila, modesta. Sentia falta daquilo na minha vida. Ao mesmo tempo, imaginava que havia uma mulher quente por trás daquela fachada. Bastava saber como conduzi-la, atiçá-la.

Eu já fazia uma ideia de como facilitar minha vida para chegar até ela. Não poderia perguntar nada a respeito para meu amigo Alberto; ele era muito indiscreto. Sendo assim, só me restava uma pessoa. Não que eu realmente desejasse entrar em contato com ele novamente, porém Carlos era o único que poderia me ajudar. Valeria a pena.

Uma alegria inesperada surgiu em mim e tenho a impressão de que a causa era uma linda contadora, que mexeu comigo de alguma forma até então inexplicável.

"The Verve - Lucky Man"
Happiness
It's just a change in me

Capítulo 4 - Invadindo a privacidade

Pedro

Cheguei ao escritório e a primeira coisa que fiz foi acessar a rede social e verificar se ela participava. Sim, lá estava o seu perfil. Paola Goulart. Porém, não conseguia visualizar nada além da foto. Aliás, linda. Óbvio que eu não podia convidá-la para ser minha amiga ainda. E apesar de me dar uma ideia sobre ela, ser seu amigo não iria me possibilitar vasculhar tudo o que eu queria. Imediatamente liguei para o Carlos. Eu tinha pressa.

— Fala, doutor! Já peguei lá... Valeu, hein!

— Ótimo! Tenho um servicinho para você. Bem simples, mas quem precisa de dinheiro não vai recusar. — Fui direto ao assunto.

— Beleza, doutor. Se é dinheiro fácil, estou dentro. Serviço completo?

— Não. Quero apenas ter acesso a uma conta da rede social. Quero poder visualizar tudo que estiver lá. Fotos, conversas, postagens, grupos dos quais participa, páginas que curte, enfim, quero acesso geral e irrestrito. Não deve ser difícil para você, certo?

— Claro que não, né, doutor? Afinal, não é a primeira vez que fazemos isso, não é mesmo?

— O nome é Paola Goulart. Preciso disso até amanhã ao meio-dia.

— Não sei se consigo assim tão rápido, doutor. Sabe como é...

— Até ontem você disse que precisava de dinheiro e estava sem serviço. Agora vem me dizer que não vai conseguir? Vire-se. Amanhã meio-dia e uma hora depois o dinheiro estará lá no mesmo local.

— Pela pressa é coisa séria, hein, doutor? O que essa andou aprontando?

— Isso não te interessa. Restrinja-se a fazer o que pedi o mais rápido possível — falei, desligando.

Eu tinha noção que estava sendo um tanto irracional fazendo aquilo, mas fiquei muito mexido. E, na realidade, bastante perdido também.

Àquela hora, eu não tinha mais disposição para nada no escritório. Estava impaciente. E por causa dela. Decidi dar o expediente por encerrado e extravasar a energia que se acumulou em mim indo para a academia treinar um pouco.

Saí, avisando à Viviane que estava indo embora e não voltaria mais. Neste instante, Rodrigo, saindo de sua sala, me interpelou para trocar uma ideia rapidamente a respeito de um cliente.

— E aí, como foi lá com a contadora? Tudo resolvido? — perguntou no final.

— Adiantamos um pouco o assunto, mas ainda há coisas a resolver — disse, não querendo compartilhar mais nada a respeito.

Rodrigo era muito meu amigo, mas preferi deixá-lo fora dessa questão. Pelo menos por enquanto. Sabia que, se lhe contasse o quanto fiquei afetado por aquela mulher, não me daria sossego.

— Enfim, isso me deu um baita stress. Estou indo embora. Amanhã conversamos. Tchau!

— Até amanhã, então!

Paola

Juro que tentei me concentrar no trabalho depois que aquele homem saiu. Missão totalmente impossível. Seu perfume ainda estava impregnado na minha sala, na minha mão. Decidi que o melhor a fazer seria ir embora. Arrumei minhas coisas, peguei a bolsa e me dirigi para me despedir de Eliane e Eduardo.

— Eliane, estou indo embora — falei. — Algum recado ou telefonema que eu tenha que retornar?

— Apenas dona Judite ligou enquanto você estava atendendo o deus grego — falou de forma sarcástica. — Mas disse que retornava amanhã. Então acho que pode ir tranquila.

— Deus grego? — indaguei, rindo da forma como ela se referiu ao Pedro.

— Sim, o que era aquele homem? Vai me dizer que você também não o achou um espetáculo? Com todo respeito, é claro. — Eliane era uma funcionária antiga, conhecia muito da minha vida. Apesar de não permitir muita intimidade, tínhamos uma boa amizade.

— É, até que não era de se jogar fora, não é mesmo? — falei, não demonstrando que concordava com ela.

— Puxa, você é bastante exigente, hein? Dizer que ele não é de se jogar fora? — disse no exato momento em que Edu saía de sua sala.

— Quem não é de se jogar fora? — ele perguntou, se intrometendo na conversa.

— O cliente novo da Paola. Um pedaço de mau caminho. Mas pelo visto ela não pensa da mesma forma. — Sorriu brincando.

— Ah, Eliane, até parece que você não conhece sua patroa. Para ela, o melhor não é suficiente. Nunca está satisfeita, não é? — perguntou, sorrindo, e, apesar de não haver nenhum tipo de mágoa ou divergência entre nós, senti que ele falou aquilo para me cutucar.

— Pense como quiser, Edu. Eu só quero o melhor que a vida puder me dar. E se eu achar que não é o bastante, nem perco tempo — afirmei com convicção e fui embora.

Pedro

Entrei com os dados que Carlos havia me passado. Automaticamente, acessei a conta dela na rede social. Vejamos então quais eram seus gostos, suas preferências e o que ela queria na vida. Fui primeiramente para as fotos, verificar se havia algum homem para atrapalhar meus planos. Se houvesse, deveria existir algum registro. Mas não encontrei nada. As fotos eram, na grande maioria, da filha, em datas comemorativas, passeios, viagens. Algumas com amigos. Poucas somente dela.

Ela era um espetáculo. Lá estava aquele sorriso. Tinha quarenta anos e era natural de Curitiba mesmo. Não vi registro de familiares, pais, irmãos, nada. O círculo de amizade não era muito grande também. Vejamos o que ela curtia. Algumas coisas relacionadas ao universo feminino. Bom gosto musical. Gostava muito de cinema. Academia. Era praticante de algumas modalidades e, pelo visto, frequentava diariamente. Isso explicava aquele corpo delicioso.

Porém, não era muito participativa na rede. As postagens não revelavam muito. Será que perdi meu tempo e dinheiro? Curtia muita coisa relacionada à literatura. Parecia ser uma devoradora de livros e participava de alguns grupos relacionados ao assunto. O que vi em seguida muito me interessou. O nome do grupo era 50 Tons de Cinza, uma clara referência ao livro. Quem não tinha ouvido falar a respeito? As mulheres estavam sendo bastante julgadas por apreciar aquele tipo de literatura. Verifiquei que ela também tinha lido, porém não encontrei postagem dela por ali.

Parti para outro grupo, com um nome bastante interessante. Sim, ali pude ver que interagia. E muito, diga-se de passagem! O que era aquele grupo, afinal? Dizia que era para discussões literárias, mas o que mais se via ali eram fotos de homens sarados, atores, modelos... E muitos comentários picantes! Aquela mulherada era chegada numa sacanagem! Achei bastante divertido. Logo vi uma postagem dela. Era uma foto, provavelmente do ator que atuou no filme, dizendo: "Porque toda mulher quer um Christian Grey na sua vida!". Outra, de um ator australiano seminu: "Deixa eu me perder nesse tanque!". Aquilo me dizia muito a seu respeito! Mas sinceramente divergia da imagem que tive dela ontem.

Enquanto pensava naquilo, ela postou uma foto de outro homem, também seminu. "Para as amantes do nosso Colton Fodido Donavan!". Eu realmente estava surpreso! Imediatamente surgiram comentários: "Gostoso!", "Delícia de homem!", "Colton, eu leio vc!", "Vem derrapar nas minhas curvas!".

Presumi que este tal de Colton fosse um personagem pelo qual todas eram apaixonadas. E como se fosse possível, ela me surpreendeu mais ainda com seu comentário a seguir: "Caralho de homem gostoso! Te comia inteirinho!".

Sério, não podia ser a mesma mulher. Aquela que eu conheci toda discreta e formal? Não conseguia imaginá-la com aquela boca suja. Não que eu fosse contra, mas era difícil vê-la daquela forma. Pelo visto, ela gostava de uma sacanagem. Hummm... e eu adorava mulher assim. Outro fato que vi e me colocava em vantagem era a afirmação dela de que tinha fetiche por homens de terno. Aquilo não seria nem um pouco difícil para mim.

Ela era uma mulher que mantinha uma postura discreta na sua profissão e na sociedade em geral. Aquele grupo devia ser sua válvula de escape. Parecia muito alegre, bem-humorada e extremamente quente. Estaria sentindo falta de um homem?

Passei boa parte da noite pesquisando o que pudesse me mostrar mais a seu respeito. Fui deitar pensando que o dia seguinte seria bastante promissor. Eu queria ver até onde iria todo aquele comportamento recatado. Porém, não ia avançar como com as outras mulheres. Iria devagar, fazê-la me desejar, pedir para ser tocada. Seria um jogo bastante interessante.

Paola

— Vamos, Alana, já estamos em cima da hora — chamei minha filha.

Normalmente, eu a deixava no colégio e ia direto para a academia. Porém, hoje seria diferente. Eu tinha um horário agendado com um cliente muito especial.

Tinha que admitir que estava nervosa por vê-lo novamente. Ele mexeu com meus neurônios, minhas emoções e principalmente meus hormônios. Era um homem ciente da sua masculinidade e extremamente sexy. Não deixei de pensar nele em momento algum. Ele tinha ficado impregnado na minha mente. Mas eu sabia que não era o tipo de homem para mim, ou melhor, eu não era o seu tipo de mulher. Bem-sucedido como era, gostoso daquele jeito, poderia ter qualquer uma aos seus pés, ou será que se interessaria por uma quarentona, separada, com uma filha adolescente? Uma última olhada no espelho... Perfeito! Uma mulher ainda pode sonhar, não é mesmo?

O trânsito estava tranquilo naquela quinta-feira, por isso vi que chegaria antes da hora marcada.

"One Republic – Good Life"

Oh This has gotta be the good life

Como havia previsto, cheguei antes do horário, e Pedro já me esperava em sua sala. Entrei e cumprimentei-o com o tradicional aperto de mão. E aquela sensação gostosa percorreu novamente meu corpo. Ele estava muito apetitoso com um terno marinho, camisa listrada branca e vermelha e gravata também vermelha, que o deixavam moderno e imponente e a barba por fazer lhe dava um ar mais viril e sedutor.

Notei seu olhar de admiração para mim. Tudo bem, eu não queria parecer convencida, mas sabia identificar quando um homem me olha com desejo. E podia ver isso estampado em seus olhos, na sua postura, no tom de voz. Ele sentou muito próximo a mim, me fazendo sentir seu perfume, o calor que emanava do seu corpo. Enquanto eu trabalhava, explicando o que estava fazendo, percebi-o me analisar detalhadamente. Era um olhar quente, profundo e que me fazia estremecer.

Então ele realmente gostou do que viu. Porém, não avançou, estava bem comportado, o que até admirei, presumindo que ele estivesse habituado a partir para o ataque com as franguinhas novas, que deveriam se atirar aos seus pés. Muito bem, a atração era comum e visível entre nós dois. No entanto, eu não iria facilitar as coisas para ele. Combinamos que eu voltaria ao seu escritório na segunda-feira e que iríamos almoçar juntos. Gostei do modo como estabeleceu aquilo. Não era um convite, mas uma afirmação.

Não imaginei sinceramente que fosse despertar o interesse de um homem como Pedro. Porém, não era porque eu estava na seca há um bom tempo, subindo pelas paredes pela falta de sexo e morrendo de tesão por ele que eu ia me entregar de bandeja! Ou iria? Será que iria aguentar bancar a difícil? Nem era uma questão de ser difícil, mas de valorizar meu passe. Se é que era verdade que ele não estava habituado a se relacionar com mulheres maduras, eu ia aproveitar e lhe ensinar como se trata uma mulher de verdade. Nossa, a quem eu queria enganar falando assim? Se ele dissesse "senta", eu era capaz de sentar, deitar, rolar e ainda lamber seus pés.

Pedro

Estava em minha sala quando Viviane a anunciou. Assim que ela abriu a porta, tive certeza de que meu dia seria maravilhoso, só pelo fato de poder estar com ela por alguns minutos.

— Com licença, bom dia, Pedro! — me cumprimentou simpática, se aproximando.

— Bom dia, Paola! Seja bem-vinda. — Apertei sua mão, sentindo aquele choque novamente.

Tive certeza absoluta de que ela também sentiu. Linda como sempre, vestia uma calça preta, não muito justa, mas que insinuava suas curvas. Como gostaria de ver aquelas pernas. A camisa amarela realçava seus cabelos, que estavam presos em um coque impecável. O traje era formal, discreto e adequado ao ambiente profissional. Lembrei-me dos comentários que li na noite passada. Era difícil admitir que aquela mulher toda comportada ali na minha sala fosse a mesma atrevida da rede social. Não pude deixar de sorrir.

— Sente-se e fique à vontade. Aceita um café?

— Aceito. Obrigada! — disse, se acomodando à minha frente. — Estou um pouco adiantada, espero não te atrapalhar. É que deixei minha filha no colégio e vim direto. E hoje o trânsito ajudou bastante.

— Seu dia começa bem cedo, então? — perguntei, me sentando. Precisava tornar a conversa mais informal, deixar o ambiente mais descontraído.

— Normalmente eu a deixo e vou para a academia. É o espaço de tempo ideal até começar meu expediente — explicou, sorrindo. Ah, sim, a academia...

— Peço desculpas, então, por ser o culpado por não deixá-la malhar hoje.

— De forma alguma, Pedro. Apenas procuro aproveitar bem o meu tempo. E depois, o trabalho vem em primeiro lugar.

— Gosta de praticar atividade física?

— Digamos que começou como obrigação e acabou tornando-se um hábito.

— Obrigação? Por quê?

— Ora, Pedro, questão de saúde, estética. Para se manter em forma, é imprescindível a prática de exercícios, não é mesmo?

— Sua vida exige que você esteja em forma? — perguntei com um meio-sorriso, imaginando como seria sua disposição na cama.

— Sempre! — respondeu com um tom baixo e aquilo me pareceu insinuante. — A fase dos quarenta não é muito justa com as mulheres.

— Mas dizem que os quarenta anos são a melhor fase da vida de uma mulher. Estão mais maduras, confiantes, sabem o que querem da vida — falei, testando sua reação a um assunto mais íntimo. — Não é a "idade da loba", como costumam dizer?

— Você sabe por que a chamam assim? — ela me perguntou, olhando fixamente em meus olhos, como que me desafiando. Ficava mais gostosa daquele jeito.

— Não exatamente — falei, sustentando seu olhar.

— Significa que a mulher de quarenta anos não cai matando como a de vinte, nem está mais pensando em mamadeiras, como a de trinta — respondeu, erguendo uma sobrancelha e com um sorriso cínico nos lábios.

E a forma como disse aquilo, lenta e pausadamente, me deixou de pau duro. Estava jogando comigo? Queria me provocar? Pois estava conseguindo.

— Não me leve a mal, mas confesso que não convivo muito com mulheres desta faixa etária.

— Entendo... É uma pena realmente. — Olhou-me mais intensamente. — Mas vamos ao que me trouxe aqui. Posso usar aquela mesa para ligar meu notebook? Assim, já vou atualizando as informações que preciso de você. — Será que ela estava insinuando que eu estava perdendo algo por não me envolver com uma mulher mais experiente?

No entanto, não me deu tempo e já voltou ao modo profissional. Eu queria conversar mais, mas não podia demonstrar minha ansiedade. Enquanto ela se

Provocante 35

acomodava, solicitei nossos cafés e aproveitei para observá-la.

Era uma mulher independente, do tipo que se vira sozinha para tudo. Talvez a separação a tenha deixado assim. Mas lembrei-me do que havia dito em uma de suas postagens, que toda mulher queria um Grey na sua vida. Mas o que isso queria dizer? Eu não sabia quase nada a respeito do personagem, na verdade, não acompanhei a história de perto, sabia apenas que era um excelente amante e gostava de transar de uma forma bastante peculiar. Era isso que ela queria, então? Uma pegada forte? Sexo selvagem? Ser dominada na cama? Ser fodida sem medida e de todas as formas? Imaginá-la daquele jeito só me deixou mais excitado ainda.

Viviane trouxe nossos cafés e aproveitei para me juntar a ela na mesa. Sentei não muito próximo, para que nossos corpos não se tocassem, mas o suficiente para que pudesse sentir seu perfume. Logo ela começou a me explicar os motivos da notificação e o que precisaria ser feito e providenciado, porém eu realmente não prestava atenção em nada do que ela falava, somente na forma como se expressava, como mexia aqueles lábios carnudos e vez ou outra passava a língua por eles. Ela estava fazendo aquilo para me provocar.

Apesar de concentrada, quando se voltava para mim em alguma explicação, podia notar seu olhar ávido. A forma como gesticulava, como se precisasse das mãos para falar, ou quando as passava pelo cabelo, como que para ajeitar alguma mecha que na verdade não existia. Eu estava encantado por aquela mulher. Ela era insinuante sem ser vulgar. Sensual sem fazer esforço. Notei que, enquanto eu a admirava, ela havia parado de falar e me encarava. Ela tinha percebido que eu não prestava atenção às suas explanações?

— Então, Pedro, você acha que consegue estes documentos até segunda? — perguntou, parecendo agora um tanto surpresa pelo modo como eu a fitava.

— Claro — respondi, sem saber ao certo a que se referia.

Debatemos mais um pouco a respeito de outras informações. Precisaríamos nos encontrar mais uma vez, antes de entregar a defesa à Receita Federal. Comemorei mentalmente, já imaginando uma forma de levá-la para almoçar ou jantar. Assim, teria mais tempo para conhecê-la e desvendá-la.

— Você disse até segunda?

— Sim. Temos até o final da próxima semana. Se conseguirmos tudo até segunda, podemos finalizar e você teria ainda o restante da semana. Não sei como anda sua agenda de compromissos, mas não acho prudente deixar para o último dia.

— Ok, segunda-feira. Você pode vir até aqui novamente? — perguntei, desejando tê-la em meu território.

— Tudo bem. Que horário fica melhor?

— Pode ser às onze? Assim não atrapalho sua ida à academia — disse, dessa vez deixando meu olhar percorrer seu corpo demoradamente. Até podia imaginar sua bunda gostosa em uma daquelas calças justas que as mulheres usam para malhar.

— Por isso não, já disse que não é prioridade. Mas pode ser esse horário sim.

— Combinado, então. Segunda às onze e você almoça comigo. — Não perguntei, simplesmente afirmei. Queria ver como reagia àquele comando.

— Não há necessidade de tomar mais do seu tempo, Pedro. Segunda será coisa rápida. Em menos de meia hora, teremos tudo concluído. — Ela estava fugindo agora.

— De forma alguma! Não estará tomando meu tempo. Tenho que almoçar, você também. Por que não o fazermos juntos? Posso solicitar nosso almoço aqui mesmo para evitar trânsito e filas. Facilitaria a sua vida e a minha. Daqui você vai direto para seu escritório. — E vendo sua dúvida, resolvi ser mais gentil. — Por favor, faço questão, Paola.

Por fim, acabou concordando.

— Se houver ainda alguma dúvida, não hesite em me ligar. A qualquer hora, está bem? Presumo que possa te ligar também se houver outra informação que lembre ou ache relevante, certo?

— Claro que sim, Pedro — afirmou, recolhendo seu material. Acompanhei-a até a porta, me despedindo novamente apenas com um aperto de mão.

— Até segunda, então, Paola!

— Ate lá! — despediu-se com um olhar que parecia querer dizer mais.

Rodrigo

— Bom dia! — cumprimentei a bela mulher que saía da sala de Pedro naquele momento.

— Bom dia! — me respondeu simpática e se afastou em direção ao elevador. Uau, que gata!

— Cliente nova? — indaguei Viviane assim que ela saiu.

— Não. É a contadora que está cuidando do caso da notificação do Dr. Pedro — explicou.

— Sério? Essa é a contadora? — perguntei admirado. Por que Pedro não havia comentado nada sobre ela comigo? Não era do feitio dele. — Ele está sozinho?

— Sim.

Bati à porta e entrei sem esperar resposta. Pedro estava sentado atrás de sua mesa, com um sorriso nos olhos. Não soube identificar se era alegria, diversão ou o quê.

— Desembucha, Pedro! — falei, já me sentando à sua frente. Éramos como irmãos, crescemos juntos e sempre compartilhamos nossos segredos.

— O quê? — perguntou um tanto aéreo.

— Como o quê? Nossa, esse perfume que está aqui é dela? — falei, apreciando o aroma levemente adocicado.

— Dela quem?

— Da faxineira! — Ele só podia estar de gozação para cima de mim. — Porra, cara, dela quem? Daquela gostosa que acabou de sair daqui, é óbvio.

— Ah, sim, esse perfume é da Paola — falou com cara de bobo. Não reconheci aquela expressão no Pedro.

— Ah, então o nome da contadora que você contratou é Paola. E você não me disse nada a respeito quando te perguntei no dia em que esteve com ela. Escondendo o material do seu melhor amigo? — perguntei sarcástico. — Quantos anos ela deve ter? Uns trinta e lá vai fumaça?

— Quarenta — respondeu sorrindo.

— Puxa, tá bem para uma coroa de quarenta anos, hein?

— Olha o jeito como você fala, Rodrigo — me repreendeu sério.

— Mas não é verdade? Não dá para dizer que é uma moça, mas é a maior gata! Acho que vou precisar de uma consultoria para o meu IR também.

— Engraçadinho. Deixe a Cintia saber disso. Ela arranca teu couro.

— Ah, a Cintia é neurótica. Não tem cabimento aquele ciúme doentio dela.

— Será que é porque você não presta? — falou debochado.

— Olha só quem fala. O homem mais santo da face da Terra. Poupe-me, né!

— Bem, posso até não ser santo como você diz, mas não engano ninguém.

Sempre deixo bem clara a condição quando me envolvo com uma mulher.

— Claro, você é um poço de sinceridade. E com essa aí, já rolou, você já expôs suas condições?

— Primeiro, não é essa aí. Segundo, ela não é esse tipo de mulher — disse sério.

— Peraí, peraí! O que eu estou perdendo aqui, cara? Você tratando uma mulher com respeito? Tem certeza de que está bem? O que aconteceu? — Eu não estava reconhecendo meu amigo.

— Ah, não vem com esse papo, Rodrigo. Sempre tratei com o respeito a que todas se davam. Não vem me fazer o monstro da história. Só estou dizendo que ela é diferente. — Ele estava sério e eu continuei encarando-o para que prosseguisse.

— Desembucha, Pedro! O que está rolando? — Eu o vi pensativo, como se estivesse travando uma luta interna. Pareceu-me realmente diferente.

— Sinceramente? Não sei dizer o que é. Essa mulher mexeu comigo. De um jeito estranho. Eu a quero para mim, mas sinto que não posso avançar como com as outras mulheres. Ela é separada e tem uma filha de dezesseis anos.

De fato, aquilo realmente era uma novidade na vida do Pedro.

— Você a viu. Além de linda, é muito competente. E senti que rolou uma química da parte dela também, mas em momento algum demonstrou, se insinuou abertamente ou algo parecido. Ela é discreta, na dela, mas ao mesmo tempo tem um charme, uma segurança... Acho que foi isso que me deixou assim. Estou acostumado com mulheres que se atiram de cara. E ela não me deixou ver quase nada.

— Talvez, apesar de muito bonita, seja um tanto fria. Você sabe o que quero dizer. De repente, não gosta muito da coisa...

— Ah, não acredito. Ela exala sensualidade. É só uma questão de saber lidar, chegar junto do jeito que ela quer. E eu sei o que ela quer. — Sorriu cínico e pensativo. O que ele estava aprontando?

— Como sabe se disse que não rolou nada ainda? — questionei e, pelo seu olhar, entendi tudo! — Ah, não, Pedro, não me diga que você... Puta que pariu! Por quê? Você não precisa disso, cara. O que foi? Não se garante mais? — Senti que ele ficou com vergonha por eu ter flagrado seu delito.

— Rodrigo, não quero te envolver nisso, portanto é melhor você não saber de nada — falou incomodado.

— Tudo bem, Pedro. Só vou dizer uma coisa: se essa mulher é realmente diferente como diz, está começando a coisa da forma errada e vai se arrepender disso — falei sério e me retirei.

Quando Pedro iria aprender que as coisas não podem ser feitas dessa maneira? Principalmente em se tratando de relacionamentos? Às vezes, não parecia ter quarenta e dois anos. Parecia um moleque.

Capítulo 5 - O Telefonema

Paola

A sexta-feira, assim como o restante do dia anterior, passou voando. Naquele fim de semana, Alana ficaria comigo. Eu e Guilherme tínhamos a guarda compartilhada. Na verdade, nada disso foi colocado no papel. Nossa separação era um caso à parte, uma vez que nunca nos casamos formalmente. Alana morava comigo, e revezávamos os finais de semana, porém nada impedia de ela passar um tempo, uns dias com o pai, independente de qualquer coisa.

Como nesta sexta não íamos sair, coloquei algumas coisas em ordem no apartamento e, já mais tarde, aproveitei para me inteirar do que acontecia no grupo, visto que, devido à correria da semana, quase não participei. Como sempre, as postagens me faziam esquecer o mundo. Eu adorava aquele grupo, sentia-me super à vontade com as meninas. Podíamos falar sobre qualquer assunto sem julgamentos. Apesar da distância que havia entre a grande maioria, pois eram mulheres de todo o Brasil, éramos como uma família.

Após algumas curtidas, minha presença foi percebida e minha amiga Suzana postou uma foto do Chris Hemsworth (pelo qual nós duas éramos apaixonadas), me marcando e perguntando por onde eu tinha andado:

Suzana: Paola, nosso Mozão está à sua procura! Vc sumiu, mulher!

Luciana: Conta aí, Paola o que está aprontando? Está muito quieta.

Paola: Ai, Mozão lindo! Obrigada, Suzana! Estava trabalhando meninas!

Maitê: E que tipo de trabalho é esse que consegue te afastar das insanas? Hein? Hein? Conta aí, guria! Tu sempre dá um jeito de aparecer!

Paola: Posso dizer que era um trabalho dos bons... kkkk... Tipo moreno, alto, olhos verdes...

Maitê: Sério???? Ainnnnn, guria, conta aí pra gente!

Val: Pronto, caiu na vida de vez!!!!Mas vc estava sem roupa para esse trabalho, pelo menos?

Paola: Que é isso, amadas? Eu sou uma mulher de respeito... kkkkkk

Suzana: Conta isso direito, Paola!

Paola: Cliente novo. Foi até o escritório na terça e ontem estive no escritório dele.

Maitê: E vc fala isso só agora? Que tipo??!!

Val: É do tipo que faz molhar a calcinha???

Paola: Não só a calcinha, Val... Nossa!!! Gente, que homem gostoso! Fazia tempo que não via um homem como aquele! Se é que já vi algum dia.

Lili: Tipo um dos nossos mocinhos literários, Mamis?

Paola: Exatamente, Lindinha. Tipo um Colton Donavan!!!

Maitê: Jura? E aí, rolou um clima? O que ele faz? É solteiro? Que idade?

Paola: Sim, rolou um clima, é advogado, solteiro, tem 42 anos!!! E é lindo pra caralho!!!!

Val: Já deu uns pegas???

Paola: Ai, claro que não, né, Val! Devagar com o andor. Conheci o cara há três dias e, por mais tesão que ele seja e tenha gostado da minha pessoa, não vou liberar assim, né? Pelo que deu a entender ontem, ele não está acostumado com mulheres mais experientes! Deve pegar essas meninas mais disponíveis, sabe? Até achei que ele ia se insinuar mais, pois com certeza tem consciência de como é sexy, mas foi bem comportado!

Lili: Isso aí, Mamis, dificulta a coisa!

Paola: Não é nem questão de dificultar, mas não faz o meu tipo sair dando assim, não adianta! Por mais gostoso que o cara seja, sexo só por sexo não rola! E depois é meu cliente, né?

Val: Que nada, ele passa a ser outro tipo de cliente!!!

Paola: kkkkkkkkkk... Segunda volto no escritório dele. Ele me convidou para almoçar! Convidou não, afirmou, assim todo mandão, sabe?!

Luciana: Mais ou menos tipo Christian Grey?

Paola: Huhummmmmmm...

Suzana: E vão almoçar onde?

Paola: No escritório dele.

Val: Ihhhh... Fodeu!!! kkkkkk

Paola: kkkkkkkkk... Conto para vcs depois como foi!

Nesse instante, meu celular tocou. Número desconhecido.

— Alô?

— Paola? É o Pedro! — Puta que pariu! Falando no diabo... O que ele queria àquela hora?

— Pedro? Oi! — respondi surpresa, enquanto informava minhas amigas que ele acabara de ligar.

Paola: Vcs não vão acreditar!!! Tô com ele no telefone! Acabou de me ligar! Falo com vcs depois.

— Desculpe ligar a essa hora. Interrompo alguma coisa? Não estava dormindo, não é?

— Não, tudo bem, eu estava acordada. — Pelo menos até agora.

Porque neste momento devo estar sonhando... Mas espera aí! Como assim, te acordei? Tipo, eu não poderia estar com alguém agora? Na balada? Ou transando? Por que ele pensava que eu estava dormindo? Será que eu parecia tão sozinha assim?

— Mas diga, do que você precisa? — Diga que é de mim, na sua cama, fodendo gostoso, deslizando essas mãos pelo meu corpo, me pegando com gosto... aff, acho que vou precisar de outro banho.

— Sei que a hora não é própria para isso, mas estou com uma dúvida e, antes que eu faça besteira, preferi te consultar. — Ouvi um sorriso leve. — Apareceu um negócio muito bom para mim. Um imóvel... É um valor expressivo e, como você falou a respeito de caixa e tudo mais da minha declaração, queria saber se haveria problema.

— Bem, eu... — Pense, Paola, concentre-se.

Sério que ele estava me ligando para perguntar isso? Não podia esperar até segunda? Aí tem! Ah, querido, você queria uma desculpa para me ligar? Então tá, vamos ver onde ia dar.

— Na verdade, eu precisaria de mais informações desse ano, ver como estão seus recebimentos. Seria possível esperar até segunda? Posso dar uma olhada com mais calma para você.

— Sim, claro! Deixamos para segunda. Desculpe, é que eu me empolguei com o negócio — falou e pude sentir que estava sorrindo.

— Sem problemas, Pedro. Mas sem analisar números não posso te dar certeza de nada. — Vamos lá, e agora, Dr. Pedro? Então não sou só eu que estou me sentindo perdida na forma de agir.

— Claro, você está certa. — Fez uma pausa, como se estivesse pensando no que iria falar. — Mas o que faz em casa numa sexta à noite, Paola? Não deveria estar se divertindo? Não me diga que seu namorado te abandonou. Seria praticamente um crime isso. — Sondando se eu tenho alguém, querido? Vai ficar no vácuo.

— É o meu fim de semana com minha filha. Hoje resolvemos descansar. Do contrário, você não me acharia em casa. — Eu também estava curiosa. — E você, o que aconteceu para estar a essa hora de uma sexta-feira preocupado em comprar mais um imóvel quando deveria estar curtindo a noite? Ou vai me dizer que não havia nenhuma mulher disponível para o Dr. Pedro Lacerda hoje? — Sim, pois era óbvio que ele estava em casa, o que era bastante estranho também.

— Semana cansativa. Preferi o conforto do lar hoje. — Gente, que papo era aquele? O que ele estava querendo? Ou tentando? — E talvez a mulher que eu quisesse realmente não estivesse disponível.

— Uau! Sério mesmo? Você não me parece o tipo de homem que costuma levar um não de uma mulher. Ou pelo menos aceitá-lo. — Quem seria a louca dando um fora nele?

— Talvez. Você não me diria não, não é, Paola? — Puta que pariu! E agora? O que responder? Dizer que ele não precisaria pedir duas vezes e eu já estaria pronta para ele? Não, não poderia ser tão fácil assim.

— Talvez. Mas tenho certeza de que você consegue dar um jeito para que essa tal mulher que você quer fique disponível.

— Ah, pode ter certeza que sim. Eu sempre consigo tudo o que quero. E devo dizer que com as mulheres não é diferente. — Gostoso do caralho! Como era bom ouvi-lo falar assim.

— Sabia que isso soou muito cafajeste? — Não deixava de ser, apesar de ter gostado daquilo. No fundo, a gente sempre gosta de um homem cafajeste, não é mesmo?

— Eu não diria cafajeste, apenas estou sendo sincero. Sempre lutei por tudo que quis. E sempre consegui. Portanto, se eu quiser uma mulher, vou atrás até conseguir tê-la para mim. — Deus do céu! Tudo o que uma mulher queria na vida era um homem desses. Que corre atrás, que luta e briga, decidido, que sabe o que quer!

— Puxa, sorte dessa mulher, então. — E eu bem que queria ser essa sortuda.

— Por que sorte, Paola?

— Qual mulher não gostaria de ter um homem lutando por ela? Existe coisa mais excitante do que isso?

— Você gostaria? — Sua voz rouca, meio sussurrada, estava me deixando mole.

Aquela conversa, na verdade, estava me deixando excitada. Ele estava jogando comigo, testando minhas vontades. Aquilo ainda ia dar muito pano pra manga.

— Como disse, Pedro, toda mulher gostaria.

— Bom saber disso, Paola! — Ele estava insinuando o que eu estava imaginando? Puta que pariu! Eu queria aquele homem para mim. — Bem, vou deixar você descansar. Desculpe mais uma vez.

— Não precisa se desculpar, Pedro. Foi muito bom conversar com você. — Eu bem que gostaria de estender aquele papo, mas ao mesmo tempo não queria parecer tão desesperada.

— Também gostei muito de conversar com você, Paola. Nos vemos na segunda?

— Sim, segunda. Bom final de semana para você!

— Para você também, Paola! — E desligou.

Tudo bem que foi uma desculpa esfarrapada aquela da compra do imóvel. É óbvio que não existia nada daquilo. Ele queria era saber se eu estava em casa, disponível, como ele mesmo falou.

Paola: Voltei, meninas. Então, o lindo me ligou porque queria saber se a situação da declaração dele permitia comprar um imóvel... Hello???? Agora me digam... quem se preocupa com isso numa sexta-feira às nove e meia da noite???

Maitê: Tá na cara que ele queria ouvir sua voz, né, Paola?

Val: Queria saber se vc estava em casa, sozinha, ou tinha um macho junto!

Suzana: Credo, para um advogado, bem sem criatividade, não é mesmo?

Paola: Também acho, Suzana... poderia ter arrumado uma desculpa melhor, não? Mas valeu porque o papo foi um pouquinho além.

Luciana: Além como? Conta de uma vez!

Paola: Ah, resumindo, falou que ele consegue tudo o que quer e com mulher também é assim. Que se quiser uma, luta até consegui-la. Eu disse que ele não era o tipo de homem que leva não. Aí ele perguntou se eu diria não para ele!

Maitê: PQP! Paola! O cara tá te dando mole, mulher!

Paola: Ai, meninas, assim eu fico me achando...kkkkkk... acho que vou me produzir melhor para segunda-feira!

Lili: Isso mesmo, Mamis. Mostra que vc é poderosa! Deixa ele babando... kkk

Paola: Ok, lindas, me vou... segunda conto as novidades! Bjs.

Desliguei o computador e resolvi continuar minha leitura. Porém, estava difícil me concentrar. Fiquei intrigada e encantada com aquele telefonema. Óbvio que aquilo foi uma desculpa. Mas por que ele não podia simplesmente ter ligado para conversar? Ah, sim, não tínhamos esse nível de intimidade, não éramos amigos que simplesmente ligam para bater papo. Achei estranho porque parecia que ele tinha certeza de que eu estava em casa. Fiquei pensando naquilo. Não, era coisa da minha cabeça. Bem, que ele estava interessado não havia dúvidas. Pois bem, eu tentaria deixá-lo mais ainda. Aquele jogo de palavras dele me excitava. Insinuações, provocações. Eu precisava ter aquele homem. Ele era tudo o que uma mulher sonhava. Lindo, gostoso e com uma língua afiada. Muito bem. Aguarde-me, Dr. Pedro Lacerda!

Pedro

Aquela conversa com o Rodrigo, na quinta-feira depois que a Paola deixou o escritório, não tinha me ajudado em nada. Pelo contrário, deixou-me mais incomodado ainda. Por que eu me sentia daquele jeito em relação a ela? Afinal, era uma mulher como tantas outras. Mas a quem eu queria enganar? Ela era diferente com certeza. Não era só uma questão de aparência. Mas de atitude, de comportamento. E quando ela insinuou aquelas coisas sobre a idade da loba... Sim, eu entendi aonde ela queria chegar. E ali estava o motivo do meu interesse. Ela era segura de si. Sabia o que queria e da forma como queria.

Não estava com espírito para sair. Na verdade, eu não queria sair. Queria estar com ela. Mas também não queria dar o braço a torcer e sair correndo atrás. Nunca fui disso. Liguei o som e resolvi bisbilhotar sua rede social.

"Lulu Santos – Um certo alguém"

> Quando um certo alguém
> Desperta o sentimento
> É melhor não resistir
> E se entregar

Fiz em boa hora, pois ela estava por lá. E o que visualizei me deixou muito satisfeito. Ela estava comentando a meu respeito com as amigas. E muito bem. Eu sabia que a tinha impressionado, mas fazia muito bem ao ego ter provas disso. Precisava ouvir a sua voz. Qual seria sua reação se eu lhe telefonasse? Mas àquela hora? O que eu ia dizer? Que desculpa iria contar? Não podia simplesmente ligar para bater papo. Acabamos de nos conhecer! Mas a vontade era maior e acabei não pensando muito, simplesmente liguei.

Após o telefonema, me senti um adolescente idiota, cheio de tesão por aquela mulher. Não consegui me conter e insinuei a respeito de ela estar em casa. Mas novamente escapou, não confirmando se havia um namorado. Eu a queria e sabia que a teria. E ela também desejava ser minha. Era só uma questão de tempo. E ouvir sua voz, imaginá-la em meus braços, toda gostosa e dona de si, me deixou de pau duro. Somente um banho frio poderia acalmar o meu amigo. E rezar para que o final de semana terminasse logo. Ela que me aguardasse na segunda-feira.

Capítulo 6 - Um almoço...

Paola

Decidi me arrumar com mais esmero naquela segunda-feira. Optei por um vestido preto que ia até logo acima dos joelhos, mangas curtas e decote redondo que alcançava até os ombros. Um sapato de um salto bem alto também preto. E para quebrar a sobriedade do traje, um cinto vermelho, que demarcava a cintura. As unhas também estavam pintadas de vermelho-sangue.

Caprichei na maquiagem, nada muito carregado, mas que realçava bastante os olhos. Nos lábios, um batom cor de boca. Fiquei em dúvida se deixava os cabelos soltos, mas acabei decidindo prendê-los em um coque, destacando a nuca e o pescoço, dando um toque final com um par de argolas douradas discretas. Eu queria impressionar, mas também não podia ir "vestida para matar".

— Uau, mãe! Aonde você vai assim toda produzida? — Alana me perguntou, enquanto saíamos de casa. — Não vai para a academia hoje?

— Hoje não. Preciso chegar mais cedo ao escritório.

— Mas você não costuma ir trabalhar assim. Está sempre de calça. Não que não esteja sempre bonita, mas hoje você está um arraso! — falou com seu jeito meigo.

— É que tenho uma reunião com um cliente novo e preciso causar uma boa impressão — falei, não revelando tudo exatamente.

Deixei-a no colégio, chegando cedo ao escritório. Adiantei boa parte do que tinha programado para o dia e, às dez e quinze, com tudo já sob controle, decidi sair. Cruzei com Eduardo, que me dirigiu um olhar atento.

— Uau! Tudo isso só para vir trabalhar? — Sorriu sarcástico.

— Acordei inspirada! — Foi tudo o que disse. — Estou saindo, Eliane. Você me encontra no celular se precisar.

Como estava com tempo, optei por um caminho mais tranquilo, apesar de um pouco mais longo.

Provocante 49

"**The Cramberries – Dreams**"

Cause you're a dream to me

Fiquei imaginando como seria o almoço. Descontraído ou carregado de tensão sexual? Apostava na segunda opção. Pedro até então se mostrou muito cavalheiro e gentil, mas eu duvidava que ele se mantivesse assim por muito tempo. Era óbvio seu interesse em mim, mas eu estava curiosa em como ele conduziria as coisas. Eu estava adorando aquilo. Cheguei com dez minutos de antecedência. Viviane me disse que Pedro estava em uma ligação internacional, por isso me pediu para aguardar na recepção. Em seguida, o mesmo homem, presumo eu advogado também, que cruzou comigo na quinta-feira quando saía dali, se aproximou da secretária. Ao me ver, sorriu todo simpático.

— Bom dia! Está aguardando alguém? — Que voz! Que olhos! Que corpo!

— Bom dia! Estou aguardando o Dr. Pedro. — Não tinha certeza de quem era ele, então decidi me referir ao Pedro como doutor.

— Permita que eu me apresente. Rodrigo, sócio do Pedro. Muito prazer! — E me estendeu a mão.

— Paola! Igualmente. — Cumprimentei-o, sentindo o aperto firme.

— Viviane já lhe anunciou?

— O Dr. Pedro está em uma ligação internacional. Assim que liberar, já anuncio a Sra. Paola — disse a secretária.

— Aceita um café, Paola? — perguntou gentil.

— Um café sempre vai bem — respondi da mesma forma. Ele era muito simpático. E extremamente gostoso. Cabelos castanhos, olhos azuis, alto, ombros largos e olhar intenso.

— Ótimo! Viviane, pode providenciar dois cafés, por favor? Sirva na minha sala. — Indicando-me o caminho, perguntou: — Me acompanha? Enquanto o Pedro termina a ligação, posso lhe fazer companhia.

Entramos em sua sala, tão grande e bem decorada quanto a de Pedro. Sinalizou que me sentasse na cadeira em frente à sua grande mesa em granito.

— Paola, então é você que está cuidando da vida do Pedro? Pelo menos junto à Receita Federal? — perguntou todo brincalhão.

— Pois é, estou tentando, pelo menos. Como você sabe, sempre é mais difícil consertar as coisas, mas acho que teremos sucesso. Houve uma pequena desatenção do outro contador. Por isso sempre peço que meus clientes confiram a declaração comigo. Afinal, somos todos passíveis de erros, não é mesmo?

— Sim, você tem razão, mas a gente acaba empurrando a responsabilidade. É mais cômodo. Depois dessa do Pedro, acho que vou contratar seus serviços também, antes que eu tenha uma surpresa desagradável. Você faria isso? Daria uma conferida nas minhas últimas declarações?

— Claro, Rodrigo. Melhor prevenir sim.

Viviane trouxe nossos cafés e a conversa fluiu descontraída. Era muito gostoso conversar com ele, que me deixava bastante à vontade. Estávamos rindo de algo que ele falou quando ouvimos uma batida na porta. Sem esperar por resposta, Pedro entrou com o semblante um tanto carregado.

— Bom dia, Paola! — me cumprimentou sério, diria até que um tanto carrancudo, mas não sem antes me analisar demoradamente, fixando o olhar em minhas pernas. — Rodrigo! — falou gesticulando com a cabeça.

— Pedro! Estava fazendo companhia à Paola, enquanto você estava ocupado — disse, sorrindo abertamente.

— Desculpe, Paola, mas era uma ligação importante e eu não podia interromper — justificou-se, ainda tenso. Seu olhar para Rodrigo não era amistoso.

— Imagine, Pedro, eu que cheguei adiantada. — Fiquei sem saber como agir diante daquele clima que ele estava criando.

— Silvia? — Rodrigo indagou, arqueando a sobrancelha, com um sorriso debochado no rosto.

— Não. — Foi tudo o que Pedro falou, meio irritado. Impressão minha ou eles falavam em código? Quem era Silvia? Uma namorada?

— Se você já terminou seu café, podemos ir até minha sala para trabalhar? — perguntou ríspido.

Que bicho mordeu aquele homem? Eu perdi alguma coisa? Ou fiz algo para desagradá-lo que não estou sabendo? Rodrigo também notou a aspereza dele e, para descontrair, levantou-se, dizendo:

— Então, Paola, entro em contato para agendarmos um horário.

— Ficarei aguardando, Rodrigo. Foi um imenso prazer conhecê-lo — falei, me despedindo dele.

— Você se incomoda de aguardar um minuto na minha sala, Paola?

Preciso confirmar uma informação com o Rodrigo. Fique à vontade e pode ir se instalando — disse, já abrindo a porta para que eu me retirasse.

Fiquei intrigada com o tom que ele estava usando comigo, porém deduzi que fosse algo relacionado ao tal telefonema que o estivesse preocupando. Entrei em sua sala e logo ocupei a mesma mesa utilizada anteriormente. Ele não demorou muito. Entrou com o semblante ainda carregado e aquilo me deixou desconfortável. Tão diferente do homem que me ligou na sexta-feira.

— Tudo bem, Pedro? — perguntei, examinando suas feições. — Prometo ser o mais breve possível para te liberar. Pelo visto, você não está em um bom dia.

— Apenas problemas de rotina — falou seco. — Então, você vai me liberar aqui, mas já tem outro cliente na fila?

— Desculpe, mas não entendi o que você quis dizer. — Já estava começando a ficar irritada pelo seu comportamento.

Impressão minha ou aquele comentário tinha um duplo sentido? Afinal, o que aconteceu? Ele estava com problemas e vinha descontar em mim?

— Você não estava marcando com o Rodrigo, para atendê-lo? — Agora ele estava sendo debochado? Não poderia ser ciúme aquilo. Ou poderia?

— Pedro, sinceramente não sei o que aconteceu. Você deve estar com problemas e até entendo, porém, não tenho culpa. Estou aqui porque marcamos esse horário antecipadamente. Se você não podia me atender, era só avisar. Posso ir embora se preferir. Quanto ao Rodrigo, ficou de me ligar para agendarmos um horário sim. Algum problema quanto a isso? Não me lembro de ter citado exclusividade nesse serviço para você! — disse, demonstrando minha insatisfação. Ele percebeu que exagerou e logo se desculpou.

— Perdoe-me, Paola! — Suspirou, passando a mão pelos cabelos. — Eu realmente estou um pouco nervoso, e você tem razão. Acabei descontando em quem não merece.

— Tudo bem. — Suspirei e decidi ir ao que interessava. Eu havia perdido totalmente a vontade de estar ali. — Peço que você leia com atenção o requerimento, bem como a defesa. Se houver alguma dúvida, me pergunte, caso contrário, é só assinar as duas vias. — Pelo visto, havia me enganado e me produzido à toa. Mantive-me em silêncio enquanto ele fazia o que lhe solicitei.

— Bem, Paola, pelo que vi, está tudo correto. Não tenho dúvidas. Onde assino? — perguntou, agora mais relaxado.

— Certo, Pedro. Acho que finalizamos tudo. Agora é só você entregar o processo neste endereço, ainda esta semana, na parte da manhã. As cópias ficarão lá. O original, depois de protocolado, volta para você — expliquei.

— Achei que era você quem iria entregar.

— Você precisa entregar pessoalmente. Ou então seria necessário fazer uma procuração para mim. Como estamos em cima da hora, acho melhor que você mesmo o faça — disse, sendo clara e objetiva. Aquele mau humor dele conseguiu me contagiar.

— Tudo bem, eu mesmo entrego.

— Bem, acho que é tudo. — Comecei a recolher meu material e guardar o notebook. — Dependeremos agora da análise feita pela Receita Federal e não há prazo para isso. É preciso aguardar uma nova notificação. Vamos acompanhando e, se houver alguma dúvida, você entra em contato, certo? — falei, já me levantando.

— Aonde você vai? E o nosso almoço? — disse, parecendo agora recuperar seu humor normal.

— Vejo que você não está com espírito para almoço. Deixamos para uma próxima oportunidade.

— Por favor, Paola, desculpe meus modos — falou e segurou minha mão. E lá estava aquela sensação que sempre aparecia quando nos tocávamos. — Eu estava nervoso e me excedi. Você prometeu almoçar comigo hoje, não pode me dar o cano — falou, sorrindo agora de forma sedutora.

— Tem certeza?

— Por favor, será ótimo ter a sua companhia. E como você disse, encerramos por aqui, portanto nada de trabalho. Vamos relaxar e bater um papo.

O telefone em sua mesa tocou. Era Viviane dizendo que nosso almoço havia chegado.

— Pode trazer, por gentileza.

Ela entrou e dispôs os pratos na mesa na qual havíamos trabalhado. Pedro sentou-se, agora à minha frente, e estava visivelmente mais relaxado. O aroma estava divino e atiçou a minha fome.

— Não perguntei, mas tomei a liberdade de pedir uma massa. Espero que goste — disse, sorrindo.

— Adoro massa! — Retribuí o sorriso.

— Toma um vinho comigo?

— Agradeço, Pedro, mas estou dirigindo. — Além do que, se eu tomasse vinho na companhia dele, não ia dar em boa coisa.

— Uma taça apenas? — ofereceu novamente.

— Você, melhor do que ninguém, deveria saber que não devo.

— Você é sempre cumpridora das leis assim? — Voltou a sentar-se à minha frente.

— Principalmente no que se refere à minha segurança e à de terceiros.

Começamos a comer e estava realmente uma delícia.

— E quando sai para beber? Ou você não é disso? — Levou a taça à boca, dando um gole generoso. Seus lábios ficaram umedecidos, fazendo com que ele levasse a língua até eles. Delicioso!

— O que, de beber ou de sair? — Me fiz de desentendida.

— Já que perguntou, os dois.

— Adoro sair e, se for para beber, melhor ainda. Porém, neste caso, não dirijo. Se não houver o motorista da vez no grupo, pego um táxi — expliquei entre uma garfada e outra.

— Acho perigoso uma mulher sozinha, altas horas da noite, em um táxi com um completo estranho.

— E devo fazer o que, então? Privar-me de sair para beber? Não vejo outra opção.

— Você costuma sair bastante? O que gosta de fazer?

— Procuro me organizar para sair nos finais de semana que minha filha não está comigo. Aí depende muito da companhia. Beber, jantar, dançar.

— E quando ela fica com você, o que costumam fazer?

— Quando é possível, uma viagem curta. Vamos ao cinema. Outros dias, ficamos em casa mesmo, assistindo filmes, colocando a leitura em dia.

— E o que gosta de ler?

— Nossa, isso é um interrogatório? Estou me sentindo em uma sala de audiência. — Sorri, querendo saber aonde ele queria chegar com aquela conversa.

— Apenas quero saber um pouco mais a seu respeito. Não acha natural? — Nada que dissesse respeito a ele poderia ser considerado natural.

— Gosto de um pouco de tudo. Romances.

— Que tipo de romance?

— Todo tipo.

— Devo presumir que já leu o fenômeno mundial? — perguntou, sorrindo.

— Desculpe, a que você se refere? — Óbvio que eu sabia qual era.

— Ora, ao livro que enlouqueceu as mulheres. — Estava sendo debochado? Ah, ele não sabia com quem estava lidando. Ia falar mal de Cinquenta Tons?

— Se você se refere a Cinquenta Tons, sim, já li, mais de uma vez. E assisti ao filme. Por quê? Vai me julgar também? — falei, largando os talheres. Aquela conversa não estava caminhando bem.

— Desculpe, mas não entendi. Julgar o quê? — Me olhou confuso.

— Não vai dizer também que toda mulher que lê esse tipo de literatura é uma sem-vergonha e coisas do tipo? — Eu já estava perdendo a paciência. Aquele assunto me tirava do sério.

— Não posso falar de uma coisa que desconheço. O que sei é do pouco que li a respeito. Mas me diga você, que, pelo visto, é fã incondicional. É uma história de amor, sadomasoquismo? Como funciona?

— É uma história de amor entre um homem que tem um passado conturbado, traumas e que gosta de dominar, e uma jovem inexperiente, que se vê atraída pelo modo controlador dele. Tudo que eles fazem é consensual. Tudo é voltado ao prazer. E muita coisa descrita ali acontece na vida real, porém a sociedade, hipócrita como é, não admite.

— Ouvi dizer que ele bate nela. E que ela gosta e permite. É verdade?

— Tem certeza de que não conhece a história, Pedro? — Será que ele estava me testando?

— Só o que ouvi falar. Mas gostaria de ver pelos olhos de uma mulher experiente. Você gostou? — Ele estava tentando me deixar desconfortável, mas se surpreenderia. Afinal, foi ele quem começou.

— Sinceramente? Acho difícil uma mulher não gostar. Afinal, é um romance. Porém, não é do tipo água com açúcar. Existe uma atração muito forte, uma paixão, uma química que vai muito além. E é isso que faz despertar nela a vontade de se arriscar a satisfazê-lo. Não tem nada de sadomasoquismo. São fantasias realizadas por duas pessoas adultas, entre quatro paredes, com o consentimento de ambos. Eu diria que só não aprova quem não gosta de sexo.

Provocante 55

Ou não é bem resolvido neste quesito.

Fiz questão de me expressar com calma, com o tom de voz mais baixo, o olhar fixo no dele. Enquanto eu falava, pude perceber que sua respiração mudava, tornava-se mais irregular, pesada, seus lábios entreabertos.

— Posso presumir então que você é uma mulher bem-resolvida? — indagou, bebericando seu vinho, seu tom de voz também mais baixo.

— Devo dizer que sim. Pelo menos até agora, ninguém reclamou. — Lancei um sorriso cínico para ele, que ficou mais alerta ainda.

— Admiro mulheres que assumem do que gostam, sem medo do que os outros vão pensar. Nada melhor do que uma mulher autêntica, segura de si.

— Interessante você falar isso, Pedro, porque nem todos pensam desta forma. A grande maioria dos homens não quer ou não sabe lidar com mulheres assim. Talvez se sintam intimidados. Outros pensam que este tipo não serve para casar, só para trepar. — Nossa, acho que exagerei agora. — Desculpe — falei, ficando roxa por ter soltado aquilo. Ele sorriu abertamente, visivelmente divertido.

— Por favor, Paola, não se desculpe. Como acabei de dizer, nada melhor do que uma mulher verdadeira.

— Sim, mas existe hora e local para ser assim tão verdadeira, não é mesmo? Me deixei levar pelo calor do assunto — falei, agora sorrindo também. — E você, o que gosta de fazer? — Tentei mudar o rumo da conversa.

— Além de estar na companhia de uma mulher bem-resolvida? — perguntou entre sarcástico e sedutor. Ah, aquilo estava enveredando por um caminho perigoso.

— Além disso. — Enfrentei seu olhar e sua insinuação.

— Gosto de viajar, quando posso. Adoro música, então estou sempre com o som ligado, onde quer que eu esteja e que seja permitido. Um bom filme, beber com os amigos. E como disse, uma boa companhia feminina — acrescentou, sorrindo maliciosamente.

— Namorada? — Precisava matar minha curiosidade. Ele queria me conhecer? Eu também queria saber mais a respeito dele.

— Nenhuma — falou num tom baixo e me olhando intensamente.

— Mesmo? Sinceramente, acho bastante estranho você não ter uma namorada. Talvez uma "ficante"? Pareceu-me haver alguém, hoje mais cedo, quando Rodrigo te questionou a respeito do telefonema. — A tal Silvia que ele havia mencionado. Eu tinha ficado interessada.

— Não existe ninguém. E por que acha estranho? Você também não tem namorado, pelo que percebi. — Ah, ele não respondeu a respeito da tal Silvia.

— Sou uma mulher na casa dos quarenta, separada, com uma filha de dezesseis anos. E apesar de ser bem-resolvida, os homens não têm esta mesma visão. Já você, é solteiro, bem-sucedido, extremamente sexy... Deve chover mulher bonita no seu quintal — falei, olhando-o intensamente.

— Extremamente sexy? — Arqueou a sobrancelha, dando aquele sorriso lindo.

— Ah, Pedro, não se faça de desentendido, como se você não fosse consciente disso. Com certeza não sou a primeira nem serei a última a falar isso para você. — Já tinha me arrependido. Por que fui tão sincera?

— O fato de "chover" mulher no meu quintal, como você acabou de dizer, não que isso seja verdade, não quer dizer que eu me interesse pelo que aparece. Sim, muitas mulheres já passaram pela minha vida, atraentes, bem-sucedidas também. Porém, nenhuma até então que tenha mexido realmente comigo a ponto de me envolver em um relacionamento mais sério.

— Interessante. Isso quer dizer que você é um homem exigente?

— Não sei ao certo, mas o tempo foi passando e ficando mais difícil abrir mão dos vícios. Às vezes, acho até bem confortável ficar sozinho. Você não acha?

— Concordo que vamos ficando mais criteriosos com o passar do tempo e fica mais difícil encontrar a pessoa certa, mas acho que seria bom ter uma companhia. Hoje tenho minha filha, mas daqui a pouco ela vai seguir com sua vida. — Aquele assunto começou a me incomodar.

— E o que um homem precisa ser ou ter para fisgar seu coração?

Lembrei-me dos homens que haviam passado pela minha vida e tudo o que deixaram a desejar; todo o vazio que sentia, por nenhum deles ter me completado.

— O que nenhum teve até agora: atitude!

— Uau! Em algum sentido específico? — Pareceu um tanto surpreso pela minha sinceridade.

— Em todos os sentidos. Um homem que demonstre segurança, assuma o comando, saiba o que quer, tome a iniciativa. Enfim, seja homem, no sentido literal da palavra.

— Puxa, e isso é tão difícil assim?

— Hoje em dia, é muito mais do que se imagina. Talvez seja um pouco de culpa das próprias mulheres, que facilitaram muito as coisas. Na verdade, os homens estão sempre esperando que nós tomemos a frente de tudo, inclusive dos relacionamentos. E eu cansei disso. — De repente, o clima ficou pesado, estranho. Afinal, era um assunto controverso aquele. Acabei me arrependendo de ter falado mais do que deveria a meu respeito.

— Jante comigo sexta-feira. — Ele foi direto.

Estava querendo me mostrar que ele tinha aquilo que eu queria? Atitude? Não pude deixar de sorrir ao lembrar o que havia dito ao telefone, sobre sempre conseguir o que quer.

— Desculpe, Pedro, mas sexta-feira já tenho compromisso. — E tinha mesmo. Era o encontro com as amigas insanas. Hummm, eu estava dizendo não para ele.

— Cheguei tarde? — Ele achava que eu tinha um encontro com outro homem? Iria deixar que pensasse assim.

— É um compromisso que já está marcado há um tempo. — Eu não tinha por que dar maiores explicações.

— Almoço, então?

— Já estamos almoçando.

— Você entendeu, Paola. Um almoço de verdade, não isso aqui. Eu falo de um encontro. — Ele estava com os cotovelos em cima da mesa, as mãos cruzadas em frente aos lábios. Não sorria mais.

— Não acho que seja uma boa ideia. Nós temos uma relação profissional. Não devemos misturar as coisas. — O que eu estava falando? Era o que mais queria, um encontro com ele.

— Interessante que agora há pouco você disse que tínhamos encerrado nosso trabalho. Está fugindo? Do que exatamente?

Ah, sim, eu estava tentando fugir. A probabilidade de eu sair machucada, ao me envolver com um homem como ele, era muito grande. Mas eu sabia que não conseguiria evitar.

— Não estou fugindo de nada. Só não acho sensato. E de mais a mais, você disse que não costuma sair com mulheres mais velhas. O que te fez mudar de opinião? — Claro que eu não iria admitir meu medo.

— Você! — Foi incisivo e seu olhar penetrante me abalou. Ah, medo do cacete, vai embora. Me deixa viver!

— Será que é uma boa ideia? Talvez seja perda de tempo, afinal nós concordamos agora há pouco que somos cheios de manias e não temos paciência nem disposição para abrir mão desses vícios. — Eu iria tentar uma última vez me afastar, não que quisesse isso, mas era uma tentativa de garantir minha segurança e sanidade.

— Pode ser que você tenha razão, mas como ter certeza sem arriscar? Sábado, então? Almoço, jantar, o que você preferir. — Eu sabia que ele ia continuar insistindo.

— Façamos o seguinte. Eu te ligo no sábado. Aí a gente vê. — Nem eu entendia como estava conseguindo recuar.

— Você é sempre tão difícil assim? Ou é só comigo? — Ele não estava acostumado a ouvir não, a ser dispensado por uma mulher.

— Não sou difícil, sou seletiva, é diferente. Se eu achar que não é bom para mim, simplesmente não aceito. — Acho que forcei a barra falando daquela forma. Desde quando ele não era bom para mim ou qualquer outra mulher?

— Uau! Você acabou comigo agora. Então, supõe que eu não sou bom o suficiente para você? — Ele estava com o ego ferido. Não era para menos, né? — O que te faz pensar assim? Posso te provar o contrário. — Aquele sorriso matador com certeza me provava que eu estava enganada.

— Não disse isso! Não torça minhas palavras. — Fui me levantando. — Melhor eu ir embora.

— É cedo ainda. Fique mais um pouco. — Levantou-se também.

— Preciso trabalhar e você também. Por favor, não se esqueça do seu compromisso. Não deixe para o último dia. — Eu precisava me afastar, pensar com clareza, decidir se valia a pena arriscar me envolver com ele.

— Você vai mesmo recusar sair comigo? — Se aproximou e, naquele instante, eu só gostaria de dizer que não.

— Talvez. — Afinal, por que mesmo eu estava enfrentando-o? Que merda, Paola! Quando outra vez na sua vida um homem desses vai te dar bola? Pode ser sua única chance de viver um romance tórrido. Porque com ele com certeza seria assim. E era tudo o que eu queria.

— Eu não vou desistir, Paola. — Sorriu sedutor e confiante.

Muito bem, mostre que você é uma mulher bem-resolvida, como disse que

Provocante 59

era. Arrisque-se.

— Eu conto com isso, Pedro! — Segurei seu olhar por um instante e saí.

Pedro

Não acreditei quando Viviane transferiu a ligação de Silvia. Afinal, não eram nem cinco horas em Nova York. O que ela queria comigo tão cedo? Tudo bem que eu sabia que o que a tinha levado para lá era um assunto delicado de um de nossos clientes. Mas, sinceramente, não poderia esperar? Eu estava ansioso. Paola já devia estar chegando.

— Você poderia vir para cá me ajudar, né, Pedro? Essa situação está bastante complicada. Está sendo bem difícil cuidar de tudo sozinha. — Eu sabia que ela conseguiria administrar tudo sem a necessidade de mais alguém. Ela era uma advogada muito competente e perspicaz.

— Você está sendo modesta, Silvia. Sei que consegue tirar essa de letra. Estou muito ocupado aqui com outras ações. O tribunal tem me tomado muito tempo. — Não deixava de ser verdade.

— Você poderia dar um pulinho aqui. A gente aproveitava o final de semana para passear, você descansaria um pouco.

— Estamos falando de Nova York, Silvia. Não é exatamente um pulinho. Não posso me dar ao luxo de passear neste momento.

— Preciso conversar com você. — Ah, não, lá vinha aquele papo de novo. Eu não sabia mais o que fazer para que ela entendesse que nunca haveria nada entre nós. — Tomei uma decisão, que será melhor para nós dois, mas não posso falar por telefone.

— Façamos assim, você cuida de tudo aí, como a advogada eficiente que sei que você é. Quando voltar, a gente conversa pessoalmente. — Será mesmo que essa decisão viria a me favorecer, fazendo com que ela desistisse da ideia de nós dois? Eu tinha minhas dúvidas. — Agora, Silvia, eu preciso atender um cliente que já está me aguardando. O dia hoje está bem corrido.

— Ah, Pedro, você não muda mesmo, não é?

— Silvia, eu realmente preciso trabalhar. Falamo-nos quando você voltar, tudo bem? Tenha um bom dia!

— Tchau, meu amado! Um excelente dia para você também. Não trabalhe demais.

Desliguei e interfonei para Viviane, para saber se Paola já havia chegado. Me surpreendi ao saber que sim e que estava na sala do Rodrigo. Tratei de intervir naquela conversa, pois ele era muito indiscreto. Bati na porta, entrando sem esperar resposta.

E não gostei nem um pouco do modo como estavam conversando, como se fossem velhos amigos, principalmente vendo os trajes dela. Ah, sim, lembrei que ela havia comentado com as amigas que iria se produzir para hoje. Era a primeira vez que a via de vestido, exibindo aquelas belas pernas. Estava mais feminina, ainda que discreta.

Fui um tanto ríspido e frio quando pedi a Paola que fôssemos para a minha sala trabalhar. Queria tirá-la logo dali antes que Rodrigo fizesse algum comentário que me colocasse em uma saia justa. E fiquei mais puto ainda ao ouvi-lo dizer que entrava em contato.

— O que você está fazendo, Rodrigo? — Fui direto, assim que Paola saiu.

— Pode baixar as armas, Pedro. Eu só estava sendo simpático, fazendo companhia a ela enquanto você estava ocupado. Não tem nada de mais.

— Espero que você não tenha sido indiscreto, falando mais do que deve. E por que fez questão de mencionar a Silvia?

— Não estou te reconhecendo, Pedro. Desde quando eu entrego as cagadas dos meus amigos? — Ele estava se referindo à minha "investigação" dela. — E você não estava falando com a Silvia?

— E o que você quer agendar com ela? — Não me reconhecia agindo daquele jeito. Era ciúme o que eu estava sentindo?

— Pedi que ela dê uma olhada nas minhas declarações. Não vejo nada demais nisso.

— Fique longe dela, Rodrigo — ameacei meu melhor amigo, sem ainda entender bem o porquê.

— Pensei que você me conhecesse. Realmente está abalado por essa mulher, Pedro. Devo concordar que não é para menos. Ela, além de linda, parece ser uma mulher íntegra e que não merece ser espionada. Eu, se fosse você, tomaria cuidado com a forma que está agindo.

— Está dado o recado, Rodrigo. — Saí de sua sala pisando duro, com muita raiva. Não sabia se era dele ou de mim mesmo. E acabei despejando um pouco em cima da Paola.

Ela era uma mulher inteligente e, vendo meu estado arredio, passou a me tratar de forma fria, totalmente profissional. Foi direta, dizendo que poderia ir embora se eu preferisse. Não, eu não queria aquilo. Queria-a ali. Então, tratei de me controlar. Aos poucos, o clima foi ficando menos tenso. Terminamos rapidamente os assuntos profissionais e a conversa fluiu melhor durante o almoço.

O pouco que ela me revelou durante nosso bate-papo foi o suficiente para confirmar aquilo que já sabia ou imaginava. Diferente das muitas mulheres que passaram pela minha vida, ela não escondia sua forma de ser e de pensar. Falava o que lhe vinha à mente, sem medo de ser julgada. Isso era fascinante. Ratificou o que eu havia visto em sua rede social. Ela era quente, muito quente.

Fiquei surpreso e intrigado com sua sinceridade ao falar do que um homem precisava para lhe conquistar. E eu queria conquistá-la. Mas ela não iria facilitar. Recusou meu convite, mesmo eu deixando claro que a minha intenção era aprofundar nossa amizade, por assim dizer. Ah, ela era exigente. E ao falar que era seletiva e só queria o melhor, admito que me senti um pouco insultado. Eu provaria a ela que eu era o que ela queria e precisava. Mas teria que sondar o que era aquele compromisso de sexta-feira que a fez me dispensar. Um encontro com outro homem? Com certeza haveria algum comentário com as amigas. Eu não ia desistir. E deixei isso claro.

Capítulo 7 - Uma certa carona

Paola

Minhas amigas já me aguardavam no restaurante onde tínhamos reserva. Acabei me atrasando uns minutos por conta do táxi. Eu ia beber à vontade, então não poderia dirigir. E sexta-feira o movimento é sempre maior.

— Está atrasada, Paola! — falou Maitê, já bebericando sua caipirinha.

— Desculpem, meninas, o táxi demorou. — Cumprimentei todas com um beijo e um abraço.

Eu adorava aquelas mulheres. Não tinha tempo ruim com elas. Apesar de todas termos nossos problemas e preocupações do dia a dia, ali era só diversão. Pedi uma caipirinha também, para começar, e o papo já começou quente, por causa de um livro que estava em alta no grupo.

Conversamos, rimos, bebemos e petiscamos. Depois de algum tempo que estávamos lá e com todas já meio altinhas, Maitê, que estava sentada à minha frente, fixou os olhos em algo às minhas costas e exclamou:

— Gurias! Disfarcem, mas deem uma olhada no gostoso ali ao pé da escada. Ele está vindo em nossa direção. Uau!

— Que, o que é aquilo? — exclamou Lolla.

— Ai, meninas, como ele é? Não posso virar agora, né? — falei ao mesmo tempo em que elas arregalavam os olhos e erguiam a cabeça em direção a algo atrás de mim. E muito próximo, pelo visto.

— Paola? — A voz me fez estremecer. E eu sabia a quem pertencia.

Puta que pariu! Pedro! Ergui o olhar até ele, parado ao meu lado, com um sorriso escandalosamente lindo. O que ele estava fazendo ali? Como me achou? Fiquei olhando-o, totalmente sem palavras. Ah, como ele estava lindo! Vestia uma calça clara muito justa, que marcava suas coxas e que, naquele momento, estavam bem na direção do meu rosto. Uma camisa rosa de mangas compridas dobradas até o cotovelo realçava seus ombros largos. Aquele traje o deixava mais jovem e gostoso.

— Pedro?! — Eu não sabia se levantava ou ficava sentada, se o apresentava ou esperava que ele o fizesse. Fiquei burra! Não sabia se era efeito da bebida ou dele.

— Boa noite, senhoras! Eu sou Pedro, cliente e amigo da Paola. Não quero interromper a noite de vocês. Só passei para cumprimentá-la — falou todo gentil e educado, transbordando charme.

Todas o cumprimentaram e se apresentaram, visto que eu continuava empacada, totalmente emburrecida. Até que a Lolla me tirou daquele estado.

— Paola, está tudo bem? — perguntou, obviamente se divertindo com a minha cara. Finalmente consegui sair do transe. Então me levantei, parando ao lado dele.

— Tudo bem. Só estou surpresa, desculpe. O que faz aqui, Pedro? — perguntei.

— O mesmo que você, Paola, bebendo com um amigo. — Ah, claro, sua imbecil, o que mais ele poderia estar fazendo ali? — Estou naquela mesa ali embaixo e devo dizer que quase não a reconheci. Você está bem diferente do dia a dia do escritório — falou, olhando-me da cabeça aos pés. Eu estava usando um vestido curto e os cabelos soltos. Olhei para onde ele havia indicado e vi que Rodrigo também estava lá.

— Prefiro manter o tom profissional quando estou trabalhando. Rodrigo está com você?

— Está sim. Então preciso vê-la mais vezes fora do modo profissional. — O olhar dele em mim era faminto. — Presumo que não tenha vindo de carro, já que está bebendo — afirmou e apontou para a mesa, onde estava meu copo.

— Vim de táxi — falei embriagada. E acho que não só pela bebida.

— Vai embora de carona?

— Ah, não, a Paola não pega carona com quem bebe. Hoje ela terá que se virar! — disparou Maitê.

— Já disse que não acho boa ideia você pegar um táxi altas horas da noite, Paola! — me repreendeu. O que ele estava pensando? Que mandava em mim? — Me avise quando quiser ir embora que eu a levo. — Mas era só o que faltava.

— Você acabou de dizer que também está bebendo, Pedro. Sendo assim, não está qualificado para dirigir. Pelo menos não para mim — disse, desafiando-o.

— Tomei só um chopp até agora. Não vou beber mais nada, então você pode confiar e ir comigo.

— Por que não vai beber mais?

— Porque vou te levar para casa! — Agora ele era meu pai ou o que para decidir com quem eu volto para casa?

— Não precisa disso tudo. Sempre faço assim. E se você não estivesse aqui? Eu iria sozinha do mesmo jeito. — Agora eu estava sendo birrenta.

— Uau, Paola, ele vai deixar de beber para te levar. Custa você aceitar sem fazer alarde? — interrompeu Mari. Ah, sim, agora elas estavam do lado dele.

— Ela não tem o que aceitar. Você vai comigo e pronto! Fique o quanto desejar. Eu estarei lá embaixo. Quando quiser ir, me mande uma mensagem que venho aqui te pegar — falou, me encarando sério, decidido. Nossa, que delicioso ele era assim mandão. Gostei daquilo, mas não ia admitir.

— Bem capaz mesmo! Já disse que não precisa — insisti mais um pouco, apesar de querer muito aceitar.

— Já decidi e não vou mais discutir com você, visto que já deve ter passado do ponto na bebida. — falou como se eu fosse uma criança. — Senhoras, vou deixá-las à vontade agora. Divirtam-se! E você... — Me dirigiu o olhar novamente. — Não adianta querer fugir. Posso vê-la de onde estou.

— Ah, pode deixar, Pedro, qualquer coisa eu te aviso! — Ah, sim, agora eu tinha vigias.

— Maitê, você não acha que já bebeu demais? — falei, fuzilando minha amiga com o olhar.

— Talvez, mas não sou eu que estou sendo birrenta aqui.

Por fim, ele se retirou e ficou lá embaixo, me observando quase que o tempo todo.

— Paola do céu! Que delícia de homem esse seu cliente. Tá esperando o que para dar pra ele? — Maitê falou, olhando-o. — E aquele amigo dele? Cacete! Você conhece? Pode ir tratando de me apresentar.

— Dá para ser mais discreta? — Terminei minha caipirinha. — Aquele é o sócio e amigo dele, Rodrigo.

— Ui, advogado também? Nossa, que escritório é esse? Só homem gostoso! Te vira, amiga. Gostei do bofe.

— Por que quis recusar a carona dele, Paola? — perguntou Mari. — Não tem nada de mais. E depois, vai bancar a difícil até quando?

— Não é questão de bancar a difícil, Mari. Mas vocês viram tudo o que ele

Provocante 65

é. Continuo achando que é muita areia para o meu caminhãozinho. Eu sei que vou acabar me machucando. Ele já deixou claro que não é de se envolver. Quer dizer, seria mais uma foda e pronto. E não sei se eu quero só isso — desabafei, colocando para fora o verdadeiro motivo de estar me segurando.

— Ah, Paola, não tem como a gente saber se vai dar certo ou não. — Lolla segurou minha mão num gesto carinhoso. — Infelizmente é assim. Você vai ter que arriscar para saber como é.

— Eu sei! Mas talvez eu precise de um pouco mais de tempo para amadurecer essa ideia. — Olhei para onde ele estava. Eu acabei me envolvendo mais do que devia em tão pouco tempo.

Pedi mais uma caipirinha, tentando esquecer que ele estava ali, e continuamos nosso bate-papo.

Após muitas risadas e mais bebidas, decidimos que já era hora de irmos embora. Apesar de não estar muito segura a respeito, passei uma mensagem dizendo que estava pronta para ir. Vi quando ele pegou o celular, se despediu do amigo e veio em minha direção. Agora eu não tinha mais como fugir. Confesso que estava um pouco alta e seria muito bom tê-lo ao meu lado na hora de descer as escadas.

— Com licença, senhoras! Vamos?

Ele afastou a cadeira para que eu levantasse e segurou meu braço. Será que eu parecia tão bêbada assim? Mas era tão bom sentir as mãos dele em mim, nem que fosse só no braço. Despedi-me das minhas amigas com um abraço e, como não podia deixar de ser, Maitê soltou mais uma.

— Vocês dois vão direto para casa, hein? Juízo. — Lancei um olhar fulminante para ela.

— Fiquem tranquilas, ela será entregue em perfeito estado. — Ele continuou me segurando até que chegamos ao caixa. Entreguei minha comanda e ele logo disparou: — Inclua na minha conta, por favor.

— Negativo! — falei um tom mais alto do que gostaria. — Já basta você me levar para casa. Minha conta pago eu.

Ele aceitou, talvez preocupado, pelo meu tom, que eu fizesse uma cena. Esticou o pescoço para ver meu consumo e exclamou:

— Quatro caipirinhas? Não me admira que esteja tão alta! — falou debochado.

— Não estou alta! Estou alegre, é bem diferente. Sou adulta, não devo satisfação da minha vida para ninguém, pago minhas contas e bebo o quanto quiser. Não te chamei aqui para ficar me julgando. Aliás, nem sei por que aceitei sua carona — falei, despejando tudo de uma vez só, enquanto a moça do caixa passava meu cartão e me olhava espantada.

— Sim e o fato de você estar falando alto e chamando a atenção de todos é puramente pela sua alegria. Não tem nada a ver com ter bebido além da conta? E não precisa ficar ofendida. Só fiz um comentário.

— Totalmente desnecessário!

— Ok, podemos ir ou vai continuar com o show?

Ele me encaminhou para a porta de saída, com as mãos na base das minhas costas. Estava mesmo tão quente ou foi o toque dele que me deixou pegando fogo? Ficamos em silêncio enquanto o manobrista trazia seu carro. Era um Volvo preto, maravilhoso, porém, devido ao meu estado de "alegria", não consegui identificar o modelo. Ele abriu a porta para que eu entrasse e logo se acomodou ao meu lado. Ligou o carro e uma música invadiu seu interior.

"Lenny Kravitz – Again"

All my life
Where have you been

Recostei a cabeça no encosto e fechei os olhos, mas a tontura me invadiu e achei melhor mantê-los abertos. Tive que admitir que ele tinha razão, eu estava alta, e bem alta.

— Tudo bem? — perguntou e tocou meu joelho, que, aliás, devido ao comprimento do meu vestido, estava nu. Mais calor! Será que o ar-condicionado estava ligado?

— Tudo. — Foi só o que respondi.

— Então, esse era o compromisso que você tinha agendado há vários dias, quando recusou meu convite para jantar? — Eu nada disse, apenas o olhei. Quando foi mesmo que aquele homem ali ao lado, lindo e gostoso, entrou na minha vida? — Divertiu-se com suas amigas?

— Eu me diverti muito — respondi, saindo do transe. — Ao contrário de você, que saiu com seu amigo para beber e conversar, mas não bebeu porque decidiu que tinha que me levar para casa, já que pensa que não é seguro eu pegar um táxi, quando sempre faço isso quando saio para beber. Por que você fez isso,

Pedro? Não tinha nada que assumir essa responsabilidade. Já disse que não era necessário! — despejei todo o meu desconforto em cima dele.

— Respire, Paola — ele falou calmamente, tocando meu joelho de novo, e sorrindo, como se estivesse achando graça. Então eu me dei conta de que tinha falado tudo de uma vez, sem realmente parar para buscar ar.

— É sério, não entendo por que tanta preocupação comigo. Eu não sou nada sua! — Ele me olhou, agora com cara de ofendido, porém ainda carinhoso.

— Puxa vida, assim você me magoa. Quer dizer que eu também não sou nada seu? É assim que você me considera, um completo estranho? — Ele continuava com a mão no meu joelho e agora começou a movimentá-la lentamente, para cima e para baixo. Deus, que calor era aquele? Por que ele fazia aquilo? Era tortura.

— Não disse que éramos estranhos. Temos uma relação profissional. E isto não quer dizer que você precise cuidar da minha segurança quando por acaso encontrar comigo. Aliás, como você sabia que eu estava lá?

— Eu não sabia, foi uma coincidência nos encontrarmos. E pelo que me lembro, nossa relação profissional já acabou. Pensei que éramos amigos. Apesar de que poderíamos ser bem mais do que isso. — Apertou meu joelho.

Eu fiquei olhando para ele e me perguntando por que eu resistia, se o que eu mais queria era estar em seus braços. Existia uma atração mútua, só que nenhum de nós dava o primeiro passo. O que ele queria? Do que gostava? Será que eu conseguiria satisfazê-lo? Ele devia ser muito quente, fogoso, garanhão mesmo! E não sei de onde veio o que perguntei a ele.

— Você gosta de compartilhar? — soltei sem pensar.

— Como é? Compartilhar o quê? — perguntou, não entendendo a que eu me referia.

— Compartilhar uma mulher, dividi-la com outro homem! Um ménage!

Ele me olhava entre surpreso e divertido.

— Você tem noção do que está me perguntando, Paola?

— Se estou perguntando é porque tenho! — Eu não tinha noção de nada. — E então? Gosta ou não? — insisti na insanidade da pergunta.

— Já assisti alguns ménages, porém nunca participei. Acho que nunca tive vontade, nem pensei a respeito. Por quê? Você gostaria de ser compartilhada?

— Não sei! Às vezes tenho essa fantasia. — Suspirei, recostando a cabeça novamente. Eu estava zonza. Seria a bebida? Ou era ele?

— Nunca realizou?

— Não! — Ah, Deus, minha cabeça estava rodando...

— Por que me perguntou isso?

— Sei lá... De repente me lembrei de um livro em que o personagem compartilha a mulher dele com outros homens, dentre eles o melhor amigo.

— E posso saber qual é o nome desse livro?

— Peça-me o que quiser! — falei, agora olhando-o profundamente.

Como eu queria que ele me pedisse. Qualquer coisa. Ou eu a ele. Queria pedir-lhe para me beijar, me pegar em seus braços e me foder gostoso. Mas minha boca não obedecia meu cérebro. Mais tarde eu agradeceria por isso.

— Pois saiba que, se você fosse minha, eu nunca te compartilharia — falou sério, segurando minha mão.

O que ele falou parecia tão longe. Minha cabeça dava a impressão de estar flutuando. Fiquei olhando-o. Eu imaginei que ele disse 'se eu fosse dele'? Ele gostaria que eu fosse dele? Ah, eu não estava conseguindo pensar com clareza.

— Pronto, chegamos. Espere, eu te ajudo a descer — falou, já saindo do carro e se dirigindo ao meu lado, abrindo a porta.

Como chegamos ali? Eu não me lembrava de ter lhe dito meu endereço. Antes de eu descer, ele segurou meus tornozelos e tirou meus sapatos. Depois segurou em meu braço e me acompanhou até a portaria do prédio.

— Vou te acompanhar até seu apartamento.

— Não precisa, Pedro — resmunguei, porém não sabia se conseguiria chegar sozinha lá.

— Eu disse que vou e acabou. Você não está em condições de discutir comigo. Vou ficar mais tranquilo sabendo que te deixei inteira em casa. — Ele estava me tratando como uma criança irresponsável. Só porque bebi um pouco a mais? Tá, na verdade, bebi bastante.

Era tão bom tê-lo ao meu lado. Entramos no elevador e subimos calados. Achei que ele me observava sorrindo, talvez achando graça da minha "alegria". Quando paramos em frente à porta do meu apartamento, demorei um pouco para pegar a chave, devido ao meu estado. Ok, eu admito que estava bem alta. Vendo minha dificuldade com as chaves, ele as tomou da minha mão.

— Deixe que abro para você. — Parei de reclamar e deixei que me ajudasse.

Ele estava tão próximo que eu podia sentir seu perfume e sua respiração muito perto do meu rosto. Acho que até seu hálito eu conseguia sentir. Ele abriu a porta e me conduziu para dentro. Fechou-a, ainda segurando meu braço, e colocou meus sapatos no chão da sala. Eu nada falava, apenas acompanhava seus movimentos. Voltou-se para mim, me olhando divertido. Ah, sim, ele estava se divertindo muito, pelo visto.

— Precisa de ajuda para alguma coisa? — perguntou, segurando meus braços, seu rosto muito próximo, o corpo quase encostando no meu.

— Acho que sim — falei, sem saber direito o que era.

Ou melhor, eu sabia. Eu precisava dele. Eu o queria. Todinho para mim. Seus braços em volta do meu corpo, sua boca na minha. Eu estava com o olhar fixo no seu. Desci até seus lábios. Por que ele não me beijava? O que ele estava esperando?

— E o que é? — perguntou, estreitando os olhos, fixando-os em meus lábios.

Eu não conseguia falar nada, estava hipnotizada, além de embriagada, é óbvio. Ele me fitou por mais um instante e abriu seu sorriso maravilhoso, que me fazia derreter.

— Acho melhor eu ir embora. Tem certeza de que vai ficar bem? Ou prefere que eu fique aqui com você mais um pouco?

— Não, estou bem, você pode ir — falei, recobrando um pouco o juízo que ainda me restava. — Obrigada mais uma vez, Pedro, e desculpe pelo incômodo.

— Não foi incômodo algum. Adorei te acompanhar. E gostei muito da nossa conversa. — Ah, sobre o que mesmo a gente tinha conversado? — Agora vá deitar. Deixe o celular ao lado da cama. E, se precisar de alguma coisa, me ligue, ouviu?

— Tudo bem!

— Tranque a porta. — Se aproximou e me deu um beijo na testa. — Ligo amanhã para ver como você está. Durma bem!

— Tchau, Pedro! — Tranquei a porta e fiquei lá encostada um instante, tentando lembrar do que falamos no carro. Mas eu não estava em condições de pensar. Precisava ir para a cama, antes que dormisse ali mesmo, em pé. Com muito custo, consegui chegar ao quarto e me joguei na cama do jeito que estava, sem trocar de roupa ou tirar a maquiagem. Apaguei instantaneamente.

Pedro

Quase não a reconheci. Ela estava diferente. Os cabelos soltos, em cachos, caíam pelos seus ombros. E de onde eu estava, conseguia ver suas pernas. Ela estava de vestido, deixando aquelas coxas maravilhosas à mostra. Estava mais deliciosa ainda.

Eu havia feito uma reserva no mesmo restaurante que ela ia, tendo o cuidado de verificar onde ela e as amigas estavam sentadas. Seria como um encontro casual, eu iria lá cumprimentá-la e, como sabia que não estaria de carro, ia me oferecer para levá-la embora. Tive o cuidado de averiguar tudo em suas postagens. Não daria chance para que ela me recusasse novamente. É claro que Rodrigo não concordava com aquilo, mas me acompanhou mesmo assim.

Após um tempo, me dirigi até sua mesa. Ela estava realmente surpresa por me ver ali, e ficou muda por um momento. Joguei um charme para as amigas, afinal, tinha certeza de que elas incentivariam minha oferta. Porém, Paola era teimosa e precisei impor minha vontade. Talvez por efeito da bebida, sim, porque ela estava bem alta, acabou concordando meio a contragosto. Mas o que importava era que eu consegui o que queria.

Voltei para minha mesa e fiquei observando-a. Rodrigo estava se divertindo com minha estratégia, apesar de não ser muito convencional. Mas depois que reparou em uma de suas amigas, sua postura mudou. Queria conhecê-la, mas disse que naquele momento eu estava concentrado em outra coisa. Ficaria para depois.

Saímos do restaurante tão logo ela me passou a mensagem, conforme o combinado. Ela estava mais do que alta. Mas eu estava me divertindo, era cômico ver aquela mulher, normalmente toda discreta, agora se expondo assim.

Confesso que fiquei alerta quando ela me perguntou como eu sabia que ela estava lá. Mas sua desconfiança era infundada. Era natural considerar aquilo uma coincidência. Ficou muda novamente, até que soltou a bomba.

— Você gosta de compartilhar? — perguntou de supetão, fixando o olhar em mim. Eu não entendi realmente a pergunta. De onde saiu aquilo?

Fiquei olhando-a, boquiaberto com sua audácia e malícia. Aquela mulher conseguia me surpreender o tempo todo. Tinha certeza de que ela não sabia o que estava fazendo ou falando. Por mais que fosse desinibida, seria estranha aquela conversa para o tanto de intimidade que não tínhamos.

Seu olhar revelava todo o seu desejo, a sua fome. Era como se estivesse pedindo, somente com os olhos, para ser comida. Ah, Paola, se soubesse o quanto eu também quero isso, o quanto eu quero te fazer gritar de prazer, ouvir seus gemidos, miados, e suas palavras sacanas, devorar seu corpo com vontade, como você quer e merece. Eu queria muito que ela soubesse como mexia comigo, como me fazia sentir vivo. Eu não poderia mais esconder aquilo, precisava pôr para fora, falar, mostrar a ela. Mas não hoje, não agora.

Chegamos ao seu apartamento e eu sabia que ela me queria. Seu olhar a denunciava. Ela alternava entre meus lábios e olhos, quase implorando para que eu a beijasse. Tive que fazer um esforço enorme para me controlar e não tomá-la ali mesmo. Eu seria muito canalha se me aproveitasse dela naquele momento.

Saí e fiquei pensando no que aconteceu naquele curto espaço de tempo. Era incrível o que ela estava fazendo comigo. Eu não queria admitir, mas estava completamente envolvido. Ninguém tinha conseguido me desestabilizar daquela forma. Ela era diferente de todas as mulheres que já tinha conhecido. Era única. Inteligente, bem-humorada, espirituosa. Ah, sim, e aquela audácia que só ela tinha. Como ela conseguia ser insinuante, sem ser vulgar. No olhar, nos gestos, na roupa. E, além de tudo isso, ainda era linda, gostosa como poucas. Fazia com que eu me sentisse à vontade, de bem comigo mesmo e com o mundo.

Eu precisava mostrar meu interesse mais claramente para ela. Ela deixava claro que queria ser seduzida. E eu faria isso. A princípio, somente com palavras. As ações seriam bem pensadas. Eu a faria pedir por mim. Queria vê-la baixar a guarda. E isso começaria amanhã mesmo.

Capítulo 8 - Ressaca

Paola

Alguma coisa me despertou, mas eu não sabia ao certo o que era. Acho que sede. Nossa, eu estava com a boca muito seca. Me remexi na cama e na minha cabeça tinha um zumbido... Como o de abelhas. Ah, sim, tenho a impressão de que bebi além da conta ontem à noite. Olhei à minha volta e então reparei que ainda estava com a mesma roupa. Nem tinha me dado ao trabalho de tirá-la.

Como cheguei ali? Não me lembrava de muita coisa, só do Pedro sorrindo para mim. Oh, Deus! Sentei rapidamente e aquilo só piorou minha tontura. Por que eu me lembrava dele mesmo? Ah, sim, ele me trouxe para casa. Será? Lembro que queria beijá-lo. Tudo parecia muito confuso. Olhei ao lado da cabeceira da cama e meu celular indicava uma mensagem. Dele!

"Bom dia, linda! Ligue-me assim que vir a mensagem. Do contrário, vou te despertar às 10h. Estou esperando."

Linda? Desde quando ele se dirigia a mim daquela forma? Olhei a hora. Eram quinze para as dez. O que ele quis dizer com me despertar? Por que ele faria isso? Será que eu deveria mesmo ligar? Estava com medo de descobrir algo que tivesse feito ontem à noite e do qual poderia me arrepender. Mas não tinha outro jeito de descobrir. Eu precisava ligar. Mas antes precisava beber alguma coisa. Fui até a cozinha pegar um copo d'água e em seguida disquei seu número e aguardei, quase sem conseguir respirar.

— Bom dia, Bela Adormecida! Dormiu bem? — Ah, aquela voz me fazia esquecer o porquê de eu ter ligado. Estava todo carinhoso e aquilo me fez derreter um pouco mais.

— Bom dia! — falei baixo, pois minha mente ainda estava uma bagunça. — Não sei dizer se dormi bem. Na verdade, acho que apaguei. E não sei se isso é bom ou ruim. — Ele soltou uma gargalhada do outro lado e tive que afastar o telefone do ouvido.

— No estado em que você se encontrava, acho que deve ter sido um desmaio mesmo. Mas como você está agora? Dor de cabeça, náusea? — indagou, ainda divertido.

— Estou um pouco zonza ainda, mas acho que é só. — Respirei fundo, tomando coragem para perguntar o que estava me incomodando. — Você me trouxe para casa, certo, Pedro?

— Sim. Por quê? Você não se lembra nem disso? — O que ele queria dizer com "nem disso"?

— Ai, Pedro, me diga que eu não dei vexame, por favor! O que foi que eu fiz? Ou falei? — perguntei, atônita.

— Tem certeza de que não se lembra de nada? — Mais gargalhadas.

— Pedro, pelo amor de Deus, não me deixe mais nervosa ainda. Conte-me.

— Calma, fique tranquila, você não fez nada de errado, não deu vexame algum. Porém, falou algumas coisas.

— Que coisas? — perguntei, com medo de ter revelado tudo o que eu penso e sinto por ele. Já pensou? Que mico?

— Bem, quanto a isso, só posso te contar pessoalmente. — Senti que ele sorria. Ah, ele estava achando graça da minha desgraça.

— Pedro, não me coloque numa situação mais difícil ainda. O que eu falei? Eu me comprometi?

— Você gosta de correr? — perguntou, mudando totalmente de assunto.

— O que isso tem a ver com o que eu falei ontem, Pedro?

— Me responda primeiro. Você costuma correr, na rua ou na academia?

— Não sou uma típica atleta, mas às vezes corro na esteira. Por quê?

— Então se apronte porque daqui a meia hora estou passando aí para te pegar.

— Pegar para quê?

— O dia está lindo lá fora, se ainda não percebeu. Te pego aí, tomamos um café e vamos até o parque correr um pouco. Vai ser bom para você.

— Pedro, eu não quero correr. Quero que você me diga o que falei ontem à noite.

— Só vou te dizer se sair comigo para correr. O tempo está passando. Tome uma ducha para despertar e vista algo confortável. Às dez e meia estarei aí. Até daqui a pouco. — E desligou. Nem esperou eu responder. Ai, que ódio. Que merda eu fiz ontem?

Fui me arrastando para o banheiro e tomei uma ducha, como ele falou. Vesti uma calça de ginástica e um top combinando. Coloquei uma regata por cima e calcei o tênis. Na verdade, não estava tão mal assim. Com exceção da minha cabeça, que ainda estava um pouco zonza, de resto até que eu me sentia bem. Prendi o cabelo num rabo de cavalo, peguei minha bolsa, óculos, boné, uma toalha e minha garrafa de água. A sede era tremenda.

Desci e, quando cheguei à portaria, ele estava descendo do carro. Uau! Que coxas eram aquelas? Ele estava usando bermuda e camiseta pretas. Os óculos escuros não me deixavam ver seus olhos. Ele estava sorridente, tranquilo e relaxado. Perfeito! Veio caminhando até mim, segurou minha mão e me beijou no rosto.

— Bom dia novamente, linda! Tudo bem? — Desde quando ele me chamava de linda? E quando começamos a nos cumprimentar com beijinho no rosto? O que aconteceu ontem? Eu devia estar muito bêbada para não lembrar direito.

— Bom dia para você também! Posso saber o motivo de tanta felicidade? — perguntei sorrindo, pois ele estava me contagiando.

— Quer motivo melhor do que um dia lindo como esse, ao lado de uma mulher linda como você? — Minhas pernas fraquejaram um pouco, não sei se efeito da bebida ainda na minha corrente sanguínea ou se eram aquelas palavras proferidas por aquela maravilha à minha frente. Novamente ele me deixou muda. Aquilo estava se tornando rotina já. — Vamos? — Abriu a porta do carro, me permitindo entrar, e se acomodando ao meu lado em seguida.

— Então, como está se sentindo? — perguntou e colocou a mão na minha perna. Ele já tinha feito isso antes, não tinha? Quando foi? Ontem à noite?

— Estou melhor do que deveria, eu acho — falei, olhando diretamente para ele. — Pedro, o que foi que eu falei ontem?

— Por que você está tão preocupada com isso? — perguntou sorridente.

— Porque eu acordei hoje sem lembrar direito como cheguei em casa. Eu estava dormindo com a mesma roupa de ontem e a única coisa que vem à minha cabeça é você sorrindo abertamente para mim. Aí eu te pergunto se fiz algo e você me diz que não fiz, mas que falei. Sabe-se lá o que é!

— E o que você teria para falar de tão grave assim que te deixou preocupada?

— Não é questão de grave, mas indiscreto, fora de hora. Vamos, eu já concordei em sair para correr com você, agora me diga, do contrário, desço já desse carro.

— Tudo bem, não precisa ficar assim. Na verdade, você não falou tanta coisa assim. Foi mais uma pergunta que me fez. — Será que eu perguntei se ele queria me comer? Ai, que vergonha.

— O que foi que eu perguntei? Desembucha, Pedro! — Ele já estava estacionando o carro. A delicatessen que fomos era muito próxima de onde eu morava.

— Calma. Venha, vamos nos acomodar primeiro. Depois eu te falo.

Ele estava fazendo aquilo de propósito. Não é possível! Entramos e ele escolheu uma mesa no fundo. Eu não estava nem um pouco com fome, somente sede. De bebida e de informação. Sentei-me já um tanto irritada, mas ele não fez o mesmo. Puxou-me pela mão.

— Vamos nos servir?

— Não estou com fome — disse, bastante irada, porém lhe acompanhando.

— Se vamos correr, você precisa comer algo. Sirva-se pelo menos de um suco e algum carboidrato. — Parei e fiquei olhando-o. Ele estava mandando? Não pude deixar de lembrar de Christian Grey mandando Ana comer. — Vamos, Paola! Pegue alguma coisa, ou eu mesmo pego para você! — Mas era só o que faltava.

Servi-me de um copo de suco de laranja e um croissant e fui me sentar. Ele fazia tudo devagar, muito calmo e sossegado, só para me deixar mais nervosa ainda. Tentei outra tática.

— Pedro, será que agora você poderia me dizer o que te perguntei ontem? Por favor? — falei baixo, calma, tentando parecer tranquila.

Ele largou seu copo, segurou em minha mão e me olhou intensamente sério. Puta que pariu! A merda deve ter sido grande.

— Você me perguntou se eu gostava de compartilhar, Paola.

— Como é que é? — perguntei, não entendo direito e quase engasgando.

— Isso mesmo, você perguntou se eu gostava de compartilhar uma mulher com outros homens. — Muito bem, eu queria fugir. Eu precisava fugir.

Fechei os olhos, tentando respirar. A troco de que eu perguntei aquilo para ele?

— Você está de sacanagem comigo, Pedro. Eu não posso ter perguntado uma coisa dessas para você! Por que eu faria isso? — perguntei, quase surtando.

— Eu perguntei exatamente isso ontem à noite e você me disse que havia se lembrado de um livro em que o personagem compartilhava a mulher dele com outros homens, entre eles o melhor amigo. Estas foram exatamente as suas palavras — falou divertido. — Confesso que me surpreendi com a pergunta, mas mais ainda com o que você me revelou depois.

— Ah, meu Deus! O que mais de indecente eu falei para você? — perguntei, rezando para que eu não tivesse pedido que ele me compartilhasse.

— Disse que tem a fantasia de ser compartilhada. — Ele tinha parado de sorrir e me olhava curioso.

— Puta que pariu! — Cobri meu rosto, que estava roxo de vergonha.

Como eu fui falar aquilo com ele? Nós não tínhamos intimidade para aquele tipo de conversa. Eu devia estar mais bêbada do que imaginei. Eu queria desaparecer naquele momento. Desejava nunca tê-lo conhecido.

— Ei, calma, não é para tanto — falou, tocando meu rosto.

— Como não? Ai, Pedro, que vergonha! Desculpe, eu não faço ideia de por que falei isso. Nossa, eu deveria estar passada mesmo. — Eu estava realmente constrangida. — Você deve estar me achando uma depravada, né? E ainda assim me convidou para sair? O que mais eu falei de vergonhoso?

— Mais nada. Devo admitir que achei engraçada a situação ontem. Você estava muito descontraída, falante, risonha. Estava mais linda ainda, se é que isso é possível — falou, segurando minhas mãos sobre a mesa. O olhar dele era tão quente. — Então você não lembrava realmente?

— Desculpe, mas não me lembro de nada. Só de você sorrindo e acho que me deixando em casa.

— Sim, no seu apartamento. — Ele disse apartamento, não prédio?

— Você entrou?

— Sim. Você não conseguia abrir a porta — falou, tomando seu suco e me olhando. O que mais ele queria dizer? Será que...

— Mas... a gente não... você sabe...

— Não, Paola, eu posso até não prestar muito, mas não costumo me aproveitar de uma mulher que não está sóbria. Não que eu não quisesse e que você também não estivesse a fim.

— Ah, meu Deus! Eu me ofereci para você?

— Não, você não chegou a se oferecer, mas o seu olhar dizia muita coisa — respondeu, sorrindo.

— Tudo bem, acho que agora posso ir embora, né? Já paguei mico suficiente. Você deve querer companhia melhor do que uma bêbada depravada e oferecida.

— Não existe outra companhia no mundo que eu queira mais do que a sua. — Seu olhar desceu até meus lábios.

Ele estendeu a mão e tocou meu rosto novamente. Será que eu estava embriagada ainda? Ou estava sonhando? Tudo que eu queria era aquele homem comigo. Uma confusão de sentimentos se instalava dentro de mim. Era uma necessidade dele e, ao mesmo tempo, uma angústia por achar que aquilo não era verdade, além de uma felicidade por ouvir aquelas palavras. Ficamos um tempo assim, só nos olhando. Então, como que despertando, ele soltou meu rosto.

— Como você sabia onde eu morava? — Isso só agora tinha me ocorrido. Ele mudou sua postura, ficando um pouco mais sério e pensativo.

— Você me deu seu endereço logo que saímos do restaurante. Não lembra também?

— Melhor eu parar de fazer perguntas, já que não consigo lembrar de nada. — Que papelão eu estava fazendo.

— Podemos ir? Terminou seu café?

— Claro — respondi, ainda em transe.

Fizemos o trajeto até o parque praticamente em silêncio, a música preenchendo o ambiente.

"Genesis – Follow you follow me"

In your arms
I feel so safe and so secure

Ele deixou sua mão na minha perna, mas não falou mais nada nem me tocou diferente. Estacionou o carro, pegou um boné e desceu. E logo estava ao meu lado para abrir a porta para mim. Não conseguia ver seus olhos por causa dos óculos de sol. Queria muito saber o que ele estava pensando, o que se passava com ele.

Porque eu, ah, estava uma massa disforme. Não conseguia organizar meus pensamentos. Até ontem, éramos praticamente estranhos. Hoje, ele me dizia que não queria outra companhia a não ser a minha e que desejaria ter feito algo ontem à noite. Seria só atração? Só sexo? E eu, o que queria? Seria só isso também? Não, eu sabia que não. Tinha muito mais envolvido ali.

O sol estava bem forte àquela hora, muito quente. Tirei minha regata, ficando só com o top. Ele me analisou com o olhar faminto.

— Uau! Você costuma usar isso para ir à academia?

— Como todas as outras mulheres, Pedro — falei, tentando parecer descontraída.

— Me lembre de cogitar mudar de academia, então — falou, sorrindo. — Vamos começar com uma caminhada para aquecer? Uns dez ou quinze minutos?

— Claro — falei e começamos devagar. Fomos conversando amenidades, como se até poucos minutos atrás não houvesse um clima estranho entre nós.

Corremos durante uns quarenta minutos aproximadamente. Eu já estava para lá de ofegante. As mulheres que passavam por nós olhavam para ele babando e para mim é óbvio que com inveja. Ah, minhas queridas, isso mesmo, babem no meu homem! Apesar de ele não fazer ideia de que era meu, só em meus sonhos. Eu não conseguia mais respirar. Fui diminuindo o ritmo, até que parei de repente. Ele, que já tinha me ultrapassado, voltou onde eu estava, ainda se mexendo.

— Pode continuar. Para mim já deu! — falei sem fôlego.

— Vamos, Paola, mais cinco minutos. — Ele estava ali, em perfeito estado, como se estivesse batendo papo aquele tempo todo.

— Não consigo mais, Pedro — disse, flexionando meu tronco para frente, com as mãos nos joelhos, tentando puxar mais ar e relaxar a coluna. Ele saiu da minha frente, veio por trás e me deu um belo de um tapa na bunda, que ardeu muito.

— Vamos, mexa essas pernas! — O que foi aquilo?

— Ei! Desde quando te dei intimidade para bater na minha bunda? — perguntei, surpresa com a audácia dele, porém sorrindo.

— Desde que você me falou aquelas coisas ontem à noite. — Me olhou divertido e se movendo no mesmo lugar.

— Ah, por favor, não me lembre disso. Eu estava bêbada. Não pode levar em consideração.

— Engraçado, ontem você insistia em dizer que não estava. Vamos, tire essa bunda gostosa da minha frente antes que eu bata de novo.

— Não seja nem louco! — Desde quando ele falava assim comigo?

Provocante 79

— Ah, não duvide de mim, minha linda. Você aponta esse traseiro para o meu lado... Faz minha mão coçar. — E tascou outro.

— Ai! Dói, Pedro! — disse, fazendo cara feia e esfregando o local.

— Vai dizer que você não gosta? — falou muito próximo de mim, com um olhar guloso.

Porra! O que aquele homem estava fazendo comigo? Tirava-me totalmente do sério!

— Vamos, mexa-se! Não pare de repente, faça pelo menos uma caminhada para estabilizar a sua respiração. — Minha respiração nunca iria se estabilizar com ele ali ao meu lado, fazendo e falando aquelas coisas.

Ele agia como se nada tivesse acontecido. Talvez não para ele, mas para mim sim. O modo como ele estava me tratando, brincando comigo. Por que fazia aquilo? Ao mesmo tempo em que me provocava e se insinuava, recuava como se não tivesse feito nada. Ele queria ver até onde podia chegar? Ou até onde eu suportaria? Ah, minha cabeça ainda estava meio tonta. A ressaca não me deixava pensar direito. Nem aquele ser sexy ao meu lado. Vendo que eu não saía do lugar, ele parou logo à frente, onde havia espaldares para alongamento. Ah, não, mais aquilo ainda?

— Você sabe que precisa alongar para não ficar dolorida, não é? — perguntou, já se esticando.

Tirou os óculos de sol e segurou em uma barra suspensa, deixando seu corpo pender para baixo. Com isso, a camiseta subiu, mostrando a parte inferior do seu abdômen de tanquinho... E a bermuda baixa revelava uma parte daquele caminho da felicidade. OMG! Eu estava embriagada novamente. Ele era gostoso pra cacete! Sabia disso e estava se exibindo para mim.

— Paola, feche a boca e alongue-se!

Mas que filho da puta! Ele estava curtindo com a minha cara! Fez todo aquele show de propósito. Ah, então era assim? Você não sabe com quem está lidando, Dr. Pedro Lacerda. Lancei um olhar de ódio para ele e comecei a me alongar também. Fui para o outro lado do espaldar e comecei a alongar as pernas. Graças ao pilates, eu tinha um bom alongamento e flexibilidade. Ele se virou de frente para mim, de modo que estávamos cara a cara, separados apenas pelas barras de ferro.

Ele me olhava de canto de olho, enquanto eu puxava primeiro um joelho e depois o outro, alongando o quadríceps. E por último, mas não menos importante, virei-me de costas para ele, mantendo as pernas um mínimo afastadas, e abaixando o tronco, até tocar o chão com as mãos, deixando, desse jeito, minha bunda totalmente empinada para ele.

Ok, consegui chamar sua atenção. Eu podia ver sua expressão, pois minha cabeça estava abaixada entre as pernas. Ele ficou visivelmente excitado e eu adorei aquilo. Agora era a minha vez. Subi lentamente, procurando empinar a bunda mais ainda. Quando estava novamente em pé, me voltei para ele. Quem estava de boca aberta agora?

— Aconselho você a pegar a toalha e enxugar a baba, Pedro. — Sorri maliciosamente.

— Você fez isso de propósito, não foi, sua bruxa? — Seu olhar queimava.

— Eu? Imagine. Só estava me alongando. Não foi isso que você falou para eu fazer? — Continuei sorrindo, fazendo cara de inocente.

— Você está brincando com fogo, Paola. — Ele veio em minha direção lentamente.

— E você, com um combustível altamente inflamável. Cuidado, pois pode não haver bombeiro que apague esse incêndio. — Rebate essa, garanhão.

Ele chegou por trás de mim e se encostou às minhas costas, segurando minha cintura e falando grudado em meu ouvido.

— Tem certeza de que quer jogar esse jogo? — Nossa! Acabei de perder uma calcinha! Mas eu tinha que me manter firme, ou ele me destruiria em menos de dois tempos.

— Que eu saiba, foi você quem começou — falei, sem conseguir me mover.

— Aí é que você se engana! Você começou isto ontem, quando falou em compartilhar. Não sabe o que aquilo fez com a minha cabeça. E com o meu corpo também, quando fiquei te imaginando naquela situação — sussurrou no meu ouvido, enquanto uma mão foi ao meu quadril e ele me puxou para mais perto do seu corpo, me fazendo sentir sua ereção.

Santa mãe das lobas em chamas, ajude-me a suportar esse fogo! Mas, nesse instante, um grupo se aproximou para se alongar também e ele me soltou, se afastando lentamente. Não tive coragem de olhá-lo porque iria revelar todo o meu tesão. Respirei fundo e fui para o outro lado. Ele também se afastou um pouco mais. Após termos nos recuperado, ele me chamou para irmos embora.

— Vamos? — falou, segurando minha mão. Apesar do olhar ainda faminto, não fez mais nenhum comentário. Eu também me mantive em silêncio.

— Então, o que acha de almoçarmos no shopping? Depois podemos dar uma volta e fazer uma parada na livraria. Quem sabe você não me indica algum livro? — Ele já não estava mais insinuante. Putz, esse homem me confundia.

— Não podemos ir almoçar desse jeito, estamos muito suados.

— Claro que não. Te deixo em casa para você tomar um banho e se arrumar. Enquanto isso, vou para casa e faço o mesmo. O que acha? Uma hora está bom para você? — Fiquei olhando para ele, tentando decifrá-lo, mas desisti.

— Ok, uma hora é suficiente.

— Tem certeza? Afinal, para vocês mulheres nunca há tempo suficiente. — Riu sarcástico.

— Ah, não, machismo a essa altura? Sério mesmo, Pedro?

— Está certo, uma hora a partir do momento em que te deixar em casa.

— Combinado!

Pedro

Deixei-a na frente do seu prédio e dirigi para casa. Estava me sentindo um adolescente partindo para um encontro com a primeira gatinha. Ela me fazia sentir assim, leve, descontraído, relaxado. Apesar de querer ir com calma, conquistá-la para que se rendesse a mim, não pude deixar de manifestar meu desejo. Queria passar mais tempo ao seu lado para conhecê-la melhor.

Cheguei em casa e fui direto para o banho. Enquanto tirava a roupa, lembrei-me do seu olhar faminto, me observando enquanto alongávamos, e a sua vingança por ter sido flagrada, quando se alongou como uma gata manhosa à minha frente, empinando aquela bunda maravilhosa! Ah, sim, ela fez aquilo de propósito, para me provocar. E conseguiu! Só de lembrar das suas palavras insinuantes, eu já ficava duro novamente. E então para piorar me veio à mente ela falando na noite anterior sobre sua fantasia de ser compartilhada.

Enquanto me ensaboava, fiquei imaginando a cena. Caralho, aquilo era muito excitante. Fiquei mais duro ainda e deslizei a mão por meu pau latejante. Mas a imagem agora já era outra. Como se ela estivesse ali, ajoelhada à minha frente, deslizando aqueles lábios carnudos pela minha ereção.

Aumentei o ritmo, enquanto a água jorrava sobre o meu corpo, tendo a visão dela me encarando enquanto me engolia inteiro. Eu a queria daquele jeito. Aquela boca, aquela bunda, aqueles seios! A fome era tanta que me consumia. E com aquela imagem, rapidamente atingi o ápice da minha excitação, despejando meu gozo junto com a água no chuveiro.

Capítulo 9 - Uma leitura quente

Paola

Tomei um banho rápido. Não haveria tempo para lavar e secar meu cabelo. Apesar de não ter suado tanto assim durante a corrida, ele não estava em seu melhor estado, então, achei melhor prendê-lo em um coque levemente desarrumado, com algumas mexas soltas. Até que não ficou tão ruim. Não queria dar o gostinho a ele de me atrasar. Continuava calor, então optei por um vestido, que apesar de longo, era bem leve. O detalhe ficava por conta da fenda que se abria sutilmente no meio das pernas por causa do transpasse. Fiz uma maquiagem leve e uma rasteirinha completava o visual.

Desci faltando cinco minutos para o horário combinado. Sorri ao imaginar qual seria seu comentário por me encontrar tão pontual. E me surpreendi quando, passados dez minutos, ele ainda não havia chegado. Teria acontecido alguma coisa? Ou ele se arrependeu? Estava pegando o celular para ligar, quando ele surgiu em frente ao prédio. Ah, eu estava até com peninha dele, porque ia me divertir muito com seu atraso.

Caminhei até o carro, enquanto ele descia para abrir a porta para mim. E lá estava novamente aquele espetáculo de homem. Um jeans escuro, muito justo, marcava seus quadris e o principal, o volume no meio de suas pernas. Fiquei com água na boca! A camisa realçava seus olhos. Por que ele tinha que ser tão lindo? Seu olhar, assim como seu sorriso, era de desculpas. Ah, eu não poderia deixar passar. Mal conseguia conter meu divertimento.

— Impressão minha ou você está atrasado? — perguntei, enquanto ele abria a porta para mim.

— Desculpe — falou, parecendo um pouco envergonhado.

— Dez minutos, para ser mais exata! Achei que eram as mulheres que precisavam de mais tempo para se aprontar. — Continuei sarcástica enquanto me acomodava e ele dava a volta no veículo.

— Eu tive um contratempo — justificou.

— Ah, não, desculpa de mulher não vale — falei, piscando para ele.

— Quer saber a verdade? — Ele sorria, mas eu não conseguia identificar o motivo.

— Agora você me deixou curiosa. Conte-me o porquê desse atraso.

— Eu demorei no banho. — A princípio, não entendi o que ele queria dizer.

— Por isso se atrasou? Demorou no banho? Homens não costumam demorar no banho.

— Pois é, mas eu me lembrei de você se alongando lá no parque... e não me contive. — Acariciou meu rosto com a ponta dos dedos, insinuando com a sobrancelha arqueada, e entendi exatamente o que ele quis dizer.

Por mais bem-resolvida que eu fosse, aquilo me fez corar. Imaginá-lo se tocando, pensando em mim... sinceramente não sei o que mais me surpreendeu, se o fato de ele se masturbar ou de me revelar isso. Estava totalmente sem palavras. Eu o olhava e minha vontade era pular em seu pescoço. Morder aqueles lábios, sentir sua língua em mim... Mas eu estava travada. Não sabia se era vergonha, admiração, susto, ou o quê.

— Então, não vai dizer nada? Para quem estava se divertindo com o meu atraso, ficou muito quieta de repente. — Óbvio que agora quem se divertia era ele.

— Touché! — Reconheci que aquela ele tinha vencido.

Ele explodiu em uma gargalhada tão gostosa que não pude deixar de rir também. Afastou a mão do meu rosto e deu partida. Agradeci mentalmente pela música que invadiu o carro, me dando tempo para pensar. Tentava entender o que exatamente ele pretendia comigo. Ao mesmo tempo em que se insinuava e me provocava, ele se afastava. Aquilo tudo me confundia e me deixava ainda mais caída por ele. Eu me sentia caminhando por uma estrada sinuosa. Não conseguia visualizar a próxima curva, mas queria continuar e ver onde ela poderia me levar.

"Metallica – Nothing Else Matters"

Never opened myself this way
Life is ours, we live it our way

Ele estacionou o carro e fomos direto para o espaço gourmet. Àquela hora, não havia muito movimento, visto já ter passado das duas. Nos acomodamos em uma mesa e o garçom logo nos entregou o cardápio.

— Me acompanha numa taça de vinho? — perguntou, enquanto eu analisava o cardápio. — Fique tranquila, será apenas uma. Posso dirigir sem colocar sua vida em risco — falou debochado.

— Tudo bem! Escolha você, por favor.

Ele optou por um vinho tinto e logo o garçom se afastou com os pedidos, um silêncio constrangedor se instalando entre nós. Percebendo meu desconforto, ele segurou em minha mão.

— Ei, tudo bem com você?

— Claro, tudo ótimo. — Sorri, tentando descontrair.

— Não era minha intenção te deixar desconfortável. Desculpe, mas não resisti em acabar com o seu entusiasmo pelo meu atraso. — Seu sorriso era sincero e seu olhar, hipnotizante.

— Não me deixou desconfortável, apenas surpresa. — E eu estava realmente.

— Surpresa com o quê? Com o fato de eu ter me masturbado pensando em você? — Meu Deus, ele era direto e reto! Como eu ia sobreviver àquilo?

— Com o fato de ter admitido isso tão às claras — falei, encarando-o.

— Eu gosto de falar às claras com você. Me sinto à vontade para isso. E tenho certeza de que não sou o primeiro nem serei o último a fazê-lo.

— A fazer o quê?

— Se masturbar fantasiando com você, Paola.

— Agora você está me deixando sem graça, Pedro — falei, minha respiração mais difícil por causa daquela conversa.

— Desculpe, mas não consigo evitar. Você faz isso comigo. — Seu olhar profundo e faminto passeava pelo meu rosto, indo para os lábios e voltando aos olhos.

Ah, Deus, ele sabia como fazer uma mulher enlouquecer só com palavras. Quando foi mesmo que tudo aquilo começou? Eu já não sabia dizer. Agradeci internamente quando o garçom trouxe nossa refeição. Procurei me concentrar em meu prato, porém a comida parecia não ter gosto. Aonde tudo aquilo ia dar? Ele percebeu que eu não estava muito entusiasmada, então tentou deixar o clima mais leve, puxando assunto. Começou falando dos restaurantes e bares que costumava frequentar e logo a conversa fluiu mais solta.

— Gosta de cervejas artesanais? — perguntou, levando um pedaço de carne à boca. Eu estava fascinada por aquela boca. E quando passava a língua pelos lábios, então? Que tortura!

— Adoro! — falei, desviando os olhos da tentação à minha frente.

— Então vou te levar a um bar de um amigo meu. Eles servem uma variedade muito grande. É praticamente impossível provar todas de uma vez só. Acho que você vai gostar.

— É mesmo? Será que já ouvi falar? — Eu continuava lá, hipnotizada por aquela boca, enquanto ele me dava mais detalhes do local, no entanto, eu não prestava atenção.

— Mas lá é gostoso ir mais tarde. Então podemos passear à vontade na livraria, depois deixo você em casa, se quiser descansar um pouco, e passo para te pegar por volta das nove, o que acha?

— Você diz de irmos hoje?

— Sim! Por quê? Vai dizer que tem compromisso e recusar meu convite novamente?

— Eu posso sim ter outro compromisso, por que não?

— Se tivesse, já teria me dito.

— E por que você pensa isso?

— Porque você é muito CDF. Sendo assim, é toda preocupada com horário, portanto teria me dito que tem hora para chegar em casa. Como saiu ontem e passou boa parte do dia hoje comigo, presumo que não seja seu final de semana com sua filha. — Uau! Ele prestou atenção em tudo isso?

— E por tudo isso, você chegou à conclusão de que não posso recusar seu convite?

— Não é que não possa. Você não quer. Admita, Paola! — Novamente, ele segurava minha mão. A essa altura, eu já havia perdido o apetite novamente.

— Talvez eu simplesmente não deva, Pedro.

— Mesmo? Pois eu acho que você está amarelando. — Ele falava sério.

— Como é?

— Isso que você ouviu. Está com medo. Do que está acontecendo, do que está sentindo.

— Você não sabe o que estou sentindo. E não existe nada acontecendo aqui!

— Tem certeza? Pois eu acho que existe sim. E é uma coisa muito boa, muito gostosa. Basta você relaxar. Não se cobre tanto, não seja tão dura com você mesma. — Abriu um sorriso. — Libere a loba que está aí dentro. — Ele segurava minhas duas mãos e com os polegares fazia uma carícia leve, lenta e sensual.

Eu estava embriagada pela sua voz, pelo seu olhar. Sim, eu estava com medo do que sentia porque não era só uma atração física, era muito mais. Aquilo iria me machucar e eu estava cansada de sair machucada.

Eu não tinha o que falar. Não queria admitir que ele tinha razão. Para quebrar o gelo que havia se instalado, ele pediu a conta.

— Vamos para o seu parque de diversões? — Segurou minha cadeira para que eu me levantasse.

Concordei com a cabeça, sabendo que ele se referia à livraria. Ele pegou minha mão e não soltou mais. Andamos assim o tempo todo pelo shopping, como se fôssemos namorados. Porém, nada tinha acontecido, nada mais havia sido dito.

Chegamos e ali consegui me desligar um pouco daquela tensão. Ele procurou me deixar à vontade, me pedindo algumas indicações. E conseguiu claro, pois agora falávamos de um assunto que além de muito me interessar, não me deixava apreensiva. Fiz algumas sugestões e, quando ele se interessou por Dan Brown, eu me perdi, discursando a respeito. Eu era fã, e depois de quase contar mais do que devia de *O Símbolo Perdido*, fiquei satisfeita por vê-lo separar alguns títulos.

Acabei me sentando em um sofá, instalado em um canto da livraria, com um livro na mão, lendo a sinopse e o capítulo inicial. Estava tão concentrada que nem percebi que ele fazia o mesmo. Eu estava com uma perna cruzada em cima do sofá e a outra pendendo no chão. Ele sentou-se da mesma forma e encostou seu joelho no meu. Estávamos um de frente para o outro. Tocou em minha coxa muito sutilmente e, quando ouvi o que disse, quase tive uma síncope.

— Peça-me o que quiser! — Sua voz era pura luxúria.

Ergui meu olhar e o vi segurando um exemplar do referido livro da Megan Maxwell. Ele me olhava com um misto de curiosidade, lascívia e divertimento. Senti meu rosto pegar fogo. Ele só podia estar de brincadeira para o meu lado. E de muito mau gosto!

— O que você está fazendo com esse livro? — perguntei, quase me engasgando.

— Eu o vi na prateleira e lembrei que você comentou a respeito dele ontem à noite. — Ah, não, aquele assunto de novo?

— Não acredito que você ainda não esqueceu aquilo, Pedro. Eu já disse. Aliás, você mesmo disse, eu estava bêbada! — Eu queria enfiar a cabeça no meio daquelas prateleiras para não precisar olhar para ele.

— Você poderia estar bêbada, mas o fato é que o livro existe e, portanto, o que você falou deve estar relatado aqui.

— Tá, mas e daí? É um livro como outro qualquer. Por que você insiste nisso? — Ele deve ter prestado muita atenção para não ter esquecido o título.

— Porque instigou minha curiosidade. Eu quero saber o que te despertou essa fantasia. — Esse homem não desiste?

— Tudo bem, se você está tão curioso assim, então compre! — falei, voltando ao meu livro, para ver se ele esquecia o assunto.

— Não! Quero que você leia para mim. — Ah, meu Deus!

— O quê? Você só pode estar louco!

— Talvez, mas é uma loucura que quero compartilhar com você. — Ele me analisava demoradamente. Eu não faria aquilo. Não aquele livro, em plena livraria!

— Esqueça isso, Pedro. — A mão que estava na minha coxa avançou pela fenda, agora tocando diretamente minha pele. Então ele apertou suavemente e foi como se tivesse colocado brasa no local.

— Leia. Aqui. Agora! — O olhar dele me queimava. Meu Deus! Aquele homem tinha surtado!

— Você só pode ter pirado. Eu não vou fazer isso. Muito menos aqui. Já pensou se alguém ouve? — Eu já estava tremendo.

— Prefere que eu mesmo leia? Por onde devo começar? Não deve ter nada assim no início, não é mesmo? Mas você com certeza sabe em que parte do livro posso encontrar tal cena. — Naquele momento, achei que ele seria louco o suficiente para fazer o que dizia. E tentando evitar um escândalo maior, concordei com aquele absurdo.

— Está bem! Eu vou ler. Bem baixinho e, se alguém aparecer, eu paro, entendeu? — Infelizmente onde estávamos não havia ninguém. Maldita hora que resolvi sentar com aquele livro em mãos.

— E não tente me enganar. Procure um trecho que contenha uma cena da qual você falou. — Ele continuava acariciando a minha perna, o que só piorava a situação.

Com as mãos suadas por causa daquela insanidade, folheei o livro, parando em um trecho que continha a dita cena. Inspirei fundo, tentando me acalmar para o que estava prestes a fazer. Bem que eu tentei imaginar que estava sozinha e lia para mim mesma, mas fiz a besteira de levantar a cabeça e dar de cara com aqueles olhos verdes famintos.

Puta que pariu! Encontrando coragem não sei onde, comecei a ler, procurando deixar meu tom de voz o mais baixo e sensual possível. Ah, ele queria me constranger, me excitar? Pois eu não ficaria sozinha nessa.

Li um pequeno trecho e poderia parar por ali, mas, por alguma razão que não sei explicar qual era, decidi ir em frente. Ele queria me provocar. Enquanto eu lia, ele continuava massageando minha perna, visivelmente excitado. Aceitei aquilo como um desafio. Fiz uma pausa para recuperar o fôlego e olhei profundamente para ele.

Fechei o livro após terminar a leitura e o entreguei. Eu estava ofegante e extremamente excitada. Ele nada falava, continuava apenas me encarando. Também estava muito excitado. Era impossível disfarçar. Seus olhos estavam escuros de desejo e seu rosto, vermelho.

— Pronto! Matou a curiosidade?

Suas mãos avançaram mais um pouco, tocando o interior da minha coxa. Naquele momento, eu não estava preocupada se havia alguém por perto olhando. Eu também não escutava, tão grande era o transe em que me encontrava. Ele foi aproximando o corpo do meu, chegando muito perto, até que desviou o rosto e sussurrou em meu ouvido.

— Eu jamais compartilharia você com outro homem! — falou tão baixo, tão próximo e tão devagar que foi mais como uma carícia.

Podia sentir seus lábios tocando minha orelha. Eu estava em ponto de ebulição. Ele sabia disso, mas me mantinha suspensa, me torturando. Minha vontade era implorar para sairmos dali, para me tomar em seus braços. Mas eu não faria isso. Se achava que eu iria implorar por ele, estava muito enganado. Ele estava jogando comigo. E, apesar de estar subindo pelas paredes, eu gostava daquilo. Portanto, decidi entrar na brincadeira.

— Primeiro, você teria que me ter, para depois pensar a respeito disso — falei petulante, me afastando o mínimo possível para ver seu olhar.

Provocante 89

É claro que ele não se surpreendeu. Ele sabia que não estava lidando com nenhuma menina inocente. Sorriu malicioso e até tranquilo.

— Ah, Paola, você nunca decepciona, sabia? Muito pelo contrário. Só torna esse jogo muito mais gostoso. — Foi retirando suas mãos das minhas coxas.

Então levantou-se, me estendendo a mão para que eu também o fizesse. Como se nada tivesse acontecido, tudo bem que não aconteceu mesmo, ele segurou em minha mão, perguntando se havia mais alguma coisa que eu queria ou se poderíamos nos dirigir ao caixa para pagar. Apenas concordei com a cabeça. Eu precisava fazer um esforço para me manter firme e calma.

Pedro

Deixei Paola em seu apartamento por volta das seis e combinamos que eu iria buscá-la mais tarde, dessa vez com o motorista particular, já que ambos iríamos beber.

Enquanto dirigia para o meu apartamento, fiquei lembrando daquela tarde. Ambos estávamos nos provocando, tentando um ao outro para ver quem sucumbiria primeiro. Ela era muito boa naquilo. Nunca imaginei que seria tão gratificante estar ao lado de uma mulher madura. Sim, ela sabia o que queria.

Não sei o que gostava mais nela. Se era quando ficava sem reação, sem fala, como quando lhe disse que havia me masturbado pensando nela. Ou se quando me enfrentava, como na livraria, quando disse que eu precisaria tê-la primeiro, para depois pensar em compartilhar. Ela adorava fazer aquilo, ver eu me perder com suas palavras, com seus gestos. E eu queria me perder nela. Dentro e fora dela. Deveria ser lindo vê-la gozar! Com certeza ela era do tipo que se liberta sem pudores, que busca seu próprio prazer, sem saber que isso faz um homem enlouquecer.

Djavan - Se
Você disse que não sabe se não
Mas também não tem certeza que sim
Quer saber?
Quando é assim, deixa vir do coração

Ela não falou praticamente nada a respeito dos seus relacionamentos anteriores, mas era bem provável que não tenha sido feliz em nenhum deles.

Eu tinha que admitir que também estava apreensivo com tudo aquilo. Não que estivesse com medo. Era uma situação diferente para mim, algo que não tinha vivido ainda. Sim, devo dizer que tê-la em meus braços, fodendo gostoso, não me saía da cabeça. Impossível não pensar nisso com uma mulher como aquela. Porém, era mais do que apenas sexo! Eu gostava da sua companhia.

Ela era inteligente e bem-humorada, coisa que eu sempre achei imprescindível em uma mulher. Ouvir o som da sua risada era um bálsamo para meus ouvidos. Não havia nada mais gostoso, mais bonito. Quase havia desistido de falar do meu atraso, só para não perder aquela expressão de felicidade em seu rosto.

Ela tinha me desafiado mais uma vez quando falou que eu precisaria tê-la. Entendi o recado. E apesar de adorar provocá-la, deixá-la confusa com minhas investidas, eu não poderia esperar mais. Ela seria minha. Ainda hoje!

Capítulo 10 - Redenção

Paola

Quando Pedro me deixou em casa, eu não havia me dado conta do quanto estava cansada. Nem tanto física, mas emocionalmente. Era muita tensão sexual para um dia só. Seria bom realmente que eu tivesse um tempo para descansar, colocar os pensamentos e emoções em ordem. Ele havia acabado comigo! Durante o dia todo ele me testou, foi insinuante, falou coisas que eu gostaria de ouvir. Porém, nada fez.

Por que ele agia daquela forma? O que ele queria quando me pediu para ler aquela cena do livro? Queria saber até onde eu iria? Nem acredito que consegui fazer aquilo. Ele havia ficado bastante abalado, assim como eu.

Pensei que, ao sairmos de lá, ele me levaria para um lugar onde pudéssemos ficar mais à vontade, sozinhos, mas me enganei. Eu não queria ceder, tomar a iniciativa, mas se ele me tentasse novamente eu não conseguiria resistir. Ele era muita tentação!

Pensando em facilitar suas investidas e colocar seu controle por água abaixo, decidi ousar no visual.

Liguei para meu cabeleireiro e tive sorte de ele poder me atender tão em cima da hora.

— E aí, o que vai ser hoje?

— Bofe novo, Claudinho. Portanto, preciso arrasar!

— Deixa comigo. Ele vai comer na sua mão!

Realmente caprichou. Como ele mesmo disse, cabelo de diva.

Por causa do salão, não tive muito tempo para descansar. Precisaria de muito mais do que trinta minutos, mas eu teria o domingo inteiro para isso. Agora não podia me dar ao luxo de me atrasar. Fiz uma maquiagem mais carregada, dando destaque aos olhos. Escolhi um vestido preto sem mangas, de renda, curto e colado ao corpo, com um decote nas costas que ia quase até a cintura. Obviamente não era possível usar sutiã.

Apesar de bastante ousado, não estava vulgar. Usava uma sandália também preta, com tiras trançadas, e um salto que tornava difícil me equilibrar. Os cabelos estavam soltos, em cachos que alcançavam as costas. Brincos compridos e dourados arrematavam o visual. Caprichei no perfume. Agora era só aguardar. Ele viria de táxi, ou melhor, de motorista particular.

Na hora combinada, ele interfonou querendo subir, mas achei melhor não. Seria arriscado não sairmos de lá.

Desci e ele me aguardava no hall. Não consegui, aliás, não fiz força alguma para disfarçar minha admiração por ele. Que Deus me ajudasse a parar em pé ao lado daquele homem. Porra, como ele estava gostoso! Todo de preto, uma calça, óbvio que muito justa, marcando o corpo divino. A barba se mantinha rente, daquele jeito sexy. Fui chegando mais próxima dele, andando devagar, um tanto para impressioná-lo e outro tanto para não cair.

— Uau! Acho que precisarei de um banho de sal grosso para tirar o olho gordo que a mulherada vai colocar em mim hoje. — Parei à sua frente, quase colando meu corpo ao seu. — Você está sexy pra cacete! — murmurei bem perto dos seus lábios, enquanto fitava seus olhos.

Ele também estava visivelmente afetado pela minha aparência. Tanto que não sorria. Seu olhar percorreu meu corpo demoradamente e então se afastou um pouco. Parou à minha frente, com os braços cruzados e um olhar ameaçador.

— Dá uma voltinha para mim. — Fez um gesto com o dedo no ar, para que eu circulasse. Claro que eu o fiz, lentamente, mantendo um sorriso cínico nos lábios. — Porra! E eu vou precisar de uma arma. — Chegou mais perto de mim, agarrando minha cintura.

— Uma arma? Para quê? — Coloquei as mãos em seus ombros.

— Para afastar os gaviões de cima de você! — sussurrou no meu ouvido.

— Pois para mim, só interessa um gavião especifico em cima de mim — também sussurrei em seu ouvido, me afastando em seguida para ver sua expressão, que era de pura luxúria.

— Vamos embora antes que eu cometa uma loucura aqui mesmo. — E me puxou pela mão.

Chegamos ao carro e ele me apresentou ao motorista, que nos aguardava do lado de fora. Abriu a porta para que eu me acomodasse e deu a volta, vindo ao meu lado. Manteve minhas mãos nas suas o tempo todo.

Aquela nossa situação era cômica, se não fosse absurda. Nós nos provocávamos, como se fosse uma competição. O máximo de contato que tínhamos era dar as mãos, ou ele segurar minha cintura. No mais, eram apenas olhares, palavras, insinuações. Sendo que estas estavam ficando cada vez mais quentes. Eu imaginava quando elas se tornariam ações. Era palpável a tensão sexual existente entre nós. Nosso mundo ia pegar fogo!

Chegamos ao bar, que, por sinal, já estava bastante movimentado. Uma hostess nos cumprimentou na entrada, nos encaminhando para a mesa que já havia sido reservada. Ela ia à minha frente, indicando o caminho, enquanto Pedro seguia atrás de mim.

— Seria possível você rebolar um pouco menos? Além dos outros homens não tirarem os olhos de cima de você, eu não vou conseguir esconder meu entusiasmo por muito tempo. — Ele estava muito próximo, seu corpo quase roçando o meu.

— Calma, já vamos nos sentar. Aí, só eu poderei notar seu entusiasmo. Estou louca para isso! — Ele me lançou um olhar de censura e lascívia ao mesmo tempo. Ah, eu iria provocá-lo até ele se render.

Nos acomodamos à mesa, ele ao meu lado, e o garçom nos entregou o cardápio. O ambiente era muito gostoso. Moderno e aconchegante ao mesmo tempo.

— Então, o que quer experimentar primeiro? — perguntou, segurando o cardápio com uma mão e a outra depositando em minha perna, embaixo da mesa.

Mantive-me em silêncio, apenas encarando-o, descendo o olhar até sua boca e me fixando ali, dando a entender o que eu queria.

— Eu falo dos tipos de cerveja — disse, me encarando também, com um sorriso cínico.

Filho da puta! Ele ia continuar com aquele jogo? Mais do que eu demonstrei do meu desejo por ele? Não ia tomar a iniciativa? O que eu precisava fazer, afinal? Eu me recusava a dar o primeiro passo.

— Estou disposta a experimentar tudo. Só depende do que vai estar disponível. Mas lhe digo que, com a sede que estou, posso procurar em outro local se não houver o que preciso aqui. — Dei a entender com aquilo que eu não ficaria eternamente à espera dele. Claro que isso era uma mentira na qual nem eu acreditava, mas tudo bem.

— Entendi o recado. — Chamou o garçom e solicitou alguns tipos para

Provocante 95

começarmos, bem como alguns petiscos.

Depois dos pedidos feitos, a conversa voltou para um nível mais leve. Começamos falando da música que tocava e nos aprofundamos por ali. Era muito fácil conversar com ele. O papo fluía tranquilamente. As cervejas iam se acumulando e eu já me sentia bem mais leve. Além de tudo o que já falei que ele era: lindo, charmoso, gostoso, inteligente, sexy pra cacete, ainda era divertido! Ele me fazia rir com muitos dos seus comentários.

Também estava mais alegre do que o normal. E essa alegria foi trazendo-o mais para perto de mim. A mão que estava na minha perna, e que não tinha saído de lá a noite toda, foi subindo devagar. Ele traçava um caminho entre o joelho e a coxa, lentamente, como uma carícia. Eu estava embriagada pelo seu toque. Trouxe a outra mão até meu cabelo, e começou a deslizá-la pela minha nuca. Ah, meu Deus! Aquilo era bom demais!

— Me conte porque você se separou — pediu, continuando a carícia. Ah, não, aquele não era um assunto para ser abordado ali, naquele momento.

— Porque não deu certo — respondi curta e grossa.

— Sério?! — Ele não se importava com minha reação. — E por que não deu certo?

— Ah, Pedro, por que você quer saber isso agora? — Eu só queria senti-lo mais próximo, muito mais.

— Porque sei muito pouco sobre você e quero te conhecer melhor.

Eu também queria conhecê-lo melhor, mas outro dia talvez. Não estava a fim de conversa séria agora, mas sabia que ele não ia desistir.

— Nós nos conhecemos na faculdade, eu tinha dezoito anos e ele foi meu primeiro namorado. — Decidi ir direto ao assunto, tentando resumir ao máximo possível aquela narrativa.

— Você tinha dezoito anos e não tinha namorado ainda? — Ele não era o primeiro a ficar admirado.

— Sim! Como eu estava dizendo, na minha inexperiência, acabei me envolvendo. Guilherme era um cara legal, me tratava bem. Eu realmente gostava dele. Não sei dizer se era amor realmente, pois acho que eu nunca senti por ele ou outro homem o que eu... — Eu ia dizer "o que eu sinto por você".

Oh, não! Não! Não! Não! Aquilo foi como uma bomba. Eu não podia estar sentindo aquilo! Ou melhor, eu podia, mas não queria. Pelo menos, não admitiria que tivesse me apaixonado. Oh, Deus!

— Continue, Paola. — Ele havia percebido o que eu quase confessei? Tentei me recuperar da minha recente descoberta e continuei.

— Enfim, a gente se dava bem, só que com o tempo a coisa foi esfriando. Eu desconfiava que houvesse outra mulher na jogada. Quando criei coragem e decidi romper, descobri a gravidez. Então, achei que deveria tentar mais uma vez, nos dar mais uma chance. Mas não teve jeito. Então, quando a Alana estava com dois anos e eu tive a confirmação de existir uma amante, pedi a separação. Apesar da mágoa, foi tranquilo. Não chegamos a casar, então oficialmente sou solteira.

— E depois disso? — Por que ele continuava com aquilo? Era difícil me concentrar em falar alguma coisa coerente com aquela mão indo e vindo na minha perna.

— Que eu possa considerar um relacionamento, foram três. Com Eduardo, meu sócio, logo que me separei. Durou um ano. O último até que durou bastante, foram três anos. Terminamos há dois. — Não sei por que, mas me vi dando detalhes.

— Espera aí! Deixe ver se eu entendi. Você está me dizendo que teve um caso com o seu sócio? — perguntou surpreso, parando de me acariciar.

— Sim. Como falei, foi logo no início da nossa sociedade. Eu estava recém-separada e já nos conhecíamos anteriormente. Ele sempre foi muito carinhoso comigo, mas era muito mulherengo.

— E só agora você me fala isso?

— O que, que sou solteira?

— Não! Que você trabalha com um ex-namorado.

— Desculpe, mas nunca surgiu o assunto, Pedro. E o que tem isso de mais? Não sou a primeira, nem serei a última a trabalhar com um ex-namorado.

— O que tem demais é que ele é seu sócio. É uma relação mais séria do que apenas colega de trabalho. Ele ainda deve ser gamado em você. Duvido que não te deseje mais! — disse, passando as mãos pelos cabelos.

— Ele não é gamado em mim e não me deseja, pelo menos não do jeito que eu preciso que um homem me deseje! Faz doze anos que nos separamos e nunca houve mais nada entre a gente. Nós nos damos bem no escritório porque nos respeitamos. Somos sócios nos negócios e temos uma boa amizade. E para por aí!

Ele me olhava intensamente, como se quisesse enxergar através de tudo o que eu havia dito.

— O que quer dizer com "do jeito que eu preciso que um homem me deseje"? — Voltou a me tocar no rosto e na nuca, agora mais controlado.

De repente, o conjunto da bebida, com os acontecimentos do dia e a tensão que existia entre nós, me deixou exausta. Eu já não sabia se conseguiria seguir com aquele jogo. Eu queria acabar com aquilo. Render-me a ele ou ir embora. Resolvi ser sincera e ver no que ia dar.

— Eu quero dizer, Pedro, que estou cansada de me envolver com homens que não sabem o que querem da vida, que se intimidam com uma mulher experiente. Que, por um motivo que eu não sei dizer e eles também não sabem explicar, não conseguem seguir o meu pique. Eu quero e mereço o que a vida tem de melhor. E não vou me contentar com menos! — Pronto, estava dito.

Ele entendeu o que eu quis dizer. Era um homem inteligente.

— Portanto, se não houver um homem que possa me dar o que eu quero, prefiro ficar sozinha.

— Você fala isso, mas parece ter medo de se entregar. Como espera encontrar alguém assim se não se dá essa chance? O que te impede?

Eu queria dizer que tinha medo de me entregar a ele, porque já estava muito envolvida. Eu tinha certeza de que iria me machucar!

— Preciso ir ao banheiro — disse, me afastando dele para levantar.

— Você está fugindo de novo, Paola? — Segurou em meu braço, me impedindo de ir.

— Não estou fugindo! Eu preciso realmente ir ao banheiro. — Ele ficou me analisando e por fim concordou.

— Eu te acompanho. — E se levantou também.

— Não precisa, Pedro. Posso muito bem ir sozinha.

Passei pelas pessoas amontoadas nos corredores até chegar à área dos banheiros. Entrei e fiz o que precisava. Enquanto lavava as mãos, pensei no que havia dito a ele. Eu só queria que ele me tomasse em seus braços. Estava cansada de ser forte. Eu queria um pouco de carinho, de proteção.

Saí e me surpreendi com ele me aguardando no corredor. Fui até ali tentando sorrir, pois afinal ele não tinha culpa das minhas frustrações amorosas. Então segurou em minha mão, rapidamente me puxando para um canto próximo e me prensando contra a parede.

Era um local com pouca luz e estava vazio. Ele pressionava seu corpo contra o meu, me fazendo sentir sua ereção, enquanto segurava minhas mãos ao lado da minha cabeça. Seu olhar me queimava e senti o calor invadir meu rosto; minha respiração estava descontrolada.

— Juro que eu tentei resistir, mas não consigo — falou tão próximo que eu podia sentir seu hálito quente.

— Você me decepcionaria se conseguisse — sussurrei, fitando seu olhar, incentivando-o.

E lá estava aquele sorriso que me desconcertava. Ele foi chegando muito devagar, me torturando mais um pouco, até que se apossou da minha boca. Seus lábios tocaram os meus primeiro muito sutilmente, lambendo-os numa carícia delicada. Porém, não demorou para que se tornasse um beijo urgente e faminto.

Ele começou a devorar minha boca, sua língua invadindo-a, tocando por todos os lados. Ele chupava, mordia, beijava. Enquanto isso, suas mãos soltaram as minhas e foram para minha cintura, apertando, subindo pelo meu tronco, se aproximando das curvas dos meus seios lentamente. Eu estava queimando, assim como ele. Nós dois ansiávamos por aquilo há muito tempo.

Deixei que minhas mãos passeassem por seu tórax. Era tão firme; eu podia sentir os músculos definidos do seu peitoral. Deslizei para os braços, apertando os bíceps torneados. Nossa, senti-lo daquela forma me deixava ainda mais excitada! Ele me apertava de encontro à parede, me fazendo sentir todo o seu corpo. Sua boca passeou da minha, para o pescoço, os ombros, primeiro beijando, depois mordendo levemente. Voltando, então, ao meu ouvido.

— Por que você demorou tanto para ceder? — sussurrou enquanto mordiscava minha orelha.

— Como eu poderia ceder a algo que você não tentou? — respondi. Ouvi alguém falar alguma coisa logo atrás dele e só então me dei conta de onde estávamos. Ele também pareceu perceber e se afastou um pouco, girando a cabeça para verificar.

— Acho melhor voltarmos para a mesa antes que nos prendam por atentado ao pudor — falei, recuperando o fôlego.

Ele me olhou ainda excitado, porém concordou. Beijou-me rapidamente e nos encaminhamos para nossa mesa. Fazia questão de encostar seu corpo nas minhas costas para que eu sentisse sua ereção. Não me fiz de rogada e, aproveitando o engarrafamento de pessoas à frente, fiz algumas paradas estratégicas, roçando minha bunda nele.

— Eu sei o que você está fazendo, sua bruxa — balbuciou em meu ouvido.

— Apenas o que você também está fazendo — retribuí.

Chegamos ao nosso destino e nos sentamos, agora colados um no outro. E mal nos acomodamos e sua boca já me atacava novamente. Era um beijo provocante, que prometia muito mais. Sua mão veio até a minha nuca, me segurando firme enquanto a outra descia em minha coxa por debaixo da mesa, apertando-a. Cheguei mais perto, agarrando seus cabelos, deixando meus dedos passarem por eles. O clima estava esquentando rapidamente e ali não era um local apropriado para ficarmos nos amassando.

— Ah, essa boca deliciosa! Quero senti-la em volta do meu pau. — Me olhou ferozmente enquanto falava próximo aos meus lábios.

Ouvir aquilo me deixou mais acesa e mais atrevida ainda. Era extremamente excitante ouvi-lo falar daquela maneira.

— Que bom, porque eu também não vejo a hora de devorá-lo. — Deixei-o perceber todo o meu desejo.

— Vamos embora! Preciso te tirar daqui. — Seu peito arfava, seus olhos estavam escuros.

— Você me levou ao parque para correr, ao shopping para comprar livros, me trouxe aqui para beber... Para onde vai me levar agora?

— Qualquer lugar onde eu possa te comer a noite inteira e das mais diversas e imagináveis formas.

— Isso é uma promessa? — Eu o queria demais.

— Pode contar que sim.

— O que estamos esperando, então? — Eu só queria sair dali o quanto antes.

— Eu digo que você nunca decepciona. — Chamou o garçom para encerrar nossa conta, enquanto ligava para o motorista vir nos buscar.

E apesar de toda a excitação e calor do momento, de repente, me bateu a insegurança. De não estar à altura daquele homem tão controlador, sexy e confiante. Eu não era inexperiente, porém, nunca consegui colocar em prática toda a teoria que eu imaginava ter e saber. Justamente por falta de um parceiro que acompanhasse o meu fogo. Já com ele, eu sabia que poderia usufruir de tudo isso, pois não era o tipo de homem que se contenta com pouca coisa. Será que eu iria decepcioná-lo? Ele me chamou, me tirando daqueles pensamentos inoportunos.

— Ei, tudo bem? Podemos ir? — Eu nem havia notado que ele já tinha acertado nossa conta.

— Claro! — Tentei me recompor.

Era meio tarde para amarelar agora. Afinal, tudo o que eu mais queria nestes últimos dias estava prestes a acontecer.

Saímos do restaurante, e ele o tempo todo me segurava pela cintura. O motorista nos aguardava. Acomodamo-nos no carro e neste momento o toque do meu celular invadiu o ambiente. Estranhei quando vi que era o Guilherme àquela hora. Só podia significar alguma coisa relacionada à Alana.

— Oi, Guilherme — atendi e imediatamente o semblante de Pedro se fechou.

— Desculpe te ligar a essa hora.

— Não, tudo bem. Algum problema com a Alana? — Meu entusiasmo se foi no mesmo momento.

— Ela começou com vômito e diarreia. Já há algumas horas estava assim e resolvi trazê-la ao hospital.

— Claro, você fez bem, mas o que houve? Ela está tão mal? — Enquanto falava com ele, observava Pedro contrair o maxilar. Ele provavelmente já tinha entendido que nossa noite tinha ido por água abaixo.

— É uma virose e ela está bem debilitada. Me pediu para te ligar. Gostaria de ficar com você, se não for te atrapalhar, é claro. — Fechei os olhos, lamentando pela noite que não teria, mas minha filha vinha em primeiro lugar.

— Não, é claro que não vai atrapalhar. Óbvio que eu cuidarei dela, Guilherme. Você pode deixá-la na minha casa? Estou na rua, mas já a caminho. — Olhei de relance para Pedro. Ele estava virado para a janela, observando o lado de fora.

— Sim, a deixarei lá, estamos saindo do hospital. Ela disse que tem a chave.

— Ótimo. Devo chegar logo. Obrigada. — Desliguei e fitei Pedro, me desculpando com o olhar.

— Direto para sua casa, presumo. — Acenei com a cabeça e ele indicou ao motorista. — Sua filha não está bem? — Estava preocupado, mas não pude deixar de notar seu tom de decepção.

— É uma virose e ela pediu para ficar comigo. Desculpe, Pedro, mas infelizmente teremos que adiar nossa noitada.

— Eu entendo.

— É o que dá sair com uma mãe. — Tentei descontrair o clima.

— Tenho que confessar que é uma novidade para mim. — Iria desistir?

— Só espero que isso não o desestimule a cumprir a promessa que me fez. — Eu precisava saber.

— Pode ter certeza que não. Aceite isso como um tempo para sua preparação. Você vai precisar de muito fôlego e disposição. — Me abraçou, roçando os lábios por toda minha face e se demorando na minha boca.

Não falamos mais nada durante o trajeto. Ele apenas me manteve em seus braços, me beijando carinhosamente, já que não estávamos sozinhos.

Chegamos em frente ao meu prédio e ele desceu para me acompanhar até a portaria. Puxou-me para si, me apertando demoradamente.

— Obrigado pelo dia maravilhoso.

— Desculpe não poder encerrá-lo à altura.

— Não se desculpe, são coisas da vida. Eu ligo para saber como ela está. E para ouvir sua voz — falou carinhoso. — Durma bem!

Nos despedimos com um beijo comportado. Subi para o apartamento, desejando que as coisas tivessem sido diferentes. Provocamo-nos tanto, e, na hora de satisfazer todo aquele tesão, a vida nos interrompeu.

Entrei em casa e vi Guilherme e Alana voltando da cozinha. Larguei a chave e a bolsa em cima do balcão da sala e me dirigi a eles.

— Ah, não, mãe, que merda! Estraguei seu programa. — Minha menina estava realmente abatida.

— Não estragou nada. Eu estava mesmo vindo embora — menti, me dirigindo a ela, abraçando-a. — Que merda digo eu por você estar assim tão mal, minha linda.

— Eu disse que ela poderia ficar lá em casa, mas ela não quis — justificou Guilherme. — Não precisava te incomodar. Pelo visto, interrompemos algo. — Ele adorava insinuar minhas saídas.

— Ah, pai, desculpe, mas nestas horas nada como um colinho de mãe. E me diga, mãezinha, que eu não interrompi um encontro com um gato. Você está tão linda, toda produzida!

— Já disse que não. Agora, vamos deitar. Eu faço uma canja para você. O que mais você quer? Chá, água de coco? Vai precisar da tradicional dieta até se recuperar.

— Bom, acho que vou embora, então. Se precisar de alguma coisa, me ligue. — Guilherme deu um beijo em Alana e dirigiu-se para a porta. — Você está realmente um arraso.

— Obrigada por cuidar dela. — Ignorei seu último comentário.

— Boa noite! — Fechei a porta e reparei que Alana já estava no banheiro novamente.

Aquela noite prometia. Fiquei com ela, entre o banheiro, a cama e a cozinha. Apesar de medicada e sem conseguir ingerir nada, aquele era o processo normal da virose. Passada uma hora aproximadamente, recebi uma mensagem. Era Pedro!

"Como está nossa adolescente? Se precisar de alguma coisa, me ligue. Já estou com saudade!"

Não tive como não sorrir e me encantar com sua preocupação. Ele estava se mostrando cada vez mais interessado.

"Nossa adolescente está mal. Diria que meu fôlego está sendo testado pelo vai e vem do banheiro para o quarto e a cozinha! Será uma noite daquelas. Não no melhor sentido. Obrigada pelo carinho! Bjs".

"Não consigo dormir! Ligue-me quando puder."

Ah, eu também não conseguiria dormir. Não só pelo estado da Alana, mas pelo tesão reprimido. Aquele dia tinha mexido demais com meus hormônios.

Aproveitei que ela tinha pegado no sono e fui tomar um banho para tirar um pouco do cansaço. Eram quase duas horas da manhã. Seria bom se conseguisse dormir um pouco. Mal havia me deitado e meu celular apitou, indicando uma mensagem. Era ele de novo.

"Acordada?"

Não perdi tempo respondendo. Simplesmente liguei para ele.

— Desculpe, te acordei? — Sua voz estava baixa e rouca.

— Não, depois de muitas idas e vindas, finalmente a Alana pegou no sono. Tomei um banho e acabei de deitar.

— Você deve estar cansada e eu aqui te importunando.

— Não consegue dormir? — Eu podia sentir a tensão mesmo de longe.

— Não. — Suspirou e esperei que continuasse. — Culpa sua que me deixou nesse estado.

— Ah, é? E em que estado eu te deixei? — E lá íamos de novo nos provocar.

— Não se faça de desentendida, você sabe muito bem. — Sua voz denotava seu descontentamento pela situação. — Você disse que está deitada. O que está vestindo? — Entendi o que ele queria com aquilo.

— Desculpe estragar sua imaginação, mas hoje estou vestida de mãe, com um pijama que facilita minhas ações. — Porém, ao falar aquilo, uma ideia me ocorreu. — Me passe o número do seu telefone fixo.

— Por quê?

— Porque a bateria do meu celular está acabando. — Era mentira. — A não ser que você não queira mais falar comigo. — Ele me passou o número. — Vou colocar para carregar e já te ligo.

Rapidamente fechei a porta do quarto, não sem antes verificar Alana. Ela parecia ter caído no sono mesmo. Tirei o pijama e vesti uma lingerie preta bastante sexy. Procurei o melhor ângulo, tomando cuidado para não deixar aparecer as malditas celulites ou pneuzinhos e tirei algumas fotos. Nada explícito, apenas insinuando, mostrando parte do colo e do quadril. Liguei no fixo e ele atendeu após o primeiro toque.

— Você demorou. Achei que não ligaria mais. — Estava ansioso tanto quanto eu.

— Onde você está? — Fui direta, não queria perder tempo. Não sabia quando Alana poderia acordar.

— Em casa, oras!

— Sério? Pois eu achei que você estivesse na rua com seu fixo. Onde? Sala, quarto, cozinha?

— No quarto, na cama.

— Ótimo! O que você está vestindo?

— Aonde você quer chegar com isso, Paola?

— Eu quero chegar num estado de completa felicidade, mas, se você continuar fazendo perguntas fora de contexto, é possível que não cheguemos a lugar algum, visto que estou de plantão com minha filha. Podemos continuar?

— Estou só de cueca.

— Diz pra mim que é uma boxer — falei, agora com a voz rouca.

— Eu só uso boxer. — Ui... eu podia imaginar que delícia ele estava.

— Está com o seu celular por perto?

— Estou.

— Lembra que você falou que queria sentir minha boca no seu pau? — Procurei manter o tom da voz baixo e sensual.

— Paola! — Sua voz já mostrava seu grau de excitação.

— Então, senta na cama e imagina que eu estou aí, te beijando, descendo pelo seu peito, mordendo levemente, até chegar ao seu caminho da felicidade. Você está duro, totalmente ereto! Segura o seu pau como se eu estivesse fazendo isso. Eu estou aí ajoelhada na sua frente, só de lingerie. — Enviei neste momento uma foto mostrando parte do meu colo, decorado pelo sutiã meia-taça.

— Puta que pariu, Paola, você quer me matar de tesão, sua gostosa? — Sua respiração estava irregular.

— Lentamente, passo a língua pela sua ponta e vou descendo, lambendo-o todinho como se fosse um sorvete saboroso. Troco a língua pelos meus lábios úmidos, esfregando na lateral de cima até embaixo. — A essa altura, eu também já estava ofegante por imaginar a cena. Ele gemeu baixinho. — E antes de abocanhar, eu te encaro e permito que você veja todo o meu tesão por estar fazendo isso. Você segura meu cabelo e, do jeito que estou posicionada, ajoelhada, você consegue visualizar minha bunda empinada.

— Caralho, que tesão! — Eu conseguia ouvir seus gemidos.

Então enviei outra foto, do quadril, mostrado parte da calcinha e da bunda.

— Porra, que bunda é essa? Você me deixa louco assim! — Seus gemidos se intensificaram, sua respiração estava ainda mais acelerada.

— E agora eu desço com os lábios devagar por toda a extensão da sua ereção, até chegar à base, te engolindo inteiro. E então intensifico o movimento de vai e vem, comprimindo os lábios, chupando gostoso. — Ao fundo, eu conseguia ouvi-lo se masturbando vigorosamente, buscando o gozo.

— Ah... Boca deliciosa! Isso, chupa, minha gostosa!

— Ah, chupo sim, bem fundo, forte e agora mais rápido. Te sinto enrijecer ainda mais, e sinto os espasmos denunciando o seu orgasmo. E continuo chupando, chupando, só esperando o momento de você me entregar todo o seu gozo, que eu vou engolir tudo, sem deixar sobrar uma gota sequer.

— Porra, caralho...ah... ahh... — Eu o ouvi chegar onde eu queria.

Ouvi seus gemidos e urros de prazer. E aquilo me fez mais feliz do que eu podia imaginar. O fato de conseguir fazê-lo chegar lá, apenas pelo telefone, me fez sentir muito poderosa.

— Meu Deus! Não acredito no que você acabou de fazer! Tem certeza de que você existe? Que é de carne e osso? — Ele ainda se recuperava do orgasmo.

— Existo sim e diria que sou muito mais carne do que osso. — Ri, continuando com a provocação.

— Você é uma bruxa, isso sim. Você me enlouquece, sabia? Onde você esteve esse tempo todo? Por que não te encontrei antes?

— Também me pergunto isso. Mas acho que tudo tem seu tempo certo, né?

— Deixe-me te dar prazer também. Imagine minhas mãos descendo pela sua cintura até chegar nessa bunda maravilhosa.

Comecei a passear com a mão pelo meu corpo como se ele estivesse ali. E nesse momento ouvi que Alana tinha acordado e já estava no banheiro vomitando novamente.

— Não acredito nisso — disse, demonstrando minha frustração.

— O que foi?

— Precisaremos interromper, Pedro. Alana acordou e está lá no banheiro se acabando. Desculpe. — Suspirei.

— Ah, minha linda, não se desculpe por ter me dado o melhor orgasmo dos últimos tempos. Eu que peço desculpas por não poder fazer o mesmo por você. Ajude-a e me ligue depois.

— Não sei até que horas vai isso. Melhor deixarmos para outra oportunidade. Vá dormir, meu garanhão. Agora creio que está mais relaxado.

— Que droga, Paola!

— Está tudo bem. Durma bem e sonhe comigo.

— É só o que eu faço desde que te conheci. Beijo, minha linda!

Levantei e fui ajudar Alana, empurrando minha excitação para o fundo da alma. Definitivamente não era para ser hoje. Depois de mais uma hora de vai e vem, finalmente ela dormiu e eu também, já que estava esgotada desde a sexta à noite, pela saída com as meninas, a bebida e a maratona com Pedro.

Não sei quanto tempo dormi, mas, quando acordei, já estava claro. Algo me despertou. Eu estava agitada e me dei conta de que estava sonhando. Com ele, é claro. Com aquele espetáculo de homem que não pude provar por inteiro na noite passada. Eu estava muito excitada, o tesão era muito grande. Me senti molhada e não pensei duas vezes. Peguei o celular e enquanto me tocava, com a mão dentro da calcinha, tirei uma foto. Coloquei uma música bem sensual e imediatamente liguei para o seu fixo. Devia estar dormindo, pois demorou a atender.

— Paola?! — Sua voz era de sono ainda.

Como ele sabia que era eu? Ah, sim, identificador de chamadas. Ele deve ter salvado meu número quando liguei de madrugada.

— Pedro! — sussurrei, já fora de mim.

— Você está bem? Sua voz...

— Eu estava sonhando com você! E acordei assim, encharcada, ofegante, ansiosa. Seu celular...

— Porra! — Sua voz já indicava seus pensamentos. — Diz para mim que você está se tocando. — Então, enviei a foto para ele. — Caralho! Eu queria estar aí e apagar esse fogo, deslizando minha língua em você.

E não houve tempo para mais nenhuma palavra dele porque explodi em um gozo há muito esperado.

— Isso, goza para mim, linda. Queria você na minha boca, sentindo você derreter. Quero te ouvir. Uiva para mim, minha loba!

Eu gemi, me contorcendo com suas palavras. Precisei me conter para não gritar como ele pedia. Ele então ficou em silêncio enquanto eu me recuperava.

— Desculpe a rapidez, mas eu acordei já em ponto de bala. — Sorri relaxada.

— Com o que você estava sonhando? — Ele também estava arfante.

— Sonhei que você estava me comendo na sua sala, em cima da sua mesa. Ainda estava vestido, de terno, como eu adoro.

— Caralho! Eu não estou me aguentando, Paola. Você não consegue um tempinho para nos vermos hoje? — Claro que, assim como eu, ele também estava eufórico.

— Sem condições, Pedro. Sei que a Alana, por mais que não esteja tão mal, vai precisar de mim.

— Me deixe ir aí. Só para te ver, pelo menos? — Ele soava urgente.

— Não, Alana ia ficar constrangida com um estranho aqui e ela neste estado. Sinto muito, Pedro, mas teremos que esperar. Eu quero isso tanto quanto você. Também estou que não me aguento.

— E amanhã? Você vai trabalhar normalmente? Precisamos nos ver, minha linda! — Ah, era maravilhoso ouvi-lo me chamar assim.

— Não sei ainda, meu garanhão, vai depender de como ela vai estar. Mas vamos fazer o seguinte: a gente vai conversando e, na primeira oportunidade, a gente se vê, tudo bem? Desculpe mais uma vez.

— Tudo bem, é claro. Eu que peço desculpas por insistir, mas é mais forte do que eu. Eu te quero muito! — Suspirou resignado.

— Também te quero demais! — Ouvi Alana novamente. — Lá vou eu. Te ligo mais tarde. Um beijo!

— Beijos, minha bruxa sacana. — Desligou e não pude deixar de sorrir como uma boba.

Capítulo 11 - Uma visita surpresa

Pedro

Desliguei o telefone ainda extasiado com os últimos acontecimentos. Paola era realmente uma mulher excepcional, surpreendente em todos os sentidos. O fato de não termos conseguido transar na noite passada só atiçou ainda mais nosso tesão. Ela conseguia me provocar nos momentos mais incertos. Nosso contato tinha sido tão breve, tão rápido e ao mesmo tempo tão devastador. Chegava a ser assustador o que eu estava sentindo por aquela mulher.

Decidi fazer um agrado a ela, pelo prazer que havia me concedido de madrugada e agora pela manhã. Óbvio que o prazer poderia ser imensamente maior se estivéssemos juntos. Porém, a situação não permitia. Encomendei duas dúzias de rosas: uma amarela agradecendo a noite de ontem e a outra vermelha, pela madrugada.

O dia não passava. Eu estava com saudade, com tesão à flor da pele, e nada podia fazer para amenizar tudo isso. Ficamos nos comunicando por mensagem. Sua filha ainda não estava bem. Eu tinha me oferecido para ir até seu apartamento, mas ela preferiu que eu não o fizesse. Eu não aguentava mais ficar trancado em casa. Resolvi sair para correr, quem sabe assim eu conseguia relaxar um pouco.

Coloquei meu iPod para tocar e me deixei levar pelas lembranças dos últimos dias.

Bruno Mars – Just the way you are
Cause you're amazing
Just the way you are

O quanto eu havia mudado de opinião e em tão pouco tempo em relação ao meu relacionamento com as mulheres. Na verdade, nunca as tinha visto sob outro ângulo que não fosse apenas sexo. E Paola estava conseguindo mudar isso, com seu jeito autêntico e sincero. Pensar nisso me fez lembrar que eu não fui sincero com ela. Não joguei limpo quando a espionei na rede social. Nem sei por que fiz aquilo. Eu não era um homem que precisasse usar desses artifícios. Rodrigo tinha razão de chamar minha atenção para o que eu estava fazendo. Eu também sabia que, se um dia ela descobrisse, seria difícil me perdoar. Como se soubesse que eu pensava nela, me mandou nova mensagem:

> "Está fazendo o quê?"

Aquelas mensagens a faziam parecer uma adolescente.

> "Estava correndo!"

> "Correndo?"

> "Sim, vim para o parque. Não aguentava mais ficar em casa!"

Esperei, esperei e nada de ela responder. Será que Alana estava passando mal?

> "Ei, tudo bem?"

> "Tudo!"

Por que eu tive a impressão de que não estava? Resolvi ligar.

— Oi! — Sua voz soava estranha.

— Ei, tudo bem? Está com a Alana?

— Não, ela está deitada. Está tudo bem. — Ela estava diferente, fria, meio arredia até. O que eu perdi entre aquelas mensagens?

— Pois não parece! Aconteceu alguma coisa, Paola? Sua voz está estranha.

— Como estava a corrida?

— Consegui colocar para fora um pouco da minha agitação, apesar de não estar tão bom quanto ontem. Faltou você. — Sim, ela estava começando a se tornar indispensável em minha vida.

— Tenho certeza de que não lhe faltou companhia.

— Companhia? — Demorei um pouco a entender onde ela queria chegar e sinceramente não acreditei. — Impressão minha ou senti uma pontada de ciúme neste seu comentário?

— O quê? Ciúme? Você não acha que está sendo muito pretensioso não? — Sua voz estava alterada, não querendo admitir aquilo que tinha ficado tão óbvio.

— Será? Por que então você mudou quando soube que eu estava aqui no parque?

— Como você disse, impressão sua. Vou deixar você continuar com seu exercício. Preciso ver a Alana.

— Paola, espere!

— A gente se fala, Pedro, tchau! — E desligou.

Com aquela atitude, ela só confirmava minha suspeita. Sorri, gostando de saber o quanto também mexia com ela. Porém, aquilo não ia ficar assim.

Fui para casa, tomei um banho e me dirigi para seu apartamento. Não sem antes dar uma espiada no que ela havia comentado no grupo. Sim, se ela estava com ciúme, era bem provável que desabafasse com as amigas.

E lá estava minha confirmação. Ela poderia até não gostar, mas duvido que se recusasse a me receber.

Paola

Eu passei boa parte do domingo no vai e vem com Alana. E entre uma coisa e outra, mandava uma mensagem para ele. Estava me sentindo como uma adolescente. Ansiosa. Encantada. E minha emoção só aumentou quando recebi flores, no meio da manhã. Duas dúzias de rosas. Com as amarelas, o cartão que dizia "pela noite maravilhosa!". Com as vermelhas, "pela madrugada inesquecível!". Tinha como não se encantar?

Alana já estava bem melhor. Devido àquela correria, não tinha conversado com minhas amigas insanas, principalmente com as conterrâneas, que tinham conhecido Pedro na sexta-feira e estavam em polvorosa para saber mais detalhes. Admito que fui relapsa ao não postar nada, mas as coisas aconteceram de uma forma tão repentina que me perdi totalmente. Maitê já havia me mandado algumas mensagens perguntando como tinha sido o restante da noite. E claro, queria mais detalhes de Rodrigo.

Paola: Amadas, podem me crucificar, sei que estou em débito com vocês, mas foi tudo tão imprevisível que fiquei perdida no caminho...

Suzana: Paola, estamos sabendo que o encontro das insanas na sexta foi surpreendente. Agora queremos detalhes da carona. E diz que o tal Dr. Pedro é MARAVILHOSO!

Paola: Ah, Suzana, amiga, ele é TDB. Vocês não fazem ideia... apesar de não querer admitir, eu estava bêbada e falei o que não devia... kkkkkk

Contei a elas, resumidamente é claro, o que havia acontecido na carona de sexta, bem como no sábado.

Val: Não acredito que você não deu pra ele ainda, Paola! Vai esperar o quê?

Paola: Já disse que não foi por não querer, Val. Minha filha realmente precisava de mim. Agora é só uma questão de conciliar nossos horários. Se bem que fiquei puta agora há pouco com ele!

Relatei o episódio de poucos minutos atrás, meu ciúme e minha bandeira a respeito.

Val: E você queria o quê? Que ele ficasse trancado em casa, esperando a Cinderela se decidir se dá ou não? Desculpa, amiga, mas aí você já está querendo demais, né? Afinal, pelo que você contou, rolaram apenas uns beijos. Nenhuma promessa...

Luciana: Putz, Val, assim você destrói nossa amiga. Não precisa ser tão sincera.

Paola: Ela tem razão, Luciana. É isso mesmo. Mas certa ou errada, eu fiquei com ciúme. E pior, acho que demonstrei isso. Ele deve ter percebido. Agora não sei se ligo ou espero que ele se manifeste.

Conversamos mais um pouco e me despedi, prometendo voltar mais tarde. Eu precisava de um banho. Queria descansar para a semana, que seria agitada.

Alana estava lendo em seu quarto e eu ia pegar meu livro, aquele romance inacabado que eu estava levando uma eternidade para ler, tudo por culpa de certo advogado, quando, para meu desgosto, o interfone tocou. Deveria ser Guilherme para ver como a filha estava, mas me surpreendi quando Pedro foi anunciado. Eu já tinha dito para ele não vir. O que estava fazendo aqui? Não podia simplesmente mandá-lo embora, então, liberei sua entrada. E naquele momento me odiei por ser tão desleixada quando estava em casa. Definitivamente eu não estava preparada para recebê-lo! Porém, não tinha tempo de fazer nada.

Soltei meu cabelo e ajeitei o vestido marinho, de alças, curto, típico de ficar jogada no sofá. Só não era pior do que aqueles que a gente usa para fazer faxina. A campainha soou e tratei de abrir a porta. Não posso dizer que preparei meu melhor sorriso, visto que ainda estava muito puta com ele. Quer dizer, comigo mesma, né? Ele não tinha feito nada de errado. Eu era que estava sendo paranoica.

Oh, Deus, eu havia esquecido quão lindo ele era! Quer dizer, esquecido não. Eu jamais me acostumaria com toda aquela beleza, aquele *sex appeal*. Lá estava ele, parado à minha porta, de jeans, uma camisa polo e aquele sorriso que me desarmava.

— Oi. — Deu um passo à frente e me afastei para que entrasse. Senti o perfume divino que o acompanhava e meu coração acelerou.

— Oi — respondi. Ele sempre conseguia me deixar sem palavras. — Pensei ter dito para você não vir.

— Pensei ter sentido certa frieza de sua parte ao telefone e decidi verificar pessoalmente o motivo — disse e chegou mais perto de mim, me encarando com seus lindos olhos verdes... olhos de gato.

— Pedro, a Alana está em casa. — Dei um passo atrás.

— Ótimo! Apresente-me a ela. — E deu um passo à frente. Não foi preciso que eu a chamasse. Com certeza ela ouviu a campainha e logo estava na sala.

— Quem está aí, mãe? É o papai? — Parou ao ver Pedro.

— Alana, esse é o Pedro. Pedro, minha filha Alana. — Fiz as apresentações sem saber como classificá-lo. Amigo? Cliente? Ficante? Amante?

— Olá, Alana! — Se aproximou dela, estendendo a mão. Apesar do gesto formal, seu sorriso era pura simpatia. — Prazer em te conhecer! Desculpe invadir sua privacidade. Sei que não está muito bem.

— Oi! Já estou um pouco melhor. — Sorriu abertamente para ele e vi que se surpreendeu com tanta beleza. — Apesar de que devo estar com cara de doente ainda, né?

— Está um pouco pálida sim, mas nada que ofusque a sua beleza. — Ah, tá, agora ele ia se desmanchar em elogios para a minha filha.

— Obrigada, você é muito gentil. — Ela estava corando.

Alana era uma moça muito desinibida, mas ainda ficava tímida quando elogiavam sua beleza. Não falo por ser minha filha, mas ela era realmente linda! A pele branca, destacada pelos cabelos castanhos e os olhos verdes, a tornava incomum.

— Sente-se, Pedro. — Indiquei-lhe o sofá. Como me arrependi de não ter me vestido melhor. — Aceita algo para beber?

— Não quero te atrapalhar, Paola. — Sentou e se recostou no sofá, cruzando as pernas maravilhosas, fazendo com que o volume no meio delas se pronunciasse, como no primeiro dia, no escritório. Precisei desviar o olhar, mas ele já havia percebido. Filho da mãe! Não deixava escapar nada.

— Então, era você que estava com a minha mãe ontem à noite, quando interrompi um encontro? — Alana tinha se sentado em outro sofá, e devo dizer que estava bastante à vontade. A timidez de minutos atrás já havia desaparecido. — Lindas as flores que enviou. Muito gentil da sua parte. Ela diz que não existem mais homens assim, tão cavalheiros.

— Ah, ela disse, foi? — Me olhou entre divertido e surpreso.

Claro que ele estava se achando agora, né? Minha filha estava fazendo o favor de deixá-lo bem à vontade e inflando ainda mais seu ego.

— Alana, já disse que não interrompeu encontro algum. Estávamos jantando e eu já estava vindo para casa. E sim, Pedro foi um cavalheiro me enviando flores, agradecendo pelo jantar — tentei dar um basta na conversa.

— Minha mãe não quis entrar muito em detalhes, sabe? Mas me disse que você é advogado. O escritório é seu? — Pronto, lá vinha minha tagarela investigar.

— Sim, somos dois sócios e temos outros advogados colaboradores trabalhando conosco, além de estagiários. Não é uma estrutura muito grande, mas não deixa de ser uma boa organização.

— Minha mãe já te falou que quero fazer Direito? — E, com isso, eu era mera expectadora naquela conversa.

Minha filha e meu advogado gostoso sentados à minha frente, totalmente tranquilos, conversando a respeito do futuro dela. Sim, Alana estava com a ideia fixa de cursar Direito, apesar de eu achar que ela ainda poderia mudar de ideia. Ledo engano. Não que eu fosse contra. Apenas queria que tivesse certeza do rumo que seguiria. Só me dei conta de que estava em pé ainda, divagando, quando de repente os dois ficaram em silêncio me observando.

— Você vai ficar aí parada, mãe? Por que não se senta?

— Vou pegar um suco. Tem certeza de que não quer nada, Pedro? — perguntei, já me afastando em direção à cozinha.

— Aceito um suco também.

— Bem, se você me dá licença, Pedro, vou tomar um banho e lavar meu cabelo porque devo estar parecendo realmente uma doente. Não saia sem se despedir de mim. Devo demorar em torno de uns trinta minutos. — Ouvi Alana falando aquilo e não entendi o porquê de tanta explicação a uma pessoa praticamente estranha para ela.

Quando me virei em direção à porta que dava para a sala, quase derrubei a bandeja. Pedro estava ali parado, as mãos nos bolsos da calça, me encarando com o sorriso sedutor. Foi chegando mais perto e tirou a bandeja de minhas mãos, depositando-a sobre a bancada. Confesso que fiquei nervosa, comecei a tremer e a suar. Ele sempre me desestabilizava.

— Então, vai me dizer agora o que aconteceu para você ficar tão distante no telefone? — Enquanto ele avançava, eu recuava, até sentir o frio do azulejo em minhas costas. Eu não tinha como me afastar mais. Ele grudou seu corpo no meu e suas mãos seguraram minha cintura. Sua boca estava muito próxima e seu olhar me queimava. Eu já estava molhada, derretendo.

— Já disse que não aconteceu nada. Eu estava com a Alana. — Sentia meu rosto queimar, não sei se porque estava mentindo descaradamente e ele sabia ou se era pura excitação. Acho que um pouco de cada.

— Mentirosa! — Agora suas mãos subiam lentamente pela lateral do meu tronco e eu sentia sua ereção roçar em meu ventre. Puta que pariu! Eu não ia aguentar aquela tentação toda. Precisava me lembrar que estava em casa e Alana estava lá. — Não seria mais fácil você admitir que ficou com ciúmes porque eu fui correr? O que passou pela sua cabeça? Que o fato de algumas mulheres ficarem me olhando faria com que eu te esquecesse? De tudo isso que eu tenho agora em minhas mãos?

— Talvez você se entusiasmasse com algo mais fácil, mais disponível, digamos assim, já que a foda de ontem à noite foi interrompida! — Eu estava muito puta comigo mesma por ter deixado transparecer o meu ciúme.

Ele desceu as mãos por meus quadris, apertando-os, e colocou a boca próxima do meu ouvido.

— Pensei que tivesse deixado bem claro que não quero algo mais fácil, mais disponível ou mais jovem. E apesar de sentir pela transa de ontem ter sido interrompida, devo lhe dizer que a gozada que tive na madrugada, proporcionada por uma voz sexy e algumas fotos insinuantes, superou muitas trepadas que já tive na vida. — Enquanto ele sussurrava em meu ouvido, suas mãos passeavam pela lateral do meu corpo lentamente, subindo e descendo, dos quadris aos seios.

Como ficar indiferente a tudo aquilo? Impossível. Eu já estava em chamas. E, para variar, muda. Era incrível como ele conseguia me deixar com os pensamentos travados. Aos poucos, foi trazendo seus lábios para o meu rosto, distribuindo beijos leves, alternando com lambidas, descendo pelo pescoço e voltando aos meus lábios. Até que os tomou num beijo ardente, esfomeado, luxurioso. Sua língua dançava em minha boca, seus lábios chupavam minha língua e as mãos não descansavam.

— Pedro... aqui não... Alana... — tentei murmurar em meio ao seu ataque.

— Alana nos deu trinta minutos, você não ouviu? — E continuou a deliciosa tortura.

— Do que você está falando? — Consegui me afastar um pouco dele, encarando seu olhar escuro de desejo. Ele aceitou meu afastamento, explicando a minha confusão.

— Enquanto você estava aqui, ela disse que iria tomar banho. Me pediu para não sair sem me despedir dela, dizendo que demoraria aproximadamente uns trinta minutos, e me deu uma piscadinha. O que você acha que ela quis dizer com isso? Que estava nos dando um tempo sozinhos! Sua filha é mais esperta do que você imagina. — Sorriu, voltando ao ataque. — Não me diga não, Paola! Você me deixou louco hoje cedo, se masturbando daquela forma, gemendo e gozando para mim.

— Não, Pedro. — Empurrei-o novamente e tentei me manter focada, séria, como se não estivesse me desmanchando em seus braços. — Eu quero tanto quanto você, mas não vai acontecer nem aqui nem agora. Não desse jeito.

— Por quê?

Tudo bem, eu poderia dizer que simplesmente não queria por ser minha casa, mas achei por bem jogar aberto com ele. E, se ele quisesse apenas uma brincadeira, isso o faria pensar melhor.

— Porque faz dois anos, Pedro. Dois anos que não tenho um homem! Dois anos que não fodo, não trepo, não transo, não... chame como quiser. E não me entenda mal, mas já disse que só quero o melhor para mim. Estou subindo pelas paredes, mas nem por isso vou me contentar com uma rapidinha. Quero tudo que tenho direito! — despejei antes que eu me arrependesse.

— Dois anos? — Ele me olhava como se eu fosse um extraterrestre. Talvez, neste mundo moderno, eu fosse mesmo.

— Sim. Não sou o tipo de mulher que consegue transar no primeiro encontro. Eu preciso estar envolvida de alguma forma. — Suspirei, me abrindo para ele. Não sabia como isso ia soar, mas queria expor o que sentia.

— Por que isso não me surpreende, Paola? — Sua respiração havia se acalmado um pouco, mas seu olhar era mais quente ainda. — Eu sei que você é uma exceção à regra nos dias atuais. E acho que é isso que tanto me encanta. Essa mistura que você é de moderna e conservadora, sensual e recatada, forte e delicada. Você é realmente uma mulher especial! E que me tira do sério, me enlouquece, sabia? — Novamente sua boca me tomou, seus lábios me devoraram e suas mãos se tornaram mais ágeis e ameaçadoras.

Enquanto sua mão direita erguia minha coxa em direção à sua cintura, a esquerda erguia meu vestido, apalpando minha bunda. Eu só conseguia me segurar, enlaçando seu pescoço. Rapidamente, ele soltou meus lábios e, sem que eu me desse conta, colocou minha perna no chão, me virando de costas para ele. Num piscar de olhos, estava abaixado, levantando meu vestido, expondo minha bunda.

— Porra, que bunda gostosa! — Ele beijava, mordia e acariciava, tudo ao mesmo tempo.

Eu estava em êxtase, já não pensava mais, apenas tentava conter os gemidos, porém sem sucesso.

— Shhhh... quietinha... — Continuava o ataque com a boca, a língua e os dentes, enquanto suas mãos corriam pelas minhas pernas, agora com pressa, seus dedos se insinuando no interior das minhas coxas. — Quero essa bunda deliciosa, Paola! Você não vai me negar isso.

— Pedro... ahhhh... — Minha vontade naquele momento era de voltar atrás e dizer que ele podia me comer ali mesmo, que eu não ia me importar se não tivesse tudo.

Mas não deu tempo. Ele já estava em pé, me colocando de frente para ele, erguendo novamente uma perna em sua cintura, enquanto me beijava. Sua mão se infiltrou outra vez por baixo do meu vestido, chegando à virilha, agora afastando a lateral da calcinha. E, lentamente, como que numa tortura, tocou minha umidade. Ah, sim, eu estava para lá de molhada e já fazia tempo.

— Caralho, como você está molhada — falou ainda próximo aos meus lábios, me olhando profundamente.

— É isso que você causa em mim, Pedro — consegui a muito custo sussurrar para ele.

Então, devagar, deixou que seu dedo médio me invadisse, enquanto o polegar massageava muito suavemente meu clitóris. E aquele conjunto de dedos e língua e boca estava me levando muito próximo do abismo. Quando achei que chegaria lá, ele me deixou suspensa, retirando os dedos e trazendo-os à sua boca, chupando lentamente. Porra, que cena mais erótica! Eu ia reclamar por ele me deixar assim, mas ele pousou o dedo médio nos meus lábios, forçando-os a abrir, invadindo minha boca.

— Prove, Paola. Sinta como o seu gosto é divino! Não vejo a hora de ter você em minha boca. — Aquele homem ia me deixar louca. Mais do que eu já pensava estar. — Infelizmente, tive que parar, pois sua filha logo deve aparecer aqui, mas saiba que é um esforço quase sobre-humano te deixar assim.

Como ele sabia que Alana já estava para aparecer? Ele cronometrou o tempo? Fazendo tudo aquilo comigo, ele ainda conseguiu prestar atenção nisso? Baixou minha perna e ajeitou o vestido. Beijou-me levemente nos lábios, acariciando meu rosto. Eu ainda estava ofegante.

— Venha, vamos para a sala. — Segurou minha mão, me puxando.

Mas eu ainda não queria me separar dele. Rapidamente, soltei minha mão da sua e a desci até o meio de suas pernas, apalpando o volume extraordinário. Tentei, em vão, é claro, enfiá-la em sua calça, mas ele me impediu.

— Se você fizer isso, terá que se explicar à sua filha, porque eu não vou parar.

— Tudo bem. — Soltei-o, me recompondo.

Ele apenas sorriu e me conduziu à sala. Nos acomodamos no sofá, como duas pessoas civilizadas, bem a tempo, pois Alana já dava sinal de sua chegada, tagarelando lá do quarto.

— Eu disse que essa menina é muito esperta.

Alana ficou ali mais um tempo, arrancando mais informações de Pedro a respeito do escritório.

— Então, se você realmente decidir seguir essa carreira, tem estágio garantido lá no escritório. — Olhei-o, como que indagando aquilo que havia dito. Ele apenas sorriu e segurou minha mão. Tentei me desvencilhar, porém ele não permitiu, e Alana obviamente percebeu.

— Bem, Pedro, se você me dá licença, vou deitar. Ainda me sinto um pouco fraca. — Levantou-se, assim como eu e ele, que não soltou minha mão. — Gostei de te conhecer. Espero te ver mais vezes. — Aproximou-se, agora lhe dando um beijo no rosto.

— Também gostei de te conhecer pessoalmente. Já tinha visto fotos suas no escritório da sua mãe e falei o quanto você era bonita. Agora pude ver também o quanto é inteligente. — Ele estava jogando charme para a minha filha, tentando conquistá-la para chegar até mim? Mas não era preciso. Eu já era dele. Alana se dirigiu ao quarto, nos deixando novamente a sós.

— Acho melhor eu ir agora. — Me puxou para perto dele, abraçando minha cintura.

— Fique mais um pouco — pedi, já sentindo saudade.

— Não vou conseguir me comportar aqui com você. E depois, Alana pode estar precisando da mãe. Infelizmente, amanhã tenho uma audiência importante. Não sei quanto deve demorar, por isso não vou prometer de nos encontrarmos. Mas precisamos fazer com que dê certo terça-feira. Caso contrário, vou enlouquecer sem você, Paola! Vai subir para a cabeça! — Ele acariciava meu rosto com muito carinho, destoando da ferocidade de suas palavras.

— Vou ver como estão meus compromissos e te aviso. Também estou quase enlouquecendo. — Eu não tinha mais por que fazer nenhum joguinho com ele. Eu estava totalmente na dele. Enlacei seu pescoço, beijando-o com furor. Custava muito me desvencilhar daquele homem.

— Me ligue a hora que quiser. — Ainda me deu mais um beijo molhado, antes de se afastar e ir embora, deixando-me ali, ansiando pela terça-feira.

Pedro

A verdade era uma só. Por mais que eu não quisesse admitir, ela estava ali, escancarada na minha frente: Paola havia me conquistado. Eu estava de quatro por ela. E isso sem nem termos transado ainda. Porra, era pior do que eu imaginava! Não, na verdade, não tinha nada de pior. Era o que de melhor já havia acontecido na minha vida. Como era possível? Em tão pouco tempo, minha vida tão planejada, estruturada, estava agora seguindo outro rumo, totalmente inesperado. Eu, que nunca quis me envolver mais seriamente com ninguém, que não queria abrir mão da comodidade da vida de solteiro, sem horários e cobranças, agora me via querendo mais emoção, riso, surpresas, tudo proporcionado por uma mulher que não tinha medo de demonstrar seus sentimentos, que queria o que a vida tem de melhor, como ela mesma dizia.

Paola

O dia amanheceu quente, me fazendo optar por um vestido branco, sem mangas, na altura dos joelhos, arrematado por um cinto caramelo, que combinava com os sapatos de salto. Mantive meus cabelos soltos, lembrando o quanto Pedro gostava deles assim. Deixei a mesa posta para o café da manhã e saí.

"Van Halen – Why Can´t this be love"

Baby, why can't this be love

Estava no meio do caminho para o escritório quando recebi uma mensagem de Eliane, minha assistente, avisando que o cliente havia desmarcado a reunião por problemas familiares. Isto significava que eu teria um tempo livre. Então, ouvindo a música que tinha tudo a ver com aquele homem, resolvi fazer uma surpresa.

Chegando à portaria do prédio onde ficava a Lacerda & Meyer Advogados, enviei uma mensagem pelo celular, confirmando se ele já estava no escritório. Não pude deixar de me desmanchar em sorrisos ao ler novamente a que ele havia me enviado logo cedo, me despertando com seu bom dia.

> *"Bom dia, minha bruxa malvada, minha loba desbocada! Dormi pensando em você... acordei pensando em você... Preciso dizer como estou? Duro como pedra! Tenha um excelente dia! Me ligue quando puder! Bjs."*

Apesar de já ter lhe respondido, também desejando bom dia, precisava reforçar meus votos.

> *"Bom dia novamente, meu garanhão! Está no escritório?"*

A resposta veio quando eu saía do elevador, já na recepção da empresa.

> *"Sim!"*

Estranhei ele ser tão sucinto, mas achei que seria por estar ocupado. Na mesma hora, avaliei se teria sido uma boa ideia ir até lá. Lembrei-me de ele ter dito sobre a audiência importante que tinha. Mas já que estava ali... e seria breve, apenas para lhe dar um beijo.

Achei mais estranho ainda a secretária, Viviane, não estar em seu lugar. A recepção estava vazia, na verdade. Não havia nenhum sinal de que havia alguém no escritório. Então, decidi que poderia ir diretamente até a sala de Pedro. Bati na porta, porém fiz a besteira de não esperar uma resposta, entrando em seguida. E me arrependi na mesma hora. Eu não precisava presenciar aquilo. Senti meu coração saltar no peito, como se estivesse batendo em minha garganta, me sufocando, ao mesmo tempo em que minhas pernas amoleciam. Quem era aquela biscate pendurada no pescoço dele? Filho da puta!

Capítulo 12 - Uma intrusa

Paola

Filho da puta! Quem era aquela morena, alta, esguia, com cara de celebridade desfilando no tapete vermelho pendurada no pescoço dele? Senti o sangue sumir do meu rosto.

— Desculpe, não era minha intenção interromper. — Saí aos atropelos, minha visão turva pelas lágrimas que eu não queria derrubar. Fui em direção aos elevadores, e, apesar de ter ouvido Pedro me chamar, não o encarei.

Merda! Ela era muito bonita. Mentira, ela era linda, um espetáculo de mulher. Pude ver que era do tipo bem tratada, bem cuidada. Deveria ter no máximo trinta anos e vestia roupas de grife, com cabelos e maquiagem impecáveis. Puta que pariu! Com certeza ela não era do tipo que precisa interromper uma foda porque a filha está vomitando! E ele? Claro que se deixaria abraçar por uma mulher como aquela. Afinal, ele era o Dr. Pedro Lacerda, gostoso e sexy pra cacete! Quem seria a biscate? Uma antiga namorada? Merda, aquele elevador estava demorando. Já quase optava pelas escadas quando senti um puxão no meu braço. Mas o que ele estava pensando?

— Paola, espere.

— Esperar o que, Pedro? Você terminar com a jovem morena lá dentro? Depois você pega a coroa loira aqui? Não, obrigada! — Puxei meu braço, tentando me desvencilhar, mas ele era mais forte.

— Paola, escute! Não é nada disso que você está pensando. — Foi me puxando para a recepção, mais especificamente para uma porta, que dava na copa. Eu tentava acompanhá-lo, me equilibrando nos saltos. Entramos e ele fechou a porta.

— Ah, me poupe, né, Pedro! Essa de que não é o que você está pensando já é velha demais. Até para mim. Você poderia pelo menos ser mais criativo. — Eu falava alto, quase gritando, tomada pela raiva e decepção.

Apesar da porta fechada, tinha certeza de que era possível me ouvir. Como pude ser tão burra? Tudo isso seria carência para me deixar levar por todo aquele papo? Eu o apresentei à minha filha e quase transamos na cozinha do meu apartamento com ela lá. Burra, idiota, imbecil! Isso que eu era.

— Fique quieta e me ouça. — Ele me segurava com ambas as mãos, me mantendo firme contra uma mesa. Mas eu não queria ouvir, não queria ser enganada.

— Não me venha com desculpas ou mentiras, Pedro. Eu sei o que vi. Tudo bem, não precisa se justificar para mim. Afinal, não temos nada. Fique tranquilo, estou saindo de cena.

Ele avançou sobre mim, atacando minha boca. Não foi um beijo carinhoso, nem tampouco apaixonado ou luxurioso. Era mais como um castigo. Uma punição! Foi tão feroz que chegou a machucar. Senti gosto de sangue na boca. Ele tinha me mordido. E assim como começou, ele parou. Eu via fúria em seus olhos? Mas por quê? Se alguém tinha que estar furiosa ali, era eu.

— Você disse que sabe o que viu, mas não sabe não. Pare para pensar e me diga, analisando friamente, o que estava acontecendo na sala? — Ele ainda me mantinha presa em seus braços e junto à mesa. Confesso que o beijo conseguiu me acalmar um pouco, mas eu não podia deixá-lo me enrolar.

— Eu vi você e aquela... aquela... biscate empimponada pendurada no seu pescoço! Ela te olhava toda apaixonada. — Lembrar da cena me alterava novamente.

— Aquela é a Silvia, irmã do Rodrigo. Ela trabalha aqui no escritório e estava nos EUA a trabalho há quase dois meses. E sim, você a viu pendurada no meu pescoço. Mas seja sincera, você me viu retribuindo? — Tentei visualizar a cena novamente... mentira, não tentei, pois não era preciso, estava bem fresco na minha cabeça. — Diga, Paola, eu estava retribuindo o abraço? Não, pelo contrário, eu estava era tentando afastá-la!

— Mesmo? E por quê? — Eu era cabeça dura, confesso. Gostava de sofrer.

Ele afrouxou um pouco o aperto em meus braços, soltou uma mão, deslizando-a pelos cabelos. Ihhh, não gostei nada daquele gesto. Não vinha coisa boa por aí. Respirei fundo e esperei.

— A Silvia tem uma queda por mim...

— Ah, sério? — Não deixei que terminasse de falar. — Quem poderia imaginar? Uma mulher ter uma queda por você! — Ele voltou a me segurar com força.

— Pare de gritar! Deixe-me terminar, por favor? E não fale como se todas as mulheres se jogassem aos meus pés. Ou como se eu fosse culpado por isso.

— Falo porque é verdade. E você é culpado sim. Fica jogando seu charme para cima de todas! Com esse seu jeito todo... todo...

— Todo o que, Paola? — Ele rapidamente mudou sua estratégia. Imprensou-me contra seu corpo novamente, me deixando embriagada com seu perfume e de pernas bambas ao sentir a ereção. Uau! Estávamos discutindo e ele estava excitado? Bem, não posso falar muito, pois eu também estava. E como! Seu rosto muito próximo do meu me permitia enxergar todo o desejo estampado em seus olhos.

— Diga, Paola, meu jeito todo o quê? — Lentamente esfregou o volume no meu ventre. Puta merda! Como me concentrar em discutir, argumentar, com ele daquele jeito?

— Você sabe — falei, encarando seus olhos e boca.

— Talvez eu saiba, mas quero ouvir de você. E não vou te largar enquanto não me disser! — Ele estava virando o jogo contra mim?

— Ah, vai se foder! Você quer ouvir, é? Com seu jeito sexy, gostoso e sedutor e... — Ele não me deixou terminar.

Atacou minha boca, agora sim, com paixão, luxúria e desespero, por assim dizer. Não tive como não corresponder. Ele era muito bom naquilo, em persuadir as pessoas. As mulheres, principalmente; eu, na verdade. Seus lábios tomaram os meus, enquanto suas mãos me apalpavam. Não com carinho ou gentileza. Ele era bruto, como se estivesse esfomeado. Logo seus lábios estavam no meu pescoço. Ele suspendeu meus cabelos, virando meu rosto para o lado, para lhe permitir acesso à minha nuca. E ali ele me mordeu, me fazendo gemer. Um pouco de dor, outro pouco de prazer.

Suas mãos agora estavam em meus seios, apalpando-os por cima do vestido. Então, ele as desceu e puxou a barra para cima, enroscando-o na cintura e expondo minha calcinha. Eu sabia que era loucura o que estávamos fazendo, mas não queria parar. Suas mãos seguraram meus quadris, suspendendo-os, me sentando na beirada da mesa. Em seguida, se enroscaram nas laterais da minha calcinha, descendo-a até meus pés. E lá estava eu, totalmente exposta para ele, que me olhava com cara de safado. Ajoelhou-se no chão e ficou cara a cara com a minha intimidade. Meu Deus! Era totalmente insano fazer aquilo na cozinha do seu escritório, apenas uma porta nos separando do restante do pessoal.

— Abra as pernas, coração!

Porra, o que era aquele jeito de falar? Mas eu não poderia deixar de fazer o que me foi pedido. Ou melhor, não queria. E sim, eu me abri para ele, que aproximou a boca, agora sem pressa, me torturando, segurando meu olhar. Caralho, aquilo era sexo em seu estado mais puro, mais devasso! Foi quase como um choque quando ele passou a língua lentamente por toda a extensão do meu sexo. Precisei morder o lábio para não deixar os gemidos ecoarem pela cozinha. Quanto tempo não sentia aquilo? Na verdade, aquilo eu nunca havia sentido! Sim, porque nunca havia sido daquela forma. Preciso dizer que meus ex nunca foram chupadores de verdade. Eram totalmente amadores, já Pedro era doutorado! Ah, sim, Dr. Pedro Lacerda, advogado, expert em chupada!

— Boceta deliciosa! — Ah, aquela boca suja dele me deixava ainda mais louca.

Sua língua passeava, primeiro pelos grandes lábios, depois se dirigia aos pequenos, para então segurá-los, apertando. Primeiro um, depois o outro e assim sucessivamente. Logo circulava o clitóris e, não bastasse tudo isso, ainda me invadia com a língua. Era mágico! E apesar de eu querer que aquilo se prolongasse eternamente, eu não conseguia mais segurar o orgasmo que estava ali, à beira. Senti meu ventre se contrair e não tive vergonha de agarrar seus cabelos com uma mão, enquanto com a outra eu tentava me equilibrar em cima da mesa.

— Olha para mim! Eu...vou... gozar... Ahhhh...

— Isso, minha loba, goza gostoso! Goza para mim!

Me deixei levar pelo orgasmo fulminante que me arrebatou. Estremeci, arquejei, puxando sua cabeça para mais perto, querendo sentir cada vez mais sua boca ali. Como eu ansiei por aquilo! E mesmo após cessar meus espasmos, ele continuava a me lamber, sempre me olhando, analisando minhas reações.

— Pare, por favor! — pedi, suspirando. — Isso é tortura!

— Não consigo. Deixe-me ficar aqui. — Sua língua desenhava círculos agora na minha virilha. — Deixe-me te limpar.

— Se você acha que vai conseguir me limpar desse jeito, sinto dizer que só vai conseguir me deixar mais molhada ainda. — Eu ainda respirava com dificuldade. — É sério, Pedro, alguém pode entrar. — Precisava fazê-lo parar.

— Não acha que é um pouco tarde para se preocupar com isso? — Ah, aquele sorriso safado.

Começou a se levantar, trazendo minha calcinha para cima, colocando-a no lugar e encaixando seu corpo entre minhas pernas ainda abertas.

— Desculpe por isso. Esqueci que você disse não temos nada. — Cínico! Como ele podia estar tão calmo depois daquilo?

— Cretino! — Eu o fulminei com o olhar, mas não conseguia ficar brava com ele.

Enlacei seu pescoço, beijando seus lábios carnudos, sentindo meu próprio gosto neles. Porém, ele se afastou, agora me olhando seriamente.

— Eu vou te explicar o que aconteceu e não me interrompa, entendeu? — Apenas acenei que sim com a cabeça. — Como eu estava dizendo quando fui interrompido por um ataque de fúria, a Silvia é sim apaixonada por mim. E não pense que sinto orgulho disso. Somos amigos de infância, então é natural que estivéssemos sempre juntos. Porém, nunca houve nada entre nós. Nunca lhe dei esperanças, muito pelo contrário. Já conversamos sobre isso abertamente e deixei claro que nunca haverá nada.

Suspirou, continuando.

— É uma grande amiga, tenho um carinho especial por ela pelo tempo que nos conhecemos e por tudo o que já vivemos juntos, com a família dela, do Rodrigo. Pode perguntar a ele. Ele mesmo reconhece que a irmã é intransigente e temperamental. Ela não desiste. Quando foi para o exterior, cuidar de alguns assuntos de um cliente, sinceramente achei que ela poderia conhecer outra pessoa e me esquecer. Mas pelo visto não foi isso que aconteceu. Ela me pegou de surpresa agora pela manhã. Eu não sabia que ela já estava de volta. Ela ainda insiste em dizer que, se eu lhe der uma chance, pode fazer com que eu me apaixone por ela, mas isso não vai acontecer. Nunca. Entendeu?

Entender até que eu conseguia, mas ficar indiferente a isso era outros quinhentos.

— Entendo, mas não me peça para não ter ciúmes. Se você não puder lidar com isso, é melhor falar logo. É impossível ficar indiferente a uma mulher pendurada em seu pescoço. Seja ela quem for.

— Já disse que não tem motivo para isso. Eu só quero você pendurada em mim. — Foi depositando beijos no meu rosto, minha boca, meu pescoço.

— Talvez, se você me pegasse em minha sala, com um amigo me abraçando, pudesse entender o que estou sentindo. — Ele imediatamente enrijeceu o corpo, parando de me beijar.

Em seguida, segurou meus cabelos, puxando-os, fazendo com que minha cabeça inclinasse para trás e meus olhos se fixassem nos seus, que estavam cintilando, não sei se de desejo ou fúria.

Provocante 125

— Não me tente, Paola. Não me faça provar do meu próprio veneno. Você não vai gostar da minha reação! — Uau! Aquilo foi tão bruto, tão selvagem. Eu já estava excitada novamente.

— Interessante, não? Pimenta no dos outros é refresco, não é mesmo? Isso vale para você também! — Sustentei seu olhar, gostando daquela forma sexy que ele me pegava. — E agora me solte, por favor. Caso contrário, não vamos sair tão cedo dessa cozinha.

— Você gosta de uma pegada forte, não é? — Era puro desejo o que seus olhos estampavam.

— Não me pergunte o que você já sabe. Vamos, agora me solte. Precisamos sair daqui. — Ele ainda me segurou por mais um minuto, soltando lentamente meu cabelo e acariciando minha nuca.

Ajudou-me a ajeitar o vestido e tentei arrumar o cabelo, que, àquela altura, deveria estar uma bagunça. Sorriu, segurou minha mão e saímos para a recepção. Óbvio que agora ela não estava mais vazia. Rodrigo e a irmãzinha estavam lá, parados no meio da sala, e não disfarçaram a surpresa em nos ver sair da cozinha. Pedro apertou mais minha mão, provavelmente tentando me dar mais segurança, o que foi em vão. Eu deveria estar roxa. Não pela biscate, digo, Silvia, mas por Rodrigo. Seria possível que pudessem imaginar que estivemos fazendo algo decente na cozinha, trancados por tanto tempo?

— Pedro! — Rodrigo o cumprimentou com um aceno de cabeça. — Paola! Bom dia! Não sabia que estava aqui. — Mentiroso! Claro que a irmãzinha já havia contado o ocorrido. Ele se adiantou, me dando um beijo.

— Bom dia, Rodrigo! Pois é, um cliente cancelou uma reunião na última hora e resolvi fazer uma visita para o Pedro. — Olhei-o, quando largou minha mão e enlaçou minha cintura.

Por que ele estava fazendo isso ali na frente dos dois? Era para me constranger? Ou para deixar claro para a dita cuja que não havia espaço para ela?

— Sua filha está melhor? — Como ele sabia? Ah, claro, Pedro já devia ter passado o resumo.

— Está melhor, Rodrigo. Obrigada por perguntar.

— Acho que vocês ainda não se conhecem — falou, indicando a tal. — Paola, esta é Silvia, minha irmã e também advogada aqui no escritório. Silvia, esta é Paola, a contadora que está resolvendo algumas questões fiscais para o Pedro.

Nos cumprimentamos com um aperto de mão civilizado e ficou visível a antipatia de ambas. Fiz um esforço para sorrir, parecendo cordial. Ela, no entanto, não fez questão de disfarçar, muito pelo contrário.

— Ah, então você é contadora? — Me examinou de cima a baixo. — Pensei que já tivéssemos um contador cuidando do nosso escritório.

— É claro que temos, Silvia. Acontece que é um problema particular, relacionado à minha declaração de imposto de renda. Eu precisava de uma pessoa mais especializada para prestar esse serviço e o Alberto me indicou a Paola. — Pedro falava e olhava para mim com admiração. Claro que ela percebeu isso e não gostou.

— Ah, sim. E é só esse tipo de serviço que você presta? — perguntou, arqueando a sobrancelha e estampando um meio-sorriso cínico nos lábios, me avaliando novamente.

Eu entendi muito bem o que ela quis dizer, mas foi ela quem começou e aquilo não ia ficar assim. Senti quando Pedro intensificou o aperto em minha cintura, como que me alertando para não entrar naquele jogo. Tarde demais!

— Então, Silvia, na verdade, presto vários tipos de serviços. Tudo depende da necessidade do cliente. E o preço varia de acordo com o serviço prestado. Se for mais demorado, que exija mais habilidade da minha parte, mais esforço, concentração, o preço é ajustado à altura. Posso te dizer que minha hora não é barata e meu público é bem variado. Atendo pessoas de ambos os sexos e de variadas faixas etárias — falei, insinuando um duplo sentido, da mesma forma que ela perguntou, não foi?

Percebi Pedro e Rodrigo se entreolhando e se segurando para não cair na gargalhada. Ela já estava roxa, não esperava por aquilo. E eu estava adorando deixá-la daquela forma.

— Se eventualmente você precisar, estou à disposição. É só me ligar. — E, para foder de vez, me dirigi ao Rodrigo. — Aliás, doutor, estou esperando você entrar em contato para agendarmos um horário. Você disse que tinha interesse em, como foi mesmo que falou, "deitar a cabeça no travesseiro e dormir tranquilo"? — Eu também estava precisando me segurar para não rir da expressão que ela tinha no rosto. Era difícil dizer se de espanto, nojo ou constrangimento.

— Não esqueci, Paola, apenas está bastante tumultuado aqui no escritório. Mas, assim que as coisas se normalizarem, entro em contato. — Ele ainda estava se divertindo com o embaraço da irmã.

— Bem, já tomei muito tempo de vocês. Preciso trabalhar. E você tem aquela audiência, não é, Pedro? — Virei para ele, olhando-o com carinho. Ele apenas concordou com a cabeça, ainda segurando o riso.

— Tchau, Rodrigo, tenha um bom dia! — Me aproximei dele, dando-lhe um beijo, que foi prontamente retribuído. — Prazer em conhecê-la, Silvia. — Estendi a mão para cumprimentá-la, já que eu nunca eu iria confraternizar com ela com beijinhos.

— Igualmente. — Foi tudo o que falou, provavelmente ainda admirada com a minha ousadia. Como disse, foi ela quem começou.

— Me acompanha até o elevador, Pedro? — Fiz questão de falar macio.

— Claro! Deem-me licença, por favor!

Caminhamos de mãos dadas até lá. Devo confessar que me senti melhor com aquilo. Ele estava deixando claro que era comigo que queria estar.

— O que foi aquilo, Paola? — perguntou, me encarando divertido enquanto esperávamos o elevador.

— Aquilo o quê?

— Não se faça de boba. Parecia um concurso. Quando é entre homens, costumamos dizer que é um concurso para ver quem mija mais longe ou tem o pinto maior. Já entre mulheres, não sei o que é.

— Talvez, quem tem a boceta mais apertada? — Me segurei para não gargalhar. De onde surgiu aquilo não sei.

— Desbocada! — Ele também se segurava para não rir.

— Você gosta!

— Adoro! — Me puxou para ele e me beijou deliciosamente. Aproveitei para intensificar o show, enlaçando seu pescoço e colando meu corpo ao dele. Com certeza ela estava lá ainda. O elevador chegou, fazendo com que nos separássemos.

— Tchau, minha deusa!

— Hum, agora é deusa? — perguntei, já entrando, enquanto ele segurava a porta.

— Deusa, loba, bruxa, linda. Tudo junto. Você pode ser tudo o que quiser!

Fala sério! Depois de uma chupada daquelas, com direito a um orgasmo inebriante, vem esse homem e me diz uma coisa dessas? Eu só podia estar sonhando.

Pedro

Esperei o elevador fechar e voltei à recepção. Eu tinha ciência de que seria preciso encarar a fúria de Silvia e o deboche do Rodrigo. Mas nada poderia tirar meu sorriso do rosto. Meu dia não poderia ter começado melhor, sendo presenteado pela presença e pelo gosto da minha loba.

— Nossa, que vulgar essa mulher! Fazendo insinuações daquele tipo para mim. — Era visível o seu despeito. Devo confessar que Paola surpreendeu a todos com aquele jogo. Minha bruxa tinha uma língua afiada.

— Foi você quem começou com as insinuações, Silvia. Paola só respondeu à altura. — E já fui desviando rumo à minha sala.

— Você a defende? E o que foi aquela cena? Vai me dizer que você está de caso com ela? — Girei novamente de frente para ela e procurei ser o mais claro possível, para que entendesse de uma vez por todas que eu não me interessava por ela.

— Não é um caso, Silvia. Paola é minha namorada. — Sim, era isso que eu queria. Ela como minha namorada, minha companheira. Isso ficou muito claro para mim depois do que havia acontecido há pouco. Notei a surpresa de Rodrigo e Silvia parecia pasma diante dessa revelação.

— E desde quando isso, Pedro? Você nunca teve namorada. Sempre foram apenas casos esporádicos. — Ela não se conformava, mas não era problema meu.

— Sempre existe uma primeira vez. Nunca é tarde para começar, não é mesmo? — Rodrigo só assistia e se divertia. — Com licença, Silvia. Eu tenho uma audiência importante e preciso me preparar. — Precisava colocar um ponto final naquela conversa. — Aguardo você na minha sala, Rodrigo, para revisarmos a estratégia. — E saí, sem olhar para trás.

Ele logo entrou, sentando-se à minha frente e sorrindo descarado.

— Uau! Quer dizer então que o Dr. Pedro finalmente arrumou uma namorada? É sério isso? Ou você estava só tentando desviar a atenção da Silvia?

— É sério, Rodrigo! Não tenho mais por que esconder. Ela me pegou de jeito, cara. O que eu achava impossível está acontecendo. — Ele me olhava como se eu fosse um extraterrestre.

— Cara?! Estou enganado ou você está apaixonado? — Olhei para ele espantado. Confusão era a palavra que me definia. Apenas sorri, aceitando o que ele sugeria. — Meu Deus! Quem diria que eu veria isso um dia. É verdade, você está apaixonado pela Paola!

— Não sei, Rodrigo. É um sentimento novo. Nunca senti isso antes. Só posso lhe dizer que é muito bom, que me faz muito bem e que eu a quero mais que tudo. — Lá estava eu, abrindo meu coração para meu velho amigo.

— Pedro, desculpe tocar nesse assunto, mas é só porque eu realmente me preocupo com você. Você é meu melhor amigo, é como se fosse meu irmão e não gostaria de te ver sofrer. — Eu já sabia onde ele queria chegar com aquela conversa. — Acabe com essa história de ficar bisbilhotando sua vida pessoal. Isso ainda vai dar merda.

— Eu sei. Você tem toda razão, mas a cagada já está feita. Não tenho como consertar. Mas também não tem como ela descobrir. Só você sabe. — No fundo, eu tinha medo sim que ela soubesse.

— Eu e quem te deu acesso às informações, né? Esse cara volta e meia faz chantagem com você por mais dinheiro. Até quando você acha que vai conseguir se safar? E se ele dá um jeito de fazer com que ela descubra? Já pensou nisso? — Olhei seriamente para meu amigo, com um misto de apreensão e raiva por tudo aquilo.

— Já pensei, Rodrigo. Sempre penso nisso. Não só com relação à Paola, mas a todos os serviços que ele já prestou. Mas como disse, já está feito. Agora é tentar contornar a situação da melhor forma possível. Mas vamos deixar isso para outra hora, porque agora precisamos nos concentrar na audiência.

Ele assentiu e passamos a analisar o processo. No começo, foi difícil me concentrar, pois ainda pensava em tudo o que ele havia dito. Mas depois consegui deixar essa preocupação de lado, até porque, naquele momento, existiam outras coisas mais importantes.

Eram exatamente seis horas quando saímos da sala de audiência. Tinha sido uma tarde estressante. Há tempos não pegava um caso tão difícil de se trabalhar, com pessoas tão conturbadas, feridas, rancorosas. E o pior de tudo é que não conseguimos chegar a um acordo. Isso queria dizer que ainda teria muita água para rolar. Eu estava cansado, suado e só queria sair dali o quanto antes.

— E aí, vamos beber alguma coisa para relaxar? — Rodrigo também estava visivelmente desgastado.

— Não, cara, não estou a fim hoje. Quero mais é ir para casa, tomar um banho e cair na cama. — Eu tinha outros planos, mas não queria dividir com ele.

Rodrigo era um excelente amigo, mas eu sabia que, se dissesse que estava com intenção de procurar Paola, ele viria com aquela conversa novamente.

— Tudo bem, Pedro, eu já entendi. Por que sair para tomar umas com um macho, se você pode relaxar ao lado de uma gata? — Puxa, será que eu já não conseguia mais nem disfarçar? — Diz que eu mandei um beijo para ela. E aproveita e combina alguma coisa para sairmos e ela me apresentar àquela amiga que a acompanhava na sexta-feira! — Ele era muito cara de pau mesmo.

— Claro! E a Cintia vai junto? — E eu que não prestava.

— Ah, a Cintia que se foda! Mesmo com o fora que levou, acredita que ela já me ligou umas cinco vezes na última meia hora? — Nesse momento, seu celular tocou novamente. — Olha aí, ela de novo. Vai lá, cara. Tomara que a Paola não se revele assim com o passar do tempo. Até amanhã.

Não conseguia ver Paola agindo daquela forma. Ela tinha me enviado uma mensagem na hora do almoço: *"Boa sorte na audiência! Pensando em você! Bjs!"* Eu sabia que ela não me ligaria para não me atrapalhar.

Cogitei ir para casa, mas ficar lá sozinho, quando eu poderia ter a companhia dela, me fez mudar de ideia rapidamente. Entrei no carro, dei partida e liguei para ela.

— Oi, tesouro! — Ah, só de ouvir sua voz eu já me sentia melhor.

— Oi, minha linda! Tudo bem? — Suspirei, fechando os olhos e deixando que sua imagem invadisse minha mente.

— Estou bem, mas você não parece. Pela sua voz, posso ver que está tenso. Como foi a audiência?

— Desgastante! Estou saindo agora do tribunal. E o pior é que não foi conclusivo. — Bufei, ainda um pouco tenso.

— Por que você não vai para casa, toma um banho demorado e um vinho para relaxar? — Ela falava toda carinhosa, realmente preocupada comigo.

— Um banho de banheira agora seria ótimo. Porém, faltaria você. — Ela era tudo o que eu queria naquele momento. — E se eu fosse até aí? Algum problema?

— Aqui não tem banheira. — Pude sentir seu sorriso, tentando me descontrair.

— Mas tem você! — Era só o que eu precisava. Ela ficou muda por um tempo, provavelmente pensando sobre aquilo.

— Está vindo já? — Era uma mulher realmente maravilhosa.

— Estou no trânsito, mas seria bom se eu tomasse um banho antes. — Eu me sentia nojento, não só pelo calor, mas por toda aquela merda de situação vivenciada à tarde.

— Então vá para casa e faça isso. Vou preparar um jantar para nós. E apesar de estar dirigindo, eu deixo você me acompanhar numa taça de vinho. Mas uma só, hein?

— Tudo bem! Até dispenso o vinho. Eu só preciso de você. — O que ela estava fazendo comigo? Eu mesmo estranhava minhas atitudes. E mais uma vez ela ficou muda.

— Estou te esperando.

Desliguei, sorrindo com a minha loba multifacetada. Agora mesmo estava toda carinhosa, preocupada. Não parecia a mesma mulher de hoje de manhã lá no escritório, enfurecida e fogosa.

E toda aquela fúria, aquele descontrole dela, só me deixou mais excitado ainda. Eu precisava acalmá-la, dar-lhe alguma coisa, para provar que só ela me interessava. E vê-la ali, tão excitada quanto eu, me fez esquecer de onde estávamos. Quase fui à loucura, chupando-a incansavelmente. Senti-la em minha boca era maravilhoso. E vê-la se contorcendo de prazer, então, só confirmava o que eu já sabia: eu estava apaixonado por aquela mulher. Quando agarrou meus cabelos, pedindo para olhá-la quando ia gozar, eu também quase fui junto. Deus, como ela era gostosa!

E ela seria minha e de mais ninguém. Eu não via a hora de consumar aquele fato. Voei para casa. Queria estar com ela o mais breve possível.

Capítulo 13 - Um jantar descontraído

Paola

Quando Pedro me ligou, pude sentir que sua voz estava diferente. Parecia tensa, cansada. Ele estava estressado por causa da audiência. Pelo visto, não tinha sido fácil. Insinuou que gostaria que eu estivesse com ele, mas eu não queria deixar Alana sozinha. E quando ele se convidou para vir até meu apartamento, dizendo que eu era tudo o que ele precisava, desmanchei. Como dizer não a um homem daquele falando aquelas palavras para mim?

— Alana! Pedro está vindo aí. — Não sabia qual seria sua reação, afinal não conversamos mais a respeito.

— Sério? Agora? — Apesar de surpresa, ela pareceu gostar da ideia.

— Ele acabou de sair do tribunal. Parece que foi bem cansativa a audiência de hoje. Vai para casa antes, mas disse para ele que viesse jantar conosco. — Fui me dirigindo para a cozinha, pensando no que fazer que não tomasse muito tempo. Ela logo me seguiu.

— Hum, então a coisa está ficando séria, hein? — Sorriu, se sentando na bancada como um moleque.

— Alana! — repreendi.

— Ah, mãe, qual é? Vai ficar de segredinhos para mim? Diga, vocês estão namorando? — Ela era a curiosidade em pessoa.

— Não sei que nome dar ao que estamos vivendo, filha. É tudo muito recente. Foi muito rápido. — Era bom conversar com ela. Apesar da pouca idade e do seu jeito de moleca, Alana era uma moça muito centrada e sensata. Eu me orgulhava muito dela.

— Ele gosta de você! Dá para ver no jeito como te olha. E sei que você também gosta dele. Caso contrário, não teria deixado ele vir aqui ontem, nem hoje. Sei como gosta de respeitar nosso espaço. — Desceu da bancada e veio para junto de mim, colocando um avental para me ajudar. — O que você pretende cozinhar?

— Algo rápido. Pensei num risoto de pera com gorgonzola, o que acha?

Putz, mas você não vai poder comer, né? Melhor pensar em outra coisa.

— Até parece! Vai oferecer o que para ele? Canja? Não, senhora! Vai fazer o risoto sim. Eu estou melhor. Eu dou só uma provadinha. — Já foi pegando os ingredientes e colocando na pia.

— Quero te pedir um favor, filha. Ele me pareceu bastante tenso. Pelo visto, as coisas não saíram como eles imaginavam. Portanto, não faça perguntas, ok? Se ele quiser falar alguma coisa, tudo bem. Do contrário, não insista. Eu o convidei para que pudesse relaxar e não se estressar mais ainda.

— Claro, fique tranquila. Sei que exagero na minha curiosidade, mas vou me controlar. Quantos anos ele tem?

— Quarenta e dois.

— Não parece. Ele é muito gato! E então, vocês já transaram?

— Alana! Isso é jeito de falar com a sua mãe? Não vou ficar contando minha vida íntima para você. — Ela perguntou aquilo com a maior naturalidade. Não que fosse uma coisa de outro mundo, mas não me sentia à vontade para conversar com minha filha sobre aquele assunto. Era muito estranho.

— O que tem demais, mãe? Todo mundo faz isso, não é? Menos eu, claro. Por enquanto. — Sorriu e ficou vermelha. Ah, então, não era só eu que me sentia desconfortável. — E se você não se sente à vontade para falar comigo, como quer que eu me sinta quando precisar falar disso com você? Vou ter que conversar com outra pessoa, então? Porque minha mãe fica com vergonha?

— Não, não quero você conversando sobre isso com outras pessoas. Quer dizer, sei que vai falar com suas amigas, é natural, mas espero que não me esconda nada. Se houver alguma dúvida ou medo, venha até mim. — Sempre procurei ter um relacionamento aberto e sincero com ela, de forma que pudesse confiar em mim.

— Está vendo? É isso que estou dizendo. Se eu posso falar, por que você não? Não estou pedindo para entrar em detalhes, nem quero isso. Só gostaria de saber a quantas anda a relação de vocês, como se entendem. Não sou mais uma criança, mãe. Sei como as coisas funcionam entre um homem e uma mulher, apesar de não ter experiência nesse assunto. Mas a gente sente as coisas, né? Pelo menos, para uma pessoa observadora como eu, dá para sentir a atração que vocês têm um pelo outro. Então?

Lá estava a minha menina me dando lição de moral, com uma faca em uma mão e uma cebola na outra. Parecia tão adulta, tão experiente falando daquela forma, mas, para mim, ela seria sempre a minha garotinha. Fui até ela, abraçando-a, agradecendo mentalmente a dádiva de ter uma filha assim.

— Você tem toda razão, meu amor. Mas não deixa de ser um tanto constrangedor. — Sorri, tentando parecer mais descontraída do que realmente estava. — Mas não transamos ainda.

— Sério? Por quê? Você está com medo?

— Não estou com medo! Estamos nos conhecendo e esperando o momento certo.

— Puxa, mas e no encontro? Não rolou? — Fiquei olhando para ela, sorrindo e esperando sua reação. — Ah, não! Não me diga que... — Eu sabia que ela ia se tocar. — Puta merda, então eu realmente empatei o namoro de vocês? — Revirou os olhos, envergonhada.

— Alana, modere seu palavreado!

— Ah, como se você também não fosse desbocada! Estamos só nós aqui, em um papo de mulheres. — Agora estava gargalhando e vindo para o meu lado. Me abraçou forte, se desculpando. — Sério, mãezinha, quando vi você chegando toda produzida no sábado foi que me dei conta. Devia ter ficado lá no papai.

— Você não tinha como adivinhar, Alana, e eu jamais te deixaria naquele estado. Nem mesmo por ele.

Continuamos conversando, não como mãe e filha, mas como duas amigas e confidentes. Era muito bom aquilo, pois ela nunca iria falar algo só para me agradar. Assim como eu com ela, ela só queria o meu bem. Divertiu-se muito, quase não acreditando quando contei a respeito do meu "bate-papo" da manhã com a tal biscate.

— Ah, se fosse comigo, eu tinha dado uma voadora, primeiro nela e depois nele. — Aquela era a minha menina! Então, ouvimos a campainha tocar.

— Deve ser ele. Mas não anunciaram? — perguntou perdida.

— Eu já tinha liberado a subida dele na portaria. — Enxuguei minha mão, retirando o avental.

— Vai lá atender. Eu dou um tempo aqui na cozinha, enquanto vocês dão uns beijos. — Para ela, aquilo tudo era muito divertido. Dei um tapa na sua bunda, mais como brincadeira do que punição.

— Comporte-se. — E fui atender a porta.

Preciso dizer que ele estava lindo? Não, né? Ele era um espetáculo de qualquer jeito, com qualquer roupa.

— Olá! — Abri um sorriso sincero para ele, que retribuiu, parecendo aliviado ao me ver.

— Oi, minha linda! — Não esperou que eu terminasse de fechar a porta e já foi me abraçando apertado, como se há tempos não nos víssemos.

Logo sua boca se apossou da minha, sem se preocupar se Alana estava por ali ou não. Era um beijo carinhoso, apaixonado. Sua língua dançava lentamente na minha boca, procurando todos os cantos para saboreá-la. Era um beijo estonteante, de tirar o fôlego.

— Que saudade! — sussurrou, se afastando minimamente, mas ainda me mantendo no abraço quente.

— Puxa, se algumas horas afastados já me faz ganhar um beijo desses, imagina quando ficarmos dias longe um do outro.

— Não fale assim. Isso não vai acontecer.

O que ele queria dizer? O que houve com ele naquele curto espaço de tempo entre nosso encontro da manhã e agora? Ele parecia confuso, receoso de alguma coisa, mas eu o deixaria à vontade para me contar, se quisesse. Simplesmente o abracei forte e distribuí beijos por seu rosto e boca, sorrindo amplamente. Ele não precisava de mais tensão, mas de descontração.

— Então, está com fome? — perguntei, tentando mudar o foco.

— Você nem imagina o quanto. — Deslizou suas mãos pelo meu tronco, parando nos quadris e me puxando forte em sua direção. Lá estava meu garanhão de volta.

— Não é desse tipo que estou falando. Esse eu já imagino que você seja insaciável.

— Com você não tem como ser diferente. — Ah, meu Deus! Ele ia começar com aquele jogo de palavras? A noite prometia. — Mas falando agora de comida, estou morrendo de fome e o cheiro está maravilhoso.

— Já o meu não deve estar dos melhores. Não tem como ficar perfumada pilotando um fogão, então você vai ter que me perdoar. — Seu olhar sedutor estava lá, me espiando, me queimando. E eu não poderia ultrapassar os limites de novo.

— Hum, adoraria te ver pilotando o fogão. — Foi aproximando a boca do meu ouvido, sussurrando, enquanto avançava com as mãos na minha bunda. — De preferência, só de avental, com uma lingerie sexy por baixo, um salto bem alto e uma garrafa de vinho para derramar em você e te saborear em cima da bancada. — E lá se foi uma calcinha. Totalmente encharcada.

— Pare de falar essas coisas se não podemos colocar em prática. Pelo menos não hoje. — Me desvencilhei de seus braços firmes, segurando sua mão e puxando-o para a cozinha. — Venha, Alana está lá me ajudando.

— Puxa, pela demora, os beijos estavam para lá de bons, hein? — Eu ia dar uma surra naquela moleca.

— Alana! Isso é jeito de falar, menina? — Eu estava roxa de vergonha, porém Pedro caiu na gargalhada, sendo acompanhado por ela.

— Oi! — Se aproximou dele, quando parou de rir, dando-lhe um beijo.

— Oi, gatinha! Você realmente é filha da sua mãe, né? Boca afiada igual. — Retribuiu o beijo, dando-lhe também um abraço fraternal. — Você perdeu um showzinho dela hoje pela manhã. — Ele sentou em uma banqueta, já totalmente à vontade.

— Ah, ela me contou. Confesso que quase não acreditei, mas dava tudo para ver!

— Ei, vocês dois vão ficar aí falando de mim como se eu não estivesse aqui? Que tal o senhor nos servir uma taça de vinho? — Eu também estava me divertindo com tudo aquilo. Era tão natural nós três ali, conversando, brincando, sorrindo. Já percebia Pedro bem mais descontraído.

— O que vocês estão fazendo de bom para a gente comer? — Ele me entregou uma taça e se enroscou na minha cintura, enquanto Alana mexia o risoto.

— Risoto de pera com gorgonzola. Esperamos que você goste. — Ela estava toda orgulhosa por me ajudar.

— Hum! Parece delicioso. Me deu água na boca — falou, me olhando safado e me apertando.

— E é! Sei que sou suspeita para falar, mas minha mãe é uma cozinheira de mão cheia. Se ela não te pegou de outra forma, o que eu duvido muito, com certeza vai te pegar pelo estômago.

— Pode ter certeza, Alana, que a sua mãe já me pegou de tudo que é jeito. — Tomou um gole de vinho e passou a língua pelos lábios lentamente, me provocando.

Como não se apaixonar por esse homem? Sim, não havia mais dúvidas. Eu estava perdida, totalmente e insanamente apaixonada pelo Dr. Pedro Lacerda!

O jantar transcorreu tranquilo e Alana cumpriu sua promessa de não fazer perguntas. A conversa foi descontraída, passando por diversos assuntos. Pedro estava visivelmente mais relaxado. Entre uma garfada e um gole de vinho, ele ia se soltando, deixando de lado a sobriedade do advogado e revelando outro lado de sua personalidade, mais jovem, mais alegre.

— Bem, se vocês me dão licença, vou deitar porque amanhã tenho que acordar cedo — disse Alana, levantando-se. — Por que vocês não terminam esse vinho lá no sofá? Pode deixar que eu retiro os pratos, mãe.

— Eu ajudo você, Alana. — Pedro também levantou.

— De jeito nenhum, Pedro! Já disse, vão lá se sentar. — Recolheu os pratos rapidamente e se despediu.

Peguei meu vinho, fazendo um sinal para que ele me acompanhasse e segurando sua mão. Apaguei a luz da sala de estar e acendi um abajur, deixando uma penumbra aconchegante. Coloquei uma música suave para tocar e sentei no sofá, pousando minha taça na mesa ao lado. Antes que ele se juntasse a mim, indiquei o chão.

"Sade – Sweetest Taboo"

That's why I'm in love with you
You've got the biggest heart

— Sente-se aqui, no tapete, de costas para mim. — Abri minhas pernas para que ele encaixasse suas costas.

— Tem certeza? Prefiro me sentar de frente para você. — Claro, daquela forma, ele ficaria cara a cara com "ela".

— Pode tirar esse sorriso sacana da cara. Quero te fazer apenas uma massagem. — Sorri ao vê-lo fazer um biquinho de descontentamento.

Ele acomodou-se como pedi. Inclinei-me com as mãos à sua frente, abrindo os primeiros botões da sua camisa, de forma a me dar mais liberdade de movimento.

— Uau! Estou vendo que essa massagem vai ter final feliz. — Inclinou a cabeça para trás, me dando acesso à sua boca. Depositei um beijo leve em seus lábios.

— Comporte-se, não estamos sozinhos. Agora feche os olhos e tente relaxar.

Tirei a taça dele, colocando-a ao lado, e deixei que as minhas mãos fizessem pressão em seus ombros, descendo mais leve pelos braços e retornando à nuca. Eu intercalava os movimentos fortes com outros mais suaves, e podia sentir seus músculos se soltando. Passei então a massagear sua cabeça, mantendo as mãos em forma de concha. Alternava entre afagos nos cabelos e pressão das pontas dos dedos por todo o couro cabeludo.

— Mais relaxado? — sussurrei em seu ouvido, sem parar.

— Eu digo que você é uma bruxa. Que feitiço é esse? — Sua voz estava baixa, os olhos, fechados e eu podia sentir seu corpo descontraído.

— Um que espero que te deixe melhor. Você estava muito tenso hoje.

— Com exceção da minha manhã, o restante do dia foi muito estressante — confessou sem, no entanto, estender mais o assunto. Também não forcei nada, deixando-o à vontade para contar ou não. — Eu disse que precisava de você! — Como era bom ouvir aquilo.

— Estou aqui! — Abracei-o por trás.

— Vem cá. Senta aqui no meu colo.

Acomodei-me de lado em suas pernas, enlaçando seu pescoço e deixando que minhas mãos acariciassem sua nuca. Ele fechou os olhos novamente e os manteve assim por alguns minutos, deixando-se levar pela sensação. Quando os abriu, eles possuíam um brilho diferente, mas eu não sabia identificar o que era. Só sei dizer que ali, naquele mar de esmeraldas, eu me perdia. Naquele momento, ele poderia me pedir o que quisesse. Eu faria qualquer coisa por ele. Mesmo sem ainda ter me entregado de corpo, meu coração já pertencia a ele.

Seus olhos estavam em mim, me analisando. Um braço envolvia minhas costas, me segurando. A outra mão foi até o meu rosto, alisando minha face, com dedos suaves. Ficamos em silêncio por um tempo, apenas deixando que os gestos falassem por nós.

— Você me faz muito bem, sabia? — Ouvi-lo falar daquela forma fazia com que eu me sentisse especial.

— Mesmo quando eu tenho ataques de fúria? — Lembrei-me da nossa manhã.

— Mesmo assim. Aliás, você fica linda quando está brava. Suas bochechas ganham um tom rubro, assim como os lábios que parecem inchar e se tornar mais gostosos ainda de beijar. — Seus dedos dançavam lentamente entre o meu queixo e a boca. — Confesso que fiquei lisonjeado com aquela cena de ciúmes.

— Aquilo não foi uma cena de ciúmes. Você não me viu ainda dando piti! Eu me comportei até que muito bem hoje.

— Ah, sim, eu vi! A forma como se comportou na cozinha do escritório foi muito boa realmente. E o show que você deu explicando seus serviços também foi ótimo. — Sorriu divertido.

— Claro que você estava se achando, né? Duas mulheres medindo forças por você. Seu cretino! Da próxima vez, não vou me dar ao trabalho. Te largo sozinho. — Dei um tapa no seu braço.

— Próxima vez?

— Sim, porque eu sei que, se ficarmos juntos, vou passar muito por isso ainda. Tenho certeza de que terei o prazer de cruzar com ela e muitas outras amigas suas, apaixonadas, se desmanchando, se pendurando em você.

— Se ficarmos juntos? Pensei que já estivéssemos. E não me interessa nenhuma outra mulher apaixonada por mim. Se eu tiver uma em especial, posso me considerar o homem mais feliz do mundo.

Sim, eu estava apaixonada por ele, não havia mais como negar. Mas daí a lhe confirmar isso? Era muito cedo, tudo estava indo muito rápido. Por que me queria apaixonada se ele nunca havia se apaixonado antes? Que diferença fazia para ele? Não era suficiente eu entregar meu corpo? Ou será que ele... Não, eu não devia esperar por aquilo. Não devia sonhar. Precisava manter os pés no chão.

— Por que você diz isso? Para um homem que disse ser bem mais confortável viver sozinho, sem ter que abrir mão dos seus vícios, não faz sentido ter uma mulher apaixonada por você. — Tirei a mão da sua nuca, que até então estava massageando. Tentei me afastar, porém ele não permitiu.

— Paola! Olhe para mim! — Forçou meu rosto para que olhasse diretamente em seus olhos. — Não fuja do que está acontecendo entre a gente. Por que você não quer admitir que é mais do que atração que existe aqui? Do que você tem medo?

Olhei-o profundamente. Será que eu poderia viver um grande amor com aquele homem? Era difícil acreditar. Ele parecia ser tudo o que sempre sonhei. Era perfeito demais para ser real. Por que eu? Tudo bem, eu não era uma mulher qualquer, tinha o meu valor, mas ele era tão... mais! Poderia ter qualquer outra mulher, mais jovem, solteira, sem filhos. Na minha cabeça, aquilo não fazia muito sentido.

— De me machucar — confessei.

— Paola, não existe garantias em qualquer aspecto da vida. Você não pode deixar de viver por medo de se machucar.

Suas mãos subiram até meu pescoço, me trazendo muito próximo, apenas me encarando. Até que seus lábios se apossaram dos meus em um beijo quente. Sua língua invadiu minha boca, tomando-a com ardor, deslizando em movimentos sensuais. Senti um movimento abaixo das minhas coxas, revelando a ereção que se pronunciava.

— Eu quero tanto você! — Desceu beijando pelo pescoço. — Você é tudo o que eu preciso. — Me olhou intensamente, acariciando meus seios, minhas pernas. — Quando saí do tribunal hoje, a única coisa que me vinha à mente era você porque eu sabia que, se estivesse com você, tudo ficaria melhor. Aquelas pessoas de hoje eram tão amargas, rancorosas, hipócritas, capazes de coisas tão baixas. Tudo por ganância e poder. Uma sujeira tão grande! E você é totalmente o oposto de tudo isso. Não pense que eu também não tenho meus medos, Paola. Não é porque sou homem que tenho que ser forte o tempo todo. Como você, eu também quero o melhor para a minha vida. E, nesse momento, eu tenho certeza de que você é o meu melhor. Deixe-me tentar ser o melhor para você também!

"John Mayer – Say"

You better know that in the end
It's better to say too much, than never to say what you need to

Deus! Que declaração! Como sobreviver àquilo? Nunca um homem falou nada parecido para mim. Ele queria tentar ser o melhor para mim? Ele já era! Ah, sim, eu estava apaixonada. Meu peito estava comprimido com tanto amor por aquele homem. Abracei-o antes que ele visse meus olhos marejados. Fiquei assim um tempo, até que me voltei para ele, beijando-o. E naquele beijo eu procurei demonstrar todo o meu amor, toda a minha paixão. Eu não conseguia falar, expressar com palavras tudo o que estava sentindo; minha garganta parecia estar travada. Ele correspondeu de forma apaixonada. E talvez percebendo minha confusão, não mencionou mais nada. Ficamos ali, apenas nos beijando e acariciando. Até que me afastou, me fitando intensamente.

— Então, será que você pode reservar a tarde de amanhã para mim? —

perguntou todo carinhoso.

— A tarde toda?

— Ah, sim, minha loba, quero devorá-la como você merece. E para isso preciso de mais do que uma horinha. — Aquele sorriso sacana dele me acendia. — Então pensei em reservar uma suíte para o almoço, o que acha?

— Só se eu puder ser o prato principal! — Acompanhei o jogo dele.

— Pode ter certeza disso. — Então me fez deitar ali mesmo, no tapete da sala, ficando sobre mim. Sentir seu corpo assim, pesando sobre o meu, com sua ereção se insinuando em meio às minhas coxas, era enlouquecedor. — Vou te querer como entrada, prato principal e sobremesa, no mínimo!

Voltou a me beijar e morder no pescoço, descendo pelo colo e na curva dos meus seios ao mesmo tempo em que uma mão erguia a saia do meu vestido. Com seus joelhos, forçou minhas pernas a se abrirem, levando a mão até minha calcinha. Claro que, àquela altura, eu já estava para lá de molhada. Afastou-a e enfiou um dedo lentamente, me fazendo gemer.

— Quero você assim amanhã! Molhada, quente, pronta para receber meu pau! — sussurrou em meu ouvido.

— Eu já estou pronta, Pedro! Ahhhh... não faz isso! — Aquele dedo dele, entrando e saindo devagar estava acabando comigo.

— Isso o quê? — Cretino, filho da puta! Ele só estava me provocando.

— Para de me provocar e me come de uma vez — soltei sem pensar.

Eu estava em frangalhos já. E quase surtei quando ele parou o que estava fazendo, arrumando meu vestido. Olhei para ele aturdida com a interrupção.

— Amanhã, minha linda. — Me beijou levemente e se ergueu, me puxando para que também ficasse em pé. Mas eu mal conseguia me manter em cima das pernas. — Não esqueça que sua filha está logo ali. — Claro, alguém tinha que manter a consciência, o que não era o meu caso.

— Melhor eu ir embora. — Segurou minha mão, indo em direção à porta. — Eu te aviso sobre a reserva. Você prefere que eu te pegue no escritório?

— Não, eu vou com o meu carro. A gente se encontra lá, pode ser?

— Claro, como ficar melhor para você. — Abri a porta para ele, sentindo ter que me distanciar novamente. — Ei, está tudo bem? — Estava estampado na minha cara que eu estava abalada.

— Não, só vai estar tudo bem quando eu for sua — falei o que vinha no coração.

— Eu sei, minha linda, eu também me sinto assim, mas amanhã a gente tira o atraso. — Me abraçou, dando-me mais um beijo apaixonado.

— Durma bem! Sonhe comigo! — E se foi.

E eu fiquei ali, sozinha, excitada e confusa com tudo o que ele havia dito.

Pedro

Eu sabia que, se eu estivesse com ela, tudo de ruim desapareceria da minha mente. Ela tinha o dom de me fazer esquecer. Aquele ambiente descontraído de um jantar em família era o que eu precisava. Uma coisa que até há pouquíssimo tempo eu não valorizava.

Mas Paola ainda tinha medo. Apesar de querer muito, ela ainda receava se entregar, entregar seu coração. Sim, eu teria seu corpo, mas não seria o suficiente. Eu queria tudo. Ela por inteiro. Por isso falei tudo o que estava sentindo. Minha loba perfeita. Eu estava perdidamente apaixonado.

Silvia

Eu fiquei muito puta com o que Pedro fez naquela manhã. Largando-me sozinha em sua sala para sair atrás daquela fulana. O que deu nele, afinal de contas? Ele nunca foi de correr atrás de mulher! Sempre foram elas que correram atrás dele. O que ele viu naquela contadora? Agora, sozinha em meu apartamento, eu ainda remoía o acontecido. O que aquela mulher estava pensando? Que ia chegar assim de repente e tirá-lo de mim? Nunca que eu ia deixar aquilo acontecer. Pedro era meu! Sempre foi. Ele só não queria admitir.

Eu realmente cogitei a hipótese de me afastar do escritório para que, talvez assim, Pedro pudesse voltar para mim; pensei muito enquanto estive fora por dois meses. Eu precisava fazê-lo enxergar que eu era a mulher de sua vida. Sempre fomos muito amigos e sempre fui apaixonada por ele, desde que éramos adolescentes. Eu era uma mulher inteligente, muito bonita, elegante. O que afinal acontecia que ele não se rendia a mim? Ele já havia tido muitos envolvimentos com mulheres que nada acrescentavam à sua vida. Era hora de ele sossegar!

Porém, fiquei preocupada quando percebi o modo como ele olhava para a tal da Paola. Nunca o vi assim! Parecia até... Não, ele não podia estar apaixonado por aquela mulher. Não podia ser. O que ela tinha?

Mas talvez Rodrigo pudesse me dar mais informações. Sim, ele com certeza sabia de mais detalhes e eu só precisava saber como arrancar isso dele. E precisaria me manter ali no escritório. Ficar por perto, observar e dar um jeito de afastar aquela mulher dele. Deveria ter alguma coisa que fizesse com que ele perdesse o encanto nela, ou vice-versa. E eu ia descobrir.

Capítulo 14 - Finalmente...

Paola

Pedro havia me enviado uma mensagem indicando o motel, bem como a suíte que havia reservado para almoçarmos e passarmos a tarde. Sim, ele deixou bem claro que me queria a tarde toda e que eu seria o prato principal do almoço. Por sorte, minha depilação estava em dia, assim como pedicure e manicure. Saí meia hora mais cedo do escritório para ir ao salão fazer uma escova; não custava nada dar uma ajudinha para o look, não é mesmo?

Cheguei à recepção do motel ao meio-dia e meia, informando o número da suíte reservada. Os portões se abriram e lá fui eu. Era um dos motéis mais chiques da cidade. Já tinha ouvido falar, mas não conhecia. Dirigi até o portão da suíte, que automaticamente se abriu. O carro dele estava lá. Estacionei ao lado, desliguei e de repente comecei a tremer.

Não sei se era emoção, medo, ansiedade, tesão ou tudo junto. Porra, eu não era nenhuma virgem, muito pelo contrário, e ele já tinha até me chupado. Ah, sim, e que chupada! Avassaladora. O homem sabia fazer o serviço. Sim, porque homem que não sabe chupar é broxante, vamos combinar! Mas enfim, eu estava nervosa. Peguei minha bolsa, minha frasqueira, tranquei o carro e só então reparei que a porta estava entreaberta. Pude ouvir uma música tocando, baixinho, então afastei a porta e entrei devagar, cada vez mais nervosa.

"Ivan Lins – Vitoriosa"

Quero sua alegria escandalosa
Vitoriosa por não ter
Vergonha de aprender como se goza

Uau! Que lugar lindo! Chique e de extremo bom gosto. Eu estava parada no hall da suíte, de onde era possível visualizar apenas uma parte dela. Era duplex e gigantesca. O piso era de mármore branco, as paredes também brancas, mas a decoração em tons variados quebrava a sobriedade.

Ao meu lado esquerdo, era possível ver a piscina com a parede atrás toda de pedra, de onde saía uma cascata. Logo depois havia uma linda banheira de hidromassagem. Ao lado dela, duas poltronas, uma ao lado da outra, que mais pareciam uma cama. E uma poltrona erótica! À frente, havia duas portas, que imaginei serem banheiro e sauna. Ao lado direito, uma mesa, com quatro cadeiras e um frigobar, além de uma bancada com petiscos, copos, taças e uma pequena adega. Tudo isso disposto na base da escada, que subia em forma de meia-lua.

Olhei para o alto dela e lá estava ele, a própria visão do paraíso! Os cabelos estavam molhados, meio arrepiados, indicando que havia acabado de sair do banho. E o corpo... Ah, aquele corpo, que pela primeira vez eu podia contemplar praticamente nu, não fosse pela boxer preta. Fiquei ali parada, como boba, admirando-o enquanto ele descia lentamente, daquele jeito dele todo sexy de ser.

Comecei a tremer um pouco mais. A cada passo que dava, se aproximando, meus batimentos aceleravam. Ele era definitivamente um deus grego. Porte ereto, ombros e braços fortes. Não aqueles músculos exagerados, mas bem definidos, e um peito firme, com alguns pelos negros, que desciam pelo abdômen sarado e se perdiam no caminho da felicidade. As coxas eram maravilhosas. Conforme ele andava, era possível notar os músculos se contraindo. Só aquela boxer estava atrapalhando, não me permitindo ver todo o volume que se insinuava. Sim, porque ele já me conhecia, mas eu ainda não tinha tido o prazer de vê-lo. Quando me dei conta, ele já estava parado à minha frente, muito perto, apenas me olhando com ar divertido e sedutor ao mesmo tempo, só observando minha análise do seu corpo.

— Quer uma toalha? Acho que você está babando. — Sorriu, quase grudando nossos corpos, mantendo seus olhos nos meus. Filho da puta! Ia começar com a provocação? Então, tá! Inclinei-me em direção ao seu ouvido, murmurando lentamente.

— E devo dizer que não só pela boca. Melhor assim, não acha? Tenho certeza de que será muito mais saboroso para deslizar pelo seu pau. — Senti-o se contrair no mesmo instante.

— Você é uma loba muito sacana, sabia? — Agarrou minha cintura, me puxando para um beijo esfomeado e libidinoso.

Como era bom sentir sua boca novamente; parecia fazer uma eternidade desde a última vez. Agarrei sua nuca, passando a mão pelos cabelos ainda molhados, bagunçando tudo, descendo pelo pescoço e deslizando pelo tórax, sentindo na ponta dos dedos aqueles músculos firmes, os pelos roçando. Enquanto isso, suas mãos passeavam pelo meu corpo, indo da cintura ao quadril, depois subiam aos seios, apalpando e voltavam ao pescoço. Tudo muito rápido, muito quente, muito desesperado. Não, eu não queria daquela forma, precisava ser mais devagar, para poder saborear cada momento. Fiz um esforço e me afastei dos seus lábios. Estávamos ambos ofegantes.

— Preciso de um banho antes. — Eu queria estar limpa e perfumada para ele, além de poder usar a lingerie que trouxe para a ocasião. Ele entendeu que eu precisava de um tempo e, apesar de relutante, me soltou.

— Só não demore. Estou morrendo de saudade. — Me deu um beijo leve e se afastou.

Peguei minha frasqueira e me dirigi ao banheiro, que, aliás, era enorme. Eu já tinha feito todo o ritual de hidratação corporal antes de sair pela manhã, então, era somente um banho mesmo. De qualquer forma, fiz tudo devagar, aproveitando o tempo para tentar me acalmar. Talvez fosse a expectativa de que se eu seria boa o suficiente para ele. Não adianta, essas pirações sempre passam pela cabeça da gente numa primeira vez.

Terminei o banho, me perfumei e vesti a lingerie que havia separado: um conjunto preto de sutiã meia-taça e calcinha fio dental. Fazia parte dele uma cinta-liga, mas sem meia-calça. Coloquei por cima um robe de renda também preto, curto, de mangas longas e, claro, o sapato de salto. Uma olhada no espelho e, muito bem, Paola, tá gostosa pra caralho! Agora vai lá e arrasa. Era só eu me manter firme. Parar de tremer, de suar e fazer com que o coração batesse um pouco mais calmo. Bem simples. Muito fácil.

Respirei profundamente e saí devagar. Olhei em volta e ouvi-o me chamar lá de cima. Ah, ainda havia a escada para encompridar o caminho e me deixar mais nervosa. Subi devagar, dando de cara com ele parado ao lado da cama, servindo-nos uma taça de espumante. Senti mais do que vi sua reação ao se deparar comigo à sua frente. Chegou mais perto, oferecendo-me uma taça.

— A nós! — Ergueu a sua em um brinde.

— A nós! — brindei, tomando um longo gole, na tentativa de me acalmar. Hum... Era delicioso. Aproveitei e tomei todo o resto de uma só vez.

— O que foi isso? Está nervosa? — Tirou a taça da minha mão, colocando-a na mesa ao lado da cama, junto com a sua. Simplesmente concordei com um gesto de cabeça. Se aproximou, deslizando as pontas dos dedos levemente pelos meus braços, causando um arrepio. — Você está tremendo! Está arrependida de ter vindo?

Provocante 147

— Não! Não é isso! — Mantive meus olhos fixos nos seus. — Acho que é porque faz muito tempo que eu não... — Eu estava prendendo a respiração. — E porque você me intimida com toda essa masculinidade!

— Eu intimido, linda? Mas você é sempre tão segura. — Segurando-me em seus braços, beijou minha boca levemente. — Cadê aquela mulher que adora me provocar? — Beijou a bochecha. — Falar sacanagem? — Beijou o pescoço. — Se insinuar? — Mordeu o lóbulo da minha orelha. Eu já começava a me desmanchar.

— Daqui a pouco ela aparece... Só me dá um tempo para me acostumar. — Fechei os olhos, tentando não pensar demais.

— Vem cá! — Me puxou pela mão, sentando-se na lateral da cama e me colocando em seu colo, de frente para ele.

Abraçou-me pela cintura, me olhando, observando minhas feições, minhas reações. Por que ele não me pegava de uma vez? Era aquilo que estava me deixando nervosa. Aquele cuidado todo dele.

— Você é linda, sabia? — Aproximou os lábios dos meus, dando leves mordidas, alternando com a língua que passeava por eles, enquanto as mãos saíam da cintura, desciam pelos quadris e deslizavam para as coxas, indo até os joelhos e retornando, afastando o robe de cima delas. — E tem um corpo maravilhoso!

Enquanto a boca descia em direção ao pescoço e à curva dos ombros, as mãos subiam de volta à cintura, soltando o laço que mantinha o robe fechado, afastando-o para as laterais.

Outra música começou. Ele deveria ter programado. E aquela era muito sensual.

"Brian Ferry – Slave to Love"

We're restless hearted
Not the chained and bound

— Deixe-me ver você. — Deslizou o robe pelos meus ombros, fazendo-o cair no chão.

As mãos acariciaram minhas costas e vieram à frente, tomando meus seios. Segurei em seus braços para me equilibrar melhor quando ele me afastou mais em seu colo, me deixando sentada em cima dos seus joelhos, abrindo suas pernas e fazendo com que as minhas também ficassem abertas, bem à sua frente.

Sua boca tomou a minha num beijo indecente e escandaloso. Sua língua invadia e dançava dentro da minha boca, enquanto suas mãos foram às minhas costas, soltando o fecho do meu sutiã, fazendo-o deslizar lentamente pelos meus braços até cair no chão. Voltaram aos meus seios, agora livres, apertando, esmagando, com fúria, paixão, seus dedos beliscando os mamilos, deixando-os rijos e pontudos.

— Porra, você é muito gostosa!

Desceu os lábios e abocanhou primeiro um, depois o outro seio, sugando, mordendo, beliscando com os dentes. Eu não pensava mais, só me sentia derreter. Eu queria tocá-lo também, mas não tinha forças, tamanho era o estado de torpor que me assolava. Senti suas mãos irem para a minha bunda, apalpando, enquanto a boca continuava o trabalho nos seios.

— Ah, essa bunda que me deixa louco! Já disse que eu a quero, não disse? Hein? Olha para mim! Diz que eu a terei para mim? — A tara de todo homem, uma bunda empinada. Sexo anal! Ah, sim, com certeza ele a teria. Ele teria tudo o que quisesse de mim. Eu não tinha condições de lhe negar nada.

— Você me deixa louco, sabia? Como nunca fiquei na minha vida. Não consigo te tirar da cabeça. — Enquanto falava aquilo, as mãos voltaram à frente, nas coxas, deslizando para o meio delas, passando os polegares por cima da calcinha, sentindo toda a minha umidade. — Caralho, como você está molhada!

— Se eu fico assim só de você me olhar, queria o que, com tudo o que está fazendo comigo? — consegui falar, ofegante.

— Ah, minha linda, mas eu nem comecei. — Me ergueu, agora fazendo com que eu deitasse na cama.

Colocou-se em cima de mim, voltando a me beijar, enquanto suas mãos me enlouqueciam. Até que começou a descer, distribuindo beijos, lambidas e mordidas pelos seios, pela barriga, as mãos acompanhando todo o trajeto. Abri os olhos e pude ver através do espelho que havia em cima da cama nossos corpos se contorcendo. Nossa, que tesão! Minhas mãos passeavam pelos seus cabelos, dando leves puxões. Meu tronco arqueava a cada mordida sua. Eu não conseguia me manter parada. Meu coração parecia bater na garganta, a boca estava seca e suor brotava na minha testa. Era maravilhoso! Não tinha como descrever a sensação.

— Vira de bruços para mim, gostosa! — Se afastou, me ajudando a fazer o que havia pedido. — Tesão de mulher!

Eu não podia mais ver seu rosto nem sua reação, mas pude sentir seu corpo grudando às minhas costas, esfregando sua ereção na minha bunda. Afastou meu cabelo para os lados, segurou meus pulsos para cima com uma das mãos, enquanto a outra descia pelo meu corpo, a boca mordendo minha nuca, meus ombros, minhas costas. Deus, aquilo era insano! Eu fervia. E a música contribuía para aquela loucura. Ele fazia tudo ao mesmo tempo e ainda sussurrava palavras sacanas no meu ouvido.

— Como eu sonhei com isso! Você nos meus braços, te comendo gostoso, meu pau enterrado em você. — Eu não ia aguentar muito tempo. Eu já estava quase gozando.

— Pedro! — murmurei ofegante

— Fala, gostosa! Diz o que você quer. — E foi deslizando para baixo.

— Você! Por favor! Eu não vou aguentar muito tempo.

Então o senti afastando minhas pernas e sua boca estava na minha bunda.

— Oh, Deus! — Ele lambia, mordia, chupava e eu me via empinando-a mais para ele, numa súplica silenciosa.

— Isso, empina essa bunda deliciosa. Quero te comer assim depois, olhando para essa maravilha.

Como assim depois? Naquele momento, eu só pensava em terminar aquela trepada, fosse de qualquer jeito, em qualquer posição. Virou-me de frente novamente, agora ficando aos meus pés, e enroscou os dedos nas laterais da calcinha, descendo-a lentamente, deixando que seus lábios fizessem o mesmo caminho. Beijou minhas pernas, deixando a calcinha no chão, mas manteve a cinta-liga, o que dava um ar mais sexy à cena. Eu sabia o que ele ia fazer e já ansiava por sentir sua boca. Colocou meus pés em cima da cama, flexionando minhas pernas.

— Abra as pernas, coração! — Sua voz rouca e profunda me fez derreter mais um pouco.

E tão bom quanto sentir era vê-lo fazendo aquilo, por isso me sustentei nos cotovelos, inclinando o corpo para observar e fiz exatamente o que me pediu. Abri o máximo que pude. Seus olhos estavam nos meus, escurecidos de desejo, enquanto se aproximava lentamente, me fazendo sentir a princípio só a sua respiração pesada. Até que me mostrou a língua e desceu.

— Ahhhhhh... — Oh, Deus! Eu jamais estaria preparada para aquilo. Ele merecia um Oscar por chupar tão bem. Mal tinha começado e eu já sentia meu ventre contrair, anunciando o orgasmo. Ah, mas eu queria, precisava senti-lo dentro de mim.

150 *PaolaScott*

— Ohhh.. Pedro, se você não parar... eu vou gozar... não consigo segurar...
— Eu fazia um esforço hercúleo para retardar o orgasmo.

— Então goza, minha bruxa. Nós estamos aqui para isso. — Continuou com a língua, os lábios e os dentes lá.

— Não! Eu quero gozar com você dentro de mim. Quero sentir você se enterrando bem fundo. — Me arrastei na cama, me afastando da sua boca.

Ele me deu aquele sorriso que me deixava mole, levantou e tirou a boxer bem devagar... me torturando... me enlouquecendo com a visão do seu pau. Era o próprio Adônis! Forte, viril, majestoso. Deu água na boca. Ah, sim, eu queria chupá-lo. Passei a língua pelos lábios, demonstrando minha intenção, porém ele acenou negativamente com a cabeça.

— Agora não, minha loba. Agora eu quero te foder! Porque, assim como você, eu também não aguento mais me segurar. — Esticou a mão até a mesa ao lado da cama, pegando um preservativo, que eu não havia percebido que estava ali. Mas eu não queria nada entre nós.

— Não — sussurrei e ele me olhou em dúvida. — Não quero usar isso. — Seria loucura da minha parte? Talvez.

— Tem certeza? Eu estou limpo, mas não tenho como te provar isso agora. — Ficou parado, aguardando minha confirmação.

— Também não tenho como te provar, mas confio em você. — Pedro não era o tipo de homem que se arrisca dessa forma. Tenho certeza de que sempre se cuidou. Eu também nunca vacilei e sempre fazia exames. — E você, confia em mim?

Ele não respondeu, simplesmente largou o preservativo em cima da mesa e avançou para cima de mim. Tomou minha boca com desespero, me arrastando para o meio da cama, suas mãos me apalpando. Eu sentia sua ereção em meu ventre, se insinuando. Eu estava em ponto de ebulição. Minhas pernas se afastaram por vontade própria, me deixando pronta para recebê-lo. Ele ergueu os quadris, se encaixando e roçando seu pau em minha entrada. Puta que pariu! Então ia mesmo acontecer?! E, no instante em que começou a me penetrar, soltou meus lábios, mantendo os olhos fixos nos meus. Ele era muito duro, muito grande. Senti minhas paredes se alargarem para acomodá-lo. Tive a impressão de que nenhum dos meus ex era tão potente quanto ele.

— Ahhhh... Delícia de boceta! Tão molhada. Tão apertada. — Seus olhos não abandonavam os meus. Senti-o entrar inteiro, me preenchendo além da minha capacidade.

— Ohhh.. Tesão de homem gostoso! — Deslizei as mãos pelas suas costas, arranhando-o, enquanto enroscava as pernas na sua cintura, fazendo com que ele chegasse mais fundo ainda.

— Porra, mulher, não faz isso. — Tirou minhas mãos de onde estavam e segurou-as acima da minha cabeça. Manteve-me presa enquanto estocava lentamente.

— Pedro, isso é tortura! — gemi próximo à sua boca. Eu queria senti-la, mas ao mesmo tempo não queria deixar de encará-lo.

— É? Então vou te torturar sempre.

Ele movimentava os quadris em círculos, entrava e saía bem devagar. Eu estava quase lá, só precisava de um pouco mais de pressão. Então contraí meu ventre, tirando a pélvis da cama, para colar mais nele e rebolei. Vi que ele também se segurava, tentando prolongar o ato, mas era quase impossível.

— Puta que pariu! Sua bruxa! Pare com isso ou eu não vou aguentar. — Suor escorria do seu rosto.

— Eu vou gozar... Eu preciso gozar... Vem comigo, gostoso!

E não pude mais segurar. Meu ventre se contraiu mais ainda e empurrei em sua direção, buscando o ponto exato, e o mundo explodiu à minha frente, me levando ao céu e ao inferno! Fechei os olhos, minha cabeça pendendo para trás e me deixei levar, meus gemidos ecoando pelo ambiente, sem me preocupar em me conter.

— Isso, minha loba, goza para mim! Grita para mim! Mostra para o teu homem o quanto você gosta de foder! Sente meu pau inteirinho dentro de você.

Aquelas palavras só tornavam o orgasmo ainda mais intenso. Abri os olhos para encará-lo no exato momento em que ele também se rendia ao gozo. Suas estocadas ficaram mais vigorosas e senti seu pau se contrair dentro de mim, e em seguida seu jorro me inundar.

— Caralho! — Não conteve seus gemidos, assim como não deixou de me olhar um segundo sequer, como se quisesse me mostrar tudo o que estava sentindo. Talvez pudesse ser apenas impressão minha, mas havia em seus olhos muito mais do que apenas desejo.

Continuou estocando mesmo após o gozo, agora lentamente, me beijando. Ainda segurava minhas mãos no alto da cabeça, até que foi afrouxando, me liberando aos poucos. Então rolou na cama, me puxando para cima do seu corpo. Estávamos ambos suados, ofegantes e saciados.

— Quanto tempo aguentando suas provocações! — falou rouco, sorrindo descontraído.

— Valeu a pena, pelo menos? — Deslizei para o lado, ficando de barriga para cima e ele logo se ajeitou, se colocando de lado, apoiado no cotovelo para me olhar.

— E como! Valeria esperar muito mais! — Se inclinou e me beijou.

— Então, como se sente, comendo uma coroa? — brinquei, me sentindo leve como há muito tempo não acontecia.

— Não sei, acho que vou precisar comer mais vezes para poder dar minha opinião.

— Cretino! — Ri e ele também, me agarrando pela cintura.

— Que mania é essa de se referir a si mesma como coroa?

— Porque eu sou. Aliás, nós somos! Coroas enxutos e gostosos, mas somos. E, no seu caso, você mesmo disse que é uma novidade, que não estava acostumado com mulheres mais experientes, não é mesmo?

— Hummmm... Ciúmes porque falei isso? Mas eu nem te conhecia direito ainda.

— Ah, tá! E vai dizer que mudou de ideia por minha causa?

— Você sabe que sim. Você me fez mudar a forma de pensar na vida. — Seu olhar era sério, sincero, não havia traços de brincadeira.

— Mesmo? — Seria possível, em tão pouco tempo? Claro que seria. Afinal, a minha já tinha mudado por causa dele.

— Mesmo. — Beijou meus lábios com carinho. — Nunca foi assim! Acho que, de agora em diante, só vou comer uma coroa...

— Bom saber que só vai comer coroa.

— Ei, eu disse "uma" coroa! Uma em especial. — Levantou-se, me puxando pela mão. — Vem, vamos terminar essa conversa lá embaixo. O que prefere? Piscina ou banheira?

— Acho que a banheira. — Me espreguicei sem querer sair da cama ainda.

— Vou colocar para encher. Vai ficar aqui?

— Já desço!

Eu precisava colocar minhas emoções em ordem; o que aconteceu ali foi muito intenso. Não foi só sexo. Pelo menos não para mim. Eu havia me entregado para ele de peito aberto, mostrando tudo o que havia dentro de mim. Toda a paixão e o desejo. Depois de hoje, eu sabia que estava marcada; não seria mais a mesma.

Vesti meu robe e desci as escadas, encontrando-o ao lado da banheira.

— Venha. E você não precisa disso enquanto estivermos aqui. — Foi logo desfazendo o laço e me despindo.

Segurou em minha mão para que eu entrasse primeiro, logo me seguindo. Me acomodei, deitando, com ele ao meu lado. A água estava no ponto; nem quente, nem fria.

— Vem cá, deita aqui. — Afastei minhas pernas, deixando que ele se instalasse ali, suas costas apoiadas em minha barriga, sua cabeça em meu peito. Comecei a massagear seu couro cabeludo suavemente.

— Hummm... que delícia! — Soltou todo o corpo, relaxando.

— Bom? — Desci as mãos até os ombros, pressionando levemente ali também.

— Maravilhoso! Vou ficar mal acostumado com essas mordomias. — Senti seu sorriso.

— Então, é verdade mesmo que você nunca se envolveu com mulheres da sua idade? — Eu estava curiosa sobre aquilo. Seria eu realmente a primeira?

— Claro que já! Quando eu tinha vinte anos. — Gargalhou, divertindo-se.

— Não se faça de engraçadinho. — Dei um puxão em seu cabelo.

— Ai!

— Estou falando sério, Pedro.

— Está bem! É verdade sim. Sempre me envolvi com mulheres mais novas.

— Mais novas quanto?

— Menos de trinta.

— Puta que pariu! Então eu sou novidade mesmo? — Naquele exato momento, eu me senti velha.

— Uma delícia de novidade! — Começou a acariciar minhas pernas embaixo d'água.

— Por que mulheres tão mais novas? Algum fetiche? Não pode dizer que nunca conheceu nenhuma da sua faixa etária.

— Não sei. Claro que conheço mulheres da minha idade, mas simplesmente nunca aconteceu. Independente de idade, nenhuma me chamou a atenção como deveria. Até você aparecer. — Inclinou a cabeça para trás, me olhando fixamente.

O que ele queria dizer? Que eu realmente tinha mexido com ele? Diferente das outras? Inclinei a cabeça também, tocando seus lábios com os meus. Abracei seus quadris com as minhas pernas.

— Você nunca se apaixonou? Nunca amou alguém? — Continuei com a massagem.

— Eu namorei uma garota. Foi a única com quem me relacionei por mais tempo. Começamos na faculdade, tínhamos a mesma idade, gostos parecidos. Ela também cursava Direito e seu pai era advogado e tinha um escritório. Nos dávamos bem, mas ela era bastante manipuladora, queria me controlar. Rodrigo sempre me alertou, mas eu não enxergava, até que um dia percebi por mim mesmo que estava vivendo de acordo com o que ela queria. Não saía mais com meus amigos, não fazia mais as coisas que gostava, dava satisfação de onde ia, a que horas voltava. Eu tinha me transformado em uma marionete em suas mãos. Ela queria casar, mas acordei a tempo. Eu gostava dela, mas dizer que era amor, não sei, acho que não. Como a gente sabe que é amor, afinal de contas?

— Quando você não consegue pensar em outra coisa ou outra pessoa? Quando você quer estar com ela mais do que com qualquer outra, independente do que estejam fazendo? E você dorme e acorda pensando nela e, quando se lembra dela, vem sempre um sorriso nos lábios? Quando você admira não só a aparência física, mas como ela é, seu caráter, suas atitudes, sua personalidade? E principalmente, como ela faz com que você seja uma pessoa melhor, mais alegre, de bem com a vida? E quando você percebe e reconhece que tudo o que quer é passar o resto da vida ao lado daquela pessoa? Talvez isso seja amor!

Ele saiu do meu abraço de pernas, virando-se para mim, me olhando de forma intensa. Colocou-se sentado à minha frente, enlaçando minha cintura com as pernas. Segurou meu rosto e tomou meus lábios. Foi um beijo de entrega, de rendição. Lento, sensual e ao mesmo tempo carinhoso. Um beijo capaz de me fazer estremecer e encher meus olhos de lágrimas. Ele me soltou, me abraçando, ficando ainda mais colado ao meu corpo, seus olhos sempre nos meus.

— E você? Já amou? — Seus dedos deslizavam pelo meu rosto.

— Acho que não. Talvez tenha me apaixonado, mas amar de verdade, não. — Pelo menos não até conhecê-lo.

Ele não falou mais nada, assim como eu. As palavras não eram necessárias naquele momento. Ficamos ali, apenas nos beijando e acariciando. Até que ele quebrou o silêncio.

— Está com fome?

— Para falar a verdade, estou. — Mais do que podia imaginar.

— Eu também. Vou pedir nosso almoço, então. — Sorriu e se levantou, saindo da banheira.

Enrolou uma toalha na cintura, mas pude ver que estava semiereto. E, naquele exato momento, senti outro tipo de fome. Saí da banheira também, me secando, e enquanto ele fazia o pedido, vesti outra calcinha que havia trazido.

— Trinta minutos, linda. Dá para aguentar? — informou, retornando para perto de mim.

— Talvez eu aguente se puder ter um aperitivo antes — falei, demonstrando toda a malícia em meus olhos.

— Ah, é? E que tipo de aperitivo você tem em mente?

— Vem, senta aqui. — Indiquei a poltrona erótica. — Sem essa toalha. — Puxei-a de seu corpo e ele sentou-se onde pedi. Sentei em seu colo, de frente para ele, abraçando-o.

— Hummm, acho que, com um aperitivo desses, vou dispensar o almoço.

— Quem disse que o aperitivo é para você? Só eu tenho direito. — Beijei-o com paixão enquanto meus dedos acariciavam seus cabelos.

Rebolei em cima do seu pau, que já estava totalmente duro. Suas mãos estavam em minha bunda, apertando, deslizando por toda ela. Fui descendo beijos pelo seu tórax, assim como as mãos seguiam o mesmo caminho. Abaixei, me ajoelhando aos seus pés, chegando exatamente onde queria. Afastei suas pernas, o tempo todo com o olhar fixo no seu. Passei a língua pelos lábios e fui descendo bem devagar. Ele estava segurando a respiração, os olhos arregalados em expectativa, então desci minha boca até suas bolas e suguei.

— Caralho, Paola!

Enquanto sugava e lambia, minhas mãos acariciavam a virilha, subindo lentamente para segurar seu pau. Pude sentir as veias inchando quando o agarrei. Subi minha boca até chegar à base, ali passei a ponta da língua levemente, o tempo todo observando sua reação. Ele estava enlouquecido já e eu nem o tinha colocado na boca. Fui até a ponta, onde já era visível o líquido pré-gozo. Passei a língua por ali, adorando sentir seu gosto.

— Delicioso! Eu não via a hora de poder fazer isso.

Seus gemidos inundavam o quarto. Abri bem a boca e fui descendo devagar, engolindo-o aos poucos, até quase chegar à base. Ele era grande, então eu precisaria me acostumar até conseguir engoli-lo inteiro.

— Porra, que tesão! — Comecei a chupá-lo com mais vontade. — Ahhhh... Boquinha de veludo. — Eu chupava agora com mais vigor, enquanto as mãos faziam o trabalho em suas bolas. — Isso, engole tudo. Cacete, como você chupa gostoso!

— Anos de prática, meu bem — falei, com um sorriso cínico e voltei a chupá-lo.

— Sua sacana! Você gosta de me provocar, né? — Segurou meus cabelos, tirando-os do meu rosto para facilitar meu trabalho e também sua visão. Aproveitei a posição em que estava ajoelhada à sua frente e empinei a bunda, como sabia que ele adorava.

— Humhum... Adoro! — Fiz questão de rebolar.

— Porra, que mulher gostosa! Quero te comer assim, de quatro. Vem cá. — Tentou me puxar para cima, mas não deixei.

— Não, é o meu aperitivo. Portanto, goza para mim gostoso. — Intensifiquei os movimentos, agora quase conseguindo engoli-lo inteiro. Ele estava quase lá. — Me dá teu gozo, garanhão!

Assim ele jorrou na minha boca. E enquanto me dava o que eu queria, sua cabeça pendia para trás, perdido em êxtase. Suguei tudo o que pude, deixando-o entregue. Eu estava escorrendo de tanto tesão, mas queria que aquele momento fosse só dele. Depois de não deixar uma gota sequer, subi devagar, voltando ao seu colo. Ele ainda estava com os olhos fechados, deixando que a respiração voltasse ao normal.

— Você definitivamente não existe. Deve ser um sonho meu. — Segurou minha cintura, voltando a olhar para mim, os olhos ainda escuros.

— Eu posso te provar que eu existo sim, basta você dizer se quer agora ou mais tarde! — falei, provocando-o.

— Pelo amor de Deus, mulher! Eu preciso me recuperar. Você acabou comigo. — Seu sorriso era relaxado.

— Desculpe, não faço mais, então. — Fiz biquinho, como se estivesse ofendida.

— Não, por favor, pode acabar comigo desse jeito sempre que quiser. — Sorrimos e nisso soou a campainha, indicando a chegada do nosso almoço.

— Viu só, o timing perfeito para o aperitivo. — Pisquei para ele e nos levantamos.

A comida estava ótima, apesar de eu não estar lá muito à vontade por ter ficado apenas de calcinha. Pedro não me deixou vestir mais nada. Já ele parecia tranquilo, ali, como veio ao mundo. Começamos falando da comida e logo estávamos conversando a respeito de ambientes para uma boa transa.

— Adoro esses quartos de motel. Sempre tive vontade de ter um assim na minha casa — falei, quando já estávamos terminando o almoço.

— E por que não tem?

— Primeiro porque tenho uma filha e acho que não pega bem um ambiente desse nível. Segundo, porque não teria com quem compartilhar tudo isso.

— Se você me permitir, ficaria imensamente feliz em compartilhar esse ambiente com você. — Apenas sorri, afinal, que conclusões eu deveria tirar daquilo?

— Você sempre recorreu a motéis quando estava com alguém? — perguntou, colocando o guardanapo em cima da mesa.

— No início dos relacionamentos, sim, depois, com o passar do tempo, na casa dele. Nunca na minha casa. Sempre respeitei o espaço da minha filha. E você? Onde costuma atacar suas presas? — Não sei por que perguntei isso. Eu não queria saber, não queria imaginá-lo com outra mulher.

— Pouquíssimas vezes na minha casa. Como não havia envolvimento algum, era só sexo, preferia um local neutro.

— Resumindo, um motel?

— Sim, Paola, um motel, e não pense besteira. Eu te trouxe aqui hoje porque queria privacidade, já que minha faxineira está lá em casa. — Entendi que ele quis dizer que não era só sexo, mas também, se fosse, àquela altura, eu não poderia reclamar. Apenas assenti com a cabeça.

— Está satisfeita? — perguntou, apontando para o meu prato.

— Sim.

— Pois eu não!

Muito bem, aquele olhar me dizia que haveria outra sessão de prazer. Retirou os pratos da mesa, colocou mais uma música para tocar e pegou uma das taças de morango com chantilly.

— Quero a sobremesa!

"Enigma – Mea Culpa"

— Morangos com chantilly! — falei e já me sentia sem ar.

— E você. — Ah, meu Deus! Ele nem precisava fazer nada. Só aquele olhar, aquela voz, aquelas palavras já eram suficientes para eu me perder.

Veio até o meu lado, me tirando da cadeira e me mantendo em pé. Pegou um morango, embebido em chantilly e colocou em minha boca, trazendo a sua junto. Delícia de beijo! Seus dedos desceram até os mamilos, lambuzando-os, para logo em seguida serem substituídos por seus lábios. Ele foi descendo pela barriga, enquanto tirava minha calcinha, ajoelhado à minha frente. Que visão maravilhosa!

Voltou-se e, me segurando pela cintura, me colocou sobre a mesa, com as pernas afastadas e seu corpo no meio, sua ereção já roçando em mim. Mais um morango, mais um beijo. Ele fez com que eu me inclinasse para trás em meus cotovelos e virou-se para puxar uma cadeira, sentando-se de frente para mim. Apoiou meus pés nos braços da cadeira e ali estava eu, totalmente escancarada para ele. Depositou beijos e lambidas em minhas coxas, as mãos deslizando suavemente pelas panturrilhas.

— Você é a mulher mais gostosa que eu já provei! Linda, sexy. — Enquanto falava, sua boca chegava mais perto do seu objetivo.

Pegou um morango, afundou-o no chantilly e segurou entre os dentes. Chegou até a minha boceta e ali comeu a fruta. Ele mordia e chupava... O morango e a minha boceta. E fazia tudo isso olhando em meus olhos, me deixando mais enlouquecida ainda.

— Delícia de sobremesa suculenta!

— Porra, que tesão! Ahhh... — Eu estava quase lá.

Era impossível segurar o orgasmo com ele fazendo e dizendo tudo aquilo. Vi que ele olhou para o lado e então me dei conta do espelho que havia ali e estampava nossa luxúria. Aquilo era ainda mais sexy.

— Quero que você se lembre disso, sempre que eu disser que quero sobremesa. — Sua língua não descansava e meu corpo tremia, começando a ter espasmos. Era difícil me sustentar nos cotovelos. Aquela imagem dele ali, sentado de frente para mim, me lambendo daquela forma era inebriante.

— Vai gozar gostoso para mim, minha loba? Hum? — Intensificou a chupada. Ali eu me entreguei de vez, me soltei sem reservas, sem pudores.

— Vou... Eu estou... Gozando... Ahhhhhh... Ahhhhh...Ahhhhh...

Os espasmos mal tinham cessado e ele já estava dentro de mim. Estocando forte, duro e, de frente para mim, ele se enterrava. Suas mãos estavam firmes em minha cintura, puxando meu corpo mais e mais próximo, até senti-lo inteiro dentro de mim. Sua boca estava em meus seios, chupando, mordendo, lambendo. Era selvagem, animal, descontrolado, maravilhoso. Eu já me sentia próxima de outro orgasmo, até que ele saiu de mim.

— De bruços, minha loba! Quero te comer olhando essa bunda deliciosa! — Apoiou meu tronco na mesa, minhas pernas tocando o chão, levemente afastadas. E novamente foi bruto, enfiando seu pau todo de uma vez só, numa só estocada. — Sente, gostosa, meu pau enterrado em você!

Olhei para o espelho. Que imagem era aquela! Nós dois ali, grudados, transformados em uma só pessoa. Ele também admirava a cena. Fixou seus olhos nos meus através do espelho e então suavizou os movimentos, no ritmo da música, me deixando mais louca ainda.

— Olha só para nós dois! Diz se existe coisa mais linda? Mais sexy do que isso? — Empinei a bunda, provocando-o ainda mais. — Isso mesmo, tesão. Empina bem essa maravilha para mim! — Ele entrava e saía devagar. Eu já estava fora de mim.

— Mais forte... Por favor... Ahhh... — Eu precisava de mais pressão e ele acatou. Debruçou seu corpo sobre minhas costas, segurando minhas mãos no alto da minha cabeça e meteu forte. Não foi preciso muito para que eu chegasse lá.

— Ahhh... Goza comigo, garanhão!

E ali nos perdemos. Juntos. Colados. Nossos olhares fixos um no outro pelo espelho. Aquela imagem jamais se apagaria da minha mente. Como eu amava aquele homem! O sentimento era tão profundo e aquele momento tão mágico, que precisei desviar meu rosto para não denunciar as lágrimas que brotavam em meus olhos.

Aos poucos, nossa respiração foi voltando ao normal. Ele continuava dentro de mim, distribuindo beijos pelos meus ombros, pescoço, costas. Depois de um tempo assim, nos recuperando, ele me puxou em seus braços e me levou até uma poltrona ao lado da piscina. Ficamos abraçados, eu com a cabeça em seu peito.

— O que a gente faz agora? — perguntou, acariciando meus cabelos. Aquela pergunta me fez estremecer. O que ele queria dizer? Ergui minha cabeça, encarando-o. — Quero poder tê-la todos os dias. Como a gente vai resolver isso?

— A gente dá um jeito! — falei mais leve, entendendo que ele se referia ao fato de não podermos ficar tão à vontade no meu apartamento.

— Fica comigo!

Senti um aperto no peito ao ouvi-lo falar daquela maneira. Soou tão profundo, intenso e verdadeiro. Será que, se eu dissesse que estava começando a amá-lo, estragaria aquele momento? Preferi me manter em silêncio. Apenas o abracei apertado e agradeci mentalmente por aquele homem em meus braços.

Capítulo 15 - Ciúmes e um pedido

Paola

Acordei na quarta-feira me sentindo dolorida pela maratona de sexo do dia anterior, tanto que até matei a academia. Mas não podia reclamar, tinha sido uma tarde perfeita. Pedro era um garanhão realmente, sabia como pegar uma mulher. E quando digo pegar, não era só no sentido carnal. Ele acabava com minha estrutura psicológica também. Ele sabia o que falar na hora certa e de forma enlouquecedora. Era como se ele adentrasse minha mente e se instalasse.

Se poderia haver alguma dúvida de que eu estava perdidamente apaixonada, foi totalmente dissipada ontem. Ele era tudo o que uma mulher pode desejar. Tudo o que eu queria e precisava para ser feliz.

Desviei dos meus pensamentos quando meu celular apitou, indicando uma mensagem. Era ele.

> "Bom dia, minha loba insaciável! Dormiu bem? Eu diria que eu poderia ter dormido melhor se você estivesse ao meu lado. Sonhei com você. Quer que eu te conte como foi? Almoce comigo. Saudades! Bjs!"

E quando eu pensava que não poderia ficar melhor, lá vinha ele me provar o contrário.

Foi difícil nos separarmos ontem, depois de todo aquele sexo. Apesar de estar tudo maravilhoso, ele estava ansioso para que encontrássemos um meio de nos vermos todos os dias, ou melhor, de transarmos todos os dias. Resolvi responder sua mensagem de texto com uma mensagem de voz.

> "Bom dia, tesouro! Dormi muito bem, sim. Diria que extremamente satisfeita e realizada. Acordei dolorida. Por que será? Adoraria almoçar com você. Disponho de uma hora. E você? Saudades também! Bjs"

Fiquei na cama me espreguiçando. Ainda tinha alguns minutos antes de ter que levantar. Meu celular apitou novamente. Ele resolveu me responder por mensagem de voz também.

> "Sério que você tem que me dar bom dia com essa voz de quem acabou de acordar? Já te imagino se espreguiçando, esse corpo gostoso se contorcendo e eu aqui sem poder fazer nada. Uma hora só, minha linda? Te pego às 12h?"

Eu tinha outros planos. Queria muito colocar em prática o sonho que tive com ele no final de semana.

> "Não, garanhão. No seu escritório. Neste mesmo horário. Agora deixe eu me arrumar para ir trabalhar, já que ontem fui impedida de fazê-lo pela tarde toda."

Saí da cama para fazer o que tinha dito.

> "Reclamando?"

> "Em hipótese alguma. Agora chega! Bjs"

Vesti uma lingerie vermelha e coloquei um vestido cinza, transpassado na frente, fechado apenas por um botão e arrematado por um cinto. Teríamos pouco tempo e, já conhecendo meu lindo advogado, sabia que ele iria comer muito mais do que um simples almoço. Por isso, iria facilitar as coisas. Sapato de salto preto, maquiagem, perfume e cabelo preso até que eu chegasse à sua sala. Pronto. Agora eu poderia ir trabalhar.

Deixei Alana no colégio. Ela normalmente almoçava por lá, pois tinha aula também à tarde, já em um preparatório para o vestibular.

A manhã no escritório foi bastante agitada. Algumas coisas do dia anterior tinham se acumulado, mas eu não estava reclamando. E justo hoje, Eduardo queria fazer uma reunião. Nada de novo, apenas o bate-papo mensal para alinharmos algumas questões. Fui até sua sala, desejando que ele não se estendesse muito, pois já eram onze horas e, quando ele começava a falar, não parava mais.

— Então, podemos conversar agora? — Me acomodei à sua frente.

— Claro! — Interfonou, solicitando café para nós e se voltou para mim. — Você está linda hoje.

— Obrigada! — Ah, não, vamos direto ao assunto, pensei comigo.

— Aliás, você está especialmente linda nesses últimos dias. Está com um brilho diferente no olhar. Até parece apaixonada. — Sorriu encantador.

Sim, Eduardo era um homem lindo, culto, educado, gostoso, charmoso. Não foi à toa que me envolvi com ele no início da nossa sociedade. Seu único defeito era ser mulherengo. O que para mim não servia.

— Impressão sua, Edu! — Não quis revelar nada para ele. Preferia manter discrição do meu relacionamento com o Pedro.

— Eu te conheço, Paola. Quem é? O seu novo cliente, o tal advogado? — É, ele me conhecia mesmo.

— Ele mesmo. — Sorri, baixando os olhos.

— Eu sabia! Não o conheço, mas imaginei pela descrição da Eliane e você para lá e para cá no escritório dele. Ontem, sumiu a tarde toda. — Puxa, ele estava prestando atenção na minha vida?

— Desculpe, Edu, mas procurei não deixar nada pendente por aqui ontem — me justifiquei, afinal, não queria passar a impressão de que estava sendo desleixada com os assuntos profissionais.

— Não é isso, Paola! Sei o quanto você é responsável, mas me preocupo com você. Com certeza esse advogado não é um qualquer ou você não se envolveria com ele. Você não é uma mulher frívola, mas ele é realmente bom o suficiente para você? Como você sempre diz que tem que ser?

Sim, ele me conhecia bem. Eram anos de amizade e parceria profissional, intervalados aí com um romance de aproximadamente um ano. Nosso rompimento não foi traumático. Gostei muito de Eduardo, confesso, apesar de que o que existia entre nós era muito mais atração sexual do que outra coisa. E da parte dele ainda existia. Volta e meia ele ainda me cantava. Não que eu fosse imune a todo aquele charme, a química sempre existiu entre a gente, mas não queria estragar a boa relação profissional que tínhamos, nem mesmo quando eu estava subindo pelas paredes pela falta de sexo. Mas sei que ele seria uma excelente e gostosa companhia.

— Sinceramente? Como a gente sabe se é o que a gente quer e precisa? Estou arriscando. Não tem outro jeito de saber, não é mesmo?

— Você está apaixonada. Confesse. — Ele parecia preocupado.

— Sim, estou. — Foi só que falei. Ele me encarou suspirando.

— Tudo bem, Paola. Mas, por favor, se cuide. Sabe que eu gosto muito de você. Não quero te ver sofrer. — Ele falava como se nunca tivesse me machucado.

— Obrigada pela preocupação. Podemos voltar para o assunto que me trouxe aqui?

E assim fizemos a nossa pequena reunião. Ele percebeu minha pressa e não se deteve em maiores detalhes.

Provocante

Eu já estava atrasada. Merda! O que foi aquele papo dele? Todo cuidadoso comigo agora? Deixei esses pensamentos de lado e fui para o almoço com meu garanhão. Eu estava faminta. Enviei uma mensagem para Pedro, informando que possivelmente me atrasaria uns minutos.

Cheguei à recepção da Lacerda & Meyer às 12h10. Não havia ninguém ali. Com certeza todos já haviam saído para o almoço. Fui até sua sala, dessa vez esperando sua resposta para entrar. Não queria mais surpresas desagradáveis como naquele dia.

— Me perdoe o atraso. — Fui logo me desculpando enquanto ele vinha em minha direção. — Acabei ficando presa mais do que devia em uma reunião.

Ele chegou até mim, já me abraçando e trancando a porta.

— Não sei se perdoo. Acho que você merece um castigo por me deixar esperando. — E tomou meus lábios em um beijo apaixonado. — Já estava morrendo de saudades dessa boca. — Enlacei seu pescoço, retribuindo o beijo.
— Com fome? — perguntou, depositando beijos pelo meu pescoço.

— Muita! — Sorri e encarei seus olhos de gato. — E como não temos muito tempo, sugiro irmos direto ao assunto. — Puxei-o pela mão até a sua mesa.

— Senta aqui. — Indiquei sua cadeira, parando à sua frente.

— Você não acha que está muito mandona, não? — Apesar de relutante, fez o que pedi.

— Eu só preciso colocar em prática um sonho que tive — falei enquanto soltava o cinto do vestido e abria o único botão dele, puxando as laterais para que se abrissem lentamente, revelando apenas a lingerie que eu usava por baixo. Lancei-lhe um olhar sedutor e um meio-sorriso, revelando minhas intenções. Ele não disfarçou a excitação que percorreu seu corpo, também evidente em seu olhar.

— Puta que pariu! Vem cá! — Me puxou para o seu colo, agarrando minha cintura e me beijando enlouquecidamente.

Sua língua incansável dançava pela minha boca. Suas mãos deslizavam pela cintura, subindo para os seios e retornando ao quadril, até alcançar minha bunda. Ali ele se demorava, alisando, beliscando, apalpando. Eu estava para lá de excitada.

— Preciso me acostumar com minha loba insaciável. — Puxou o sutiã para baixo, expondo meus seios e tomando-os em sua boca. Seus dentes faziam um trabalho majestoso nos mamilos, deixando-os pontudos, para depois deslizar a língua por eles. — Ah, se você soubesse como eu os desejei em minhas mãos no dia em que nos conhecemos.

— Só em suas mãos? — perguntei atrevida. Era glorioso vê-lo naquele estado.

— Não, minha loba, não só em minhas mãos. — Tirou o vestido dos meus ombros, lançando-o ao chão. Fiquei só de lingerie e salto alto.

Sabia que ele também já estava excitadíssimo. Levantei de seu colo e sentei na mesa. Ele apenas me observava, os cabelos bagunçados, os olhos sedentos, a boca entreaberta e aquela barba por fazer que me deixava de quatro.

— Vou adorar começar pela sobremesa.

Ele falou isso de propósito, para que eu me lembrasse da sobremesa de ontem, no motel. Como ele mesmo disse, eu nunca esqueceria aquela cena.

— Hoje não temos tempo para aperitivo ou sobremesa. Vamos direto ao prato principal. — Sorri e puxei-o pela gravata para que ficasse em pé, entre minhas pernas.

Ele atacou minha boca novamente, enquanto eu soltava o cinto e o botão da sua calça. Apenas afastei-a, enfiando minha mão dentro da boxer e sentindo toda a sua rigidez. Ao mesmo tempo, ele enroscou os dedos em minha calcinha, enquanto eu o ajudava, erguendo os quadris, para que ele a abaixasse. Era assim que eu o queria. Vestido, de terno e gravata, me comendo em cima da sua mesa, como no meu sonho.

Com um braço, ele afastou algumas coisas de cima, enquanto o outro segurava em minhas costas, me deitando sobre a superfície. O gelado do granito, em contraste com o calor da minha pele, me fez arrepiar. Eu estava com as costas e parte da bunda sobre a mesa e minhas pernas em volta da sua cintura. Já podia sentir seu pau roçando minha abertura, me fazendo derreter mais ainda. Ele deixou de sugar meus seios para olhar diretamente em meus olhos.

— Quero ouvir você pedir, minha loba! — Segurou firme com as duas mãos em minha cintura, esperando. Eu estava ofegante, quente, em expectativa pelo que viria e pelo que iria sentir. — Pede!

— Me come, garanhão!

Era como se nos conhecêssemos há uma eternidade. Ele sabia do que eu gostava assim como eu também sabia o que o deixava louco. Ele me penetrou.

De uma só vez. Uma só estocada, me preenchendo. E não era só meu corpo que ele tomava. Era meu coração. Minha alma. Sim, porque, apesar de ser um sexo selvagem o que fazíamos, o sentimento estava presente. De posse, de entrega. Ele olhava para baixo, onde nos encaixávamos, admirando o entra e sai do seu pau na minha boceta. Então uma mão sua largou minha cintura. Ele colocou o polegar na boca, umedecendo-o e o levou até o botãozinho mágico.

— Olha só como está durinho... — Então começou a meter mais fundo e mais rápido. Sua respiração estava ofegante, ele suava por ainda estar vestido e fazendo esforço. — Boceta gostosa do caralho! Você é deliciosa, minha loba! Não vou me cansar nunca de te comer!

Eu tentava me segurar, mas era praticamente impossível. Suas estocadas vigorosas, com o dedo trabalhando e suas palavras sacanas eram um combustível para a fagulha que eu mesma tinha iniciado. E sem me conter mais, eu explodi em chamas, meu corpo todo estremecendo, meu ventre contraindo, meu sexo sugando tudo dele. Eu ouvia suas palavras como se estivesse longe, tão enlouquecedor era o orgasmo.

— Assim, goza gostoso para mim. — Senti seu pau inchar dentro de mim, anunciando também o seu orgasmo. — Você é linda, única, inigualável! — E jorrou, me preenchendo, me lambuzando com seu líquido quente e grosso.

Ficamos ali, ele debruçado em meu peito, eu abraçando seu tronco, nos recuperando daquela foda maravilhosa.

— Meu Deus, mulher, você vai acabar comigo! Acho que vou precisar de vitaminas — falou, sorrindo e levantando a cabeça para me olhar.

— Ah, não vem colocar a culpa em mim. Foi você quem começou logo cedo, dizendo que queria me contar o sonho que teve comigo. Não creio que fosse algo muito puritano! — Sorri também, relaxada.

— É, mas acabou que colocamos o seu em prática. — Levantou-se devagar, saindo lentamente de dentro de mim, indo até o banheiro, de onde trouxe uma toalha para nos limpar.

— E você não vai me contar o seu? — Levantei também, começando a me ajeitar.

— O meu não é para ser contado, e sim demonstrado. E não pode ser no escritório, preciso de mais tempo e privacidade. — Me encarou sedutor novamente e eu já me sentia excitada mais uma vez. Por Deus, o que aquele homem estava fazendo comigo?

— Depois eu que sou insaciável! Já vi que terei que intensificar meus treinos na academia se quiser te acompanhar. — Arrumei minha lingerie e me abaixei para pegar o vestido. Antes que pudesse levantar, ele tascou um tapa na minha bunda.

— Hummm... Que vontade que eu estava de fazer isso! — Tascou outro.

— Pedro! Dói, sabia? — falei, passando a mão pelo local.

— Olha só, ficou vermelha, a marca certinha dos meus dedos.

— Seu filho da puta! — Antes que eu pudesse acertá-lo, ele me puxou junto ao seu corpo, agora acariciando o local.

— Por você ter se atrasado. — Me beijou carinhosamente.

— O que é, vai dar uma de Christian Grey? Vai me punir! — Encarei-o, na verdade adorando aquilo.

— Não é disso que você gosta? Que você quer? Um homem que te domine? Que te seduza? — Olhei incrédula para ele. De onde surgiu aquilo? Como ele sabia o que exatamente eu queria ou gostava?

— Por que você acha isso? — perguntei, sentindo uma sensação estranha. Percebi que ele mudou sua postura, ficando tenso. Sua feição mudou por um segundo, mas logo ele sorriu novamente.

— Para quem é fã de Cinquenta Tons e me pergunta se eu gosto de compartilhar, não é muito difícil deduzir que goste disso. E depois você mesma confessou na sua última visita ao escritório que gostava de uma pegada forte.

Ele tinha razão. Não deixava de ser verdade. Mesmo assim, eu fiquei apreensiva. Era como se ele soubesse mais do que eu tinha revelado, mas resolvi deixar pra lá.

— Eu disse que me atrasei por causa de uma reunião. — Estávamos ali conversando, ele todo vestido e eu só de lingerie. — Por falar nisso, preciso ir. — Me afastei, agora para me vestir realmente.

— Como assim precisa ir? Nós não almoçamos ainda.

— Não vai dar, Pedro. Eu disse que tinha só uma hora.

— Paola, você não vai sair sem comer alguma coisa. — Ele estava sério e falava tenso.

— Tudo bem, lindo, eu como alguma coisa no escritório. Não posso mesmo ficar.

— Espere aí, você disse que estava numa reunião. Mas você estava vestida

Provocante 169

assim? — Chegou perto, mexendo no meu vestido.

— Estava, por quê?

— Como por quê? Isso aqui não é roupa. É praticamente um robe por cima da lingerie. Sério, Paola? Com quem era essa reunião? — Uau! Ciúmes?

— Primeiro, isso é um vestido. Segundo, era uma reunião somente entre mim e Edu e...

— Você estava assim com o Eduardo? Que por acaso é seu ex-namorado? Posso saber que tipo de reunião era essa?

— Ah, não, Pedro, nem vem! Primeiro, é uma roupa como outra qualquer. E eu sempre uso lingerie por baixo das minhas roupas — brinquei, sorrindo, mas ele não estava achando graça.

— Não brinque comigo, Paola.

— Não estou brincando. — Me aproximei dele. — Eu preciso ir.

— Não gosto nada de saber que você se veste assim para trabalhar, quando seu sócio e ex-namorado está junto.

— Eu também não gosto de saber que você trabalha com uma amiga de infância, que é apaixonada por você e se insinua, se pendurando em seu pescoço.

— Mas eu nunca tive nada com ela, já você e ele tiveram muita coisa. E você, mais de uma vez, disse que se davam muito bem. E que ainda se dão.

— Você não está insinuando que, porque eu tive alguma coisa com meu sócio, eu possa ter algo agora, depois de treze anos e estando com você?

— Será que ele ainda não é apaixonado por você?

— Não é! E mesmo que fosse, se eu não quiser, não acontece nada.

— E será que você não quer? Será que não acontece nenhum momento "recordações" entre vocês? Diga-me, você sempre se veste assim para ele? — Eu o olhei sem acreditar no que ouvia. Minha vontade era lhe meter a mão na cara. Senti o sangue subir e meu rosto queimar de raiva.

— Você tem noção do que está insinuando? Você não me conhece mesmo, não é?

Apesar de extremamente indignada, consegui manter meu tom de voz baixo e controlado. Ele se manteve no lugar, quieto, apenas me observando. Peguei minha bolsa e me virei para sair o quanto antes da sala. Mas ele me alcançou, segurando meu braço e me impedindo.

— Paola, espere. — Deve ter percebido a besteira que tinha falado.

— Não toque em mim — falei, puxando meu braço. — Eu vou sair e não venha atrás de mim se não quiser um escândalo nesse escritório! — Fuzilei-o com o olhar e me retirei, deixando-o lá parado e sem reação.

Cruzei a recepção o mais rápido que pude em direção ao elevador, tentando segurar as lágrimas que teimavam em cair. De raiva, de decepção, de tristeza. Como ele podia pensar, insinuar uma coisa daquelas? Não esperava isso dele, de forma alguma. Meu celular começou a tocar. Era ele. Mas eu não iria atendê-lo. Não queria falar naquele momento, estava muito magoada. Dirigi até o escritório, tentando me recompor antes de chegar. Eu tinha mais uma reunião com Eduardo e um cliente, e precisava estar tranquila e focada.

"Coldplay – Fix You"

When you try your best, but you don't succeed
When you get what you want, but not what you need

Cheguei e fui direto para minha sala. Por que Pedro falou aquilo? E daquela forma? Estava tudo indo tão bem. Ele já tinha me ligado várias vezes e deixado mensagem, provavelmente arrependido do que falou, mas eu não tinha tempo para isso agora.

Ouvi baterem à porta e Edu colocou a cabeça para dentro da sala.

— Interrompo alguma coisa?

— Não, pode entrar. — Eu precisava de mais um tempo, mas não queria dar margem para um interrogatório, por isso, forcei um sorriso.

— Está tudo bem? — perguntou, sentando-se à minha frente.

— Tudo, cinco minutinhos e já vou para a sala de reunião. Não estamos atrasados, não é? — Tentei disfarçar meu desconforto.

— Não, ainda não chegaram, mas você está bem mesmo, Paola? Aconteceu alguma coisa? — Era tão evidente assim?

— Já disse que estou bem, Edu.

— Não minta para mim! Eu te conheço. Você saiu daqui toda alegre porque ia almoçar com o Pedro e volta assim, vermelha, com uma expressão tensa no rosto e no corpo. O que ele já aprontou?

— Está tão na cara assim? — Ele tinha razão em dizer que me conhecia.

— Trabalhamos juntos há quatorze anos, Paola, e tivemos um relacionamento. Eu sei quando você não está bem. — Me olhou carinhoso. Por que ele tinha que falar assim?

— Não leve a mal, mas não quero falar sobre isso. A gente se desentendeu e pronto.

— Tudo bem — falou, já se levantando. — Você sabe que eu gosto muito de você, que me preocupo. Não o deixe te enrolar, Paola!

— Como você me enrolou? — falei, deixando claro que ele não era a pessoa mais indicada para julgar.

— Ok, eu mereci essa! — Sorriu sem graça e se retirou.

Meu ramal tocou e Eliane estava desconcertada ao falar.

— Desculpe, Paola, mas é o Dr. Pedro. Ele disse que está tentando falar com você no celular e você não atende. Disse que é urgente e que, se você não atendê-lo, ele vem até aqui. — Mas que merda!

— Tudo bem, Eliane, pode passar. — Respirei fundo.

— Pois não, Pedro! — Mantive minha voz fria e imparcial.

— Paola! Por que você não me atendeu? Eu preciso falar com você. — Suspirou. — Me desculpe, eu...

— Agora não, Pedro. Estou entrando em outra reunião. Meu cliente já chegou e está me aguardando. Não tenho tempo para conversar. — Esperei para ver se ele soltaria outra insinuação.

— Paola, me deixe explicar...

— Acho que você não entendeu, Pedro. Eu não tenho tempo para isso agora!

— À noite, então. Passo na sua casa. Não aceito não, Paola. — Mas era mesmo muita petulância dele. Porém, eu sabia que ele não ia me deixar em paz. E eu precisava me concentrar agora.

— Tudo bem. Na minha casa, depois das oito. Agora preciso ir. Até mais tarde! — Desliguei, não dando tempo a ele de falar mais nada. Fui até a cozinha, tomei uma água gelada e fui para a reunião.

Apesar de não estar nos meus melhores dias, até que transcorreu tudo bem. O restante da tarde foi bem movimentada, não me dando tempo para pensar sobre o "almoço". Saí do escritório com uma baita dor de cabeça. Peguei Alana no colégio e fomos para casa. Ela percebeu que eu não estava muito bem e colaborou não fazendo perguntas. Eu só queria um banho, um analgésico e deitar um pouco.

— Mãe, quer que eu prepare alguma coisa para você comer?

— Não, filha, vou tomar um banho e deitar. Pode ser que ajude a aliviar minha dor. Você se vira na cozinha?

— Claro, mãezinha! Vai descansar.

Tomei banho, vesti um roupão e engoli o remédio. Fechei as cortinas e a porta, fazendo com que meu quarto ficasse na penumbra, criando um ambiente propício para relaxar. E eu que achei que as coisas estavam indo bem... É claro que não podia ser fácil. Com um homem como Pedro, não seria simples. Devido ao cansaço e ao stress do dia, acabei cochilando.

Acordei sentindo uma mão acariciando meus cabelos. Não era a mão delicada da Alana. Agora, senti beijos leves em minha testa, bochechas e lábios. Ah, sim, era ele! Meu lindo estava ali comigo. De repente, me veio uma vontade tão grande de chorar, mas eu não queria fazê-lo na frente dele. Não podia mostrar o quanto ele me afetava.

Lentamente abri os olhos. Ele estava ao meu lado na cama, sem o paletó e a gravata. Uma ruga fechava sua expressão, junto com olhos compenetrados e sério. Suas mãos continuavam o carinho nos meus cabelos.

— Oi, minha linda!

— O que você está fazendo no meu quarto, Pedro? Na minha cama? — Claro que aquilo era obra dele com a minha filha.

— Alana me deixou entrar. Não brigue com ela. — Eu não faria isso. Com certeza minha filha achou que permitir sua entrada melhoraria meu humor.

— Nunca mais fuja de mim daquela maneira. Nunca mais saia sem me dar um beijo. — Tocou meus lábios com os dedos.

— Nunca mais insinue aquele tipo de coisa a meu respeito! — Eu ainda estava magoada.

— Desculpe, minha linda. Eu realmente extrapolei. Mas vê-la daquele jeito... E você tinha acabado de se contorcer toda gostosa nas minhas mãos. Naquela hora, a única coisa que me vinha à cabeça era você daquela forma nos braços de outro. Eu fiquei fora de mim. Nunca senti ciúmes assim. Você precisa entender que isso é novidade para mim, portanto eu não sei como agir. Sei que fui um cafajeste falando daquela forma, mas, por favor, me perdoe! — Ele estava sendo sincero, eu podia sentir. Eu mesma tinha muito ciúme dele, então tentei me colocar em seu lugar. E devo admitir que não sei se agiria diferente, mas não admitiria isso para ele.

— Tudo bem, Pedro. Mas, por favor, que não se repita. Uma coisa é você ter ciúmes, outra bem diferente é você me ofender. Você deu a entender que...

— Eu sei. E me envergonho por isso, desculpe. — Depositou um beijo em meus lábios.

A princípio, foi leve, mas aos poucos foi se tornando mais exigente, mais quente. Eu precisava daquele beijo, assim como ele. Senti suas mãos saindo dos meus cabelos, descendo pelo pescoço e acariciando meus seios. Agarrei sua nuca, trazendo-o mais para perto. Ele rapidamente se colocou sobre mim, movimentando os quadris, me fazendo sentir sua ereção. Sua mão soltou o cinto do meu roupão, afastando-o, dando passagem para suas carícias. Meu corpo já tinha incendiado, mas eu precisava recobrar a razão, afinal estava em casa.

— Pedro, não. A Alana está em casa. Por favor, pare!

— Ah, minha linda! Como parar, com você assim, prontinha para mim? — Seus dedos já estavam no meio das minhas pernas. — Olha só, tão molhadinha. Você me deixa louco, mulher. E eu preciso saber que está tudo bem.

— Ah, meu Deus! Por favor, aqui não, Pedro. — Me afastei dele, levantando da cama, antes que não conseguisse resistir. Ele também se levantou, ficando à minha frente.

— Desculpe, mas é difícil resistir a você. — Amarrou meu roupão, fechando os olhos e sorrindo. — Preciso aprender a me controlar, pelo menos, quando estivermos na sua casa. — Me abraçou apertado. Eu retribuí, já me sentindo melhor, mais tranquila.

— Alana me disse que você não estava bem. — Me olhou preocupado.

— Só uma dor de cabeça, acho que por eu não ter comido nada durante o dia.

— Sim, afinal, você precisava sair correndo, não é mesmo?

— Vamos mudar de assunto? — perguntei, puxando-o pela mão. — Agora eu preciso comer alguma coisa, mas espere lá na sala até eu colocar uma roupa.

— Ah, me deixe ficar aqui. Prometo que só fico olhando. — Seu sorriso era debochado e sexy.

— Não, senhor. Eu me conheço e não vou me controlar. Agora suma daqui! — Empurrei-o porta afora. Coloquei uma calça de ginástica, uma regata e saí. Ele estava na sala, conversando com Alana.

— E então, mãezinha, está melhor? — Ela me abraçou, toda carinhosa.

— Estou sim, meu amor. Só com muita fome. — Ao falar isso, não tive como não olhar para ele. Seu olhar se demorava nas minhas coxas, realçadas pela calça justa.

— O que você quer comer? Eu fiz um sanduíche quando chegamos, mas confesso que já estou com fome novamente.

— O que vocês acham de sairmos para jantar? Eu também não comi nada ainda. — Ah, aquele olhar esfomeado para o meu lado.

— Vamos, mãe?

— Tudo bem para você, Pedro? Não é muito tarde?

— Para mim não. A não ser que essas mulheres demorem muito para se aprontar.

— Quem foi mesmo que se atrasou da última vez? — provoquei, lembrando do motivo do seu atraso, já me sentindo esquentar por pensar na cena.

— Tem certeza de que você quer discutir isso, Paola? — Enfrentou meu olhar, mas eu não respondi, não poderia.

— Então, quinze minutos, Alana. Vamos! — Fomos para o quarto e o deixamos na sala.

O jantar estava excelente. Comida boa, lugar aconchegante, companhia maravilhosa. Estávamos terminando nosso licor quando o vi se aproximar. Automaticamente, fiquei tensa. Justo hoje! Depois dos acontecimentos do dia?

— Com licença. Boa noite, Paola! — Edu se aproximou, cumprimentando-me com um beijo no rosto. Era muita falta de sorte mesmo.

— Olá, Edu! — Pedro ainda não o conhecia e, ao ouvir seu nome, senti-o se retesar. Seu olhar não era dos mais amigáveis, mas eu precisava fazer as honras.

— Pedro, esse é Eduardo, meu sócio. — Fiz as apresentações, sem, no entanto, dar nome ao que tinha com Pedro, porém ele não deixou por menos.

— Prazer, sou o namorado dela. — Então nós éramos namorados? Impressão minha ou ali começava uma disputa de macho alfa?

— Prazer! — Foi só o que Edu falou, analisando meu namorado.

— E você, minha princesa? — Dirigiu-se à Alana, dando-lhe um abraço apertado e um beijo estalado. — Há quanto tempo não te vejo. Por que não apareceu mais no escritório?

— Ah, estou estudando muito e não me sobra tempo.

Alana também se dava muito bem com Eduardo, afinal, o conhecia desde bebê. Ele sempre frequentou nossa casa, ainda mais na época em que namorávamos. Mas, mesmo depois, nunca deixou de nos visitar. Enquanto eles conversavam, percebi o olhar de ira de Pedro. Ele nunca iria admitir, mas com certeza concordava que Edu era um concorrente à altura. Era um homem que chamava a atenção das mulheres. Eu precisava descontrair o clima.

— Está sozinho? — perguntei, sem saber se fiz certo ou não.

— Não, estou com uma amiga. — Indicou a mesa onde estava uma bela morena. Não pude deixar de notar seu olhar de admiração para o meu namorado.

— Muito bonita a sua amiga. — Sorri.

— É, apesar de não tanto quanto outra amiga minha.

Ele falou aquilo de propósito e eu quis estrangulá-lo. Ele sabia que algo tinha acontecido hoje pela manhã entre mim e Pedro e agora estava insinuando o que exatamente? Vi Pedro fuzilá-lo com o olhar e amassar seu guardanapo em cima da mesa como quem estrangula um passarinho. Era melhor eu dar fim à conversa.

— Bem, Edu, se você nos dá licença, na verdade, já estávamos de saída.

— Eu também. Só passei para cumprimentá-los e dar um abraço na minha princesa. — Jogou seu charme, dando outro abraço em minha filha, um beijo em seu rosto e estendeu a mão para se despedir de Pedro.

— Prazer em conhecê-lo. Espero que você cuide bem da Paola. Ela vale ouro. — Puta que pariu!

— Tenha certeza de que ela será bem cuidada. Tenho por hábito ser fiel em meus relacionamentos. — Puta que pariu de novo! O que deu nesses dois? Senti o olhar de inquisição de Edu para mim, mas não falou mais nada e se retirou.

— O que foi isso? — perguntei enquanto ele chamava o garçom para fechar nossa conta.

— Um concurso de mijo?! — respondeu, um pouco mais relaxado.

— Então vocês são namorados? — interrompeu minha filha.

Ele me olhou intensamente sério.

— Na verdade, acho que não estou fazendo isso da forma correta. Então me deixe consertar. — Voltou-se para minha filha. — Creio que, como a pessoa da família mais próxima e mais importante, devo me dirigir a você. — Segurou minha mão em cima da mesa. — Gostaria de sua permissão para namorar sua mãe. Você me concede?

Fiquei muda, olhando-o. De qual livro ele saiu? Será que se dava conta do quão romântico estava sendo? E de como aquela atitude o enaltecia perante minha filha? Ele havia somado muitos pontos comigo depois disso.

— Não sei se isso cabe a mim, Pedro. Eu achei que estivessem só ficando, tipo, se conhecendo.

— Conheço o suficiente da sua mãe para saber que a quero como minha namorada. — Tudo bem, ele me ganhou ali mais uma vez. Até esqueci a cena do escritório de hoje pela manhã. — E então?

— Só quero ver minha mãe feliz. — Me abraçou carinhosa.

— Prometo fazer tudo que estiver ao meu alcance para isso. — Puxou minha mão até seus lábios, beijando-a. Eu estava em estado de graça. Meu coração não cabia dentro do peito de tanta felicidade.

— Sendo assim, eu deixo você namorá-la. — Acenou, sorrindo abertamente.

Continuei sem conseguir falar nada. Aquela cena entraria para minha memória como uma das mais emocionantes na minha vida.

— Vamos, meninas? — Levantou-se, afastando minha cadeira e a de Alana, todo cavalheiro.

Chegamos em casa e o clima tenso não existia mais. Pedro não fez nenhum comentário a respeito de Eduardo, mas eu sabia que não o tinha feito em consideração à Alana.

— Eu acompanho vocês até o apartamento. — Saiu e abriu a porta para nós. Chegamos e Alana já foi se despedindo para ir se deitar.

— Tchau, Pedro. Obrigada pelo jantar e pela companhia. Estava ótimo. — Deu um beijo em seu rosto. — Boa noite, mãe.

— Boa noite, amor. Durma bem! — Se retirou e nos deixou na sala.

— Eu não disse que ele ainda é apaixonado por você? — Me puxou pela cintura.

— Pedro, não é nada disso...

— Eu vi o jeito como ele te olha e ouvi o que ele falou sobre uma amiga mais bonita. E o que foi que ele quis dizer com cuidar bem de você? Algo que eu precise saber? — Me olhou intrigado. Eu não queria saber de mentiras entre nós.

— Eu cheguei bastante chateada hoje à tarde no escritório. Desculpe, não sei disfarçar. Ele me conhece há bastante tempo e percebeu como eu estava. Como sabia que eu ia almoçar com você, ficou preocupado.

— Pelo visto, ele sabe muito da sua vida! É bem íntimo da Alana também.

— Pedro, nós nos conhecemos há quatorze anos, tivemos um relacionamento. É óbvio que ele me conhece bem e sempre esteve em contato com minha filha. Ela cresceu com ele por perto. Não posso mudar isso. Você precisa aceitar. E bem! — Aquela situação teria que se resolver. Seria impossível viver com essas dúvidas.

— Prometo que vou tentar, mas não será fácil saber que vocês estão todos os dias juntos e que ele...

— Por favor! — interrompi-o, colocando um dedo sobre seus lábios. Eu precisava dar um basta naquela cisma dele. — Não quero mais falar sobre isso. Ou você confia em mim ou isto não vai dar certo. Meu namorado! — Sorri boba ao falar aquilo.

— Sim, seu namorado. Agora oficialmente. E eu confio em você. É nele que eu não confio. Mas tudo bem, vou trabalhar isso e fazer o possível para controlar meus instintos. — Me apertou em seus braços. — Por mais que eu sinta ter que deixá-la, minha linda, não posso ficar mais. Preciso ir.

— Eu sei. — Abracei-o forte, colando meus lábios nos seus.

— Antes que eu me esqueça, o Rodrigo quer conhecer sua amiga, acho que é Maitê o nome dela. Aquela que estava com você na sexta-feira. Sugeriu de sairmos todos juntos.

— Sério? Que coincidência, porque a Maitê também se interessou por ele.

— Mesmo? Bem, devo lhe dizer que o Rodrigo tem namorada. Quer dizer, não sei a quantas anda a relação deles, pois eles vivem brigando, mas acho melhor você saber. Você avalia se deve contar à sua amiga ou não. — Seus dedos acariciavam meu rosto carinhosamente.

— Homens! — Sorri. — Aonde vamos?

— Que tal irmos dançar? Sexta-feira?

— Eu vou adorar. Hummm... dançar com você, bem juntinho, corpo colado... não vai prestar. — Me esfreguei nele, deslizando as mãos pelo seu tórax.

— Pode ter certeza que não. E eu vou adorar isso. — Me beijou novamente, quente, sensual. — Preciso parar agora ou não vou conseguir sair daqui. — Sorriu sedutor. — Durma bem e sonhe comigo!

— Sempre! — Mais um beijo e ele se foi.

Eduardo

Deixei minha amiga Daniela em casa e, enquanto dirigia para meu apartamento, me lembrei do encontro no restaurante. Então aquele era o tal advogado que estava tirando o sossego da minha sócia. Já tinha percebido a mudança em Paola. Era uma mulher transparente, não sabia esconder nem disfarçar seus sentimentos. Sempre foi assim.

"Phil Collins – I Wish it Would Rain Down"
You know I never meant to see you again
But I only passed by as a friend

Eu conhecia Paola há tempo suficiente para saber que ela já estava envolvida mais do que gostaria ou deveria. Foi assim também quando namoramos. Sempre houve uma química muito intensa entre nós, mesmo quando ainda era casada, mas nunca havíamos tido nada. Quando soube que havia se separado, não perdi tempo em convidá-la para trabalharmos juntos. Ela era uma excelente profissional, apesar da pouca experiência na época.

E como não podia deixar de ser, estando sempre juntos em função do trabalho, não demorou a nos rendermos à tentação. Eu estava num momento de querer apenas curtir sem compromisso. Mesmo já estando com quase trinta anos, ainda era muito mulherengo, e ela não estava disposta a encarar aquilo. Com razão, é claro.

Após um ano juntos, decidimos encerrar nosso relacionamento. Senti tanto por ela como por Alana. Eu adorava aquela menina, tinha um carinho muito especial. E era assim até hoje.

Paola chegou a cogitar encerrarmos também nossa parceria profissional, mas não permiti. Não foi um rompimento traumático, sempre nos demos bem. Então, não havia por quê! Combinamos de tentar continuar trabalhando juntos e, se o clima ficasse muito pesado, então pensaríamos em outra solução. Paola era uma mulher muito madura e não deixou que aquela situação interferisse no escritório. E assim continuamos até hoje.

Confesso que algumas vezes ainda tentei assediá-la, mas ela nunca mais permitiu que algo acontecesse entre nós. Hoje, vendo a mulher em que se transformou, me arrependo de ter sido tão volúvel. Poderia tê-la para mim. E hoje eu estaria no lugar daquele advogado, do qual devo dizer que não gostei nem um pouco. Ele não me inspirou confiança. E como eu gostava muito dela e me preocupava, ficaria de olho.

Paola

Assim que Pedro saiu, apesar de já ser tarde, resolvi dar uma espiada na rede social para verificar se minha amiga estava online. Muitas se encontravam por lá. Conversei um pouco. Todas estavam, é claro, curiosas a respeito do que estava rolando entre mim e meu advogado. Continuei conectada, mas, antes que ficasse muito tarde, liguei para Maitê.

— E aí, lindona?

— Guria! Tô mega curiosa. Quero saber tudo. Pode ir me contando. — Eu ainda não a havia lhe inteirado dos detalhes.

— Ah, Maitê, ele é tudo de bom. Que homem! Em todos os sentidos. Mas é muita coisa para te contar por telefone e a essa hora. Precisamos conversar pessoalmente.

— E quando isso, mulher? Você vai me deixar nessa expectativa? — Curiosidade era o sobrenome de Maitê.

— Então, estou ligando para te fazer um convite. Na verdade, transmitir um convite. O Dr. Rodrigo quer te conhecer.

— Sério? Puta que pariu! Ele falou isso pra você?

— Não para mim diretamente. O Pedro comentou comigo agora há pouco que o Rodrigo sugeriu sairmos todos juntos. Dançar na sexta-feira. Que tal?

— Tô dentro, é claro!

— Só tem um detalhe, Maitê. O Pedro me disse que o Rodrigo está num vai e volta com uma namorada. Achei melhor te informar. Você que sabe se quer ir em frente ou não. — Não deixaria de contar aquele fato à minha amiga.

— Putz, Paola, o cara tem namorada e quer conhecer outra mulher? O que eu posso pensar disso? Que ele é um galinha e não vale nada!

— Olha, amiga, eu não o conheço direito. É claro que o Pedro não vai abrir o jogo a respeito do melhor amigo. Você viu, o homem é um tremendo de um gostoso e bem-sucedido. Com certeza tem mulher de sobra caindo em cima dele.

— Claro! — Eu sentia sua ansiedade.

— Bem, ele se interessou por você, mesmo tendo uma namorada ou algo do tipo. O que você tem a perder, afinal de contas? O máximo que pode ocorrer é você sair para se divertir com um homem bonito. Só não se apaixone à primeira vista!

— Como se isso fosse possível. Você sabe que a palavra amor não está no meu vocabulário. Vamos nos divertir sim! Onde será? Que horas?

— Vou avisar ao Pedro que você topou. Aí, te aviso. Tudo bem?

— Tá ótimo! Já estou ansiosa. Aguardo você me ligar, então.

— Ok! Beijos, lindona!

— Beijos, querida!

Desligamos e reparei que, na tela à minha frente, ainda na rede social, havia uma solicitação de amizade. Cliquei e era dele. Admito que já havia pensado em convidá-lo para ser meu "amigo", mas fiquei em dúvida. Óbvio que aceitei. Imediatamente pude ver sua página e suas amizades. Ou melhor, suas amigas. Eu teria que me acostumar com isso. Com certeza, Pedro tinha uma rede de mulheres bonitas à sua volta.

E qual não foi minha surpresa ao ver imediatamente que ele havia alterado seu status.

"Em um relacionamento sério com Paola Goulart"

Uau! A coisa estava ficando realmente séria. Eu estava encantada e ao mesmo tempo surpresa. Afinal, as coisas estavam acontecendo muito rápido. Sorri ao ver uma mensagem sua.

Pedro: Boa noite, linda! Obrigado por me adicionar. Gostou do meu status?

Paola: É uma honra fazer parte da sua rede de amizades, que, diga-se de passagem, é bastante extensa e feminina. Devo dizer que adorei seu status. Me fez sentir especial!

Pedro: Não se deixe intimidar pelas minhas amizades. Você é a única que me interessa. A única que importa. E sim, sinta-se especial. Porque você é!

Ah, meu Deus! Eu só podia estar sonhando. Ele era tudo o que uma mulher queria. Suas palavras e ações eram dignas de um personagem dos nossos romances. Ele parecia adivinhar tudo que eu queria ouvir.

Paola: Já te disseram que você é muito romântico? Não é nem um pouco difícil uma mulher se apaixonar por você!

Pedro: Mesmo? Acho que nunca fui romântico com outra mulher a não ser com você. Talvez você desperte isso. E já disse que só me interessa uma mulher específica apaixonada por mim. Porém, vejo que ela insiste em resistir.

Por que fui dizer aquilo? Agora eu me via em uma sinuca de bico. Confessar que eu estava apaixonada por ele? Não daquela forma. Não ali, através de uma mensagem.

Paola: Talvez ela esteja apaixonada por você, só não tenha confessado isso ainda!

E agora?

Pedro: Pois saiba que é uma pena. Talvez ela se surpreendesse se confessasse isso a mim.

Paola: Pode me dizer por que estamos nos comportando como dois adolescentes?

Sim, aquele papo parecia o de dois jovens românticos, recém-apaixonados, descobrindo o amor pela primeira vez.

Pedro: Provavelmente porque isso que estamos sentindo seja novidade para nós. E por ser novidade, não sabemos direito como agir. E, sinceramente, não estou preocupado se pareço um adolescente ou não. O que importa é que eu me sinto bem e feliz como nunca me senti antes!

Paola: Também me sinto assim!

Aquele papo só veio a confirmar que estávamos apaixonados um pelo outro. Só não havíamos ainda confessado isso verbalmente. Será que ali também era uma questão de ver quem cederia primeiro? Como foi com nossa atração sexual?

Pedro: Almoça comigo amanhã, minha linda?

Paola: Não posso. Tenho consulta e meu horário está bem tumultuado.

Pedro: Médico? O que houve? Você não está bem?

Paola: Está tudo bem! Consulta de rotina que já estava marcada há um bom tempo. Coisas de mulher.

Pedro: Ginecologista? É um homem o seu médico?

Tive que rir. Ele estava com ciúmes?

Paola: Sério isso, Pedro? Ciúmes de uma consulta médica? Pode ficar tranquilo, é uma mulher! Não que isso queira dizer alguma coisa, né? Sabe como é hoje em dia...

Não resisti em provocá-lo um pouquinho.

Pedro: Ah, é? Se for assim, gostaria muito de participar dessa consulta. Ativamente!

Homens!

Paola: Muito bem. Melhor encerrarmos essa conversa. Amanhã preciso levantar cedo e você também!

Pedro: Foi você quem começou!

Paola: Exatamente! E estou terminando. Nos falamos amanhã. Boa noite!

Pedro: Não fique assim. Eu estava brincando. Boa noite, linda. Bons sonhos!

Encerrei a conversa e desliguei meu notebook. Pedro não perdia tempo. Aliás, eu também não. Adorava provocá-lo, mas precisava saber aguentar suas retrucadas. Adormeci pensando no quanto eu estava apaixonada.

Capítulo 16 - Mais do que apenas sexo

Silvia

Não acreditei quando visualizei a página do Pedro na rede social. Ele havia alterado seu status para **"Em um relacionamento sério com Paola Goulart"**. Então a coisa era mais grave do que eu imaginava, mas o que afinal de contas aquela fulana tinha para deixá-lo naquele estado? Ele nunca havia se envolvido seriamente com nenhuma outra mulher. E era isso que me dava a certeza de que ele poderia ser meu. Mas agora eu estava apreensiva. Para ele postar aquilo, deveria estar realmente apaixonado. Eu não podia permitir! Precisava descobrir uma forma de acabar com seu relacionamento. Deveria haver algo a respeito daquela contadora que o fizesse sair desse estado de completo encantamento.

Decidi que seria melhor começar pelo Rodrigo. Ele saberia com certeza de mais detalhes a respeito dos dois. Ele e Pedro eram amigos íntimos, portanto ele deveria ter acesso a mais informações e eu precisaria delas para armar um esquema para separá-los. Tinha que haver alguma coisa e eu iria começar agora mesmo.

Bati à porta da sala de Rodrigo, esperando sua permissão para entrar, e lá estava o amor da minha vida, maravilhoso e impecável em seu terno cinza. Pedro parecia mais lindo do que nunca. Havia algo de diferente no seu semblante. Oh, não! Aquela expressão radiante dele só confirmava o que eu já imaginava: sim, ele estava apaixonado! E não era por mim, mas por aquela mulher, aquela coroa! Tentei me recompor do susto. Eu não podia demonstrar minha raiva e mágoa. Precisava me manter forte para colocar meu plano em prática, sem gerar desconfianças.

— Bom dia, rapazes! — Me aproximei de Pedro, dando-lhe um beijo no rosto.

— Bom dia, Silvia. — Seu cumprimento foi seco e frio.

Ele não costumava falar comigo daquela maneira. Mesmo quando eu era mais insinuante e ele tentava se esquivar, ainda assim era gentil. Mas agora estava diferente. Tudo culpa daquela fulana. Ela estava afastando Pedro de mim.

— Bom dia, irmãzinha! — Rodrigo me cumprimentou, sempre alegre e gentil.

— Então você consegue confirmar isso ainda hoje? Posso dizer que passamos para pegá-las por volta das dez? — Pedro conversava com meu irmão, simplesmente me ignorando.

— Fique tranquilo. Diogo me deve alguns favores. Tenho certeza de que não vai se negar. Ainda pela manhã te passo os detalhes.

Eu conhecia Diogo, era um de nossos clientes. Eu estava assistindo à combinação de uma provável saída deles. Sim, Pedro havia dito "elas", então ia rolar uma festinha particular. Eu sabia o que acontecia quando eles contratavam uma limousine. E apesar de ter certeza de que Pedro já tinha transado com aquela mulher, imaginá-lo com ela naquelas circunstâncias me deixou mais furiosa ainda.

Pedro saiu, me deixando com meu irmão. Eu precisava me controlar, se quisesse fazer a coisa direito, apesar de ainda não saber ao certo como agiria.

— Então quer dizer que os meninos vão fazer uma festinha? — Sentei à frente de Rodrigo, tentando parecer tranquila, como se aquilo não mexesse tão intensamente comigo.

— Silvia, por favor, não comece! Chega de encrenca com o Pedro. Pare com essa neura para cima dele. — Meu irmão sempre defendia seu amigo, nunca sua família.

— Só estou fazendo um comentário a respeito do que ouvi. Fiz alguma cena, por acaso? — Precisava mostrar que estava sendo madura. — E depois, preciso me convencer de que não tenho mais chance mesmo. Nunca o vi tão envolvido.

— E você está aceitando isso assim, numa boa? — perguntou, se recostando à sua cadeira, um pouco mais relaxado.

— Tenho outra alternativa? Ele parece apaixonado. — Joguei para ver se colhia mais informações.

— A Paola o pegou de jeito. — Sorriu. — É uma novidade realmente na vida dele. Apesar de ele não ter começado as coisas de uma forma lá muito correta.

— Como assim? — O que Pedro aprontou daquela vez?

— Nada não, Silvia. Deixe para lá — desconversou. — Você precisa de alguma coisa?

— Não. Só passei para dar bom dia para você. — Saí de sua sala pensando no que ele quase tinha revelado. Ali existia alguma coisa que eu poderia usar e eu precisava saber mais a respeito da tal Paola. Já sabia por onde começar!

Pedro

Dei partida no carro, o som preenchendo o ambiente automaticamente. A música que tocava me lembrava dela.

"Lenny Kravitz – I belong to you"
But since I've opened my eyes
So I could open up my mind

Não pude deixar de sorrir ao lembrar da ideia do Rodrigo de alugar uma limousine. Ele estava habituado a fazer isso quando organizava festinhas particulares com outros amigos. Eu, porém, nunca tinha participado. Não era do meu feitio compartilhar estes momentos mais íntimos e também não sabia como Paola iria reagir, apesar de não precisarmos participar de nada. Eu não queria decepcioná-la. Já bastava a besteira que havia falado ontem. Mas tudo era novidade naquela relação e nem sempre a gente consegue lidar bem com o que não conhece.

Lembrei-me da sua mensagem de hoje de manhã com aquela voz sexy, de quem tinha acabado de acordar. Como eu gostaria de tê-la em minha cama, passar a noite toda com ela em meus braços, só para poder vê-la despertar.

> *"Bom dia, tesouro! Pode dispensar as vitaminas. Hoje não irei abusar de você. Sonhou comigo? Tenha um excelente dia! Bjs."*

Eu já estava com saudades da minha namorada, mas só poderia vê-la à noite. Estava se tornando uma necessidade que eu tinha dela. Ela era imprescindível em minha vida.

Paola

Após ouvir a mensagem de Pedro em resposta à minha, pude começar meu dia. Aquilo tinha se tornado um vício.

> *"Bom dia, minha linda! Dispensarei as vitaminas sim, mas não conte com o fato de que eu não darei um jeito de ser abusado por minha loba insaciável. Sempre sonho com você! Bjs!"*

Deixei Alana no colégio e fui para o escritório. Novamente seria um dia intenso. Cheguei e dei de cara com Eduardo, parado na recepção. Não tive como desviar. Eu sabia que ele faria algum comentário a respeito de ontem à noite.

— Bom dia, Eliane. Bom dia, Edu! — Tentei ser rápida e me dirigi à minha sala, mas claro que ele veio atrás.

— Bom dia, Paola! Tudo bem? — Entrou, mas permaneceu em pé.

— Tudo ótimo! — Larguei minha bolsa e logo me sentei, querendo parecer concentrada para que ele fosse embora.

— Vejo que se entendeu com seu namorado. Não pensei que a coisa estivesse assim séria. — Ficou parado, com as mãos nos bolsos da calça. Eduardo não costumava usar terno. Vestia-se de maneira menos formal, porém não menos elegante.

— Sim, nos entendemos. Quanto a estar sério, só o tempo poderá dizer, não é mesmo? — Eu queria que ele saísse. — Agora, se você me dá licença, eu preciso trabalhar. Tenho muita coisa para resolver ainda hoje.

— Claro, Paola. — Ainda me olhou fixo por um tempo e então se retirou. Aqueles dois homens combinaram de me colocar contra a parede! Mas eu precisava esquecer os últimos acontecimentos e me concentrar no trabalho. E assim o fiz.

Minha hora de almoço novamente foi muito curta. A consulta estava marcada já há bastante tempo. Não poderia faltar, do contrário, teria que esperar pelo menos mais seis meses por uma nova oportunidade.

Era apenas rotina, exames preventivos anuais, comuns a todas as mulheres. Aproveitei para confirmar alguns dados a respeito do meu método anticoncepcional. Precisava ficar atenta, agora que tinha voltado à atividade sexual. Não tinha mais idade nem disposição para uma nova gravidez.

Cristina, além de minha médica, era minha amiga de longa data. Afinal, ela fez o parto de Alana e era também a ginecologista dela.

— Como está a Alana? — perguntou, já ao final da consulta.

— Está ótima! Alana é uma moça muito tranquila. Não posso reclamar. Ela não me dá trabalho.

— Ah, sim, ela é muito querida. Mas sabe como é. A gente tem que ficar de antena ligada com essa meninada. — Senti que ela não me disse aquilo por nada. Havia algo nas entrelinhas, mas Cristina jamais falaria para mim, fazia parte do sigilo entre médico e paciente. — Diga-lhe que mandei um beijo. — Me olhou demoradamente, quase cúmplice. Entendi que havia algo que eu não estava sabendo e automaticamente fiquei alerta.

— Claro, Cristina! Obrigada novamente. Eu volto trazendo o resultado dos exames. — Me despedi com um beijo e fui embora.

O que estava acontecendo com minha filha que eu não estava sabendo? Ela provavelmente deve ter entrado em contato com a médica, omitindo o fato de mim. E se falou com a ginecologista, só poderia ser uma coisa. Ah, meu Deus! O que minha menina estava aprontando? Ou pensando em aprontar? Eu sempre tive medo de que esse dia chegaria. Por mais moderno que estivessem os tempos, por mais liberal que eu tentasse ser, aquilo me assustava pela responsabilidade que implicava: o medo de que ela se sujeitasse a algo que não lhe fizesse bem. Como lidar com isso? Será que uma mãe está preparada para esse momento ou era só eu que não estava reagindo bem?

Eu precisava conversar com ela e teria que ser de uma forma bem pensada, para que ela não sentisse que invadi sua privacidade. Tentaria hoje à noite. Só teria que saber como começar. Para isso, teria que desmarcar com Pedro, então resolvi ligar para ele logo.

— Oi, minha linda! — Ele conseguia me tranquilizar só com seu tom de voz.

— Olá, garanhão. — Suspirei, não sabendo se lhe contava a respeito da minha ansiedade ou não.

— O que houve? Sua voz está tensa. Tudo bem na sua consulta? — perguntou todo preocupado.

— Sim, comigo tudo bem.

— Mas?

— Acho que não vai dar pra gente se ver hoje, Pedro. — Eu já sentia por aquilo.

— Como assim? Posso saber o motivo dessa insanidade? — Ri da sua forma de falar.

— Eu preciso ter uma conversa com a Alana. Entre mãe e filha, sabe?

— Aconteceu alguma coisa com ela, Paola?

— Sinceramente, Pedro? Não sei. Mas a nossa ginecologista insinuou algo que me deixou com a pulga atrás da orelha. Eu preciso verificar se tem alguma coisa acontecendo — desabafei com ele.

— Posso ajudar de alguma forma?

— Acho que isso só eu posso resolver. Nem sei como vou começar essa conversa. Você entende, não é?

— Claro, minha linda. Vou sentir por não poder vê-la hoje, mas é importante que você resolva isso e fique tranquila. E sabe que, se precisar de mim para qualquer coisa, estou aqui. — Me senti mais segura com ele falando assim.

— Obrigada por compreender. A princípio, falei com a Maitê. Ela topou. É só você me dizer aonde vamos, horário e tudo mais. Ela deve vir para a minha casa.

— Ótimo. Também falei com o Rodrigo. Vamos contratar um motorista e pegamos vocês na sua casa, então.

— Hum, motorista e tudo? Quer dizer que podemos beber à vontade? Isso é muito bom! — falei, já me sentindo menos tensa. — Que tal começarmos a noite com uma bebida lá em casa?

— Parece ótimo. Passamos lá por volta das dez. — Ele também parecia animado.

— Combinado. Agora preciso voltar a trabalhar.

— Converse com Alana e depois me ligue. E apesar de não estar presente, quero que me sinta próximo, te dando força, mesmo que não queira entrar em detalhes sobre o assunto.

— Obrigada, Pedro. Não imagina como me faz bem ouvir isso.

Desliguei e voltei para as minhas tarefas, tentando em vão me concentrar. Aquela tarde demoraria muito a passar.

Finalmente chegou a hora de ir embora. Saí ansiosa do escritório para buscar Alana no colégio. Ela já me esperava.

— Olá, meu amor! Tudo bem? — perguntei, tentando disfarçar o tremor na minha voz. A gente sempre pensa o pior em relação aos filhos! É inevitável.

— Tudo bem. — Ela me pareceu mais quieta. Coisa da minha cabeça, talvez, agora que sabia que algo estava acontecendo. Será que ela já dava demonstração e eu que não enxerguei, por estar muito envolvida com o Pedro? Eu me sentia culpada.

Assim que chegamos em casa, ela foi para o quarto, dizendo que iria tomar banho. Fui para a cozinha preparar algo para comermos. Arrumei a mesa, servi o jantar e ela logo se juntou a mim.

— Pedro não vem aqui hoje? — perguntou ao se servir.

— Não. Achei que hoje poderíamos ser só nós duas. Só as meninas. — Sorri, usando a sua expressão para quando estávamos a sós.

— Pelo visto, vocês estão mesmo apaixonados. — Talvez aquela fosse a deixa que eu precisava.

— Acho que estamos sim, apesar de não termos colocado isso em palavras. Mesmo com tanta experiência de vida, é difícil saber quando o sentimento é verdadeiro ou se vale a pena se arriscar numa aventura. — Consegui atrair sua atenção.

— Nesse caso, como você soube? Digo, para transar com ele? Se ele também gostava de você, se iria dar certo?

— Como eu disse, não tem como ter certeza, mas, por já ter vivido outros relacionamentos, aprendi a identificar algumas coisas que podem te indicar se tem futuro, ou se é só uma coisa de ocasião. E aí é questão de decidir o que quer para a sua vida. — Dei um gole em meu vinho, analisando sua reação ao que eu tinha falado.

— Tive uma consulta com a Cristina hoje. Ela te mandou um beijo.

Na mesma hora, sua feição mudou, ficando tensa. Olhou-me surpresa, com os olhos arregalados e, apesar da minha apreensão, tentei demonstrar tranquilidade.

— Ela comentou alguma coisa com você? Falou algo a meu respeito?— Sua voz estava trêmula.

— Não. Por que deveria? — Eu tinha que arrancar dela. — Alana, está acontecendo alguma coisa que eu não estou sabendo?

— Não. Nada.

— Então por que ficou preocupada que a Cristina tivesse me falado alguma coisa? — disse calma, porém estava quase explodindo. Ela não falou nada. Largou os talheres e seu rosto estava vermelho. Oh, Deus, o que estava acontecendo? — Alana?

— Eu liguei para ela. Tinha algumas dúvidas — murmurou.

— Dúvidas a respeito do quê? Nada que eu pudesse te ajudar?

— Eu fiquei com medo de conversar sobre isso com você.

— Medo? Pensei que nós fossemos, além de mãe e filha, amigas, que podem confiar uma na outra e se abrir sem receios. Acho que eu sempre te dei abertura para isso.

— Eu sei, mas é difícil falar essas coisas com nossa mãe, quando chega a hora. — Me olhou de canto de olho.

— Quando chega a hora do que, Alana?

— Você sabe!

— Não, não sei. Preciso que você seja mais clara.

— Ah, mãe, de transar! — Muito bem, a bomba foi lançada e eu precisava ponderar.

— Você está tentando me dizer que transou, é isso? — Meu coração estava na boca. Eu ainda a via como uma menina, não como uma mulher.

— Não! Ainda. — Respire, Paola. — Eu queria saber se ela podia me receitar algum anticoncepcional, mas ela disse que eu precisava fazer uma consulta.

— Bem, se você precisa de um anticoncepcional é porque está pensando em transar com alguém. E quem seria essa pessoa, se eu nunca ouvi você falar de ninguém, nenhum rapaz que estivesse interessada, gostando ou algo parecido?

— Não sei se gosto dele, quer dizer, assim como eu acho que deveria.

— E mesmo assim, você quer transar com ele? Sua primeira vez. Com um rapaz pelo qual você nem sabe o que sente, Alana?

— Ah, mãe, mas ele fica me cercando. É o rapaz mais bonito do colégio! Todas as meninas são gamadas nele. E ele tá dando bola para mim.

— Sério isso? Você está me dizendo que a minha filha, com quem eu sempre conversei abertamente, sempre procurei mostrar as armadilhas da vida, está pensando em transar não porque está apaixonada, ou gosta, ou ama um rapaz, mas sim porque ele é o desejo da maioria no colégio? E se ele é essa *Coca-Cola* toda que você está dizendo, será que está sendo sincero com você, ou quer só tirar uma onda com uma menina virgem?

— Mãe, não é isso. Você não entendeu nada!

— Se eu não entendi, então me explique, Alana.

— Eu ia me prevenir, tomar anticoncepcional e usar camisinha. — Àquela altura, já estávamos as duas falando alto.

— Alana, não é só uma questão de prevenção de doença ou gravidez. Existe muito mais por trás disso tudo. É o seu corpo, a sua índole, o seu coração, é se deixar usar por um capricho de pessoas que não ligam a mínima para você.

— Engraçado, você pode transar com quem quiser.

— Eu não transo com quem eu quero, Alana! Tanto é que, antes do Pedro, eu estava há dois anos sem ninguém. E depois, eu não sou uma garotinha indefesa. Tenho quarenta anos! Já passei por muita coisa na vida. Acho que sei avaliar melhor do que você com quem posso ou não transar.

— Claro, você sempre vai ter razão! Para você eu vou ser sempre criança.

— Minha filha, entenda, eu só não quero que você sofra, que se machuque.

— E como você sabe que eu vou me machucar? — Levantou-se furiosa. — Você não sabe isso nem com relação a você mesma! — E saiu correndo em direção ao quarto.

Em parte, fiquei aliviada por ainda não ter acontecido. Ainda estava em tempo de evitar maiores decepções. Porém, a conversa não fluiu como eu gostaria. Ela estava magoada e arredia. E nesse momento eu não sabia como ajudar, mas achei melhor deixá-la sozinha para pensar um pouco.

Era cedo ainda, então resolvi ligar para Pedro. Ele merecia que eu o mantivesse informado.

— Oi, linda! — Ele atendeu no primeiro toque. — Estava esperando você me ligar. E então, tudo bem?

— Não tão bem quanto eu gostaria, mas não tão ruim como eu imaginava — falei, me recostando à cama, com os olhos fechados.

— Posso passar aí para te ver?

— Não sei se é uma boa ideia, Pedro.

— Tudo bem. — Suspirou descontente. — Se você acha melhor assim.

Não, eu não achava melhor. Eu me sentia sozinha, perdida. Apesar de Guilherme, o pai de Alana, estar sempre presente, esse tipo de situação era eu quem resolvia. Principalmente esse tipo de assunto e, de repente, eu me vi chorando, cansada, exausta pela maratona de acontecimentos dos últimos dias. Um soluço escapou da minha garganta.

— Paola, você está chorando? — A preocupação no seu tom de voz me fez transbordar. — Paola, fale comigo! — Eu não conseguia falar. — Eu vou até aí.

Me dê quinze minutos. Libere minha entrada. — E desligou.

Fui até o banheiro, tentando me recompor um pouco e interfonei, liberando sua entrada. Fiquei na penumbra da sala, repassando a conversa com minha filha. E eu que achava que nossa relação era de total cumplicidade! Sem mentiras, sem segredos. O toque da campainha me tirou dos meus pensamentos.

Abri a porta e lá estava o homem dos meus sonhos, a razão da minha felicidade nas últimas semanas. Ele me abraçou forte assim que me viu e deixei que as lágrimas viessem.

— Oh, minha linda, não fique assim. Eu estou aqui! — Ele me levou até o sofá, me colocando em seu colo. Ficou em silêncio, me embalando até que meu choro cessasse.

— Me diga o que eu posso fazer para te ajudar. Qualquer coisa, meu bem!

— Obrigada, mas não há nada para fazer. Não é nada grave. Acho que fiquei abalada mais pela decepção comigo mesma do que com a revelação dela.

— Você não quer me contar o que aconteceu? Prometo ser discreto. — Olhei para aquele homem ali me segurando. Era muita paixão por ele.

— A nossa médica insinuou que eu ficasse atenta à Alana. — Então contei a ele todo o ocorrido.

— Sinceramente eu não sei o que te dizer. Nunca passei por nada parecido, mas concordo plenamente com você. Também acho que ela está tomando esta decisão pelos motivos errados.

— Só o fato de poder conversar, dividir isso com você, já faz eu me sentir melhor. Obrigada! — Recostei minha cabeça em seu ombro.

— Saiba que, apesar de adorar transar enlouquecidamente com você, estou aqui para mais do que isso.

— Eu sei. E isso só me faz gostar mais ainda de você! — Beijei levemente seus lábios.

— Você parece cansada. Por que não toma um banho? — falou, esfregando suas mãos em minhas costas. — Coloque uma roupa mais confortável e depois deite aqui no meu colo um pouco, o que acha? — Parecia perfeito.

— Tem certeza? — Eu não queria tomar mais do seu tempo.

— Absoluta!

Segui seu conselho e fui para o banheiro.

Pedro

Eu realmente gostaria de ajudar mais, mas não tinha experiência no assunto. Entendia a preocupação da Paola, apesar de achar que ela estava sendo um tanto superprotetora, afinal, os tempos são outros e as mulheres estão mais independentes. Mas e se fosse minha filha? Eu pensaria assim também? Com certeza não. Era bem possível que eu estivesse pondo fogo na casa numa situação dessas.

Alana surgiu de mansinho na sala. Eu não sabia como ela ia reagir à minha presença, por isso precisava ser cauteloso ao falar com ela.

— Oi! — Chegou perto do sofá onde eu estava, mas não veio me dar um beijo como de costume. Seus olhos estavam inchados, revelando que havia chorado bastante.

— Olá, gatinha! Tudo bem? — Levantei e fui até ela, dando-lhe um beijo.

— Minha mãe? — perguntou, olhando ao redor à procura de Paola.

— Ela foi tomar um banho. Eu disse que esperava por ela. — Sentei-me novamente.

— Ela te chamou aqui? — Parecia envergonhada, talvez imaginando que a mãe tivesse me contado o ocorrido.

— Não. Nos falamos ao telefone e achei-a meio chateada, então me convidei para vir — falei calmo, tentando deixá-la à vontade.

— Ela está magoada comigo. — Me surpreendi por se abrir tão rápido. Eu tinha que aproveitar e tentar ajudá-las.

— É normal a gente se magoar com quem ama, Alana. Ela só está preocupada com você.

— Ela te contou?

— Disse apenas ser um assunto íntimo, então faço uma ideia do que se trata. — Não queria que ela se indispusesse mais ainda com Paola, por isso usei uma meia-verdade.

Ela sentou-se em uma poltrona à minha frente, mantendo a cabeça abaixada.

— Se eu te perguntar uma coisa, promete que não conta para a minha mãe? — Me olhou constrangida. Ela estava confiando em mim. Eu precisava saber o que falar e como falar para que se abrisse.

— Se eu julgar que é algo que pode colocar sua segurança em risco, não posso prometer, Alana. Mas gostaria de ajudar, se você permitir, é claro.

— Eu gostaria de ouvir uma opinião masculina. Não adianta eu conversar com o meu pai. Ele vai reagir igual à mamãe. E também não me sinto à vontade. Você é uma pessoa imparcial.

— Talvez não tão imparcial assim, uma vez que estou namorando sua mãe e tenho um carinho muito especial por você, mas posso tentar.

— Tem um garoto famoso entre as meninas no colégio. Ele tem conversado muito comigo... me cantado... ele quer... você sabe... e então eu conversei com nossa médica, para me prevenir de uma gravidez. Claro que a gente ia usar camisinha também, mas a mamãe surtou quando falei isso. Ela acha que eu estou me precipitando. Eu não sou mais uma menininha. Vou fazer dezessete anos, Pedro.

— Acho que a questão aqui não é a idade, Alana. Você é inteligente, culta; sua mãe te educou muito bem. Em minha opinião, o que você precisa avaliar é o motivo de se entregar a esse garoto: se você realmente quer isso porque gosta dele e ele gosta de você, se está preparada para o que acontecer depois. Você tem que pensar que pode não ser tudo o que está esperando. E aí, está pronta para lidar com uma decepção como essa? — Acho que, pela primeira vez na vida, eu estava vendo aquele assunto sob outro aspecto.

— Ele gosta mesmo de você? Ou só quer transar? Contar vantagem para os amigos? Transar só pelo sexo pode ser muito bom, mas isso quando você é mais velho, mais experiente, já conhece mais da vida. Nada se compara a transar com uma pessoa que você gosta realmente, que te trata com carinho e se importa com você. Isso sim é gostoso, é prazeroso. Então, se você gosta mesmo dele e ele te trata como você merece, você não vai ter dúvidas sobre ser a hora certa. E tem mais uma coisa: se ele realmente gostar de você, vai respeitar o seu tempo. — Nem eu me reconhecia falando daquela maneira. Mas eu estava mudado e a razão daquela mudança era minha paixão pela mãe dela.

Ela ficou muda, ouvindo e analisando o que eu tinha falado. Será que fui muito direto? Mas quando a vi se levantar e vir até mim, me abraçar, suspirei aliviado. Afinal, talvez eu tivesse feito algo de bom.

— Obrigada, Pedro! Acho que era o que eu precisava ouvir. E como disse, de uma pessoa de fora. — Abracei-a também.

— Fico contente em ouvir isso. Mas, por favor, não desmereça a preocupação da sua mãe. Tenho certeza de que ela quis lhe dizer exatamente o que eu falei, porém com outras palavras, de uma maneira diferente. Ela está mais magoada pela forma com que tudo se desenrolou do que com o fato de você estar pensando em transar. Pense sobre isso e converse com ela. — Ela assentiu e se afastou, sentando novamente à minha frente.

— Você gosta dela de verdade, não é? — Suas feições estavam mais tranquilas agora. Ela até sorria.

— Muito! Estou apaixonado pela sua mãe! E saiba que isso é uma novidade para mim. — Sorri sincero, me abrindo para uma menina de dezesseis anos.

— Eu disse para ela que você estava apaixonado. Tenho certeza de que ela também está, mas me disse que vocês não disseram isso um ao outro ainda.

— Às vezes, as palavras não são suficientes para expressar o que a gente sente. Os gestos e as atitudes contam muito mais.

— Entendo. Mas sempre é bom ouvir. Você não gostaria de ouvir dela que está perdidamente apaixonada por você? — E quem estava dando lição em quem agora?

Paola entrou na sala, se surpreendendo em ver a filha ali. Ela me olhou como se quisesse perguntar o que havia acontecido e procurei tranquilizá-la com um sorriso.

Alana levantou-se, indo em direção à mãe e abraçando-a. Pude ver a surpresa dela.

— Desculpe, mãezinha! — falou, ainda abraçando-a. Paola, como a mãe excepcional que era, apenas a acolheu, afagando seus cabelos.

— Tudo bem, meu amor. Estou aqui para quando você quiser conversar. — Foi só o que disse. Não criticou, não repreendeu. Apenas lhe deu amor.

— Eu vou deitar. — Veio até mim novamente, me dando um beijo e um abraço. — Obrigada mais uma vez, Pedro. E não se esqueça do que eu te falei, hein? — Piscou para mim com ar conspiratório.

— Boa noite, gatinha! Quando quiser conversar, é só me ligar.

— Boa noite, mãezinha. Durma bem! — E se retirou.

Paola olhava para mim e para ela, perdida na conversa.

— Posso saber o que aconteceu aqui enquanto eu tomava banho? — perguntou, sentando-se ao meu lado. Seu rosto era pura confusão.

— Digamos que tivemos uma conversa esclarecedora. Bastante produtiva, eu diria. — Abracei-a, também me sentindo mais leve.

— E você não vai me contar? — Ela parecia estar se sentindo traída.

Provocante 197

— Eu prometi à Alana que não contaria nada a você, desde que não colocasse sua segurança em risco. Ela está bem e acho que vai pensar melhor a respeito das suas intenções. É só o que posso dizer. — Olhei para aquele rosto perfeito à minha frente. Ela era tão linda! Porém, seu olhar ainda me interrogava.

— É sério isso, Pedro? Você não vai me dizer o que conversaram? — Admirando a mulher em meus braços, lembrei-me do que Alana falou, sobre me declarar para ela. Mas eu não queria fazê-lo ali, queria estar na intimidade, em um clima aconchegante e romântico.

— Já disse que não posso. Eu dei minha palavra — falei sucintamente. — Você confia em mim?

— Claro que confio.

— Então fique tranquila. Ela vai conversar com você. Só dê um tempo a ela.

Seu olhar suavizou e eu queria poder tomá-la ali mesmo. Aproximei meus lábios dos seus, tomando-os em um beijo carinhoso e apaixonado. Meus braços enlaçaram seu corpo, puxando-a para o meu colo. Apenas um beijo era capaz de nos tirar dos eixos, nos fazer arder. Então me lembrei de que iríamos sair no dia seguinte para dançar. Teríamos a noite toda para nós e eu a queria na minha cama.

— Amanhã você dorme comigo — falei, me afastando de seus lábios.

— Como assim, durmo com você?

— Vamos sair, não é? Alana vai dormir onde?

— Na casa de uma amiga. Elas têm um trabalho para terminar, aí já vai ficar por lá.

— Então, é perfeito. Da balada, vamos direto para o meu apartamento. Terei você na minha cama a noite inteira. — Sorri, já imaginando poder acordar na manhã de sábado com ela ao meu lado. — Poderei te comer de várias maneiras, sem pressa. — Deslizei as mãos pelo seu corpo.

— Ah, Pedro, não fale assim — falou, já ofegante. — Eu queria ser comida agora. — Me agarrou em mais um beijo esfomeado. Ah, minha loba perfeita!

— Eu também adoraria te foder agora! Sente só como eu estou. — Levei sua mão até minha ereção. — Estou sempre pronto para você, minha linda.

Não resisti e desabotoei sua camisa. Ela estava sem sutiã, aquela megera provocadora. Não perdi tempo e abocanhei um seio, cerrando os dentes no mamilo já rígido. Mordi, no limite entre a dor e o prazer, como ela gostava.

Então passei para o outro, enquanto esse ganhava um tratamento especial das minhas mãos. Ela se contorcia em meus braços. Seu olhar quente ficou o tempo todo no meu. Eu amava o modo como ela prestava atenção em tudo o que eu fazia. Ela adorava me ver lhe dar prazer e isso me deixava mais excitado ainda. Suas mãos foram até o cós da minha calça, desabotoando-a e se infiltrando na cueca, agarrando meu pau, determinada.

— Caralho, Paola. Se você não parar, eu não respondo por mim. — Minha vontade era terminar aquilo ali mesmo, na sala, no chão, em qualquer lugar. Me olhando safada, continuou, a mão fechada em volta do meu pau, subindo e descendo, esfregando o polegar na cabeça inchada, já molhada pelo pré-gozo. Eu já não me aguentava mais. — Eu te avisei. — Tirei sua mão da carícia deliciosa e levantei-a do meu colo, também ficando em pé.

— Para o seu quarto. Agora! — falei firme, mas sedutor.

Eu não me importava com mais nada. Só queria poder estar dentro dela. Ela sorriu e me puxou pela mão até lá. Mal entramos e já fomos despindo um ao outro, desesperados, como se há muito não nos víssemos. Entre beijos e carícias, ficamos nus e empurrei-a sobre a cama, rapidamente me colocando em cima dela.

— Minha filha está no quarto ao lado. Portanto, contenha-se — murmurou entre um beijo e outro.

— Olha só quem fala. A mulher mais discreta do mundo quando está gozando. — E fui descendo pelo seu corpo.

Seus seios estavam inchados e os mamilos, entumecidos, demonstrando seu grau de excitação. Mordi, lambi, suguei, fazendo-a delirar. Minha mão foi até o meio de suas coxas e gemi ao senti-la tão molhada, pronta para mim. Desliezei meus dedos suavemente, numa carícia lenta e torturante. Ela arqueava os quadris, tentando se aproximar, mas eu mantinha o toque delicado. Desci a boca pelo seu abdômen, beijando, lambendo, mordiscando enquanto minha mão continuava o trabalho. Lentamente, enfiei um dedo, sentindo sua boceta se contrair. Então, tirei e enfiei dois dedos. Eu fazia o movimento de vai e vem, sentindo toda a sua musculatura trabalhar em volta deles. Meu polegar foi até o clitóris, já extremamente inchado.

Voltei à sua boca, beijando-a, invadindo-a com a língua, procurando fazer o mesmo movimento que realizava com meus dedos. Ela estava quase lá, era visível seu esforço para segurar o gozo e os gemidos. Eu também já não aguentava mais, então, afastei mais suas pernas e penetrei aquele lugar tão quente, tão molhado, tão macio. Por mais que eu adorasse fodê-la duro, forte,

Provocante 199

naquele momento, eu só queria ser gentil. Então o fiz. Entrando e saindo, lento, calmo, saboreando o momento, prestando atenção em cada reação do seu corpo, em cada expressão do seu rosto.

— Pedro... por favor... mais forte... — Ela queria mais pressão para chegar lá. Então, voltei minha mão até aquele ponto e, em poucos segundos, ela atingiu o orgasmo. No entanto, contive o meu porque queria observar o seu momento, a sua entrega. Completa, sem reservas. Era linda. Era perfeita. E só quando senti que ela voltava do seu nirvana, me soltei, me entregando ao meu orgasmo. Isso não era apenas um prazer físico.

Ficamos abraçados por um tempo, deixando nossos corpos se recuperarem.

— Não acredito que eu sucumbi a você, aqui, no meu apartamento, na minha cama — falou, se aconchegando mais em meus braços.

— Foi você quem começou. Eu te avisei que não conseguiria parar. — Acariciei seus cabelos, beijando-lhe a testa.

— Eu sei, foi mais forte do que eu. Não consigo me controlar com você. — Sorriu relaxada.

— Eu entendo. Comigo é assim também. Mas acho que agora preciso ir. Não seria nada interessante sua filha nos pegar aqui desse jeito. — Virei seu rosto para mim, olhando em seus olhos. — Amanhã teremos a noite inteira para nós. E sábado. E domingo. — Enquanto eu falava, distribuía beijos pela sua face.

— Obrigada mais uma vez. Por ter vindo me consolar, por ter conversado com a minha filha, apesar de eu não saber o quê — falou manso, me acompanhando até a porta, tentando fazer com que eu dissesse algo sobre a conversa.

— Não adianta fazer essa carinha. Eu não vou falar. E já disse para ficar tranquila. — Abracei-a. — Boa noite, minha loba safada.

— Boa noite, garanhão! Sonhe comigo. — Me abraçou apertado e me deixou ir.

Capítulo 17 - Bebidas, sexo e uma limousine

Paola

Acordei com a saudação do meu namorado. Ele não deixava de me dar bom dia em grande estilo, com uma mensagem de voz.

> *"Bom dia, minha namorada insaciável! Bom dia, minha bruxa, minha loba, minha deusa! Ansioso por essa noite! Bjs!"*

Se havia alguma outra forma de ser feliz, eu desconhecia.

> *"Namorada insaciável. Bruxa, loba, deusa. Afinal, decida-se. O que eu sou? Bjs!"*

Eu adorava os adjetivos que ele usava comigo. Eu realmente me sentia especial. Única, como ele mesmo já havia dito.

> *"Já disse que você é tudo isso. Insaciável, acho que não preciso explicar. Bruxa, porque faz coisas que me deixam enfeitiçado por você. Loba, porque é bem-resolvida e quente como o inferno. E deusa, porque você está acima de tudo e de todos na minha vida!"*

Acho que eu entrei em um dos meus romances e estou vivendo lá! Que homem era aquele? Quem quer flores e bombons tendo palavras como aquelas? Senti meus olhos marejarem.

> *"Tem certeza de que você é real? Ou eu ainda estou dormindo e você é só um sonho? Quer me fazer chorar logo cedo? Preciso estar especialmente bonita hoje, pois tenho um encontro marcado com um advogado sexy pra cacete. Vou dançar, beber e depois dormir em sua cama a noite inteira! O que mais uma coroa poder querer na vida?"*

Eu realmente precisei segurar as lágrimas.

> *"Se eu fosse você, não teria tanta certeza de dormir a noite inteira. Esse seu advogado pode ter outros planos. Agora vá trabalhar, antes que eu sequestre uma certa coroa! Bjs!"*

E meu dia estava apenas começando.

Levantei, tomei banho e me arrumei para ir trabalhar. Não deixei de me sentir culpada por ter matado a academia a semana inteira. Se bem que eu estava praticando outro tipo de atividade física, muito mais prazerosa, diga-se de passagem.

Apesar da tensão da noite anterior, hoje eu me sentia mais fortalecida, segura, amparada. Principalmente depois de ouvir aquelas mensagens. Alana também estava mais descontraída, mas não falou mais nada a respeito da nossa conversa. Resolvi lhe dar um voto de confiança e deixar que falasse no seu tempo. Sem contar que Pedro conseguiu me tranquilizar bastante. Fiquei surpresa com sua atitude. Não conseguia vê-lo dando conselhos a uma menina de dezesseis anos, principalmente em relação a sexo, mas, pelo jeito, me enganei.

Deixei Alana no colégio e fui para o escritório. Pensei que seria a primeira a chegar, mas me surpreendi por ver que Edu já estava lá. Fui até sua sala para cumprimentá-lo e quase caí de costas ao abrir a porta e vê-lo parado, em pé atrás de sua mesa, impecavelmente vestido em um terno preto. O que deu nesses homens de serem tão lindos, gostosos e irresistíveis, assim de repente?

— Bom dia! — falei, admirando-o. — Uau! Vestido para matar? — Eu tinha que admitir que ele estava gostoso pra caralho.

— Bom dia! Gostou? — disse, se aproximando mais de mim. Seu olhar era predador. Eu precisava tomar cuidado, pois Edu era muito sedutor.

— Maravilhoso! Quem é a sortuda? — perguntei brincando.

— Infelizmente ela está comprometida. Pelo menos, neste momento. Mas nunca se sabe, né? — Se aproximou mais, me dando um beijo no rosto.

Ele estava insinuando que a tal sortuda poderia ser eu? Sério? Depois de todos esses anos, quando eu finalmente encontro o homem dos meus sonhos, ele vem jogar charme para cima de mim? Mas o que acontece com essa raça, afinal de contas? A gente só é vista quando está comprometida? Confesso que fiquei sem saber o que falar.

— Tenho uma reunião com um cliente em potencial. É uma empresa relativamente grande; pode nos trazer um bom lucro. Achei que você talvez quisesse participar.

— Ah, Edu, mas eu não estou em traje de gala para essa reunião. Não ficaria à sua altura — falei, indicando sua roupa. — E tenho bastante coisa para resolver hoje.

— Você sempre está perfeita, Paola; à altura de qualquer pessoa. E não vai tomar muito do seu tempo aqui no escritório, já que conversaremos durante o almoço. Vamos, será ótimo ter a sua opinião. Tenho certeza de que a sua presença contará pontos a nosso favor.

— Tudo bem. Se você me garante que esse almoço não vai se estender demais... — concordei.

— Fique tranquila. Não vai atrapalhar seu dia. — Impressão minha ou ele gostou mais daquilo do que deveria?

— Muito bem, agora deixe-me trabalhar. — Saí em direção à minha sala.

A manhã passou voando e, ao meio-dia, saímos para o tal almoço. Fomos no carro do Edu. O restaurante ficava próximo dali. Chegamos e nos instalamos em uma mesa que já estava reservada.

— Quer tomar um vinho? — perguntou assim que o garçom nos deixou o cardápio.

— Não, Edu, só uma água, já que estamos aqui a trabalho. — Sorri, observando o ambiente.

Nada de tão requintado, mas adequado a uma reunião de negócios. Já estava quase com lotação máxima. E, para minha infelicidade, quando olho para a porta de entrada, avisto a biscate entrando. Sim, Silvia, com todo o seu charme e glamour de advogada, chegando acompanhada de um casal.

Bem que eu gostaria de fazer de conta que não a vi, mas, como estava de frente para a porta, foi inevitável. Ela também me avistou assim que entrou e, após dirigir-se aos seus acompanhantes para falar algo, veio até nossa mesa. Eu já previa uma indigestão.

— Paola! Que prazer em revê-la. — Quanta falsidade estampada naquele sorriso.

Pelo menos não teve a cara de pau de se aproximar para me dar beijinhos. Percebi seu olhar de admiração para Edu. Sim, ele era um homem que chamava a atenção, porém, eu não sabia a sua intenção naquela análise. Se pelo homem em si ou pelo fato de me acompanhar.

— Como vai, Silvia? — Tentei, eu disse, tentei ser simpática. Ela olhava de mim para Edu e entendi que eu precisava fazer as apresentações.

— Eduardo, meu sócio. Esta é Silvia, advogada no escritório do Pedro. —

Edu, como o cavalheiro que era, levantou-se para cumprimentá-la.

— Prazer em conhecê-la, Silvia. Junta-se a nós? — Pensei em dar-lhe um cutucão por baixo da mesa. Até parece que eu iria confraternizar com aquela mulher.

— O prazer é todo meu, Eduardo. Obrigada pelo convite, mas estou acompanhada. Fica para uma próxima vez. — Se desmanchou em sorrisos para ele. — Vejo que você está rodeada de belos homens, Paola. — Observou detalhadamente o meu sócio. E ali eu já sabia que ela iria alimentar a imaginação de Pedro na primeira oportunidade que tivesse, tentando tirar vantagem.

— Verdade, Silvia, é uma das coisas que não preciso fazer força, sabe? Para estar sempre bem acompanhada. — Eu não iria entrar no jogo dela. Me olhou com um misto de inveja e raiva.

— Bem, se me dão licença, preciso voltar à minha mesa. E novamente, foi um imenso prazer conhecê-lo, Eduardo. Por que você não nos faz uma visita? Peça para Paola te levar para tomar um café comigo uma hora dessas.

— Irei com certeza, Silvia. — Sorriu educado.

— Até mais, Paola!

— Até, Silvia! — Vaca mesmo. Ai que ódio dessa mulher.

— Então, Pedro tem tudo isso trabalhando com ele? — Ele só podia estar brincando comigo. Tudo isso? Tudo bem que ela era uma mulher bonita, mas daí a insinuar...

— Me poupe, Edu! Tudo o que eu não precisava era encontrar essa mulher aqui. Oferecida!

— O que há entre vocês duas? Eu senti um clima meio tenso aqui. — Esperei o garçom servir nossas bebidas.

— Ela é irmã do Rodrigo, o outro advogado, sócio do Pedro. São amigos de infância e ela é apaixonada por ele. Não preciso dizer mais nada, né? Ela me odeia e o sentimento é recíproco — falei, bebendo um gole da minha água. — E pelo pouco que conheço dela, tenho certeza de que vai contar a sua versão desse almoço.

— Como assim a sua versão? O que tem demais você almoçar comigo? Ou por acaso o Pedro me vê como concorrente? — falou baixo, olhando-me com um meio-sorriso. Será que eu deveria falar a respeito do ciúme do meu namorado em relação a ele?

— Pedro sabe que tivemos um relacionamento, Edu — expliquei, lembrando da nossa época.

— Entendi. Então, ele se sente inseguro. Será que ele não se garante? — Claro que aquela informação fez muito bem ao ego dele.

— Ele não tem por que se sentir inseguro. Você, mais do que ninguém, sabe que, quando estou em um relacionamento, sou totalmente fiel. — Além de defender minha índole, aproveitei para fazê-lo lembrar do seu modo de agir quando estávamos juntos.

Foi em boa hora que nossos prováveis futuros clientes chegaram. Pelo menos, por enquanto, o assunto estava encerrado.

Após aquele episódio, o almoço foi bastante prazeroso. Os dois sócios, jovens e muito bonitos, eram extremamente simpáticos e deixaram o clima bem descontraído. Ouvimos suas queixas em relação ao atual escritório que lhes dava assessoria, bem como suas atuais necessidades. Expusemos nosso ponto de vista e nos comprometemos a lhes enviar uma proposta no início da semana seguinte.

Enquanto pediam um café para encerrar, pedi licença para ir ao toalete. Ajeitei meu cabelo e, enquanto retocava o batom, a dita cuja da biscate entrou. Que merda! Será que eu poderia afogá-la no vaso sanitário?

— Muito bem acompanhada você está hoje, hein, Paola? — Retirou da bolsa um batom, fazendo o mesmo processo que eu. Fiquei imaginando se ela me seguiu até ali.

— Negócios, Silvia. — Eu precisava ficar de antena ligada com essa mulher.

— Claro. São clientes para os quais você presta seus serviços? — Ela queria me provocar, então? De novo?

— Estamos em negociação ainda, sabe, Silvia? Na verdade, eles expuseram suas condições. Agora cabe a mim decidir se prestarei os serviços solicitados e qual será o preço. — Entrei no seu jogo. Vi através do espelho seu olhar de indignação e surpresa.

— Seu sócio participa desses serviços? — Ela não ia desistir.

— Normalmente sim. — Decidi encerrar a conversa. Guardei meu batom e me virei para sair, mas não sem antes dar uma última cartada. — Aliás, devo te dizer que meu sócio já foi meu cliente. — Tive que me segurar para não gargalhar na sua cara, tamanho era seu espanto.

— Pedro sabe disso?

— Pedro sabe tudo sobre a minha vida. Não tenho segredos para ele. — Mas, antes que eu saísse, ela precisava dar uma ferroada.

— E será que você também sabe tudo sobre a vida dele? Será que ele não guarda nenhum segredo de você? — Óbvio que ela tocou num assunto delicado, uma vez que eu pouco conhecia realmente da vida dele. Porém, não demonstrei ter me abalado. Simplesmente lancei-lhe um olhar frio e me retirei.

Voltamos ao escritório, trocando ideias a respeito da reunião. Sim, foi bastante produtiva. Edu estava bem satisfeito. Eu tentava não deixar transparecer, mas meus pensamentos não estavam ali, mas em Pedro e no que a biscate havia falado. Ela queria me desestabilizar, mas eu confiava no meu namorado. Ele até então não havia me dado motivos para dúvidas.

Não me surpreendi quando meu celular tocou, indicando que era ele. Eu já aguardava sua ligação, só achei que seria mais cedo.

— Olá, garanhão! — Sorri, apesar da minha raiva pelo encontro indesejado no restaurante.

— Oi, minha linda. — Senti que sua voz estava receosa. Eu já esperava por aquilo. — Como foi seu almoço?

— Ótimo! Bastante produtivo, já que praticamente fechamos um novo contrato. — Eu não ia me sentir culpada por algo que eu não tinha feito.

— Fechamos?

— Sim. Eu e Edu almoçamos com os dois sócios dessa nova empresa. Mas isso você já sabe, né, Pedro? Com quem eu almocei. — Claro que ela já havia passado o relatório para ele. Na sua visão dos fatos, óbvio. Seu silêncio só confirmou minha suspeita. — Mulherzinha previsível essa sua amiga, hein!

— Paola, não entenda mal...

— Não, Pedro! Por favor, não venha defendê-la. Eu vi bem o modo como olhou para o Edu e depois, quando os sócios chegaram. E principalmente as insinuações que fez no banheiro, como as que fez no dia em que nos conhecemos. Com todo respeito, se é que ela merece, é a típica atitude de uma mulher mal comida. Eu sabia que ela ia te envenenar. Até comentei isso com o Edu. E não bastasse isso, tentou me envenenar contra você também, fazendo insinuações a seu respeito.

— Calma, Paola, respire. — Quando eu ficava com raiva, tinha o costume de desatar a falar, mal respirando. — Que tipo de insinuações ela fez a meu respeito?

— De que você mantinha segredos de mim. Sei que ela fez de propósito e não me deixei influenciar. Portanto, peço que não se deixe levar pelas insinuações dela. Conheço o tipo. Ela não vai desistir de você tão cedo. É bem capaz de tramar alguma coisa para nos separar.

— Paola, esqueça a Silvia. Não vale a pena.

— Quem tem que esquecer é você, Pedro. Afinal, não ligou para confirmar o que ela te disse?

— Eu liguei porque estava com saudade. Claro que percebi a intenção dela ao me contar que te viu no restaurante com três homens muito bonitos, como ela mesma disse. Não vou mentir, fiquei com ciúme sim, mas não fiz nenhuma cena, não é mesmo? Nem te ofendi. Acho que tenho esse direito, ao imaginar minha linda namorada rodeada de homens bem-sucedidos e sexy, segundo ela.
— Ele estava sendo cauteloso. Adorei a forma como confessou seu ciúme.

— Bem, nisso eu devo concordar com ela. Eram homens muito sexy mesmo. E três de uma vez só — brinquei, provocando-o para descontrair.

— Não faça isso, Paola. Não me provoque desse jeito. Você não imagina do que sou capaz. — Sua voz agora era visivelmente feroz.

— Que tal você me mostrar do que é capaz hoje à noite? — provoquei mais um pouco. Eu adorava vê-lo sair do prumo.

— Pode ter certeza de que mostrarei. Resta saber se você vai gostar. — Será que ele estava me prometendo sexo selvagem?

— Tome cuidado com o que você promete, Pedro.

— E você com o que deseja, Paola.

Cacete! Aquela promessa, naquela voz sexy, já tinha me incendiado. Ficamos os dois em silêncio, recuperando a consciência depois daquelas palavras.

— Te vejo às dez? — perguntei.

— Conte com isso. Até lá, minha loba! — E desligou.

Pedro

Desliguei o telefone, sorrindo com as promessas não ditas entre nós dois. Paola conseguia me desestabilizar. Eu sabia que ela perceberia o motivo da minha ligação, mas eu não podia evitar o ciúme. Por mais que confiasse nela, saber que estava entre homens, sendo um deles seu sócio e ex-namorado, me deixava inseguro. Pela primeira vez na vida, eu sentia aquilo. E não gostava nada da sensação.

Claro que Silvia me contou de propósito que a tinha visto muito bem acompanhada por três homens, todos muito charmosos. Tentei não dar crédito e importância ao que ela falou. Ultimamente, estava se mostrando bastante suspeita e eu preferia ficar com um pé atrás.

Paola

Maitê foi para minha casa no início da noite, pois combinamos de nos arrumarmos juntas.

— Sério que você vai com esse vestido, Paola? — me perguntou enquanto se maquiava. — Do jeito que você fala do Pedro, ele não vai gostar. Isso é praticamente um pedaço de pano enrolado no corpo.

Admito que exagerei no comprimento do vestido: muito curto, justo e com um decote profundo nas costas. A cor, cinza chumbo, o tornava discreto, apesar de ter algum brilho. Estava próprio para a ocasião, já que íamos dançar. Era um ambiente bem descontraído, cheio de gente jovem e bonita e eu queria estar de acordo. Sabia que Pedro ia invocar, mas a intenção era essa mesma: provocá-lo ao máximo.

— Olha quem está falando. Eu pelo menos vou sair com meu namorado. Já umas e outras vão piriguetar com um homem parcialmente comprometido. E nem pode falar muito da minha roupa. — Maitê também usava um vestido, não tão curto quanto o meu, mas bastante ousado. Tinha um decote generoso, num tecido muito leve e esvoaçante, que, conforme ela se mexia, revelava muito de suas belas pernas.

— Ah, minha querida, você sabe que, ao contrário de você, eu não tenho nada contra transar no primeiro encontro. Se o cara valer a pena, aproveito. E ele é do tipo que vale muito a pena. — Caímos na gargalhada, terminando de nos arrumar.

Logo ouvimos a campainha. Eu estava ansiosa por ver meu lindo advogado. Abri a porta, me deparando com dois belos espécimes masculinos. Era uma dupla e tanto. Precisava segurar minha amiga, antes que ela quisesse os dois para ela.

— Olá, rapazes! — Rodrigo entrou na frente, me estendendo um buquê de flores. Lindas, coloridas e alegres.

— Boa noite, Paola! — Me beijou no rosto, simpático e sedutor, como sempre.

— Obrigada, Rodrigo! Sempre um cavalheiro. São lindas! Por favor, entre e fique à vontade.

E então meu namorado, meu lindo, meu garanhão. Estava todo vestido de preto. Meu Deus, como ele estava gostoso! Ficou parado, me admirando da cabeça aos pés, fazendo eu me sentir única. Seu olhar passeou esfomeado por todo meu corpo, parando nas pernas à mostra.

— Você deve sentir um prazer imenso em me provocar, não é mesmo, Paola? — Entrou, fechando a porta, ainda sem tocar em mim.

— Eu? Te provocar? Não sou disso! — Sorri sedutora para ele. Até que ele se aproximou, segurando minha cintura e me beijando suavemente. Eu queria mais daquele beijo, mas não estávamos sozinhos.

— Bebem o que, rapazes? Sente-se, Rodrigo. Maitê já vem — falei, puxando Pedro pela mão em direção ao sofá.

— Posso abrir um vinho? — Me soltou, indo direto para a adega.

— Para mim está ótimo — falou Rodrigo, sentando-se. Conversamos até que minha amiga apareceu.

— Rodrigo Meyer, advogado e sócio do Pedro. Maitê, minha grande amiga e uma arquiteta muito conceituada. Seus projetos são maravilhosos. — Indiquei, fazendo as apresentações.

Os dois cumprimentaram-se com um beijo no rosto e foi visível a admiração entre eles. Pedro me olhou, sorrindo e também percebendo a atração. Eu podia ficar tranquila com relação ao final da noite. Minha amiga não ficaria na mão.

Ficamos mais um pouco por ali, bebendo e conversando. Até que decidiram que já era hora de irmos. Descemos e não acreditei no que vi parado em frente ao prédio. Olhei primeiro para minha amiga, que também estava de boca aberta, depois para Pedro e Rodrigo, que sorriam abertamente.

— Vocês estão de brincadeira? — perguntei aos dois, olhando para a limousine à nossa espera.

— Nada de brincadeira. Apenas queremos proporcionar a duas belas mulheres uma noite inesquecível. — Rodrigo segurou na mão de Maitê. Pronto, perdi minha amiga.

— Vamos? — Pedro me pegou pela cintura, me levando em direção ao carro. Antes que entrássemos, sussurrou no meu ouvido: — Comporte-se com esse vestido. Você vai sentar de frente para o Rodrigo.

Apenas sorri, entrando naquela imensidão. Eu nunca havia entrado em uma limousine. Era um espetáculo! Rodrigo abriu um compartimento, retirando taças e uma garrafa de champanhe. Parecia um sonho. Eu e Maitê éramos somente sorrisos.

O trajeto todo foi maravilhoso. Um papo descontraído entre nós quatro, música boa, bebida deliciosa. Percebi os olhares de Rodrigo para minha amiga. Com certeza ela ia se dar bem. Maitê era uma mulher muito moderna, cosmopolita, viajada. Como ela mesma disse, não havia pudores quando se tratava de ser feliz. Aos trinta e seis anos, era também uma mulher bem-resolvida, bem-sucedida e independente. Eu a admirava demais. Devo confessar que os dois combinavam muito. Eu já via faísca saindo.

Chegamos e o local já estava bem cheio para o horário. Fiquei sabendo que era o lugar da moda no momento. Era bastante requintado, com decoração de extremo bom gosto, música boa e num tom agradável. Fomos direcionados a um camarote, no piso superior. De lá, era possível avistar toda a pista de dança.

Enquanto nos sentávamos, Pedro falou com um garçom, que imediatamente trouxe para a mesa um balde com duas garrafas de champanhe. Permanecemos um tempo no local, bebendo e jogando conversa fora. Eu me sentia flutuar, afinal, já tinha bebido na limousine. Pedro mantinha suas mãos o tempo todo em mim. Se não estavam em volta dos meus ombros, estavam em minhas pernas. E ali ele fazia carícias leves, subindo e descendo, se aventurando de vez em quando pelo interior das minhas coxas. Eu estava embriagada. Pela bebida e por ele.

Acabamos indo todos para a pista de dança e nos esbaldamos! Maitê se insinuava cada vez mais para Rodrigo e ele não se fazia de rogado. Pedro não tirava suas mãos do meu corpo, segurava meus quadris, puxando-o para cada vez mais perto do seu, independente do ritmo que estivesse tocando.

E a música que começou em seguida era perfeita para minha situação com Pedro.

"Shakira - She Wolf"

There's a she wolf in disguise
Coming out

Dancei da forma mais provocativa possível, cantando e me insinuando na frente dele. Mesmo na escuridão do ambiente, eu podia ver seu olhar de puro desejo. Fiquei de costas, encostando meu quadril no seu, rebolando ao som da música. Suas mãos apertaram minha cintura, colando ainda mais meu corpo no seu. Ele mordia meu pescoço e esfregava sua ereção em minha bunda; era quase um sexo explícito o que fazíamos ali.

— Quero comer essa loba a noite inteira! — ele sussurrava em meu ouvido. — Vou te fazer gemer, uivar e você vai implorar para que eu pare. Mas eu não vou parar. Está preparada para eu te foder até perder os sentidos? — Caralho, que tesão era aquele? Eu era capaz de trepar com ele ali mesmo. Virei de frente, encarando seu olhar de luxúria.

— Vamos embora daqui. — Abracei seu pescoço, colando minha boca na sua.

— Ainda não. Você não queria me provocar? Conseguiu. Agora aguente as consequências! — Me beijou com paixão, com tesão e desespero. Outra música começou e ele me puxou para voltarmos ao camarote. Ele ia me fazer arder, me castigar.

Tínhamos pedido alguns petiscos para equilibrar com a bebida, mas para mim já era tarde. A conversa começou a esquentar, ficar mais erótica. Rodrigo e Maitê já trocavam beijos e algumas carícias mais ousadas. Eu não me incomodava, mas percebi que Pedro não estava muito à vontade. Cheguei mais perto dele, quase em seu colo.

— Você já está bêbada, não é? — perguntou, mordiscando minha orelha.

— Estou alegre! — Mentira.

— Conheço bem essa sua alegria. Daqui a pouco vai falar em compartilhar novamente.

— Não fale isso perto da Maitê. Ela é adepta dessa fantasia. E depois, dois homens como você e Rodrigo? Uau! Não é má ideia. — Pisquei para ele, mas acho que ele não gostou.

— Você não pode estar falando sério. Realmente está bêbada, Paola!

— Já disse que não. Estou só muito desinibida.

— Desinibida o suficiente para fazer uma besteira? — A essa altura, Maitê e Rodrigo já prestavam atenção ao nosso papo.

Então tive uma ideia que o deixaria muito puto. Fiquei em pé, ao seu lado, de frente para nossos amigos. Com todo o cuidado para não revelar o que não

Provocante 211

devia, se bem que eu não tinha como ter certeza disso, segurei a barra do meu vestido com uma mão, enfiando a outra por baixo, descendo uma lateral da minha calcinha.

— O que você está fazendo, Paola? — Tentou me segurar, mas afastei sua mão.

— Te provando quão desinibida estou. — Continuei até que consegui descer a minúscula calcinha que usava, ali na frente dos três. Sentei-me, puxando-a pelos pés e entregando-a a ele, que me olhava estupefato.

— Não acredito que você fez isso! Você é louca? Isso só prova o quanto eu tenho razão — falou, me puxando para sentar, puxando meu vestido para baixo.

— Se você pensa assim, lembre-se que de bêbado não tem dono. — Meu olhar pedia, implorava para ele me levar dali.

— Eu conto com isso essa noite, meu bem! — Ficamos nos encarando, nos desafiando, provocando, como tanto gostávamos de fazer. Até que ele cedeu.

— Não sei vocês, mas eu preciso tirar essa mulher daqui, antes que um de nós dois pegue fogo.

— Também vamos. — Rodrigo olhou para Maitê como quem devora uma refeição.

Eles pediram a conta e saímos em direção à limousine, que nos aguardava. Mal entramos e nossos amigos se agarraram em um canto. Maitê sentou-se no colo de Rodrigo. Enquanto a beijava, suas mãos foram por baixo do vestido, agarrando sua bunda, puxando-a para mais perto, fazendo-a rebolar em seu colo. Eu e Pedro assistíamos a cena para lá de excitante. Nunca havia participado de nada parecido. Já tinha lido muito sobre aquilo, pessoas que gostavam de exibicionismo. Eu, superexcitada, fiquei ainda mais vendo a cena. Pedro parecia fazer um grande esforço para se controlar e não me agarrar ali mesmo, mas eu ia mudar essa situação.

Saí do seu lado no banco, me colocando em seu colo. Ele imediatamente puxou meu vestido para baixo.

— Paola, você está sem calcinha. Controle-se!

— Não consigo, Pedro. Você faz ideia de como eu estou? Sinta! — Puxei sua mão para o meio das minhas pernas, fazendo seus dedos deslizarem pela minha umidade.

— Caralho! Você é louca! — Me beijou, mantendo seus dedos lá embaixo, brincando.

Havia pouquíssima luz no interior do veículo, portanto não era possível ver detalhes do corpo de ninguém. Aquilo deixava o clima mais sexy ainda. Virei meu rosto para trás, vendo que Rodrigo havia baixado o vestido de Maitê, acariciando seus seios com as mãos, com a boca. Ela se contorcia em cima dele.

Voltei meu olhar para Pedro, que também os observava.

— Olha só para eles! Você não se excita vendo? — Me esfreguei mais em seus dedos.

— Você me excita! Vê-la assim, quente, ardendo de desejo, isso sim me excita. Você me deixa louco! — Abocanhou um dos meus seios por cima do vestido.

Rodrigo e Maitê nos observavam, sem, entretanto parar o que faziam. Eu me sentia em um cenário de filme pornô. Não sei se era efeito da bebida, da excitação, ou tudo junto, mas eu não me importava. Queria apenas aproveitar o momento. Agarrei a nuca de Pedro, fixando meu olhar no seu. E para provocá-lo só mais um pouquinho, insisti:

— Tem certeza de que não pensa em compartilhar?

— Você? Nunca! Posso até concordar com essa exibição, se isso te excita, mas para por aqui. — Seu olhar lascivo e feroz me queimava. Ele sabia que eu estava quase lá. — Então, se você quer assim... Goza para mim, aqui, agora! — Eu tinha esquecido completamente onde estava.

Já não me importava se havia mais alguém ali, observando ou não. Só me interessava seu olhar me devorando, sua boca me tomando. Sua outra mão baixou meu vestido, expondo meus seios. Enquanto ele me masturbava, sua boca degustava-os. Eu gozei em sua mão, enquanto ele me beijava, engolindo meus gemidos. Foi surreal, animal...

— Me come! — Eu precisava senti-lo dentro de mim.

— Por mais que eu queira isso, não vou fazê-lo aqui porque não vou me contentar com uma rapidinha. O que eu tenho em mente para você exige tempo. — Depositou mais um beijo em meus lábios e me colocou ao seu lado, me abraçando.

E não demorou muito, a limousine já estacionava em frente ao seu prédio. Nos despedimos de nossos amigos de longe, visto que eles não se desgrudavam. Entramos e pegamos o elevador. Direto para a cobertura. Hummm... Elevador me lembrava Christian Grey! Será que ele iria me atacar ali também? Abracei-o, me insinuando. Meu Deus, eu estava me comportando como uma devassa.

— Eu bem que gostaria de te pegar aqui, linda, mas temos câmeras. E por mais que você não ligue, eu não vou gostar que a vizinhança tenha acesso a vídeos da minha namorada gozando loucamente.

— Uau! Você vai me fazer gozar loucamente? — Eu não sabia mais o que falava, tal era o grau de embriaguez que me assolava.

— Pode ter certeza de que sim. De qualquer forma, depois você me diz se consegui cumprir meu objetivo.

Saímos do elevador e, enquanto ele abria a porta, fiquei admirando-o. Eu devia estar sendo abençoada por todas as coisas boas que já tinha feito na minha vida ou pelas coisas erradas que não me dispus a fazer. Se me dissessem que um dia eu teria o prazer da companhia de um homem como ele, acho que eu cuspiria na cara dessa pessoa.

Entramos e ele acendeu algumas luzes indiretas, que davam um ar sofisticado e acolhedor ao ambiente. Era um apartamento magnífico. Como ele. Grande e parecia muito bem decorado. Sim, digo que parecia porque eu não estava muito sóbria para fazer esse tipo de análise.

Ele me puxou para outra sala, anexa à cozinha. Uma bancada separava os dois ambientes. Eu estava muda e ele só me observava.

— Tudo bem? — perguntou, acariciando meu rosto, segurando minhas mãos. — Ou você está tão bêbada que terei que adiar meus planos?

— Estou bem sim. Talvez um pouco tonta, mas não a ponto de recusar qualquer coisa que você tenha em mente. — Só o olhar dele já me deixava pronta.

— Muito bom saber disso. Como disse antes, você nunca me decepciona.

Me virou de costas para ele. Então afastou meus cabelos para o lado, inclinando meu pescoço, distribuindo beijos e lambidas. Aquela fungada no cangote, como a gente costuma dizer, bambeou minhas pernas e tive que segurar na beira da bancada. Ele encostou sua ereção na minha bunda, descendo as mãos até meu quadril. O roçar do seu quadril no meu fazia com que o vestido levantasse, expondo parte da minha bunda.

— Quero ver você rebolar para mim, como estava fazendo lá na frente de todos. Mas agora preciso que fique aqui, bem quietinha, enquanto vou até o quarto. E nem pense em tirar esse vestido.

Eu não tinha forças para nada. Nem responder, o que dirá me mexer. Ele saiu, me deixando sozinha.

Ouvi uma música num volume relativamente alto. Ah, Deus, aquela música me arrepiava. Eu a achava sexy ao extremo. Virei-me e senti o tremor percorrer meu corpo, como se eu tivesse levado um choque. Ele vinha em minha direção, totalmente nu, completamente ereto, os cabelos bagunçados e um olhar insano. Trazia uma caixa nas mãos e um meio-sorriso cínico nos lábios. E a combinação dele, com aquela música, a pouca luz que ali havia e o fato de não saber o que havia dentro da caixa, me deixou apreensiva e mais excitada ainda. O que ele pretendia?

Parou à minha frente, deixando a caixa em uma banqueta ao lado, o tempo todo com o olhar fixo no meu.

— Então, preparada para ver do que eu sou capaz?

Um arrepio percorreu todo o meu corpo. O que ele ia fazer comigo?

PaolaScott

Capítulo 18 - Fantasias

Paola

Um arrepio percorreu todo o meu corpo. O que ele ia fazer comigo? Ah, Deus, aquela música...

"The XX – Intro"

Apenas acenei com a cabeça, pois minha excitação e apreensão me impediam de falar. Ele tocou meu rosto, seus olhos fixos nos meus, escuros de desejo e algo mais. Ele parecia diferente, mais concentrado e atento.

— Somos dois adultos, entre quatro paredes, e só vamos fazer aquilo que você concordar. — Meu coração estava disparado. — Tudo bem? — Novamente concordei com um aceno.

Fiquei pregada no chão, enquanto ele ia até a geladeira e retirava uma garrafa de champanhe. Voltou até mim e fez todo o processo de abertura da bebida ali, sem desviar os olhos dos meus. A rolha espocou, fazendo a espuma subir e ele rapidamente inclinou o gargalo na minha boca, porém muito mais derramando pelo meu rosto e pescoço do que descendo pela minha garganta. Largou-a de lado.

— Vire-se! — Sua voz era de comando.

Obedeci, ficando de costas para ele. Novamente afastou meu cabelo, beijou minha nuca e sussurrou no meu ouvido.

— Acho que não vamos precisar mais disso. — Colocando as mãos no decote em minhas costas, rasgou o vestido com um só puxão. Meu corpo todo estremeceu com a ferocidade do gesto e do seu tom de voz.

Alcançou novamente a garrafa, inclinando minha cabeça para trás, para que pudesse despejar mais líquido em minha boca. Derramou de propósito por todo o meu corpo. Eu estava arrepiada pela temperatura da bebida, pelas bolhas que estouravam em contato com minha pele e por seus lábios que degustavam o líquido em mim. Ele lambia lentamente, me incendiando, enquanto apalpava meus seios e esfregava sua ereção em minha bunda.

— Você me provocou o dia todo, falando a respeito dos homens com quem almoçou. Depois, se insinuando enquanto dançava e dizendo que eu e Rodrigo seríamos uma bela dupla. Não bastasse tudo isso, ainda ficou praticamente nua em público e se exibiu na frente dos nossos amigos. — Sua mão desceu até o meio das minhas pernas, tocando minha umidade. — Olha só como você está molhada, prontinha para mim. — Enfiou o dedo médio em minha boceta, me fazendo arquear o corpo em direção à sua mão. — É isso que você quer, né? Me fazer perder a cabeça? Para que eu te castigue?

— Pedro... Ahhh...

— Talvez eu possa dar algo parecido com o que você tanto deseja. — Me virou de frente para ele, tomando minha boca na sua.

O beijo era selvagem, sua língua invadindo e brigando com a minha. Mordeu meus lábios, me fazendo sentir gosto de sangue. Ele parecia possuído.

Segurou meus pulsos em frente ao meu corpo e percebi algo roçando e apertando. Senti um puxão e ele largou meus lábios. Olhei para baixo e vi que ele tinha amarrado-os com um lenço que provavelmente estava na caixa.

— Quero você quietinha agora. — Sentou-me na beira da bancada e fez minhas mãos amarradas abraçarem seu pescoço, derramando mais champanhe pelo meu corpo.

Sua boca se apoderou de um dos meus seios, lambendo o líquido que escorria por ali, enquanto suas mãos afastavam minhas pernas lentamente, me deixando exposta para ele. Seus polegares deslizaram pela virilha, um de cada lado, em perfeita sincronia até chegar ao centro úmido. Eu latejava! Era impossível pensar em alguma coisa. Eu só sentia calor, tremores, excitação, prazer! Parecia me faltar ar. Apenas gemia e tentava agarrar seus cabelos.

Então, tirou minhas mãos daquele abraço, me fazendo deitar sobre a bancada, esticando meus braços para cima.

— Mantenha-os assim. — E voltou para a geladeira. Fiz o que ordenou, porém me inclinando para ver o que ele buscava. O que ele tinha em mãos?

— Não desfrutei da minha sobremesa ainda. E hoje será uma quente e calórica. Nada de regime, minha loba.

Parou à minha frente, sua ereção por vezes encostando-se à minha entrada. Só então percebi o que era. Algumas garrafinhas de chocolate, daquelas recheadas com licor. Abriu lentamente, mordendo uma delas, permitindo que o líquido escorresse por seus lábios, para, em seguida, passar a língua por ali. Puta que pariu! Eu já podia senti-lo fazendo aquilo em mim, lá embaixo. Então, virou o restante do licor em cima da minha barriga. Colocou o restante do chocolate na boca e lambeu o líquido do meu corpo. Quente, muito quente. Eu estava em chamas. Ele fazia tudo lentamente para me provocar.

— Você quer? Sobremesa?

— Quero que você desfrute da sua sobremesa lá embaixo... Urgentemente! — Finalmente eu consegui falar alguma coisa.

— Ainda não! — Então pegou outra garrafinha, mordeu a ponta e derramou o licor nos meus seios, passando a língua e mordiscando o mamilo.

Comeu o pedaço de chocolate restante, lambendo os dedos lambuzados. Um a um. Era pura tortura. Quando chegou à virilha, eu achei que poderia gozar a qualquer momento. Mais uma garrafinha, mais líquido derramado e mais uma vez sua língua deslizando pelo local. Ele fazia tudo muito concentrado e sempre me olhando, observando minhas reações. Era tudo muito sexy.

Ergueu minhas pernas, mantendo meus pés na ponta da bancada, escancarando-me. Pegou outra garrafinha e dessa vez apenas segurou-a entre os dentes. E então desceu. Senti que ele a enfiava na minha boceta, para então morder. O líquido escorreu e sua língua deslizou. Ele estava bebendo e comendo lá.

— Ah... Deus!

O calor da sua boca e sua língua me lambendo era demais. Impossível segurar o orgasmo que há muito eu queria liberar. Arqueei meu corpo, inclinando minha pélvis ainda mais para perto de sua boca, e gozei loucamente, enquanto ele continuava com a deliciosa tortura de me lamber e chupar.

Quando estava quase retornando do paraíso para onde tinha sido lançada, ele me penetrou. Firme, fundo, uma só estocada.

— Gostosa do caralho! — Ele saía devagar e voltava com força.

Seu polegar começou uma doce massagem sobre o meu clitóris, tornando tudo mais intenso ainda. Eu estava quase gozando novamente, mas ele parou, me deixando em suspense. Buscou meus braços, erguendo meu tronco, fazendo com que eu me sentasse na borda e voltou a estocar. Abracei seu pescoço, beijando-o enlouquecida. Ele me puxava para encaixar seu pau, segurando por baixo das minhas coxas e então mexia os quadris. Cacete, que gostoso ele era! E quando eu estava quase lá novamente, ele parou. Me fez descer, soltando meus pulsos.

— Vire-se. — Voltou a amarrá-los, agora às minhas costas. — Deite-se! — ordenou e me fez inclinar o tronco sobre a bancada. — Quero essa bunda empinada para mim!

Como ele conseguia ser tão sensual? O modo como ordenava, a forma como me pegava e comandava meu corpo era alucinante. Ouvi-o mexer na caixa e me virei para tentar ver o que fazia, mas sem sucesso. Então afastou minhas pernas novamente. Eu não poderia estar mais exposta. Senti sua respiração na minha bunda, fazendo-me arrepiar. Deu-me uma mordida e então um tapa. Como sempre, ele sabia a medida perfeita entre a dor e o prazer.

— Essa sua bunda me deixa louco! — Deslizou a língua onde tinha batido. — E hoje eu a terei. — Mais uma mordida e um tapa.

— Ahh!

— Você gosta quando eu faço isso, não é? Diga para mim. — Outra sequência.

— Ahh... Gosto!

Senti sua língua descer, indo até minha boceta, me lambendo novamente e voltando agora para um lugar ainda inexplorado por ele. Me vi automaticamente contraindo. Virei o rosto, tentando olhar para onde ele estava e o vi abaixado. Eu não conseguia me manter parada.

— Isso, rebola para mim. — Ele lambia o local, enquanto seu dedo voltava a passear pela minha boceta. Era louco, era devasso, era animal! Senti-o tirar o dedo e enfiar algo gelado. E quase fui à loucura quando senti a vibração. Eu queria poder me segurar em algo, para dar suporte ao meu corpo que tremia, mas estava impossibilitada.

Com o canto do olho, vi que se levantou e novamente tirou algo da caixa. Senti um líquido ser derramado em minha bunda e logo sua mão deslizar por toda ela. Lambuzou-me inteira, retirou o vibrador e outra vez me penetrou, enquanto seu dedo forçava a entrada naquele outro ponto. Novamente me contraí. Eu não era virgem, já havia praticado sexo anal, mas admito que, mesmo tendo gostado, eu me sentia um pouco apreensiva naquele momento.

— Delícia! Você não imagina como eu sonho com essa bunda! Rebolando para mim, enquanto eu a como com gosto. — Seu dedo foi se aprofundando. Eu sabia que ele estava preparando o caminho, me alargando, tentando relaxar o local.

— Pedro!

— Diga que você já fez isso, minha loba! — Agora ele forçava dois dedos.

— Ahhh... Já!

— Então, você sabe como pode ser gostoso. A gente vai com calma. Quero que você sinta muito prazer, entendeu? — Eu duvidava que pudesse sentir mais prazer do que senti até agora.

— Responda! — Me deu um tapa, agora bem ardido, juntamente com uma estocada vigorosa e seus dois dedos trabalhando. Foi o suficiente para eu me perder novamente num gozo arrebatador.

— Isso mesmo! Goza para mim, gostosa. Rebola, me sente todinho dentro de você!

Eu já não me importava mais se estava apenas gemendo ou gritando, tamanho era o prazer que me fazia perder os sentidos. Ele tirou os dedos, ainda me penetrando na boceta lentamente, num vai e vem torturante, e senti que derramava mais líquido em minha bunda. Espalhou novamente por todo o local e então senti algo duro e gelado forçando minha entrada.

— Vou te dar o prazer de se sentir compartilhada. Mas será comigo e um consolo, minha linda! Nada de outro homem comendo o que é meu!

Lentamente, ele forçou o vibrador, se mantendo dentro de mim. Senti a pressão no meu ventre pelas duas penetrações.

— Tudo bem? — perguntou, excitado e preocupado, beijando minhas costas.

— Humhum...

Nunca havia experimentado aquilo. Só podia dizer que era maravilhosa aquela sensação. A de ser possuída das duas formas, como se fosse por dois homens. Ele movimentava devagar, tanto seu pau quanto o vibrador, fazendo os movimentos primeiramente intervalados. Enquanto um saía, o outro entrava, até que sincronizou, tornando aquilo excitante ao extremo. Eu me via perto de outro orgasmo.

— Fala para mim, gostosa! Era isso que você queria? Uma dupla penetração? — As palavras dele só contribuíam para eu chegar mais perto. — Posso lhe proporcionar isso sempre, minha loba, mas serei apenas eu e um brinquedo.

E quando achei que iria gozar, ele parou com tudo. Minha respiração ficou suspensa. Tirou o vibrador, mais uma vez espalhando óleo.

— Chega de brinquedo aqui. Agora é a minha vez. — Sim, agora seria para valer. Ele iria realmente comer minha bunda. Senti seu pau forçando o local, agora já mais alargado. E mesmo com toda a preparação, veio a dor. Ele era muito grande. Tentei relaxar para recebê-lo melhor, mas doía bastante.

— Devagar! Por favor, Pedro, devagar! — pedi a ele, me contorcendo.

— Calma, linda! Tudo bem, vamos com calma. — Assenti. Procurei me soltar, enquanto ele me dava um tempo. Então senti seus dedos irem para o clitóris, deslizando suavemente, lambuzados pelo óleo e pela minha excitação.

— Melhor assim? — Voltou a beijar e morder minhas costas, nuca e pescoço, enquanto lentamente voltava a se movimentar. Aos poucos, a dor foi dando lugar ao prazer e eu já me via remexendo os quadris.

— Isso mesmo, minha linda. Só quero que você sinta prazer. Devagar, com calma. — Ele já estava todo dentro de mim. — Porra! Que bunda maravilhosa! Não sei se vou aguentar muito tempo.

— Ahhh... Ainda não. Deixe-me aproveitar isso mais um pouco — falei entre gemidos, gostando demais da sensação. Senti que ele forçava alguma coisa agora na minha boceta novamente. Era outro vibrador. Ele ia acabar comigo.

— Então aproveita. Tudo que você tem direito. Tudo que você quer! — Agora ele estocava vigoroso e mexia o vibrador. Eu estava totalmente preenchida. Seus dedos foram novamente ao clitóris. Agora quem não ia aguentar era eu. Comecei a rebolar, sentindo meu ventre contrair. Estava ali, na beira.

— Caralho! Se você continuar a rebolar desse jeito, eu não vou segurar.

— Então não segura! Vem comigo! — E gozei, como nunca antes na minha vida.

Senti meu corpo e minha alma se despedaçarem. Eu fui ao céu e voltei mil vezes! Gritei totalmente louca, ensandecida, quando ele segurou meus cabelos, puxando minha cabeça para trás de uma forma animal, gozando e chamando meu nome.

Deitou-se às minhas costas, ofegante, suado, seu corpo todo tremendo. Ainda assim, distribuía beijos pelos meus ombros. Eu me sentia flutuar, como se meu corpo tivesse virado pluma. Ficamos nos recuperando de toda aquela loucura, até que começamos a voltar. Meus braços estavam dormentes, pois eu ainda estava amarrada.

— Pedro! — Ele parecia estar desfalecido em cima de mim. — Pedro, por favor, meus braços. Eu não estou sentindo mais.

— Ah, desculpe! — Rapidamente soltou o lenço, esfregando meus pulsos e fazendo uma massagem neles. — Espere, deixe-me te levantar devagar. Puta que pariu! Eu me empolguei. Você está há muito tempo na mesma posição, Paola.

— Tudo bem. — Fui me levantando lentamente com a ajuda dele. Eu estava em frangalhos, acabada.

— Venha, vou preparar um banho quente para você relaxar. — Me pegou pela cintura, me levando ao banheiro. Fez-me sentar enquanto enchia a banheira. Pegou toalhas, um roupão e derramou sais na água.

— Venha, devagar. — Me ajudou a entrar, deitando-se e puxando meu corpo para cima do seu, me mantendo de costas para ele. — Deite sua cabeça aqui no meu peito e relaxe.

— Acho que é impossível eu relaxar mais do que já estou — falei sorrindo.

— Desculpe te deixar tanto tempo amarrada. Te machuquei? — Ele esfregava meus braços delicadamente.

— Pode me machucar sempre assim.

— Sua depravada! — Sorriu. — Eu me perdi no momento. Também, olhando essa bunda empinada para mim. Nossa, que loucura!

— Você tem tara por bunda mesmo, né?

— Tenho tara por você. — Um arrepio percorreu meu corpo novamente. Meu Deus, eu tinha acabado de ter orgasmos intermináveis. — Sua bunda é uma coisa para ser admirada.

— Pedro, é uma bunda como outra qualquer.

— Ah, mas não é mesmo. Você não tem ideia do que passa na cabeça de um homem quando vê uma bunda assim, redonda, cheia, firme.

— Redonda, cheia, gorda, é isso?

— Não tem nada de gorda. Você tem carne nos lugares certos. — Apertou minhas coxas. Sorri, agora realmente relaxando mais, sentindo a água nos envolver.

— Você tem ideia do que fez comigo, Paola? — Trouxe as mãos até o meu rosto, me inclinando para lhe encarar. Seu olhar era profundo, como se quisesse enxergar minha alma. — Do quanto eu preciso de você? Nunca imaginei que isso fosse acontecer. Eu me apaixonei por você! E não consigo pensar na minha vida sem tê-la ao meu lado!

Eu não acreditava no que estava ouvindo. Fiquei olhando-o, tentando entender o que havia dito. Sim, eu sabia que havia algo mais, além de uma atração muito forte, por parte dele. Até desconfiava que estivesse apaixonado. Mas daí a ter a confirmação? Senti meus olhos se encherem de lágrimas. Eram muitas emoções para um dia só.

— Ei, é tão ruim assim eu estar apaixonado por você que te faz chorar? — Ele era perfeito.

Tomei seus lábios num beijo apaixonado, me virando para ele, abraçando seu pescoço. Eu queria me fundir a ele, tão grande era meu amor por aquele homem.

— Você sabe que eu também sou loucamente apaixonada por você, não sabe?

— Eu desconfiava, mas não imagina como é bom ouvir isso da sua boca.

— Me apaixonei por você naquele dia, quando nos conhecemos. Eu sabia que não ia resistir aos seus encantos. Eu queria ser sua já naquele momento — falei, abrindo meu coração.

Eu não queria esconder mais nada dele. Finalmente, eu estava me entregando de corpo, alma e coração para viver aquele amor em toda a sua plenitude. E se por acaso eu me machucar no futuro, terá valido a pena. Assim eu esperava.

— E por que resistiu tanto?

— Já disse uma vez, Pedro. Não tive muitos relacionamentos, mas os que vivi não me deixaram marcas boas. Eu realmente tinha medo de me envolver. Eu me conheço, não sei viver só uma atração. E tinha certeza de que seria muito fácil me apaixonar por você. Você não é exatamente o tipo de homem que eu estou acostumada.

— Ah, não? E por quê? O que eu tenho de tão diferente assim?

— Você é tudo o que eu sempre sonhei! Tudo o que eu sempre quis e achei impossível de existir. Resumindo, você é muita areia para o meu caminhãozinho.
— Enquanto expúnhamos nossos sentimentos, a água nos envolvia numa massagem gostosa, nossas mãos afagando um ao outro, nossos lábios se tocando numa carícia apaixonada.

— Mas você me dispensou uma vez dizendo que só queria o melhor para você.

— Eu tentava me enganar. Você é o melhor para mim. Você é tudo para mim, Pedro!

— Ah, minha loba. Eu só quero te fazer feliz, como você merece.

Ficamos ali, envolvidos pelo clima de romance, nos beijando e acariciando. Era tudo lindo e perfeito.

Depois um tempo, deixamos o conforto da banheira para irmos para a cama. Eu estava realmente exausta.

— Nem acredito que te terei aqui comigo dormindo de conchinha — falou, me abraçando por trás.

— Nem eu. — Suspirei, me aconchegando naquele abraço, já praticamente desmaiada.

Despertei lentamente, ainda embalada pelo sonho maravilhoso. Parecia tão real sentir meu lindo advogado me fazendo um oral espetacular, como só ele sabia fazer. Então senti minhas pernas serem afastadas. Não era um sonho! Eu estava ganhando uma bela chupada. Inclinei minha cabeça para baixo e ele me encarava.

— Bom dia, Bela Adormecida! — Deu-me seu sorriso escandaloso de lindo e voltou para sua tarefa.

Porra, não poderia existir forma melhor de acordar! Minha excitação já estava num nível elevado. Então ele veio para cima de mim, já encaixando sua ereção entre minhas pernas.

— Bom dia, garanhão! — Sorri, cheia de tesão por ele. — Quero acordar assim todos os dias — falei, abraçando suas costas e enroscando minhas pernas em sua cintura.

— Prometo fazer tudo que estiver ao meu alcance para realizar esse seu desejo. — Sorriu também, me beijando e me deixando sentir meu próprio gosto.

Era um beijo calmo, apaixonado. Ele saboreava minha boca, uma mão acariciava suavemente um dos meus seios enquanto com o outro braço ele se apoiava na cama. Não estávamos fazendo sexo, trepando ou fodendo. Estávamos fazendo amor, suave e tranquilo.

— Não posso mais viver sem você, Paola! — Enquanto falava, me olhava profundamente e estocava firme, porém calmo. — Diz que você é só minha, que vai ficar comigo para sempre!

— Eu sou só sua, serei sempre sua! — Vi seus olhos se tornarem escuros, sua expressão mudar e seu corpo estremecer. E reafirmei o que sentia em meu coração. — Eu amo você, Pedro! Como nunca amei outro homem na minha vida.

— Eu precisava colocar aquilo para fora. Sentia o tremor percorrer meu corpo, lágrimas virem aos meus olhos.

— Ah, minha linda!

Eu não precisava de mais nada na vida. Tudo que eu queria estava ali comigo. E se fosse um sonho, eu pedia a Deus para não acordar.

O orgasmo foi especial. Não foi louco, nem selvagem, foi um prazer que veio da alma. Não precisávamos de mais palavras. Nossos olhares e corpos falavam por nós.

Ficamos mais um tempo deitados, recuperando-nos, apenas abraçados.

— Preciso te dizer uma coisa — falou enquanto acariciava meus cabelos.

— Então diga. — Eu ainda me sentia longe.

— Estou com fome. — Sorri pela normalidade do assunto.

— Somos dois. Que tal um café da manhã? Quer que eu prepare algo?

— O que eu quero de você já está preparado. — Sorriu, inclinando o quadril em minha direção.

— Meu Deus, homem, depois eu que sou insaciável.

— Estou brincando. Eu também preciso me recuperar.

— Ah, bom, já estava achando que você não é desse mundo. Vamos para a cozinha ver o que a gente acha para comer. Afinal, não sei como é a dispensa e a geladeira de um homem solteiro.

— Pode ficar tranquila que tem de tudo. — Então me lembrei de minha filha.

— Pedro, que horas são? Preciso pegar a Alana às onze.

— Nove e meia. Dá tempo de tomar café. Vou contigo buscá-la, depois deixo vocês em casa. — Levantou-se, indo em direção ao banheiro. — Agora venha tomar um banho comigo.

— Não adianta você querer ir comigo. Eu preciso ir para casa trocar de roupa. Lembre-se que você rasgou meu vestido. — Fui atrás dele, entrando no box.

— Você coloca uma camisa minha.

— Ah, sim, e vou buscar minha filha com a bunda de fora.

— Hummm... Não é má ideia. Desde que só eu possa ver. Aliás, vou adorar ver você só com uma camisa minha, sem nada por baixo. — Me agarrou embaixo do chuveiro, me puxando para um beijo.

— Eu falo sério, Pedro. Não tenho nada para vestir. Você tem que me deixar em casa para eu mudar roupa antes de ir buscá-la.

— Está bem. Eu te deixo em casa. Agora para de falar e me beija.

Tomamos um banho rápido. Vesti uma de suas camisas, como ele insistiu, e fomos para a cozinha tomar café. Na ida, agarrei minha bolsa, pegando o celular para verificar se havia alguma ligação ou mensagem de Alana. Tudo em ordem. Larguei o telefone em cima da bancada, que Pedro já havia limpado, onde estava o seu também.

Ele veio por trás e ergueu lentamente a camisa, revelando minha bunda.

— Uau! Olha só o que achei aqui. Que delícia! — Deslizou a mão suavemente. — Muito interessante mesmo você não ter nenhuma roupa aqui.

— Ah, claro, levando em consideração que não posso sair por aí assim.

— Veja pelo lado bom, posso manter você presa aqui. Apenas para meus caprichos sexuais. — Abraçou minha cintura, depositando beijos na minha nuca.

— Meu Deus, você não consegue pensar em outra coisa?

— Que diga respeito a você? Hummm, deixe-me ver: sexo, foder, trepar, transar, fazer amor, comer. É acho que tudo gira em torno disso mesmo. — Sorrimos daquela insanidade. O celular tocou e atendi sem olhar a chamada.

— Alô?

— Quem está falando? — Não reconheci a voz da mulher.

— Com quem você quer falar?

— Esse número não é do Pedro?

Só então me dei conta de que havia atendido o celular dele. Estavam lado a lado e o toque era o mesmo. Entreguei a ele, me desculpando.

— Desculpe, o toque é igual. Achei que fosse o meu.

— Alô?

Sua fisionomia mudou na hora. Olhou-me com uma expressão estranha, parecendo culpado. Claro, era uma mulher! Encostou-se à bancada.

— Mariza.

Eu não poderia evitar que outras mulheres ligassem para ele. Pedro deveria ter uma longa lista de admiradoras e eu precisaria aprender a lidar com isso se quisesse ficar com ele. Mas não era obrigada a gostar. Tentei me afastar para lhe dar privacidade, mas ele não deixou. Puxou-me pela mão, fazendo com que eu me encaixasse no meio de suas pernas, abraçando minha cintura e movimentando os lábios dizendo "não".

— Já conversamos sobre isso há um tempo, Mariza. Creio que fui bastante claro com você. — Era estranho ele estar ali falando com outra mulher, que, óbvio, estava querendo algo mais, enquanto eu me mantinha à sua frente. — Não, eu não vou te ligar, não vou te procurar. — Enquanto isso, ele acariciava meu rosto. — Já disse, não quero ser indelicado. — Fechou os olhos, suspirando. — Mariza, entenda de uma vez por todas, tenho namorada e estou apaixonado por ela! Nenhuma outra mulher me interessa, portanto te aconselho a apagar meu número.

Então largou o celular novamente na bancada.

— Desculpe por isso. — Me abraçou pela cintura, me olhando curioso, talvez ansiando pela minha reação.

Eu não podia falar nada. Ela havia ligado. E ele a tinha dispensado, deixando claro que estava comigo.

— Você não tem que se desculpar. Já disse que preciso lidar com isso. Com certeza não será a última mulher a te procurar, Pedro.

— Não quero outra mulher. Você sabe que é só você!

— Eu sei! E não imagina o quanto sou feliz por isso. — Sorri, demonstrando a confiança que tinha nele, admirando o sorriso que iluminava minha vida. — Que tal agora a gente comer alguma coisa e você me levar pra casa?

— Concordo em comer, mas não em te levar embora.

— Não vou discutir com você. Venha! Ah, mil desculpas por atender seu celular. Eu realmente não percebi que não era o meu.

— Não tem por que se preocupar, minha linda. Não tem nada de mais.

— Tem sim. É a sua privacidade. Coisas particulares que talvez você não queira dividir com outras pessoas.

— Presumo que em hipótese alguma eu possa atender seu celular, então? Nem por engano? — perguntou e se afastou de mim, ficando numa posição defensiva.

— Se for uma emergência, eu permito. Do contrário, nem minha filha tem acesso ao meu celular. — Eu tinha meus motivos para pensar daquela forma.

— Por quê? Você tem segredos?

— Não é questão de ter segredos. Só acho que existem coisas que você não quer dividir com todo mundo. Hoje em dia, você tem todas as ferramentas disponíveis nesses aparelhos. Tenho conversas com minhas amigas que não quero que mais ninguém saiba. Podem ser coisas banais, besteiras que não farão mal a ninguém, que fazem parte da minha intimidade, mas que talvez quem está de fora veja com outros olhos e interprete de forma errada. Quando, na verdade, pode ser só um desabafo.

Não consegui identificar a forma como ele me olhava. Se era espanto, incredulidade ou desconfiança. Será que fui muito direta?

— Desculpe ser tão incisiva, mas isso é uma coisa muito importante para mim. Gostaria que você respeitasse. — Não queria dar maiores explicações de por que eu pensava assim.

— Claro! — disse e se afastou. Notei a mudança em seu comportamento, mas eu não iria me justificar mais.

Concentrei-me em preparar os ovos mexidos, enquanto ele pegava o suco de laranja. Comemos ali, ele sentado em uma banqueta, eu em cima da bancada à sua frente. Apesar de há poucos minutos eu ter transformado o clima para algo mais denso, ainda assim conversamos descontraídos, rimos, nos beijamos. Mas infelizmente eu precisava ir e acabar com aquela doce fantasia.

— O que você tem planejado para hoje? — perguntou enquanto se vestia.

— O de sempre de uma mãe e dona de casa. Tenho algumas coisas para ajeitar no apartamento e outras para fazer na rua.

— Será que sobra um tempinho para o seu namorado?

— Verei se consigo encaixar uns minutinhos para ele. — Fui até onde estava, abraçando seu pescoço. Eu ainda usava sua camisa e ele rapidamente se apossou da minha bunda.

— Não facilite, ou te deixo presa aqui. — Me beijou. — Estou falando sério. O que você quer fazer? Não pense que vou ficar sozinho o resto do dia. Trate de me incluir nos seus planos. — Era difícil pensar com aquelas mãos me alisando.

— Preciso pegar a Alana. Ir no mercado e à lavanderia. Te ligo quando chegar em casa e a gente vê o que faz, pode ser?

— Tudo bem, acho que enquanto isso vou para a academia. Preciso me manter em forma. Minha namorada exige muito do meu preparo físico.

— Ah, vai mostrar essa delícia de corpo para as gatinhas saradas, é?!

Provocante

Espero que você se comporte. Eu sou muito ciumenta!

— Não mais do que eu. Vamos?

Ele me deixou em casa. Para minha sorte, uma de suas calças de moletom me serviu, então não cheguei a passar vergonha ao descer do carro. Subi correndo para o apartamento. Precisava também ligar para minha amiga e saber se tudo tinha ido bem. Se bem que, pelo jeito que ela e Rodrigo se pegavam na limousine, eu não precisava me preocupar com isso. Resolvi mandar uma mensagem.

"E aí, está viva ainda? Tudo bem?"

Vesti uma roupa rapidamente, peguei a bolsa e desci para a garagem. Ela logo me respondeu.

"Viva como nunca me senti antes! Que homem é esse? Mas não posso falar agora. Ocupada... Muito ocupada... kkk"

Tudo bem, acho que interrompi algo. Uau, pelo jeito não foi só pelos lados de cá que a coisa ferveu. Mandei um OK, e saí para buscar Alana.

Pedro

Deixei Paola em casa e fui para a academia, como havia dito. Apesar da vontade de ficar com ela mais tempo, sabia que não podia interferir em seu tempo com a filha. Precisava controlar minha necessidade dela. Eu estava viciado na minha loba. Ela conseguiu o que nenhuma outra mulher fez nestes meus quarenta e dois anos. Eu me desconhecia, estava totalmente mudado. A vida ganhou cor para mim. Tudo o que eu fazia ou pensava girava em torno dela.

Nunca imaginei que fosse possível uma mulher ser tudo o que ela era para mim. Eu estava fascinado com sua personalidade forte, seu jeito autêntico, seguro, a forma como se entregava sem reservas, como sentia prazer o tempo todo, como gozava sem pudores. Ela conseguia ser completa e perfeita. Adorava vê-la um tanto embriagada. Ficava ainda mais desinibida, corajosa, sexy. Porra, eu gostava dela de todas as formas.

Treinei até me sentir exausto. Então fui para casa, tomei banho e resolvi fazer compras. Queria ter algumas coisas a mais para quando Paola estivesse comigo em casa. Sim, porque, sempre que possível, ela dormiria comigo.

E como se o destino estivesse a nosso favor, a vi com Alana no supermercado.

Fiquei de longe observando-a. Gostava de ficar assim, admirando-a sem que ela tivesse consciência. Seus movimentos, gestos, sorrisos. Tão natural, tão feminina. E claro que muito gostosa. Usava um jeans justo que marcava as curvas do seu corpo. E aquele salto, quando ela andava... Puta que pariu! Eu já estava excitado novamente. Diante daquilo, não podia deixar de brincar e atiçar minha loba. Liguei para ela e adorei ver seu sorriso quando identificou meu número.

— Olá, meu advogado gostoso!

— Olá, minha contadora deliciosa! Onde você está? — Eu me mantinha escondido, entre uma prateleira e outra. Parecia um adolescente. Com certeza, sentia-me como um.

— Estou no mercado. E você, já treinou? Guardou um pouco de energia para mim? — Seus movimentos denunciavam seus pensamentos. Alana chegou mais perto e ela mudou o tom. — Estou quase terminando. Creio que no máximo em uma hora estaremos em casa. Não quer ir para lá?

— Não sei se posso ir agora.

— E por que não? Está ocupado?

— Diria que estou admirando uma bela paisagem.

— Ah, é?! Por acaso babando por alguma bunda?

— Como você adivinhou?

— Sério que você está me dizendo isso?

— Ah, desculpe, mas essa não dá para deixar de admirar. Gostosa pra caralho! — Tive que me segurar para não rir. Notei seu corpo ficar tenso.

— Vai à merda, Pedro! Você só está falando isso para me provocar.

— Hummm e pelo jeito ela está brava. Adoro uma mulher quando fica furiosa!

— É assim, então? Quem sabe eu também não passe a admirar um gostoso por aqui, afinal, chumbo trocado não dói, não é mesmo?

— Que tal você admirar um gostoso bem atrás de você?

Ela ficou muda e lentamente olhou para trás, ainda com raiva. Mas imediatamente se desmanchou em um sorriso. Ah, aquele sorriso iluminava meu dia. Desliguei e fui até ela.

— Então, achou algum gostoso para admirar? — Abracei sua cintura.

— O mais gostoso da face da terra — sussurrou em meu ouvido. — E deixa

Provocante 231

eu te contar um segredo: ele é todinho meu.

— Pode ter certeza de que é. — Eu era o homem mais feliz do mundo. Alana se aproximou com algumas coisas em mãos.

— Oi, Pedro! — Me abraçou apertado. — Já estava com saudades de você.

— Oi, gatinha! Eu também.

— Vamos lá para casa?

— Só se não for atrapalhá-las.

— Até parece! E depois, minha mãe não vai me dar sossego. Sei que vai ficar o tempo todo falando de você.

— Alana!

Saímos dali, mas antes passei em casa para deixar minhas compras.

Passamos o restante do dia juntos. Almoçamos, jogamos conversa fora e consegui dar uns malhos na minha deliciosa namorada, quando Alana se retirou para estudar um pouco. À noite, pedimos pizza e assistimos filmes abraçadinhos. Confesso que aquilo tudo era novidade para mim e eu estava adorando. Só senti não poder dormir novamente com Paola nem transar com ela.

Com muito custo, voltei ao meu apartamento. Combinamos de tentar fazer alguma coisa juntos no domingo. Eu não queria invadir a privacidade da Alana no seu fim de semana com a mãe.

Paola

Acordei no domingo extremamente relaxada. O dia anterior havia sido perfeito. Melhor, só se Pedro tivesse dormido comigo. Como se lesse meus pensamentos, meu celular indicou sua costumeira mensagem de bom dia.

"Bom dia, meu amor! Minha cama não é a mesma sem você. Saudades do seu corpo, do seu cheiro. Vou precisar de um banho gelado! Bjs"

Se fosse possível, o que eu duvidava, eu me apaixonava cada dia mais.

"Bom dia, amor da minha vida. Eu também não sou a mesma sem você. Não é só minha cama que está vazia. Meu corpo também! Preciso ser preenchida por você para me sentir completa! Bjs"

Era tanto amor que não cabia em mim. Levantei, tomei banho e vesti uma roupa de ginástica. Tinha combinado com Alana de fazermos uma caminhada no parque. Enquanto tomávamos café, meu celular indicou uma ligação do meu lindo.

— Bom dia! — Minha saudação evidenciava minha felicidade.

— Bom dia, minha linda! Por que você faz isso comigo?

— O que eu fiz agora?

— Me disse, com essa voz rouca de quem acabou de acordar, que precisa ser preenchida por mim! Você quer acabar comigo?

— Desculpe. Da próxima vez eu prometo que minto para você.

— Estou com saudade.

— Eu também. — Me afastei de Alana para poder falar com ele. — O que pretende fazer hoje?

— Não faço a mínima ideia. Estou perdido.

— Ah, amor, não fala assim que me sinto culpada. Desculpe, mas preciso ter um tempo com minha filha. Ela está precisando conversar, desabafar, sabe como é. Preciso estar disponível para ela.

— Eu sei, minha linda. É claro que eu entendo. Não quero interferir na sua vida com ela. E ela foi um amor em compartilhar você comigo ontem.

— Hum, não fale em compartilhar...

— Porra, Paola, você não tem jeito mesmo, né? Eu aqui falando sério e você tem que me provocar.

— É inevitável para mim. Desculpe! Conversamos mais tarde?

— Sim. Divirtam-se. Beijos!

— Beijos!

Saímos para a caminhada. Alana estava encucada com algumas coisas em relação a um gatinho, como ela dizia, e queria trocar uma ideia comigo. Fiquei feliz em saber que ela dava ouvidos à minha opinião, que se sentia à vontade para se abrir e conversar sobre aquilo. Sempre falamos abertamente sobre todos os assuntos, mas, depois do papo que ela teve com o Pedro, a sentia mais próxima.

Voltamos para casa para um banho e saímos novamente para almoçar e pegar um cinema. O dia foi ótimo, nos divertimos, conversamos, fizemos algumas comprinhas. Chegamos em casa no final da tarde e nem minha amiga nem Pedro haviam dado sinal de vida. Minha amiga eu imaginava o que estaria aprontando. Será que estaria até agora com Rodrigo? Se bem que, com Maitê, eu não duvidava de nada. Não ia incomodá-la. Com certeza ela me retornaria quando estivesse disponível.

Mas estranhei Pedro não ter se manifestado. Nem mesmo mandou uma mensagem. Teria ficado chateado por eu tê-lo dispensado? Não, ele entendia meus motivos. Mas eu estava impaciente. Precisava falar com ele, vê-lo, nem que fosse apenas para um beijo. Não que fosse só um beijo com aquele homem.

— Alana, você se importa se eu der uma saidinha de uma hora mais ou menos? — perguntei à minha filha, que já estava enroscada com um livro que tínhamos comprado naquela tarde.

— Claro que não, mãe. Sei que você está louca para ver seu amor. — Sorriu sobre o livro. — Vai lá matar a saudade. Eu vou ficar bem.

— Obrigada, meu anjo. — Dei um beijo na minha menina e fui trocar de roupa.

Coloquei um jeans, como o que ele gostou no dia anterior, e uma camisa preta transparente, sem sutiã, óbvio. Afinal, a intenção era sempre provocar. Salto alto, perfume, cabelo solto. Peguei minha bolsa e saí. Daria a ele um excelente final de domingo. Não avisei que iria. Sabia que podia não encontrá-lo em casa, afinal, ele poderia ter saído com algum amigo, mas preferi arriscar e tentar pegá-lo de surpresa. Eu estava louca por um aperitivo do meu lindo advogado.

Cheguei ao prédio e pedi ao porteiro que me anunciasse, mas ele me informou que minha entrada havia sido liberada pelo Dr. Pedro desde o dia anterior. Eu tinha acesso irrestrito ao seu apartamento.

Subi e, antes de bater na porta, desfiz mais dois botões da camisa, fazendo com que o decote se abrisse até quase o umbigo. Já conseguia imaginar seus olhos famintos em mim.

Bati e aguardei. Aguardei. Aguardei. Talvez eu realmente tivesse dado com a cara na porta, mas eu estava ciente dessa possibilidade. Pensei em ligar, mas desisti. Já estava quase dando meia-volta quando ele abriu a porta. Sua expressão era de pura surpresa.

— Olá, meu lindo! Não aguentei de saudade. — Abri um sorriso sedutor para ele.

E de repente eu me dei conta de que a sua expressão não era exatamente de surpresa, mas espanto e talvez, por que não dizer, medo, receio. Ele não se moveu. Não me abraçou, ou beijou, nem tampouco falou nada. O que estava acontecendo?

— Ei, não está feliz em me ver? — Entrei e passei os braços em volta do seu pescoço, dando-lhe um beijo.

— Paola! Claro que estou feliz. Você só me pegou de surpresa. — Mas continuou parado, sem me abraçar.

— Mas a intenção era essa. Te fazer uma surpresa. Estou doida por um aperitivo, se é que você me entende.

Ele não sorriu, não brincou, não se manifestou. Alguma coisa estava acontecendo e eu sentia que não era nada bom.

— Paola! Que surpresa boa você por aqui.

Ah, não! Eu sabia que tinha algo errado! O que aquela biscate estava fazendo ali? Ela vinha de dentro do apartamento, como se fosse toda íntima. Olhei dela para Pedro. A culpa o denunciava. Senti meu rosto pegar fogo e meu coração subir até a garganta. A raiva me dominava naquele momento. Imediatamente me afastei dele. Então, lembrei que ele demorou a atender a porta. O que eles estavam fazendo lá dentro?

Não, eu não queria pensar naquela hipótese. Precisava me controlar. Sabia qual era o jogo dela, que faria tudo para me afastar dele. Mas por que ele estava lá, estatelado, sem se mover? Totalmente diferente de quando a peguei pendurada no seu pescoço no escritório. Por que ele estava com a expressão de culpa? Respirei fundo. Precisava conhecer os fatos antes de julgar. Como se fosse fácil!

— Como vai, Silvia? — Ainda assim, entrei e larguei minha bolsa em cima do sofá. Eu não daria a ela o gostinho de me ver fragilizada.

— Estou ótima! Se soubesse que Pedro a aguardava, teria deixado para vir outra hora. — Chegou mais perto de onde estávamos. A desgraçada era bonita, eu tinha que admitir.

— Por favor, Silvia, não quero atrapalhar sua conversa com Pedro. Posso ir lá para dentro para deixá-los mais à vontade ou, se você preferir, Pedro, posso ir embora. — E o que me deixava mais puta ainda era que ele se mantinha calado. Mas que merda!

— Silvia já estava de saída! — Ufa, até que enfim se manifestou.

— Claro. Vim mais para me despedir. Estou retornando para Nova York amanhã. Como te disse, Pedro, devo voltar em dez dias. Creio que até lá você tenha tempo de pensar bem naquele assunto. Eu, se fosse você, pesaria muito

Provocante 235

bem os prós e contras da situação. — Se aproximou da porta. Notei que Pedro ficou mais tenso ainda. Que porra estava acontecendo ali?

— Até logo, Paola. Muito bom te ver hoje.

— Boa viagem, Silvia. — E que o avião exploda.

— Tchau, Pedro! — Saiu.

Fiquei parada, espumando de raiva enquanto ele fechava a porta. Voltou-se para mim, mudo. Puta que pariu!

— Então? Vai me dizer o que estava rolando aqui?

— Por que não me avisou que vinha, Paola? — perguntou, desviando de mim, indo até o bar e enchendo um copo de uísque. Rá! Estava na cara que tinha merda ali. E das grandes!

— Como é que é? O problema é que vim sem avisar e não o fato de você estar em atitude suspeita com essa biscate?

— Eu não estava em nenhuma atitude suspeita. Não queira ver o que não existe — falou, virando o copo.

— Ah, não existe nada suspeito? O fato de ela vir toda íntima de lá de dentro, você demorar a atender a porta e, quando a abre, está com cara de quem viu fantasma, ficar mudo, não me abraçar, não me beijar e ainda questionar minha surpresa, não é nada suspeito? E ainda sair de perto de mim e se enfiar em um copo de uísque! Tá tudo certo, tudo normal? Eu é que sou a louca aqui? É isso mesmo que você quer dizer, Pedro?

— Paola, você precisa entender...

— Sim, Pedro, eu realmente preciso entender. Nesses poucos minutos que fiquei aqui parada, observando o que você diz não ser suspeito, eu prometi a mim mesma que não tiraria conclusões precipitadas. Portanto, me explique. Eu juro que farei um esforço para tentar entender! O que ela estava fazendo aqui? — Mais um copo de uísque.

— Você ouviu, ela veio se despedir porque viajará amanhã.

— Por favor, Pedro! Talvez eu até tenha cara de burra, mas te garanto que não sou. Se fosse só isso, por que você estaria desse jeito? — Eu já estava me desmanchando por dentro.

— Paola, você já sabe como a Silvia é. Ela não larga do meu pé, não importa o que eu fale.

— E? Você sucumbiu aos encantos dela, é isso?

— Não! Nunca! — Veio até mim em passos largos, parando à minha frente. — Por favor, não pense nisso. Eu jamais te trairia!

— Então o que é? — Eu já estava alterada. — Pelo amor de Deus, me diga o que ela veio fazer aqui para te deixar desse jeito? — Ele continuou mudo, parado, com o copo de uísque na mão. — Você não vai me dizer, Pedro? — Por que ele se recusava a falar comigo? O que aquela mulher havia dito ou feito para nos distanciar assim?

Peguei minha bolsa para ir embora e só então ele me tocou, segurando meu braço.

— Você precisa confiar em mim, Paola. — O toque de suas mãos gerou eletricidade pelo meu corpo.

Não, eu não iria fraquejar. Ele não iria me envolver com seus beijos, me deixando alheia às informações.

— Confiança é uma via de mão dupla, Pedro. Não me peça para confiar em você se não está disposto a fazer o mesmo e me contar o que realmente aconteceu aqui.

Soltei-me de suas mãos e saí batendo a porta. Para minha sorte, o elevador estava aberto. Entrei e me encolhi em um canto, deixando que as lágrimas molhassem meu rosto, sem me importar se tinha alguém olhando. Meu mundo parecia ter desabado. Por quê? Por que ele fez isso? O que realmente aconteceu que ele não queria me contar? E por que afirmou tão categoricamente que não havia me traído? O que era, então?

Eu mal havia descoberto a felicidade e já voltava ao mundo real! Eu sabia que iria me machucar me entregando a ele. E ali estava a prova.

"John Mayer – Heartbreak Warfare"

How come the only way to know how high you get me
Is to see how far I fall?

Capítulo 19 - Alguns dias longe...

Pedro

O copo que estava em minhas mãos se estilhaçou na parede. Merda! Por que ela teve que aparecer justo quando Silvia ainda estava lá? Se eu imaginasse... Ainda não acreditava no que estava acontecendo. Como eu poderia desconfiar que Silvia conhecia o Carlos? E mais: que ela pudesse pedir a ele para investigar Paola? Até onde ia a loucura daquela mulher?

Mas a verdade é que eu era o único culpado. Fui eu que comecei tudo aquilo e da forma mais errada possível. Bem que Rodrigo havia me alertado. Mas, na minha ânsia em fazer as coisas do meu jeito, não parei para pensar. Simplesmente fiz. E agora estava aí o resultado: sendo chantageado para que minha namorada não descobrisse os subterfúgios que usei para conquistá-la. Como se fosse necessário! Eu teria conseguido chegar até ela pelas vias normais. Mas não, tive que ser um calhorda imbecil. E agora pagaria o preço. Minha vontade era estrangular Silvia quando veio com aquela conversa.

De posse da informação de que eu havia mandado hackear Paola, agora ela me chantageava. Aquilo só podia ser um pesadelo. Era muito azar mesmo. E eu preocupado que o tal do Carlos pudesse me chantagear. Não que isso ainda não fosse possível.

— Diz logo o que você quer, Silvia. Você não veio até aqui só para me contar o que descobriu. Fale de uma vez!

— O que eu quero? Ora, Pedro, o que eu sempre quis: você!

— Você está louca!

Quando a campainha soou e abri a porta, meu mundo desmoronou. Ela estava ali. Linda, radiante, feliz, insinuante. Sim, tinha que ser ela. A única pessoa que tinha acesso ao meu apartamento sem precisar ser anunciada. Mas por quê? Justo hoje?

E a merda estava feita. Ela só se deu conta do motivo do meu estado de perplexidade quando viu Silvia retornando da ala íntima do meu apartamento. Na hora, seu semblante nublou. Vi a raiva estampada em seus olhos, sua respiração alterar e seu rosto ruborizar. Silvia saiu insinuando o assunto. E óbvio que Paola não era boba e percebeu que havia algo errado.

Mas não consegui falar nada para minha loba. Ela estava ferida, magoada, desconfiada, implorando para que eu lhe explicasse, que ela queria acreditar em mim. Mas eu fui covarde. Deixei que fosse embora pensando o que quisesse, com a decepção nublando seus olhos. Justo ela, que era sempre tão sincera e verdadeira. Que merda de homem eu era.

Passei a noite praticamente em claro, sem saber o que fazer. No fundo, eu sabia, mas não queria. Eu tinha que fazer Paola entender meus motivos. Mas, afinal, quais eram eles? Capricho? Imaginar que ela pudesse não querer mais nada comigo me deixava em pânico! Eu não podia mais viver sem a minha loba. Minha vida não tinha sentido sem ela! O dia já quase amanhecia e, sem conseguir pregar o olho, resolvi ir para o escritório.

Cheguei muito cedo. Tranquei-me em minha sala e resolvi lhe enviar uma mensagem de bom dia, como eu sempre fazia.

> *"Bom dia, linda! Precisamos conversar!"*

Eu não sabia o que iria dizer, mas eu precisava falar com ela. Sabia que a tinha decepcionado e o medo de perdê-la me assolava.

> *"Bom dia! Interessante que ontem você não quis conversar! Por que agora? Já teve tempo de pensar em alguma desculpa?"*

Suspirei, aliviado por ela me responder, porém apreensivo, pois ela estava muito magoada. Com razão, é claro. Não seria nada fácil, principalmente porque eu não sabia ainda o que iria contar.

> *"Por favor? Podemos almoçar juntos?"*

Até lá eu teria que me decidir. Quanto mais o tempo passava, pior a situação ia ficando.

> *"Já tenho compromisso para o almoço! Se você ainda quiser conversar, posso dar um jeito à noite. Confirme, por favor! Agora estou entrando em reunião!"*

Merda! Compromisso no almoço. Reunião que provavelmente teria a participação do seu sócio. Ouvi baterem à porta. Era Rodrigo.

— Ei, o que aconteceu? Caiu da cama? A companhia não estava boa? — brincou, sentando-se à minha frente.

— Bom dia! Você pelo jeito divertiu-se muito neste final de semana. Estava incomunicável.

— E como me diverti. Fazia tempo que não curtia tanto um fim de semana. Excelente companhia. Preciso agradecer a Paola. Vi sua mensagem. Aconteceu alguma coisa? Sua cara não é das melhores.

— Aconteceu, Rodrigo. E desculpe o que vou lhe falar, mas diz respeito à sua irmã.

— Ah, não, cara! Não me diga que ela aprontou alguma cena com você e a Paola? — Se endireitou na cadeira, demonstrando seu desconforto com o assunto.

Relatei o ocorrido no dia anterior e a insanidade da exigência de Silvia.

— Ela quer que eu fique com ela. Insiste na ideia de que posso me apaixonar. Caso contrário, ela contará tudo para a Paola.

— Cara, minha irmã está completamente louca!

— Mas o pior disso tudo é que, enquanto a louca estava lá no meu apartamento, a Paola chegou de surpresa.

— Cacete, irmão, que cagada!

— Se você visse o olhar de decepção dela! Eu queria morrer por estar fazendo aquilo. — Lembrar da sua expressão me fazia reviver o momento. E eu me odiava cada vez mais.

— E agora? O que vai fazer? Você não vai ceder à Silvia. É ridículo isso que ela está fazendo.

— É claro que não. Ela viajou hoje para Nova York novamente. Me deu até sua volta para pensar. Eu não tenho o que pensar sobre isso. Não vou ceder, mas tenho que decidir o que vou falar para a Paola.

— Talvez você esteja se preocupando à toa, Pedro. Quem sabe ela reaja diferente, sem se importar tanto com isso.

— Ah, você não a conhece. Ela é muito correta. Além do mais, deve ter algo que eu não sei, mas ela tem aversão a que alguém invada sua privacidade.

Paola precisaria saber daquilo por mim mesmo. Eu só tinha que achar um modo de lhe contar.

Paola

Eu havia passado boa parte da noite em claro, me acabando de tanto chorar. Ainda não me conformava. No fundo, eu acreditava, ou queria acreditar, que Pedro não tinha me traído. Ele não faria aquilo no seu apartamento, tendo liberado minha entrada. Depois de tudo o que fizemos e falamos um para o outro, ele não teria coragem. Por mais que ele fosse um homem acostumado a ter a mulher que quisesse, ele não era cafajeste. Não comigo!

Mas, ainda assim, havia alguma coisa errada. Ele estava irreconhecível. Não era o meu advogado sempre seguro e confiante. Vi medo em seus olhos, mas não conseguia identificar do quê. E a culpada era aquela piranha. Ela estava tentando nos afastar.

Minha amiga Maitê não havia dado nem sinal, mas com certeza estava bem. Ela disse que me ligaria. Eu tentaria falar com ela à noite, depois da minha conversa com Pedro. Sim, eu daria a ele mais uma chance para se explicar, para me contar a verdade sobre o que aconteceu ontem.

E o fato de saber que o veria, que iríamos estar juntos e conversar, já serviu para me animar um pouco. Como nós mulheres gostamos de nos iludir! Depois dizem que a gente exige demais.

Eram três horas quando meu celular tocou. Pedro! Não tive como não me sentir feliz. Eu já estava morrendo de saudade, mas precisava me lembrar que ainda estava brava com ele.

— Oi!

— Oi, linda! — Ah, porque ele teve que se manter calado ontem? Tudo podia ter sido tão diferente. — Desculpe, mas não vai dar para conversarmos hoje. — Pronto, o balde de água fria havia sido jogado.

— Entendo.

— Não é nada do que está pensando, Paola. Eu preciso ir a São Paulo resolver um problema de última hora de um cliente.

— E quando é isso?

— Meu voo sai às seis.

— Mas já são três horas! — Por que tinha que ser daquele jeito?

— Eu sei, minha linda! Eu bem que tentei adiar pelo menos para amanhã de manhã, mas preciso estar lá na primeira hora.

— Quando você volta? — perguntei, já sentindo meu coração apertado.

— Provavelmente só na sexta-feira. — Ah, não! Ontem aquilo e agora cinco dias longe dele?

— Não acredito nisso, Pedro!

— Nem eu. Estou indo para casa agora fazer minha mala. O táxi vai me pegar às quatro e meia. — Era a deixa para mim.

Tínhamos apenas uma hora, considerando o tempo de eu chegar lá. Eu não podia deixá-lo viajar sem vê-lo.

— Estou saindo agora. Te vejo daqui a pouco.

— Vou te esperar!

Larguei tudo o que estava fazendo. Eu precisava estar com ele. Não haveria tempo para conversarmos, eu sabia disso, mas, como já disse, eu lhe daria um voto de confiança. Eu só não podia era deixar que ele viajasse sem poder senti-lo junto a mim. Eu estava sendo ingênua? Fazendo papel de boba? Deixando-me enganar? Talvez. Mas, uma vez que aceitei me jogar naquela relação, conhecendo o tipo de homem que ele era, eu assumi esse risco. Ele não tinha me traído, meu coração dizia isso.

Fui o mais rápido que pude, pois teríamos pouco tempo. Cheguei ao seu prédio e subi direto. Minha entrada ainda estava liberada. Bati à porta, lembrando-me da noite anterior e de sua expressão. Eu queria poder esquecer aquela cena.

Ele a abriu, lindo como sempre, porém abatido. Pelo visto, não fui só eu que não dormi à noite. Fiquei parada, sem saber como agir. Correr para seus braços? Cumprimentá-lo como um estranho? Não, eu nunca conseguiria vê-lo daquela forma. Não mais. E seu olhar era tão profundo, tão apaixonado. Ele também estava receoso, sem saber como agir. Não me contive e tomei a iniciativa de chegar mais perto.

— Oi, meu lindo! — Vi sua feição se transformar em segundos. De triste e apática para aliviada. Imediatamente me abraçou apertado, escondendo o rosto em meu pescoço.

— Paola! Por favor, acredite em mim quando digo que não te traí. Eu jamais faria isso com você. Não tenho por quê. Você sabe que é a única na minha vida. — Seu olhar era sincero.

— Eu acredito, meu amor! — Então eu o beijei. Com saudade, paixão e desejo. O tesão guardado desde ontem veio com força, mas precisávamos conversar.

— Que saudade, minha loba! — Sua boca já passeava pelo meu pescoço, meus ombros, abrindo os botões da minha camisa.

— Não, Pedro! — Afastei-o com muito custo. — Eu acredito que você não tenha me traído, mas sei que tem alguma coisa errada e quero saber do que se

Provocante   243

trata.

— Eu vou te contar, mas não agora. Deixe-me matar a saudade de você.

— Pedro...

— Confie em mim. Eu juro que vou te contar, mas não temos tempo para as duas coisas. Ou conversamos ou matamos a saudade. E eu só retorno na sexta. Por favor!

Olhei para o meu advogado, que já tinha fogo ardendo nos olhos. Eu poderia até me arrepender. Com certeza eu iria me arrepender. Mas quer saber? Foda-se! Nós iríamos ficar cinco dias longe. Agora quatro. Eu precisava dele tanto quanto ele precisava de mim.

Agarrei seu pescoço, olhando fixo em seus olhos, minha boca muito perto da sua.

— Então me come!

— É só o que quero fazer nesse momento, minha linda. — Me agarrou com desespero, com fome, alucinado. Enquanto nossas bocas se devoravam, nossas mãos trabalhavam em nossas roupas.

— Porra, que saudade eu estava de você! Parece que faz uma eternidade que a gente está longe. — Ele dizia enquanto apalpava um dos meus seios, beliscando o mamilo do outro e mordendo meu pescoço. — Vem comigo? Pelo menos à noite podemos ficar juntos.

— Você sabe que não posso, Pedro.

— Merda de viagem! — Então me sentou no sofá, já se colocando entre minhas pernas. — Desculpa, linda, mas hoje terá que ser rápido. Não temos muito tempo.

— Então para de falar e me come. — Puxei-o para mim, trazendo seus lábios até os meus, beijando-o com paixão.

E, sem esperar mais, ele me penetrou. Cacete! Como era bom me sentir preenchida novamente por ele. Como ele falou, parecia uma eternidade desde a última vez. E ele não parou de me beijar nem de estocar. Forte, vigoroso, urgente. Ele metia até eu senti-lo todo dentro de mim. Seus dedos foram até o meu clitóris, apressando meu gozo, que já estava prestes a explodir.

— Goza para mim, minha loba! Goza que eu quero ouvir!

E eu gozei, meu corpo todo tremendo, meus sentidos ao longe. Apesar da intensidade do momento, tentei manter os olhos abertos, encarando-o, deixando-o ver todo o meu desejo e o meu amor por ele. Quando ele gozou, fez o mesmo, me mostrando toda a sua alma. Foi rápido, mas nem por isso menos intenso.

Não dissemos nada naquele breve instante. Só nos permitimos ver e mostrar um ao outro o sentimento que nos preenchia.

— Sério! Não acredito que vou ter que ficar longe de você esses dias. — Saiu lentamente de mim, já me puxando em direção ao banheiro. — Desculpe ser indelicado, mas o táxi logo deve estar aqui.

— Eu sei, meu amor.

Tomamos banho rapidamente, sem deixar de nos tocar ou beijar. Ajudei-o com a mala. Já estava tudo pronto, era só descer.

— Antes que a gente desça. — Me puxou novamente para um abraço. Então esticou a mão até a bancada, pegando um molho de chaves. — Essa é a chave do meu apartamento. Você tem acesso liberado na portaria. — Fiquei olhando para ele sem entender. — Gostaria que você estivesse aqui quando eu chegar na sexta-feira. Seria pedir muito?

Ele estava me dando a chave da sua casa. Que homem faz isso se tem intenção de te trair? Ah, Paola, qualquer um que queira comer uma mulher. Tolinha!

— Tem certeza, Pedro?

— Absoluta! — Ficou analisando minha reação. — Então?

— Tudo bem. — Como eu poderia dizer não para ele? Mesmo cheia de dúvidas, eu queria fazer dar certo.

— Eu sei que a gente precisa conversar, que eu te devo uma explicação. Fui muito estúpido ontem e não consigo me perdoar por isso. Mas confie em mim. — Eu queria confiar. Eu precisava confiar. Do contrário, meu mundo viria abaixo.

— Eu confio.

— A gente vai se falar todos os dias. Vou te mandar mensagens de bom dia, boa tarde e, na de boa noite, quero que você esteja na cama, porque será uma mensagem especial. — E aí? Dá para deixar passar um homem desses? — Faça uma mala e traga para cá na sexta-feira. Assim que eu chegar, vamos viajar. Quero você o final de semana inteiro só para mim.

— Para onde vamos? — perguntei, hipnotizada por seu olhar.

— Para a praia. Portanto, providencie um biquíni minúsculo para desfilar para mim. — Mordeu meu pescoço. — Mas lembre-se que será só para mim. Agora eu preciso descer, minha linda.

E o encanto se quebrou.

— Sim, vamos.

Ele pegou suas coisas, eu peguei minha bolsa e descemos abraçados. Já lá embaixo, me deu mais um beijo apaixonado e se foi, deixando-me sozinha, perturbada e inconformada. Desde que nos rendemos um ao outro, não houve um dia sequer que passamos longe, um dia sequer sem beijos, amassos e trepadas espetaculares. Como sobreviver a estes quatro dias?

"Pink – Try"

Where there is desire there is gonna be a flame
Where there is a flame someone's bound to get burned

Mas então lembrei que teríamos o final de semana todo só para nós. Alana ficaria com Guilherme, me dando total liberdade e tranquilidade. Eu queria aproveitar ao máximo. Lembrei-me de que ele tem um apartamento em uma praia de Santa Catarina. Será que iríamos para lá?

Fiquei pensando no que disse a respeito do biquíni. Eu estava muito branca para usar um, mas uma ideia me veio à cabeça: vou providenciar uma cor melhor.

Era cedo ainda para buscar Alana no colégio, mas não queria voltar para o escritório. Então, resolvi relaxar da tensão de todo o dia, me dando uma massagem e retomando nossa costumeira provocação. Não podia deixar de contar isso ao meu lindo advogado.

> "Espero que faça boa viagem! Ainda estou muito tensa pelo ocorrido. Preciso de uma massagem para relaxar. Providenciando isso. Bjs."

Quanto tempo demoraria para ele surtar? Podia imaginar sua cara ao ver a mensagem. Realmente foi rápido.

> "Não conseguiu relaxar o suficiente com o orgasmo que te proporcionei? E que tipo de massagem você está pensando em fazer?"

Eu sabia. Ciúmes!

> "Era muito tesão e tensão para uma rapidinha dar conta. Uma massagem relaxante, tipo, de uma hora, vai me ajudar."

Eu adorava fazer isso como ele. Tirá-lo do sério proporcionava trepadas maravilhosas, quentes, selvagens. Estaríamos subindo pelas paredes na sexta-feira.

> *"E onde pretende fazer isso? Com UMA massagista, suponho. Nem pense em outro homem colocando a mão no que é meu. Eu falo sério, Paola."*

Nossa! Adorei sua possessividade.

> *"Sério que existe massagista do sexo masculino para mulheres? E eu não sabia disso? Esse tempo todo?... kkkk... Fique tranquilo, amor! É uma mulher sim. Até porque, já que preciso providenciar um biquíni para o final de semana, terei que providenciar também uma depilação condizente. O que você acha? Tipo completa?"*

Fiquei até com peninha dele agora. Deveria estar se remoendo. Será que fui longe demais?

> *"Porra, Paola! Me deixou de pau duro, só para variar. E preciso desfilar pelo aeroporto assim! Você me paga! Me aguarde!"*

Fiquei imaginando a cena e não pude deixar de gargalhar.

> *"Desculpe, amor! Não resisti. Agora preciso ir para a depilação. Sexta-feira lhe mostro o resultado! Boa viagem! Te amo! Bjs."*

Pedro

Cheguei cansado ao hotel. Pela viagem, pela noite não dormida, pelo dia tenso. E o trânsito do aeroporto até ali, naquele horário e em plena segunda-feira, me fez desistir de sair para jantar. Pedi alguma coisa para comer no quarto mesmo e fui tomar banho, lembrando da Paola.

Como ela podia ser tão perfeita? Com todo o stress de ontem, a dúvida pairando sobre o que tinha acontecido e minha atitude suspeita, ela ainda assim se mostrou confiante. Acreditou em mim, me deu uma segunda chance. E logo voltou a ser a mesma, alegre, cheia de vida e energia, provocante como só ela.

Enquanto jantava, comecei a pensar em como contar o meu delito. Quem sabe Rodrigo tivesse razão. Talvez ela não encarasse de forma tão dura. Afinal, nada foi feito para lhe prejudicar. Em momento algum eu usei as informações obtidas na rede para lhe trazer algum tipo de prejuízo, fosse financeiro ou emocional. Quem sabe ela pudesse levar pelo lado divertido da coisa? Quem sabe? Resolvi deixar para pensar sobre isso mais tarde, agora eu precisava ouvir sua voz.

— Boa noite, Dr. Pedro Lacerda! Fez boa viagem?

— Hum, adorei esse Dr. Pedro Lacerda. Lembrei do dia em que te conheci, o dia em que tirei a sorte grande!

— Ah, é?

— Sim, você toda formal, discreta, mas com um fogo nos olhos impossível de não enxergar.

— E eu lá, tentando não babar em cima de você.

— Não fale em babar em cima de mim. Eu ainda tenho sequelas da sua mensagem sobre a depilação. O que você fez? — Sim, eu já estava duro novamente. Se é que eu deixava de ficar alguma vez, com aquela mulher me tentando de tudo que é jeito.

— Por falar em babar, você não tem me dado a chance de fazer um aperitivo, né? Nossa, até me deu água na boca agora!

— Sua megera! Não me enrole. O que você fez, Paola? Vamos, me mostre. Envie uma foto.

— Ah, não, garanhão. Surpresa. Só sexta-feira.

— Puta que pariu, Paola! Não faça isso comigo. Vamos, me dê alguma coisa.

— Talvez eu te dê alguma coisa, mas você vai ter que fazer por merecer.

— Então você quer brincar? — perguntei, entrando no jogo dela.

— Você não quer?

— Com você eu quero tudo, minha linda. E então, como vai funcionar?

— Vou te mandar uma foto. Estou inteiramente vestida. E aí, vou te fazer algumas perguntas. Se você acertar a resposta, tiro uma peça e te envio nova foto, o que acha?

— Que tipo de pergunta?

— Relacionadas a mim, a nós. — Gostei daquilo e tinha a impressão de que eu ganharia o jogo.

— Eu topo. Mas não vale trapacear, hein!

— Eu? Trapacear? Jamais, meu amor! Só um minutinho que eu já te envio a foto para começarmos. Ah, mais um detalhe: se errar, é você quem tem que tirar uma peça e me enviar a foto.

— Ah, assim não vale! Eu não estou tão vestido quanto você.

— Ué? Você não se garante? Vamos, deixe-me ver como você está!

Enviei para ela a foto. Eu estava apenas de calça jeans, sem camisa.

— Uau! Isso vai ser melhor do que eu esperava. Não vejo a hora de você errar duas perguntinhas. — Apesar de não estar tão à vontade em mandar uma foto minha sem roupa, a risada dela, do outro lado da linha, compensava qualquer coisa.

— Sua safada! Vamos logo com isso.

Acertei a primeira e ela me enviou a foto, sem a camisa. Usava um sutiã meia-taça rendado preto... Cacete!

— Nossa, estou adorando essa brincadeira. Não vejo a hora de acertar todas as respostas.

— São cinco perguntas. Uma já foi. Atenção para a próxima.

— Como eu vou saber que você não vai me enganar nas respostas?

— Primeiro: eu não minto para você. Segundo: eu quero muito que você ganhe esse jogo.

Ah, por que eu não conheci essa mulher antes? Quanto tempo da minha vida perdido. Eu errei a segunda.

— Ah, amor. Que mancada! Tire a calça. Estou esperando.

— Merda! — Tirei e enviei a foto para ela.

— Já te disseram que você é muito gostoso? É o pecado em vida!

— Minha namorada muito safada costuma dizer isso.

— Ela tem muito bom gosto, sabia?

— Vamos, manda outra. Essa eu preciso acertar.

Acertei a terceira e a foto logo veio.

— Caralho! Eu sabia que você estava aprontando. Como você faz uma coisa dessas comigo? Estou longe. Por que você nunca usa isso para mim quando estou aí pertinho? — Ela estava de meia 7/8 e cinta-liga preta, de salto, fazendo pose em frente ao espelho. Deliciosa! — Puta que pariu! Que merda, Paola! Você fez de propósito.

— Ei, eu disse que faria perguntas e queria que você ganhasse esse jogo. Se bem que mudei de ideia. Acho que prefiro que você perca.

— Outra.

— Minha bebida favorita?

— Vinho! Não! Café! Ah, que merda. É um desses dois. — Ela gargalhava do outro lado. — Isso, vai rindo. Quero ver se vai continuar quando eu tiver um infarto aqui sozinho, ao ficar vendo você assim e não poder te tocar.

— Ai, lindo, sem drama, vai! E aí, qual é a resposta?

— Acho que você gosta dos dois na mesma intensidade, porém prefere o vinho porque te deixa mais solta.

— Uau! Com direito a explicação e tudo?

— E então? Acertei? Tira logo!

Outra foto. Sem sutiã! Ah, aqueles seios maravilhosos. Firmes, redondos, suculentos! E a cinta-liga continuava lá.

— A última!

— Manda! Eu vou acertar e você vai tirar a calcinha e ficar só com as meias e a cinta-liga. — Eu estava latejando já, de tão duro.

— Nossa sobremesa favorita?

— Você! Sua boceta é minha sobremesa favorita! Com morango, com licor, com champanhe. Agora me deixa ver!

Então ela me mandou, mais de uma foto, somente de cinta-liga e as meias. De costas, porra, aquela bunda! De lado, uma perna flexionada em cima da cama. Mas nenhuma de frente.

— Gostosa demais! Mas faltou a foto de frente. Quero ver sua depilação.

— Não, benzinho, já disse que é surpresa!

— PAOLA! Você mentiu. E você disse que não mente para mim.

— Não, querido! Eu falei que a gente ia brincar, que, se você acertasse as perguntas, eu tiraria uma peça de roupa e te enviava uma foto. Em momento algum eu disse como seria essa foto nem que seria da minha depilação!

— Não acredito que eu caí nessa. Você trapaceou, Paola!

— Vai me castigar por isso? — Mudou seu tom de voz, agora mais sexy.

— Pode ter certeza que sim! Vou achar um meio de fazer você pagar por esse delito.

— Vou te dar uma última chance. Se você acertar, eu te mostro. Se errar, você tira a boxer. Quero um nu frontal.

— Olha lá o que você vai perguntar.

— Que música estava tocando quando fomos para o parque correr, naquele sábado? Depois do café da manhã?

— Puta que pariu! Nós ouvimos música o trajeto todo, Paola. — Ela só podia estar de sacanagem.

— Assim que entramos no carro, Pedro. Vamos, faça uma forcinha. Lembre-se do que está em jogo.

— Merda! Não consigo me lembrar.

— *Stay, with me... My love I hope you´ll always be...Right here by my side if ever I need you... Oh my love... In your arms... I feel so safe and so secure... Everyday is such a perfect day to spend... Alone with you.*

E se fosse possível ser mais perfeita, ela foi. Cantou para mim um trecho da música que tocava naquele dia. Eu não me importava mais em ter errado sua pergunta porque de uma forma ou de outra eu ganhava. Sim, eu ganhava seu amor porque ela fazia questão de mostrá-lo a mim. De todas as formas. Eu era felicidade e angústia porque eu também queria mostrar todo o amor que sentia por ela.

— Genesis. — Suspirei sem fôlego pela emoção que me fazia sentir. — *Fique comigo... meu amor, eu espero que você esteja sempre... bem aqui do meu lado sempre que eu precise de você... Oh, meu amor.*

— Sempre estarei ao seu lado, meu amor. — Sua voz doce me confortava.

A culpa me corroía. Deus! Por que ela tinha que ser tão maravilhosa? E eu tão canalha?

— Paola...

— Acho que você perdeu, garanhão. Estou esperando. Lembre-se, nu frontal!

Fiz o que ela pediu. Eu faria qualquer coisa por ela. Mesmo não estando tão entusiasmado em função da dor que me afligia, do medo de decepcioná-la com o meu delito.

— Ah... que delícia... me deu água na boca, amor! Que tal imaginar que eu estou aí te chupando bem gostoso?

Enquanto ela falava toda sensual, eu me masturbava. Fechei os olhos e, sim, era como se ela estivesse ali, a boca deliciosa, os lábios rubros e inchados. Ela conseguia me fazer esquecer de tudo.

Eu gozei, para ela, por ela, com ela! Jorrei todo o meu líquido, como se ela pudesse sugá-lo todo, sem deixar sobrar sequer uma gota. Fiquei em silêncio, me recuperando, deixando que minha respiração voltasse ao normal. Ela também estava quieta, aguardando-me.

— Tudo bem, amor?

Cacete! Ah, aquela voz doce no meu ouvido, toda atenta, preocupada. Eu amava aquela mulher! Um arrepio percorreu meu corpo e senti meu estômago se contrair, quase de dor. De saudade, de medo de perdê-la, de pensar que eu morreria por ela!

— Pedro? Você está aí? Fale comigo.

— Estou aqui.

— Ai que susto você me deu! Ficou tão quieto.

— Eu disse que eu poderia ter um infarto. Você quase me causou um. De tanto prazer! Você não tem ideia do que faz comigo, Paola.

— Se for o mesmo que você faz comigo, então eu tenho sim.

— Eu queria você aqui comigo.

— Ah, Pedro, eu também!

— Sua vez agora. Diz, minha loba, o que você quer?

— Quero seus beijos. Quero sua boca nos meus seios, seus dentes me mordendo, suas mãos me apalpando. — Eu ouvia sua respiração ficar mais ofegante, seus gemidos, contidos. — Quero sua barba roçando minhas coxas, me deixando marcada, seus dedos brincando na minha umidade, deslizando para dentro de mim.

— O que mais, minha linda?

— Quero ouvir você falando sacanagem no meu ouvido, sussurrando, me deixando arrepiada, dizendo o que você vai fazer comigo, me deixando cada vez mais molhada! Quero você batendo na minha bunda, enquanto me come, aqui mesmo, em pé, contra a parede, me pegando de costas, mordendo minha nuca, estocando firme e fundo... Ahh... Ahhh... Eu estou... Gozando... Pra você... Só pra você... Sente isso!

— Como eu queria estar aí, vendo e sentindo você gozar!

— Eu amo você, Pedro! Demais! — Ouvi um soluço.

— Paola! Diz que você nunca vai me deixar. Promete que vai ficar comigo. Para sempre.

Eu sentia um nó na garganta. Um aperto no peito, como se me faltasse o ar. Mas não era o ar que me sufocava, era ela. Ela era parte da minha vida. Definitivamente. Não havia mais como eu viver sem aquela mulher. O sol não aqueceria mais da mesma maneira. O céu não seria mais tão azul, nem as estrelas brilhariam da mesma forma na minha vida, se ela não fizesse parte do meu mundo!

— Pedro? Por que você está falando assim? O que está acontecendo?

Eu precisava descontrair, deixá-la mais relaxada. Não queria minha namorada preocupada, ainda mais longe de mim.

— Vai aprontar outro jogo para amanhã à noite? — desviei o assunto.

— Tentarei pensar em alguma coisa para te distrair. — Sua voz denotava mais tranquilidade.

— Vou aguardar ansioso. Melhor dormirmos agora, minha linda. Amanhã terei um dia intenso.

— Está certo. Durma bem e sonhe comigo!

— Sempre!

Paola

Passei a terça-feira radiante. Apesar de estar longe do meu lindo advogado, nossa brincadeira da noite anterior havia sido muito produtiva e prazerosa. E claro, sua costumeira mensagem de bom dia era meu despertador, o que fazia meu dia começar bem.

Quando cheguei ao escritório, logo após o almoço, havia um buquê gigante de rosas vermelhas em minha mesa. Só poderia ser dele! Corri para ver se tinha cartão, mas não tinha. E como se fosse combinado, cronometrado, meu celular apitou, indicando uma mensagem de voz.

"Se não poderia ser minha letra no cartão, então teria que ser minha voz no seu coração. Hoje não pude estar com você, então espero que as flores consigam me substituir um pouco. Trabalhando muito e pensando mais ainda em você!"

Lágrimas escorreram pelo meu rosto. Deus! Aquele homem não podia existir. Eu com certeza estava sonhando. Não, nem nos meus melhores sonhos havia um homem assim. Lembrei do seu apelo de ontem à noite para que eu nunca o deixasse. Por que ele pensava que isso podia acontecer? Teria algo a ver com o segredo que ele ainda não havia me contado? Eu precisava responder sua mensagem.

> "Continuo achando que você não existe, que isso tudo é um sonho e que, a qualquer momento, vou acordar. Mas até lá, vou aproveitar ao máximo. As flores são lindas! E elas ficarão o tempo todo comigo, do escritório para casa. Como se você estivesse aqui, sempre olhando para mim. Te amo!"

Voltei ao trabalho, apesar de ser difícil me concentrar com ele ali comigo, ou melhor, as flores. Mandei uma mensagem para Maitê, confirmando nosso encontro de mais tarde. Ela me devia informações. Afinal, ficou sumida todo o final de semana. Eu estava supercuriosa.

No final da tarde, fui buscar Alana e fomos direto para casa. Maitê também ia para lá. Mandei uma mensagem para Pedro informando que nossa brincadeira ficaria para mais tarde.

Minha amiga estava muito feliz, realizada. Pelo menos, sexualmente falando. Contou-me como foi sua aventura, omitindo, é claro, os detalhes sórdidos.

— Uau, Paola! Rodrigo é o cara. Não sou nenhuma menina inexperiente, mas ele superou todas as minhas expectativas. Que homem quente, cacete! E que disposição! Achei que eu não ia dar conta — ela relatava suas peripécias, entre uma taça de vinho e outra.

— Deve ser mal de advogado, então — falei e caímos na gargalhada. — Mas e daí? Desculpe tocar no assunto, mas e a tal namorada? Ele esclareceu alguma coisa, chegaram a tocar no assunto?

— Então, ele disse que eles namoraram por uns meses e que ele terminou. Falou que ela pegava muito no pé, queria controlar demais a vida dele, essas coisas.

— Bem, pelo menos, jogou aberto.

— Isso é o que ele diz, né, Paola. Mas é só sexo mesmo! Ele é um cara legal, ótima companhia, um papo gostoso.

— E com tudo isso, você afirma que é só sexo? Não existe a mínima possibilidade de se apaixonar?

— Ah, Paola! Você sabe que isso não faz mais parte da minha vida. Foi o suficiente o que vivi. Mas e você, me conte. Sei que aconteceu alguma coisa.

Desembucha! — Maitê tinha seus motivos para não querer se apaixonar. Já havia sofrido um bocado e jurava que isso nunca mais iria acontecer.

Contei todo o episódio da noite de domingo para minha amiga, bem como a segunda-feira.

— Mas que piranha essa mulher, Paola. Será que ela não vai desistir?

— Eu sinceramente acho que não. Ela não é muito normal.

— Mas o que acha que aconteceu, se você disse que tem certeza que ele não te traiu? O que acha que pode ser?

— Não faço a mínima ideia! Mas não só existe algo de podre aí, como ele disse que a gente vai conversar na volta. Só não foi ontem porque ele teve essa viagem de última hora. Sinceramente? Eu estou com medo.

— Não fale assim, mulher! Medo do quê?

— Ah, não sei! Se você visse como ele estava, era como se eu o tivesse pegado no flagra. A expressão assustada, calado. Não me tocou e começou a beber. Sabe aquela coisa de você virar um copo para tentar clarear a mente?

— Você acha que é relacionado ao trabalho? Ou a você?

— A mim! Eu sinto isso. E esse é o meu medo! Sabe, Maitê, às vezes, acho que é tudo perfeito demais para ser verdade. Ele é perfeito demais. O modo como me trata, as coisas que fala, o jeito de transar. É como se eu tivesse dito para a minha fada madrinha o tipo de homem que eu queria e ela tivesse realizado meu desejo.

— Nossa, Paola, mas o homem tem que ter algum defeito. Não é possível.

— Bem, eu ainda não consegui achar. E esse é o meu medo. Será que estou tão cega assim que não estou enxergando a verdade que pode estar na minha frente?

— Ai, credo! Acho que você está muito encucada com isso. Relaxa, mulher. Aproveita a vida!

— É o que eu estou fazendo. Em outra época, eu não teria cedido a ele depois do que aconteceu no domingo. Mas, hoje, acho que não posso perder tempo com certas coisas, sabe? Ah, chega de falar disso. E você e o Rodrigo, quando vão sair novamente?

— Neste final de semana. Ele quer me levar num lugar diferente, pelo menos, foi o que disse.

Nosso papo se estendeu por um bom tempo. Quando Maitê saiu, vi que já era tarde para ligar para Pedro, apesar de ele ter deixado uma mensagem dizendo que eu poderia ligar quando quisesse.

A quarta e a quinta-feira, para minha alegria, passaram voando. O escritório tomou muito do meu tempo e atenção, até porque eu quis adiantar alguns assuntos, já que não iria trabalhar na sexta à tarde. Trocávamos mensagens, sempre apaixonadas e, à noite, a coisa esquentava ao telefone. Na quinta-feira, eu havia feito uma sessão de *jet bronze*, por isso não rolou foto à noite. Aproveitei também para deixar minha mala arrumada para a viagem.

A sexta chegou e eu estava ansiosa. Não só porque estaríamos juntos dentro de algumas horas, mas pelo que eu tinha planejado para quando ele chegasse. Aproveitei meu horário de almoço para fazer manicure e pedicure e ousei mais um pouco na brincadeira, fazendo uma tatuagem de hena na lombar. Ele já tinha me avisado que seu voo estava previsto para sair de São Paulo às três horas.

Organizei-me para chegar ao seu apartamento exatamente nesse horário. Confesso que estava nervosa, sem saber se eu conseguiria colocar meu plano em prática, afinal, nunca tinha feito nada parecido. Eu precisaria de uma bebida para criar coragem.

Subi, entrei e tudo estava do jeito como deixamos na segunda. Fui direto para a geladeira e abri uma garrafa de vinho branco. Era melhor eu começar a beber logo, antes que desistisse da ideia.

Levei meus pertences para o quarto. Ah, aquela cama. Lembranças maravilhosas me vinham à mente!

Eu já havia planejado tudo porque tive tempo suficiente para isso. Aqueles quatro dias sem ele estavam me deixando louca. Eu estava subindo pelas paredes. Nós íamos nos atrasar para a viagem, mas valeria a pena. E o que eu tinha em mente era castigá-lo por ter me abandonado naquela semana.

Consegui aprontar tudo da forma como queria. Coloquei a banheira para encher com água quente. Até a hora de usarmos, já estaria na temperatura ideal.

Faltava a produção principal. Tomei um banho demorado, vesti a roupa que havia separado, pus perfume e arrumei o cabelo. Agora era só aguardar sua chegada. Mandei uma mensagem pedindo para me avisar quando estivesse quase em casa.

"Por quê? Você não está me esperando no apartamento?"

> "Sim, estou preparando algo para você comer e gostaria que estivesse no ponto quando você chegasse."

Não deixava de ser verdade, afinal, ele iria me comer. E eu precisava estar prontíssima!

> *"Você está cozinhando para mim?"*

> *"Talvez!"*

> *"O que você está aprontando dessa vez, minha loba? Estou no meio do caminho! Devo chegar em meia hora!"*

> "Ok!"

O tempo ia passando e eu ficava mais nervosa. Não queria dar vexame. Tomei mais vinho para criar coragem.

Eu estava na cozinha, quando ouvi o barulho na porta. Era ele! Meu coração acelerou.

— Linda, cadê você? — Ele entrou e ouvi quando largou a mala no chão. Peguei o controle e liguei o som.

"Rolling Stones – Heaven"

You're my saving grace, saving grace

— Olá! Fez boa viagem? — cumprimentei-o, chegando à porta da copa para a sala, segurando a taça de vinho.

Ah, eu já estava bem alegre. Eu vestia um macacão preto de vinil totalmente colado ao corpo, com um zíper na frente aberto até onde começava a curva dos seios, e sapatos de salto altíssimo também pretos. Os cabelos estavam perfeitamente escovados, formando uma cascata sobre os ombros e costas, salientando as mechas loiras.

Como imaginei, ele ficou sem ação por um momento, apenas me olhando com os olhos verdes esfomeados, que eu tanto adorava. Ainda vestia o terno, mas a gravata estava solta em volta do pescoço.

Muito bem, Paola. Agora é com você!

Capítulo 20 - O poder da sedução

Paola

— O que eu fiz para merecer essa visão do paraíso? — falou, sem mover um músculo sequer. Estava paralisado e eu conseguia ver a excitação estampada em seu olhar. As narinas se moviam, demonstrando que sua respiração estava alterada. — Se terei esse tipo de recepção cada vez que viajar, acho que vou providenciar novos destinos.

— Em primeiro lugar, não pense que é o paraíso que te espera. Em segundo, isso é só para você ver o que deixou para trás quando viajou. Tem certeza de que pretende me deixar sozinha novamente, assim, ardendo de desejo? Acho que você merece um castigo por isso — falei, chegando mais perto. Perto o suficiente para que ele pudesse sentir meu cheiro de desejo. — Sede? — Ofereci a taça a ele.

— Não é sede que eu tenho. Estou morrendo de fome e você sabe do quê — falou, já se aproximando de mim, com os braços em minha direção, mas afastei-o de imediato.

— Não! Você não toca em mim enquanto eu não mandar — falei pausadamente, com a voz rouca, usando um tom bem sensual.

Eu ainda não sabia como estava conseguindo fazer aquilo. Era novidade para mim, mas eu queria muito surpreendê-lo. Depois do nosso desentendimento no último domingo, eu queria mostrar que estava mais confiante na nossa relação. Cheguei mais perto, mas ainda sem permitir que me tocasse. Ele ficou no mesmo lugar, apenas observando, enquanto eu me dirigia para suas costas e sussurrava em seu ouvido, fazendo-o se arrepiar.

— Você vem comigo agora para o quarto e vai fazer o que eu pedir. E somente quando eu pedir...

— Ah, então você quer brincar? Mas sem trapaças hoje — falou com a voz rouca de desejo, o olhar já ensandecido. — Acho que vamos nos atrasar para a viagem, então — murmurou, levando a mão à gravata para tirá-la.

— Já disse que você vai fazer o que eu quiser, na hora que eu quiser. A gravata fica. O paletó também. — Puxei-o pela gravata, indo em direção ao quarto, com ele atrás de mim.

— Porra, se é que isso é possível, sua bunda ficou ainda mais gostosa nessa roupa!

Chegamos à frente da cama e ouvimos a música extremamente sexy ao fundo.

Ele estava ali como pedi, sem se mexer. Me aproximei, porém sem encostar o corpo no dele, meus lábios quase tocando os seus, meu olhar consumindo-o de tanto tesão. Comecei tirando a gravata. Depois, passei para o paletó, deslizando as mãos pelos ombros fortes, os braços rígidos, sentindo toda a sua musculatura. Ele era muito gostoso. Lentamente, fui abrindo os botões da camisa, um a um, nunca deixando seu olhar. Logo ela fazia companhia ao paletó e à gravata no chão. Podia sentir o quanto ele estava duro e pude comprovar quando levei a mão até a calça.

— Promete fazer só o que eu mandar?

— Se você acha que não vou te tocar, está redondamente enganada. Totalmente impossível isso.

— Veremos! — Desci o zíper e fiz o mesmo caminho da calça, me abaixando lentamente até ficar praticamente de joelhos à sua frente.

A boxer denunciava sua ereção. Ele não falava nada, não se movia, apenas me observava. Subi pelas suas pernas, depositando beijos, as mãos fazendo o mesmo caminho. Tirei o que ainda faltava para lhe ver totalmente nu.

— É isso que você chama de castigo? Porque para mim está parecendo mais uma recompensa — falou com a voz embargada de desejo, fazendo um esforço tremendo para se controlar e não me tocar. Fui empurrando-o para a cadeira que eu havia colocado no meio do quarto e o fiz sentar.

— Você pode falar, mas não poderá se mexer — sussurrei no seu ouvido. — E já que não pode prometer não me tocar, me vejo obrigada a isso. — Fiquei às suas costas e puxei seus braços para trás na cadeira, algemando os pulsos.

— Você só pode estar de brincadeira. O que você está fazendo, Paola? Solte-me agora! — disse num tom surpreso e ao mesmo tempo carregado de desejo.

— Não gostou? Mas você acabou de dizer que parecia uma recompensa? — perguntei com a voz cada vez mais rouca.

Levei a taça à boca novamente, segurando um gole. Aproximei-me de seus lábios, fazendo-o abri-los para que eu despejasse um pouco do vinho. Ajoelhei-me devagar à sua frente. Ele estava duro como pedra, as veias grossas saltando no seu membro enorme. Sem desviar do seu olhar, comecei a dar lambidas em seu pau, já sentindo o gosto do líquido pré-ejaculatório. Aos poucos, o coloquei na boca, chupando sofregamente, em um vai e vem cadenciado, gostoso, enquanto com as mãos massageava as bolas.

— Caralho! Isso... boquinha de veludo... Ahhhh! — Ele estava arfante, desnorteado, ensandecido. Eu chupava cada vez mais forte, enchendo a boca, chegando ao máximo da minha capacidade para engoli-lo todo. — Ahhh... delícia... engole meu pau, pega ele todo para você!

Eu não me fiz de rogada, chupei, engoli, mordisquei, me sentindo cada vez mais poderosa por vê-lo tão enlouquecido. Quando senti que ele estava quase chegando lá, parei, ainda segurando seu olhar. Levantei-me e fui me distanciando. Ele era lindo. E ali, sentado, algemado àquela cadeira, com um olhar feroz, ficava magnífico.

— Volte aqui, sua bruxa!

Parada à sua frente, comecei a abrir o zíper do meu macacão, muito lentamente, deixando-o por um momento apenas imaginar o que se escondia por baixo. Enquanto eu afastava as abas para o lado, mostrando apenas a curva dos seios, seu olhar se tornava mais faminto.

— Você tem noção do quão sexy é? Essa roupa colada nesse corpo maravilhoso... e o que é essa cor da sua pele? — Ele se remexia na cadeira, sem poder levantar ou mover os braços.

Não disse nada, apenas me virei de costas, baixando a parte de cima da roupa, revelando meus braços e costas agora bronzeados e com a marca do biquíni.

— Puta que pariu! — ele proferiu cada vez mais excitado. — Isto é um show particular e você me prende aqui? Vire-se, por favor...

Virei-me de frente para ele, mas cobri os seios com as mãos, adiando a revelação e continuando a me movimentar no ritmo da música.

— Tire as mãos. Deixe-me ver essa marquinha.

Me aproximei um pouco, parando à sua frente e então revelando os seios.

— Uau! Deliciosa! Linda! Vem cá, chega mais perto.

— Não! Você só vai olhar.

— Paola, sério, me solte. Isso é tortura!

Provocante

Continuei descendo o macacão até tocar o chão, saindo de dentro dele, ficando apenas com o biquíni.

— Você pediu que eu providenciasse um biquíni, não foi? Será que esse é do seu gosto?

— Vire-se! — Sua voz já demonstrava impaciência.

Fiquei de costas, revelando a bunda coberta, ou quase, pelo minúsculo biquíni branco.

— Cacete... que bunda! E o que é essa tatuagem? Quando você fez isso? — Cada vez ele se remexia mais e ficava mais louco. — Tudo bem, você conseguiu me castigar, me deixando apenas olhar, agora venha aqui e me solte.

Virei-me e desci a calcinha, ficando agora totalmente nua, apenas com os sapatos, revelando, enfim, minha depilação. Fui chegando mais perto, até conseguir tocar seus lábios suavemente.

— Achei que você gostaria da completa.

— Amei! Ficou perfeita. Estou louco para saboreá-la!

Eu estava queimando de tanto tesão. Queria muito soltá-lo para sentir suas mãos sobre o meu corpo, me acariciando, me tomando, mas ao mesmo tempo queria domá-lo. Então, lhe dei as costas novamente e fui até a cama.

— Precisei providenciar algo para me dar um alívio nesses dias que você me abandonou. — Fui até o travesseiro e peguei o vibrador que havia comprado. — Incrível a criatividade das pessoas hoje em dia. — Mostrei a ele, sentando-me na cama. — Acredita que esse aqui vibra de acordo com a música que está tocando no iPod? Já testei e é maravilhoso!

— Paola, largue isso! Você não precisa mais. Venha cá, me solte, me deixe vibrar dentro de você. — Ele estava cada vez mais impaciente e excitado.

— Quer que eu mostre como funciona? — Deitei na cama, ficando de lado para ele. Liguei o vibrador e afastei as pernas, levando-o em direção ao centro.

— Uau! Hummmm... Que delícia!

— Puta que pariu, Paola! Você me paga por isso!

— Ahhh... Tudo de bom... Acho que... Eu vou... Gozar...

— Paola!

Mas eu não queria gozar daquele jeito. Era meu lindo advogado que eu desejava me dando prazer! Então parei antes. Virei meu rosto para ele, que estava transtornado, o maxilar contraído, o rosto vermelho e a respiração entrecortada. Levantei da cama e fui em sua direção.

— Eu quero você! Preciso te sentir dentro de mim. — Então sentei em seu colo, de costas para ele, sentindo sua ereção absurda, me remexendo sensualmente, encostando todo o meu corpo no seu, inclinando a cabeça em seu ombro, permitindo que ele beijasse, lambesse e mordiscasse meu pescoço.

— Porra... não acredito que você não vai me deixar te tocar... — sussurrou no meu ouvido, enlouquecido de desejo.

Afastei a bunda o suficiente do seu colo apenas para poder direcionar o seu pau para meus lábios inchados e molhados e o fiz deslizar lentamente para dentro da minha boceta.

— Caralho de boceta gostosa... isso, senta no meu pau, rebola essa bunda que ficou ainda mais linda com a tatuagem — ele murmurava, ofegante, cada vez mais duro e grosso. Eu já não aguentava mais, queria sua boca na minha. Então, me virei em seu colo, ficando sentada de frente para ele e, quase desfalecendo, pedi:

— Me beija! Quero sentir sua boca.

E ele beijou. Louco, sedento, faminto. Atacou meus lábios, mordendo, chupando... invadiu minha boca, sua língua percorrendo todo o interior, me devorando. E ali, com sua boca na minha, seu pau enterrado em mim, a posição favorecendo a pressão do seu púbis em meu clitóris, eu não consegui mais segurar e gozei enlouquecida. Gozei como nunca, lambuzando ainda mais a nós dois com meus líquidos.

— Isso, goza, minha loba... uiva para mim como só você sabe — murmurou gozando também, me enchendo com seu sêmen, me dilacerando. Mesmo com os movimentos contidos, ele estocava sem dó nem piedade, me preenchendo completamente. Nossos corpos tremiam, suados. Minhas mãos agarravam seus cabelos e nossas bocas se consumiam.

Ficamos ali, de olhos fechados, tentando recuperar nossa respiração.

— Minha loba! Minha deusa loura e louca — sussurrou em meu ouvido. — Me solte agora, por favor. Eu preciso te abraçar!

Eu ia me levantar para soltar as algemas, mas ele pediu:

— Não saia dessa posição! Deixe-me te sentir assim mais um pouco.

Consegui alcançar a chave das algemas em cima da mesa e o soltei. Seus punhos ficaram marcados. Massageei-os, desculpando-me.

— Hoje eu que te peço desculpas. Me perdi no momento.

Provocante 263

— Vem cá. — Levantou, comigo em seu colo, ainda dentro de mim.

Agarrei-me em seu pescoço e deixei que me levasse até a cama. Deitou-me, ainda em cima de mim, me olhando nos olhos o tempo todo. Ele ainda estava semiereto, então voltou a estocar lentamente. Eu já voltava a sentir a excitação tomando conta do meu corpo novamente. Fechei os olhos, me deixando levar pela sensação.

— Abra os olhos, linda. Olhe para mim. — Acatei seu pedido. Ele estava sério, seus olhos examinando os meus atentamente.

— Eu amo você, Paola! Amo loucamente! Como nunca imaginei ser possível amar alguém. Eu disse e repito que preciso de você na minha vida. Todos os dias, o tempo todo. Eu quero seu corpo, seu coração, sua alegria. Quero ser seu suporte, seu amigo, seu amante. Me deixe amar você. Me deixe te fazer feliz. Porque é isso que você faz comigo!

Enquanto ele falava todas aquelas palavras mágicas e apaixonantes, continuava estocando, me comendo, me devorando com seu corpo. E eu não conseguia acreditar em tudo o que estava acontecendo. Sim, eu sabia que ele estava apaixonado, mas não imaginava a intensidade do seu sentimento. E agora eu via isso. Eu sentia seu amor.

— Diga que me ama também! — pediu ofegante.

— Amo! Amo! Amo! Eu amo você, Pedro!

Então sua boca tomou a minha novamente, num beijo apaixonado, cheio de amor, de entrega, de redenção. Nos amamos mais uma vez, atingindo juntos o ápice da nossa excitação, tornando-nos cúmplices daquele amor.

Ficamos mais um tempo deitados, nos recuperando da maratona sexual. Me deixei ficar com a cabeça em seu peito, enquanto ele afagava meus cabelos.

— Quando eu penso que te conheço, vem você e me surpreende novamente. Você é um espetáculo, sabia?

— Que tal a gente ir para a banheira? Eu já enchi, a água deve estar no ponto. Ou você quer sair logo?

— Estando com você, meu amor, para mim qualquer lugar serve. Não temos horário para nada esse final de semana. Podemos fazer o que quisermos, a hora que quisermos.

— Sendo assim, vamos para a banheira. — Levantei, puxando-o comigo.

Ficamos imersos por um bom tempo. Sempre abraçados, nos beijando, nos acariciando. Conversamos sobre nossa semana e o stress que o cercou pelos problemas com seu cliente.

— A única coisa que me animava era saber que, à noite, quando chegasse ao hotel, poderia falar com você. Ouvir sua voz, sentir seu amor, mesmo que de longe. — Eu me mantinha deitada com as costas em seu peito, a cabeça repousada em seu ombro, enquanto suas mãos acariciavam minha barriga.

— Será que é normal isso que a gente está sentindo? Digo, essa necessidade de estar sempre juntos? Essa saudade que aperta o peito e consome a alma?

— Por que não seria?

— Ah, sei lá. Parece coisa de adolescente, que a gente lê em livros, vê em filme, que não acontece na vida real. Pela nossa idade, não deveria ser uma coisa mais tranquila, mais madura? — Ele gargalhou.

— Você quer dizer coisa de velho? Tipo transar a cada quinze dias, um papai e mamãe básico? É isso?

— Não, não digo que tenha que ser assim, mas a gente parece viciado. Não consegue se largar, não pode se ver sem ter que se atracar! — Ele gargalhou novamente.

— Se atracar é boa. Não sei, meu amor. Já disse que isso é novidade na minha vida. Nunca amei antes. Talvez a gente não seja mais tão jovem, mas nosso amor é. Acho que para amar não tem idade. Então não me interessa se é normal, se é louco, se é jovem. Eu sou sim viciado em você! E não posso te ver, ou ouvir sua voz, ou pensar em você sem ficar excitado, sem querer te beijar e estar com você.

— Eu também.

— Então é só isso que importa. Se estamos felizes, não interessa se é normal ou louco.

— Então, meu louco, o que acha de a gente sair daqui e comer alguma coisa? Porque agora estou com fome de comida mesmo. — Virei para ele, roçando seus lábios.

— Eu também. Tudo bem para você comermos no caminho? Não vejo a hora de ter você no meu apartamento, isolados dessa rotina.

Arrumamos o restante de nossas coisas e saímos. Paramos em uma pizzaria, comemos tranquilamente e seguimos. Foi uma viagem alegre, movida a muita música e altas risadas. Estávamos felizes e realizados.

Era sexta-feira, final do mês de outubro, e Balneário Camboriú estava movimentado. O prédio onde Pedro tinha apartamento ficava na praia central, na avenida principal. Subimos, levando nossas malas. Ele abriu a porta e, antes que eu pudesse me mover para entrar, me pegou no colo.

— Seu louco, me ponha no chão! — Não que ele não fosse forte, mas eu não era levinha.

— Ei, eu não sou nenhum velho fracote. Posso te carregar alguns metros. — Ainda me segurando, beijou meus lábios. — Quero que você se sinta em casa. — Então me colocou no chão, mas manteve seus braços à minha volta. — Não imagina como estou feliz em tê-la aqui.

— Eu também estou feliz por estar aqui com você. — Nossos olhares já denunciavam nosso desejo, mesmo após o sexo intenso do final da tarde.

— Você conhecerá o restante do apartamento amanhã. Agora, quero você na minha cama, e não exatamente para dormir.

Me puxou em direção ao quarto. Sim, eu conheceria e repararia nas outras coisas amanhã, porque, naquele momento, eu só tinha olhos para ele. O homem que eu amava! Que me fazia ver a vida colorida, alegre e radiante. Nos amamos mais uma vez, sem pressa. Foi lento e cuidadoso, mas nem por isso menos intenso. Ele disse o quanto me amava, o quanto precisava de mim, o quanto eu o fazia feliz. Eu me sentia da mesma forma porque ele me completava. Dormimos abraçados, exaustos da viagem e de toda a nossa atividade sexual.

Eu ouvia ao longe uma música conhecida. Sorri ao lembrar-me da ocasião em que ela foi mencionada. Abri os olhos e me vi sozinha na cama. Olhei ao redor e só então reparei no ambiente. Era um quarto espaçoso, não exatamente luxuoso, mas com uma decoração de muito bom gosto. Tudo remetia ao mar, com tons de azul por todo canto. Ao meu lado direito, havia um conjunto de mesa e duas cadeiras brancas. Quadros com motivos marítimos enfeitavam as paredes. Uma porta logo à frente parecia ser o banheiro.

O sol já estava alto, a janela aberta me deixava ouvir o barulho do mar e trazia para o quarto a brisa gostosa da manhã. As cortinas esvoaçando me permitiram ver uma grande sacada de frente para o mar. Espreguicei-me e neste momento meu deus grego entrou no quarto, trazendo uma bandeja, vestindo apenas uma boxer preta. Era a visão do paraíso!

— *Stay, with me... My love I hope you´ll always be...Right here by my side if ever I need you... Oh my love... In your arms... I feel so safe and so secure... Everyday is such a perfect day to spend... Alone with you.*

Ele cantava para mim a música que cantei para ele ao telefone.

— Nunca mais vou esquecer essa música. Se você soubesse como fiquei naquela noite... — falou enquanto levava a bandeja para a sacada. — Que tal um café da manhã com vista para o mar?

— Eu morri e fui para o céu? — perguntei ainda deitada.

— Você não morreu e isso aqui não é o paraíso! Está mais para inferno mesmo. De tão quente lá fora e aqui dentro. — Veio até mim, me abraçando e me cobrindo de beijos. — Bom dia! Dormiu bem, minha loba manhosa?

— Maravilhosamente bem! Você fez o café? — Comecei uma carícia leve em suas costas, me encostando mais em seu corpo.

— Fiz. Venha, vamos para a sacada, mas você precisa vestir alguma coisa.

Levantei-me, me enrolando no lençol, e o segui até lá fora. Havia uma mesa e duas cadeiras de rattan brancas em um lado, bem como uma chaise redonda, quase do tamanho de uma cama do mesmo material em outro. A vista era magnífica. Estávamos no décimo andar, de frente para o mar. Dali não era possível que nos avistassem, nem mesmo nos prédios vizinhos. E com aquela visão maravilhosa do céu azul, quase se fundindo com o mar à minha frente, mais aquele espetáculo de homem ao meu lado, não tinha como não ter ideias pecaminosas.

Deitei-me na chaise enquanto ele servia o café e aguardei. Quando virou-se para mim, bati com a mão ao meu lado, fazendo sinal para que se juntasse a mim.

— Vem aqui.

— Eu me empenhei em arrumar uma bandeja de café para você, mas pelo jeito não é bem isso que você tem em mente, não é? — Veio até mim, deitando-se ao meu lado e afastando o lençol que me cobria, suas mãos já passeando pelo meu corpo.

— É claro que eu quero café. Só pensei em ter um aperitivo antes. — Me virei para cima dele, segurando seus braços.

— Sua depravada. Só pensa nisso.

— Desculpe, mas tenho como namorado um advogado muito, muito gostoso, sexy pra cacete, então não consigo pensar em outra coisa.

Ainda segurando seus braços acima da cabeça, fui descendo beijos pelo tórax, abdômen, agora acariciando-o, deslizando minhas mãos por suas coxas. Ele já estava ereto.

— Paola, não esqueça que estamos na sacada. Alguém pode nos ver. — Sua respiração já estava alterada.

— Sei disso. Quem não quiser ver que não olhe. — Deslizei a língua por sua virilha, ensaiando para chegar até seu pau inchado, com as veias grossas saltadas. — Você tem ideia do quão delicioso é? E do quanto eu amo você? — Olhei-o fixamente e desci a boca sobre ele, vendo-o cerrar os olhos, inclinando a cabeça para trás, deixando o tesão tomar conta do seu corpo.

— Ah, essa sua boca... Porra!

— Sim, minha boca é toda sua. Pede o que você quiser.

— Chupa! Como só você sabe fazer. Me engole inteiro. E olha para mim!

Eu fiz o que ele pedia, me esmerando para fazer o melhor possível, sempre com os olhos nos dele. Ele adorava me ver, segurar meu olhar enquanto eu o engolia.

— Vem cá! Deixe-me mostrar que minha boca também é sua. — Subi até ele. — Me dá essa boceta gostosa aqui. E você pode continuar com seu trabalho lá embaixo. — Seu olhar era de pura luxúria, o que só me deixava ainda mais molhada.

Montei nele como pediu e nos entregamos a um 69 arrebatador! Ele executava um trabalho perfeito com a língua, desenhando círculos, mordiscando, lambendo. Não precisou muito para que gozássemos loucamente, enquanto eu o chupava e sugava todo o seu gozo e ele lambia todo o meu líquido.

— Definitivamente vou precisar de vitaminas. — Sorriu e me puxou para seus braços.

— Pois não parece. Você está sempre pronto quando chego perto.

— Espero continuar assim. Café agora?

— Agora sim.

Tomamos nosso café. Depois tomamos banho e saímos para aproveitar o resto da manhã.

A praia estava bastante movimentada, mas encontramos um lugar não muito cheio para nos sentarmos ao sol. Ele tirou a bermuda e a camiseta, revelando o corpo gostoso, só de sunga. Eu não cansava de admirá-lo. Eu e as mulheres que passavam por nós, que nem se davam ao trabalho de disfarçar.

— Mulherada assanhada essa, hein! Nem disfarçam — falei, também tirando minha blusa.

— O que foi?

— Ah, não se faça de bobo, Pedro. — Caiu na gargalhada.

— Ciúmes? Mas elas só estão admirando, amor.

— E você adorando, né? — Abri o botão e o zíper do meu short.

— Você não veio com aquele biquíni de ontem, né? — Parei de tirar o short no meio do caminho.

— Por quê? Só as mulheres podem admirar o que é belo? Os homens não têm esse direito? — Baixei os óculos de sol para olhar diretamente para ele, que fez o mesmo.

— Aquilo é indecente para se usar numa praia, Paola.

— Como é que é? Indecente por quê? — Eu nunca usaria aquele biquíni na praia. Eu o tinha comprado para o uso específico de ontem, mas ele não precisava saber disso.

— Como por quê? É a mesma coisa que nada. É como se você estivesse nua!

— E? — Vamos, Dr. Pedro. Quem está com ciúmes agora?

— E eu não quero minha mulher exposta para esse bando de marmanjo ficar babando. — Eu só ouvi o "minha mulher". O resto havia sido deletado da minha mente.

— Ciúmes? Mas eles só vão admirar, amor! — Usei suas palavras.

— Não se atreva a tirar esse short, Paola! — Sentou-se na espreguiçadeira. Mas eu continuei a baixá-lo, lentamente, vendo que ele acompanhava o meu movimento.

— Fique tranquilo, não é aquele biquíni. — Terminei de me despir, estendi a canga na areia e me deitei de costas para o sol e para ele, já com meu livro em mãos.

— Vai me dar as costas agora? — perguntou num tom áspero. Virei o rosto para ele, baixando novamente os óculos para que visse meu olhar.

— Pensei que gostasse que eu te desse as costas.

— Porra, Paola! — Levantou-se impaciente. — Vou pegar uma bebida. Quer alguma coisa?

— Uma água de coco está ótimo!

Ele se afastou e fiquei observando-o. Seu corpo era maravilhoso. Ele parecia muito mais novo. Andar firme, altivo, que chamava a atenção. Era óbvio que a mulherada babava. Não adiantava, eu precisaria me acostumar, seria sempre assim. Vestido ou seminu como estava, não havia mulher que não o olhasse. Mas ele era meu. Só meu! Todinho meu! Sorri pelo meu egoísmo e voltei à minha leitura.

— Você está começando a ficar vermelha. — Ele havia voltado e estava atrás de mim. — Principalmente na bunda. E isso não é nada bom, visto que pretendo usá-la mais tarde.

Olhei à nossa volta para ver se alguém tinha ouvido sua insanidade, porque ele não fez questão alguma de ser discreto. Levantei e sentei-me na espreguiçadeira, pegando o coco que ele me entregou. Notei que ele me analisava detidamente, devorando meu corpo com os olhos.

— Você ficou ainda mais linda bronzeada.

— Obrigada!

— E essa tatuagem que você fez, quando foi? — perguntou, bebendo sua cerveja.

— Ontem, logo após o almoço. Gostou?

— Realçou ainda mais sua bunda!

— Sempre tive vontade de fazer. Então decidi fazer essa de hena, para ver se ficava bom e se eu realmente ia gostar, para então decidir se fazia uma definitiva.

— Eu adorei. E você, gostou? Vai fazer?

— Acho que sim. Só não sei ainda o que tatuar, que desenho ou frase.

— Por que você não coloca assim "Propriedade de Pedro Lacerda"?

Cheguei a me engasgar com a água, de tanto rir. Ele também caiu na gargalhada pela insanidade de suas palavras.

— Ah, você quer me marcar a ferro, então? Como se eu pertencesse a você?

— E não pertence? — Me olhou sedutor. — Você é minha! Que isso fique bem claro! — falou de forma tão envolvente que me deixou aquecida. — Não quer entrar na água, se molhar um pouco?

— Mais do que já estou molhada? — Olhei também sedutora para ele.

— Paola!

— O quê? Você acha que pode me falar uma coisa dessas, me olhar desse jeito e eu vou ficar imune? Que não vou me abalar? Até parece que você não me conhece, Pedro.

— Vem comigo. — Largou a cerveja e tirou o coco da minha mão, me puxando em direção ao mar. Nesta época, a água ainda estava gelada e o contato com meu corpo quente fez minha pele arrepiar.

— Arrepiou de frio ou tesão? — Foi me puxando mais para o fundo, para além da arrebentação.

— Os dois. — Me deixei ser levada. Eu já imaginava quais eram suas intenções. Chegamos a uma altura em que a água chegava aos meus ombros. — Pedro, é muito fundo aqui, é perigoso.

— Eu cuido de você. Agora me mostra o quanto você está molhada. — Me puxou pela cintura, grudando meu corpo no seu e esfregando sua ereção em meu ventre. Agarrei seu pescoço, enlaçando uma perna em sua cintura.

— Por que você mesmo não comprova? — Será que ele nunca iria aprender que eu adorava esse tipo de desafio?

Então desceu a mão direita até o meio de minhas pernas, afastando o biquíni para o lado e enfiando o dedo médio na minha umidade.

— Delícia! — Seus olhos estavam escuros de desejo. Então tirou e enfiou dois dedos. Eu fazia um esforço para controlar meus gemidos, enquanto o movimento da água só ajudava a deixar a situação mais excitante. — Minha loba sacana. Você adora isso, né? Me tirar do sério, me fazer perder as estribeiras.

— Eu adoro tudo que diga respeito a você. — Ele movia os dedos em um entra e sai e seu polegar começou a massagear meu clitóris. Eu não ia me segurar por muito tempo. — Você vai me fazer gozar desse jeito — falei arfante.

— É exatamente o que quero. Vai conseguir conter seus gemidos? Não esqueça que estamos em um lugar público. — Ele falava baixo, a voz rouca, me olhando intensamente, tudo contribuindo para eu chegar lá.

— Você não percebeu ainda que isso não me intimida? Não pense que eu vou perder um orgasmo, meu amor. Prometo não te decepcionar.

Contraí meus músculos, sugando seus dedos para dentro. Vi sua expressão ao sentir meu movimento. Meu ventre veio junto, respirei profundamente e me deixei levar pelo orgasmo, me concentrando em seus olhos. Ele tentou me beijar, mas não deixei.

— Não! — Eu me controlava para falar o mais baixo possível, apenas sussurrando, enquanto o gozo varria meu corpo. — Só olha para mim, gozando para você... Ahh... nos seus dedos... Ahh... — Colei minha boca em seu ouvido. — Imaginando que poderia ser o seu pau me preenchendo... ahhh... — Abracei-o mais, sentindo os últimos espasmos. Então voltei a encará-lo, enquanto lentamente ele tirava os dedos.

— Eu amo você! Porra, como eu te amo! — Me beijou apaixonado. — Eu nunca vou ganhar, não é? Você sempre vai me surpreender.

— Ah, meu amor, você está fazendo o desafio errado para mim! Está provocando-me para fazer o que eu mais gosto. E ainda por cima com você. Sinto dizer-lhe, mas nesse caso você vai perder sempre.

— Comprei um presente para você. — Deslizou as mãos pela minha bunda.

— Mesmo? Que tipo de presente?

— Um que você vai poder usar só comigo.

— Hummm... Isso está me cheirando à sacanagem.

— Pode ter certeza de que é. E das boas — sussurrou em meu ouvido, mordiscando minha orelha, meu pescoço. — O que você quer fazer hoje à tarde?

— O que você quiser. Deixo a programação por sua conta.

— Que tal irmos passear por outras praias menos movimentadas?

— Ótimo! Podemos ir até a praia do Pinho?

— Esqueça. Nem comece com isso, Paola! Já basta o seu exibicionismo na limousine naquele dia e hoje cedo na sacada. — Sua expressão já não estava mais tão descontraída. — Se não quero nem que você use aquele biquíni em público, o que dirá te levar a uma praia de nudismo.

— Ah, amor, mas lá todo mundo fica sem roupa. Lá é normal.

— Pois saiba que para mim não tem nada de normal minha mulher desfilando nua numa praia. Não importa se tem milhares de outras também fazendo o mesmo.

Mais uma vez ele usou o termo "minha mulher" para se referir a mim. Como eu podia insistir naquele meu capricho e deixá-lo irritado depois de ouvir aquilo? Fiquei admirando seu olhar intenso, me sentindo cada vez mais apaixonada.

— O que foi?

— É a segunda vez hoje que você se refere a mim como sua mulher.

— Porque é verdade. Mulher, namorada, amante, amiga. Você é minha! E só minha! — Ele falava e seu olhar me consumia. — Você gostou disso, não foi?

— Amei! Eu gosto de me sentir sua.

— Que bom. Porque você é. E eu não divido e não compartilho minha mulher. — Me beijou ardentemente.

Após mais uma infinidade de carícias, retornamos à areia. Deitei ao sol novamente, enquanto ele buscava outra bebida. Ficamos ali mais um tempo, até que retornamos ao apartamento para um banho e então irmos almoçar. Passeamos por praias próximas, porém menos movimentadas. Paramos em algumas, sentamos na areia, conversamos e namoramos. Não poderia haver programa melhor do que aquele. Estar ao lado de quem se ama, com uma paisagem paradisíaca à frente, sem horário para controlar, sem pessoas para atrapalhar. Simplesmente se deixar ficar à vontade. Mesmo o silêncio que às vezes se instalava entre a gente era confortável.

Voltamos para casa no final da tarde e decidimos jantar no apartamento mesmo. Tomamos um banho e fui para a cozinha, pois eu iria cozinhar para o meu amor.

— Posso te ajudar em alguma coisa? — Chegou por trás, me abraçando pela cintura. Então me lembrei do que ele havia dito uma vez sobre eu cozinhar somente de avental.

— Pode. Que tal colocar uma música e abrir um vinho para nós? — Eu precisava verificar se havia um avental por ali.

— Alguma preferência?

— Não. Escolha o que você quiser.

Enquanto ele ia até o aparelho programar a música, vasculhei e encontrei um. Não era dos mais sexy, mas teria que servir. Peguei rapidamente e me dirigi ao quarto.

Troquei a roupa que vestia por uma lingerie mais ousada e coloquei o dito avental por cima, dando uma puxadinha aqui, outra ali, tentando fazer com que ficasse mais apresentável. Coloquei a única sandália de salto que havia levado, soltei o cabelo e voltei à cozinha.

Ele estava de costas, abrindo a garrafa de vinho, uma música romântica tocando ao fundo, até que percebeu a minha chegada.

"Lifehouse – You and Me"

And I don't know why
I can't keep my eyes off of you

— Esqueci de verificar o que temos para a sobremesa. — Eu estava parada, apoiada com o quadril na bancada, as mãos espalmadas na beirada, esperando que ele se virasse, mas não pude me conter diante do que falou.

— Eu! — falei baixo e ele voltou-se para mim, a garrafa em uma mão, uma taça na outra.

Era maravilhoso ver sua expressão relaxada se transformar, seu maxilar se contrair e os olhos se tornarem escuros pelo desejo. Seu peito inflou quando ele puxou o ar mais profundamente. Serviu uma taça e veio em minha direção, ainda em silêncio. Levou-a aos lábios, dando um longo gole. Seu olhar me queimava.

— Posso saber o que você quer vestida desse jeito? — Encheu novamente a taça, agora me alcançando. Dei um longo gole também, sentindo a bebida gelada aquecer meu estômago.

— Tentar agradar certo advogado, que me falou uma vez que adoraria me ver pilotando o fogão, usando apenas um avental e uma lingerie sexy. O que você acha? Será que eu terei sucesso? — Virei o resto da bebida, devolvendo a taça a ele.

— Se eu não estou enganado, ele disse que te daria um banho de vinho para te saborear em cima da bancada. — Encheu outra vez a taça, bebendo tudo de uma vez. Uau! Eu podia ver o fogo em seus olhos. — Pode voltar ao que você estava fazendo. — Não entendi o que ele queria dizer.

— Voltar ao que eu estava fazendo?

— Sim, você não ia cozinhar para nós? Lembro bem que eu disse que gostaria de vê-la pilotar o fogão vestida assim. Portanto, dê o seu show. — Era só o que faltava! Eu daquele jeito, na frente do fogão. Não era bem essa a minha intenção ao trocar de roupa.

— Você não quer pular essa parte e ir direto ao que interessa? — Dei um passo à frente, colando meu corpo ao dele.

— O que foi, meu amor? Você começou o jogo. Algumas horas atrás, você disse que eu perderia sempre. Mudou de ideia? — Me estendeu mais uma vez a taça.

Ele estava certo, eu comecei aquilo e não lhe daria o gostinho de me ver fraquejar. Virei a taça, entornando todo o vinho. Isso me daria coragem para ficar no fogão, de costas para ele, enquanto minha bunda estava praticamente nua. Não que eu não ficasse assim quase o tempo todo em que estávamos juntos, mas aquela era uma situação incomum. Puta que pariu! O que eu fui inventar?

— Preciso de mais vinho!

— Arrependida? — Me serviu mais, divertindo-se com minha situação.

— Só poderei te dizer isso mais tarde. Se terá válido a pena ou não. — Agora sim eu me arrependi. Acho que exagerei na dose, pois seu olhar me fulminou e não foi de desejo. Ele agarrou meu cabelo, forçando minha cabeça para trás, me fazendo encarar seu olhar furioso.

— Te garanto que você vai ter o que quer, Paola. Pode estar certa de que valerá a pena. — Me surpreendi com seu tom. Ele não gostou da minha brincadeira. Realmente acho que peguei pesado. — Agora faça a sua parte. — Me puxou, me direcionando ao fogão e dando um tapa ardido na minha bunda, se afastando.

O que foi aquilo? Ele se ofendeu por eu ter questionado sua capacidade de me dar prazer? Não entendeu que eu estava brincando? Ou fazia parte do jogo ele me tratar assim? Acabei ficando ansiosa e me servi de mais vinho, enquanto ele não estava por perto.

Passei a fazer minha parte, como ele havia dito, procurando me concentrar na música que tocava, tentando não lembrar que ele estaria me analisando. Eu faria apenas uma massa, coisa simples que não requeria muito esforço, graças a Deus! Menos tempo para ficar exposta. Percebi que ele retornou à sala, mexendo na programação musical e vindo até onde eu estava. Ainda me sentia um pouco nervosa pela situação que eu mesma criei.

— Está com fome? — perguntei para quebrar o gelo, sem, no entanto me virar para ele.

— Muita! — falou, grudado em meu ouvido. E com aquilo, havíamos começado o incêndio. Sua mão apalpou minha bunda e pude sentir sua ereção através da calça jeans. Minha respiração se tornou mais pesada, minhas pernas bambearam e me senti ficar molhada. — Continue o que estava fazendo.

Seria praticamente impossível eu continuar. Não poderia, por exemplo, ter uma faca em mãos, sob risco de grave acidente. Ele mordia minha nuca, minha orelha, suas mãos vindo até a frente, no meio das minhas coxas. Sua respiração já ofegante em meu ouvido me arrepiava.

— Quero que você use o presente que te comprei. Tudo bem?

Eu sabia que seria alguma sacanagem, mas não me importava, porque com ele eu faria qualquer coisa. Ele conseguiria tudo comigo. Então simplesmente concordei.

Ele me puxou do fogão e me fez encostar de frente para a bancada. Só então percebi que havia uma pequena caixa ali em cima.

— Abra — sussurrou no meu ouvido, se esfregando em mim.

Era uma caixa pequena de veludo preta, parecida com uma de joia. Abri com cuidado e dentro havia uma pedra azul do tamanho de uma moeda encravada no fundo. Puxei-a, só então notando do que se tratava. Era um plug anal. Não era exageradamente grande, mas bastante ousado.

— Achei que combinaria perfeitamente com essa sua bunda deliciosa. — Me inclinou levemente em cima da bancada, desfazendo o laço que segurava o avental.

Neste instante, começou a tocar um tango extremamente sensual. Porra, era bem capaz de eu morrer de tesão essa noite.

— Prometo me esforçar para que valha a pena o seu esforço de pilotar o fogão nestes trajes. Não queremos que você se arrependa, não é mesmo?

Ah, sim, ele iria me fazer engolir minhas palavras de mais cedo. Literalmente. Ia me enlouquecer, como só ele sabia fazer.

"Gotan Project – Santa Maria"

Virou-me de frente para ele, puxando o avental e me deixando somente com a lingerie. Alcançou a garrafa e virou o restante do vinho em cima de mim, fazendo escorrer pelo meu corpo. Seus lábios começaram a me devorar, me lambendo deliciosamente. Ele empurrava seu corpo de encontro ao meu conforme a batida do tango, como se estivesse estocando em mim, mas ainda vestido somente com a calça jeans. E a imagem dele ali, sugando meus seios, seu peito nu, os cabelos bagunçados e o olhar insano me atirava no precipício. Eu me via em outro mundo, em outra dimensão. Ele conseguia varrer meu corpo com suas mãos, sua boca, seus olhos.

Desceu minha calcinha em um só puxão. Ele não estava sendo delicado. Pelo contrário, era bruto, selvagem, o que me deixava mais louca ainda. Ergueu-me sobre a bancada, afastando minhas pernas, me encarando o tempo todo, porém sem falar nada. E eu sabia o que vinha. Aguardei ansiosa por sua boca. Então ele desceu e começou a deslizar a língua por toda a virilha, numa lentidão torturante, até que chegou ao ponto crucial. E ali se demorou, desenhando círculos. Às vezes lento, depois impondo um ritmo mais avançado. E para completar toda aquela loucura, enfiou dois dedos em minha boceta, enquanto ainda me chupava. Seus dedos trabalhavam lá dentro, massageando um ponto escondido. Eu já delirava de prazer, quase não conseguindo mais me segurar. Manteve os dedos lá, mas parou de me chupar.

— Ainda arrependida? — Filho da puta! Ele queria me ver implorando.

— Vou ficar se você não continuar o que estava fazendo — falei entre um gemido e outro.

— Será que vai valer a pena?

— Continue trabalhando aí embaixo que eu já te respondo. — Ele sorriu sarcástico e desceu a boca novamente.

Não precisou mais do que alguns segundos para que eu me entregasse a um orgasmo enlouquecedor. Agarrei seus cabelos, abrindo ainda mais as pernas. Eu o queria ali, grudado em mim. Subi meu tronco, para observá-lo, enquanto meu corpo todo estremecia e se contraía em espasmos.

— Ahhh... Ahhh... Porra... Que tesão!

Ele ficou ali até sentir que meu corpo retornava, então se levantou, me beijando, sua boca devorando todos os cantos da minha. Me fez descer e lentamente tirou sua calça. Virou-me, agora de frente para a bancada, me inclinando por cima dela e sussurrando em meu ouvido.

— Empina essa bunda gostosa para mim. Quero vê-la enfeitada.

Debrucei-me sobre a bancada, empinando o máximo que conseguia. Ele espalhou meus líquidos pelo meu orifício, forçando um dedo, me fazendo acostumar com a sensação.

— Sou tarado nessa sua bunda! Poderia comê-la todos os dias!

Ah, como eu amava quando ele falava aquelas coisas para mim. Palavras sacanas, sujas, mas que, naqueles momentos, só intensificavam minha excitação. Enquanto seu dedo permanecia ali, ele me penetrou fundo, forte, no ritmo do

Provocante 277

tango. Suas estocadas no compasso da música... Cacete, que tesão! Nada poderia ser mais erótico, mais sexy do que aquilo.

— Vou substituir meu dedo pelo seu presente. Avise-me se estiver desconfortável. Entendeu? — Apenas acenei que sim e aguardei. Ele saiu de mim, espalhando mais dos meus líquidos e o senti deslizar o plug. Lentamente foi me preenchendo. No início, um pouco de dor, logo se transformando em um desconforto apenas e aí então sendo substituído por prazer.

— Tudo bem? — perguntou excitado, mas também preocupado.

— Tudo ótimo! — respondi ofegante.

Ele passou a movimentar o plug em movimentos de entra e sai, me fazendo acostumar com o objeto, até que parou com ele todo enterrado. Então começou a me preencher devagar. Senti a pressão pelas duas penetrações, mas ele estava sendo cuidadoso, me deixando absorver tudo. Quando sentiu que eu estava acostumada, começou a se movimentar lentamente, aos poucos tomando mais ritmo.

— Caralho, como você é gostosa! Está tão apertado! Sente só. — Sim, eu sentia a pressão, assim como sentia outro orgasmo se aproximando. — Sou louco por você, minha loba. Linda, essa bunda empinada, adornada por essa pedra e essa tatuagem. Porra! Que tesão!

Quando ele tocou meu clitóris, explodi imediatamente num gozo que me levou a outro mundo, outra dimensão! Foi tão intenso e louco que chegou a me emocionar.

— Goza, minha linda. Goza comigo. Você é maravilhosa. Porra, como eu amo você! Amo você! — Senti seu gozo sendo despejado dentro de mim, seu corpo convulsionando em espasmos, junto com o meu.

Nos deixamos ficar alguns minutos ali, enquanto nossos corpos retornavam ao normal, bem como nossa respiração.

— E então, já pode me responder? Valeu a pena? — Suspirei cansada. Ele riu, beijando-me as costas.

— Não sei se posso responder. Acho que vou precisar de mais algumas demonstrações.

— Sua tarada insaciável! — Riu, me dando um leve tapa na bunda. Saiu de mim, retirando também o plug. — Se você soubesse como ficou linda com isso aqui.

— Gostou? Posso usar sempre para você.

— Sendo assim, vou ter que te trancar no meu apartamento. — Me ajudou a levantar. — Venha, vamos tomar um banho.

Tomamos banho juntos, jantamos e fomos para a cama. Deitei-me, ele com a cabeça apoiada em minha barriga, enquanto eu acariciava seus cabelos. Ficamos lá, apenas conversando.

— Posso te perguntar uma coisa? — Me olhou um tanto ansioso.

— Claro que pode. O que você quiser. — Era tão bom tê-lo no meu colo, tão à vontade, tão meu.

— O que realmente não deu certo entre você e o Eduardo? Sim, porque é preciso admitir que ele é um bom partido. — Sorri pelo modo constrangedor com que falou aquilo.

— Por que você quer saber?

— Talvez para não cometer o mesmo erro que ele e te perder? — Deslizei as mãos do seu cabelo para seu rosto, fazendo carinho.

— Não sei dizer se são erros, Pedro. A gente é do jeito que é. Simplesmente. E o Eduardo é um homem muito bonito, charmoso, gentil...

— Menos, Paola. Menos, por favor.

— Foi você que pediu para eu contar. Quer que eu pare? — Olhei em seus olhos, parando o cafuné.

— Desculpe! Continue. O carinho também.

— O Edu me ensinou muita coisa, não só profissionalmente. Desde o início, quando nos conhecemos, rolou uma química. Mas eu estava com Guilherme ainda e, por mais que o nosso relacionamento já estivesse fracassado, eu não sucumbi ao desejo. E olha que não foi fácil. Já fazia algum tempo que eu não transava. E na época eu já gostava da coisa.

— Puta que pariu! Por que eu fui perguntar? Agora fico imaginando você transando com ele. — Levantou do meu colo, deitando ao meu lado.

— Quer que eu continue?

— Quero. Acho que eu gosto de sofrer.

— Um tempo depois que saiu da empresa em que trabalhávamos juntos e onde nos conhecemos, Edu me convidou para trabalhar com ele. Então, contei que estava separada e ele me propôs a sociedade no escritório. Em seguida, a gente se envolveu. Ele era muito atencioso comigo e com a Alana. E muito bom de cama também.

— E você me fala isso assim? — Sentou-se, agora com cara de poucos amigos.

— Ah, vai à merda, Pedro! Você me pede para contar do meu ex e, quando eu falo, fica bravo? O que você quer? Que eu minta? Prefiro ficar quieta, então! Ele era sim um garanhão. Assim como você, ele sabia enlouquecer uma mulher na cama, mas não foi o suficiente para que eu ficasse com ele. Para você ver que, apesar de eu ser insaciável como você diz, preciso de mais do que sexo para ficar com um homem. E justamente por ele ser tão garanhão, não se contentou apenas comigo. Ele me traiu, mentiu para mim. E eu não admito isso. — Fiquei encarando-o, aguardando sua próxima tirada. Percebi sua mudança de postura quando falei o motivo do nosso rompimento.

— Tenho que confessar que eu não gosto nem um pouco de saber que você trabalha com um homem que já te enlouqueceu na cama.

— Falou bem, enlouqueceu. E acho melhor mudarmos de assunto. Não quero estragar nosso fim de noite.

— Ei, ninguém aqui vai estragar nada. Está tudo bem, esquece isso. — Deitou novamente, me abraçando. — Eu morro de ciúmes de você.

— Entendo. Eu também sou assim em relação a você.

— Eu te amo! E será sempre você e só você, minha linda. — Me beijou sereno e manteve seus braços à minha volta. Dormimos assim, grudados, com os corpos enroscados.

O domingo amanheceu quente como no dia anterior. Após uma sessão de sexo matinal, fomos à praia novamente. Paramos para almoçar em um restaurante à beira-mar, observando o movimento da orla.

— Paola?

Ouvi meu nome e reconheci quem me chamava, ficando tensa no mesmo instante. Não poderia haver momento mais inoportuno para reencontrá-lo.

— Marcelo? — Olhei para ele e para Pedro, que o observava com cara de poucos amigos.

— O tempo não passa para você, não é? Continua linda como sempre. Como está sua filha? — Eu sinceramente não queria conversar com ele, muito menos ter que apresentá-lo para o meu namorado.

— Bem, obrigada. — Vendo que Pedro não parava de olhar de mim para ele, resolvi ser educada e apresentá-los.

— Marcelo, esse é Pedro, meu namorado. — Estendeu a mão para cumprimentá-lo.

— Prazer, já estive no seu lugar. — Puta que pariu, que cara mais inconveniente.

Pedro apertou sua mão, retornado o olhar questionador para mim.

— Quanto tempo faz mesmo, Paola? Uns dez anos?

— Talvez, tenho coisas mais importantes para pensar do que contar quanto tempo faz que terminei um relacionamento.

— Nossa, naquela época, você não era tão agressiva nem tão direta assim — falou, ainda parado ao lado da nossa mesa.

— Infelizmente não. Se eu fosse, talvez tivesse percebido muita coisa antes, não é? — Pedro observava com ódio no olhar e eu já via o instante em que ele partiria para a ignorância.

— Você me baniu do seu círculo de amizades, me bloqueou, até seu telefone mudou. Não que isso seja difícil de conseguir.

— Realmente, Marcelo. Mas nada que um mandado judicial não consiga dar jeito. — Não queria tocar naquele assunto, mas não via outra opção. — Agora, se você nos dá licença, gostaríamos de terminar nosso almoço em paz.

— Você guarda mágoa mesmo depois de tanto tempo, Paola?

— Acho que você não entendeu, camarada. Creio que a Paola já tenha deixado bem claro que você não é bem-vindo aqui — Pedro falou, um tom mais alto, já se levantando da mesa e atraindo olhares para nós.

— O que, você, além de namorado, por acaso é advogado dela?

— Por acaso sou! Tem certeza de que quer continuar essa conversa? — Meu namorado era mais alto, mais imponente e inteligente do que ele. Claro que percebeu que, se continuasse a insistir com aquele papo, seria muito ruim para ele.

— Tudo bem. Estou saindo. Não precisa partir para a ignorância.

Eu sabia que teria que contar a história ao Pedro. Ele não ia deixar barato.

— Desculpe por isso. Não imaginava encontrá-lo novamente algum dia.

Não que isso fosse impossível, mas depois de tantos anos...

— Vocês namoraram por muito tempo? — perguntou, de volta à sua cadeira. Ele não parecia exatamente irritado, mas curioso.

— Eu tinha trinta anos. Ficamos juntos por um ano. Nos conhecemos em um barzinho. Ele era gentil e posso te dizer que na época era bonito, não esse caco que está hoje. — Sorri desolada.

— Aconteceu alguma coisa mais grave? Você me pareceu bastante irritada. E o que foi aquilo que você mencionou de mandado judicial? — Sua mão agora segurava a minha.

— A verdade é que ele era muito acomodado. Sabe homem que se encosta em uma mulher e suga tudo o que pode? Não no começo, é claro. Disfarçou direitinho, mas aos poucos foi se revelando. E eu, muito burra na época, permitia que ele participasse de tudo na minha vida. Na maior ingenuidade, lhe dei acesso ao meu e-mail, e ele começou a abusar dessa confiança, se metendo em meus assuntos profissionais, em coisas íntimas. Quando percebi que o que ele queria era só se aproveitar de mim financeiramente, tentei dar um basta. E aí ele começou a querer me extorquir. Usava algumas conversas minhas com amigos para tentar me pressionar.

Senti Pedro afrouxar minha mão, se endireitando na cadeira, como se ficando em uma posição defensiva. Não entendi o porquê daquela atitude, mas resolvi terminar minha explanação.

— Tive que contratar um advogado na época para saber como lidar. Por sorte, foi fácil de resolver, mas marcou uma fase da minha vida. Por isso que te falei há alguns dias sobre minhas questões com minha privacidade. Espero que entenda.

— Claro. — Soltou minha mão e ficou em silêncio. Estranhei não fazer maiores comentários, mas era melhor assim.

Terminamos nosso almoço, logo depois dando uma caminhada pelo calçadão e retornando para o apartamento no meio da tarde. Voltaríamos à noite para Curitiba e eu já estava triste por ter que acabar com nosso final de semana mágico.

Enquanto tomávamos banho, um ensaboando o corpo do outro, Pedro me pediu que ficasse em seu apartamento mais aquela noite.

— Alana continua na casa do pai, não é? Por que você vai para casa dormir sozinha, se pode ficar comigo, no meu apartamento?

— Não tenho roupa para ir trabalhar amanhã, Pedro.

— Isso não é problema. Podemos passar ainda hoje na sua casa para que você pegue algumas coisas. Aliás, quero que deixe algumas roupas lá em casa. Para quando for dormir comigo.

— Como assim, deixar roupas lá?

— Sim, sempre que Alana ficar na casa do pai ou for dormir na casa de alguma amiga, você vai lá para casa. Entendo que não possa ser mais frequente, mas, sempre que possível, quero você dormindo comigo.

Fiquei pensando sobre o que ele falou. Não estávamos indo depressa demais? Achei melhor não discutir. Como disse, não queria estragar o restante do final de semana.

Após o banho, arrumamos nossas coisas e pedimos algo para comer antes de viajar. Enquanto a comida não chegava, Pedro colocou uma música para tocar, me puxando para dançar.

"Santana – Smooth"

I would give my world to lift you up
I could change my life to better suit your mood

— Dança comigo?

Ele me levou em seus braços, colando seu corpo no meu, remexendo os quadris, todo gostoso ao som da música. Suas coxas se encaixaram no meio das minhas e ele me fez girar para então me prender novamente, todo sedutor.

— Por que você tem que ser tão gostoso? — perguntei, ainda em seus braços.

— Para te fazer feliz!

— Por que você quer me fazer feliz?

— Porque eu te amo!

— Por que você me ama?

— Porque você me faz feliz!

— Por que eu te faço feliz?

— Porque você me ama!

— Ah, você vai ficar dando voltas?

Provocante 283

— Eu não estou dando voltas. Estou só te explicando que, se eu sou do jeito que sou, é porque você me faz assim. Você apareceu na minha vida para me fazer repensar muita coisa, para me ensinar o que é amar, o que é ser realmente feliz. O seu amor me faz isso. A sua felicidade me faz isso! Pura e simplesmente. Eu amo você! E prometo te dizer isso todas as noites e te provar isso todos os dias.

Fiquei muda diante de mais aquela declaração. Ele tinha esse dom de me deixar sem palavras. A música terminou naquele exato instante, nos deixando ali abraçados, mergulhados um nos olhos do outro, deixando transparecer o amor que nos envolvia. Pedro havia se revelado um homem extremamente romântico. Sim, ele continuava todo sedutor, transbordando sexo por todos os poros, um conquistador nato. Mas também era carinhoso e se desdobrava para me mostrar o amor que sentia. Resumindo, ele era meu romântico de boca suja.

Como não podia deixar de ser, domingo à noite, no retorno da viagem, havia congestionamento na serra.

— Será que isso algum dia vai mudar? — Pedro comentou, enquanto prestava atenção no trânsito à frente, tentando em vão saber o motivo da paralisação.

Fiquei olhando para ele. Adorava vê-lo dirigindo. Aquela posição das mãos ao volante, os braços esticados e sua concentração o deixavam tão mais viril e sexy. Pelo menos para mim. Então aquilo me deu uma ideia, que sempre tive vontade de fazer. Não sei se ele concordaria, mas não custava nada tentar.

Soltei o cinto e cheguei bem perto dele, envolvendo meus braços em seu pescoço, roçando os lábios em sua face.

— Não solte o cinto, meu amor. Por mais que estejamos parados, é perigoso.

— Perigoso sou eu ficar aqui, olhando para você e não poder fazer nada. Posso entrar em combustão, sabia? — Deslizei uma das mãos até sua calça, enquanto lhe dava beijos no pescoço.

— Paola, não comece o que não pode terminar. — Senti o volume no meio de suas pernas aumentar.

— Quem disse que não posso terminar? É aí que você se engana. — Desabotoei sua calça, baixei o zíper e coloquei a mão por dentro da boxer, já sentindo-o totalmente ereto.

— Pare, Paola! Não é lugar nem hora para isso — sussurrou, porém seu corpo traía suas palavras.

— Não é isso que seu corpo está me dizendo, garanhão. Muito pelo contrário. A hora é exatamente essa e o lugar, meu amor, a gente é que faz.

— Não consigo controlar meu corpo quando estou com você, sabe bem disso. — Calei-o com um beijo, sentindo-o cada vez mais duro.

Eu o agarrei, realizando movimentos de vai e vem, adorando vê-lo se entregar, mesmo a contragosto. Então soltei seus lábios para me abaixar até seu colo.

— Não acredito nisso. Porra, Paola! — Enquanto eu passava a língua por toda a extensão do seu pau, ele desligou o carro.

Soltou o cinto de segurança e deitou um pouco o banco para facilitar meu trabalho e melhorar sua posição. Então eu o abocanhei. Inteiro, por completo, sugando-o com vontade, me deliciando com toda a sua potência. Devido à posição, eu não podia encará-lo, mas eu sentia seus tremores, sua respiração ofegante e seus gemidos, ainda que controlados.

— Cacete, que boca deliciosa. — Segurou meus cabelos, controlando meu movimento de vai e vem em seu pau. — Ah, minha loba. Você não vai acreditar, mas o trânsito parece que começou a andar. E agora eu preciso que você termine. — Adorei a forma como falou, necessitado, urgente.

Eu precisava terminar o que comecei, então intensifiquei o movimento, chupando-o vigorosamente, acariciando suas bolas. Já podia senti-lo inchar mais, denunciando seu orgasmo.

— Caralho! — Movimentou os quadris, me dando seu gozo quente e espesso, que engoli todo. Então subi lentamente, olhando em seus olhos semicerrados, sua cabeça pendendo no encosto do banco, um sorriso satisfeito nos lábios. — Definitivamente eu ganhei o prêmio acumulado da mega-sena quando te conheci.

— Nunca mais duvide de mim. Se eu começar alguma coisa, pode ter certeza de que irei terminar. — Sorri, beijando-o. Novamente ele agarrou meus cabelos, intensificando o beijo, me mostrando toda a sua paixão.

— Eu te amo, minha loba! Minha bruxa! Minha deusa!

Apenas sorri para ele, colocando-me em meu lugar novamente e afivelando o cinto, o que ele também fez, logo colocando o carro em movimento e seguindo viagem.

Passamos no meu apartamento para pegar algumas coisas para o dia seguinte. Quando chegamos ao seu apartamento, já era tarde da noite. No dia seguinte, precisaríamos voltar à vida real.

Assim que entramos, tive um vislumbre de uma semana atrás, quando eu cheguei ali e ele estava acompanhado dela. Foi como que se algo religasse em minha mente naquele instante, lembrando-me de que não conversamos sobre o tal segredo dele com Silvia. Talvez ele não quisesse estragar o clima de romance que vivemos, mas era preciso falar sobre aquilo.

Após arrumarmos as coisas no quarto, fomos deitar e eu achei que já era hora.

— Vem aqui deitar, linda.

Juntei-me a ele na cama, que logo me enlaçou pela cintura, depositando beijos em meu pescoço.

— Hummm... Acho que me acostumei mal esses dias, tendo você assim dormindo abraçadinha comigo. Como vou sobreviver sem isso?

— Pedro, precisamos conversar. — Ele parou de me beijar, seu corpo todo retesando.

— O que aconteceu?

— Eu que pergunto. O que afinal aconteceu no domingo passado? Você disse que me contaria. Aí, você viajou, voltou e fomos para a praia. Entendo que não quisesse estragar o clima, mas acho que agora é a hora. O que a Silvia falou ou fez para te deixar naquele estado? Por favor, não minta para mim.

Ele me soltou, sentando-se na cama ao meu lado. Seu semblante fechou e uma nuvem desceu sobre seus olhos. Sentei-me também, olhando diretamente para ele, segurando sua mão.

— Pedro, por favor! Fale comigo.

— Silvia está me chantageando!

Capítulo 21 - Revelações

Pedro

— Silvia está me chantageando!

— O quê? Como assim te chantageando?

Olhei para Paola ali ao meu lado, minha linda namorada, o amor da minha vida. Seu olhar pedindo para que eu falasse com ela, para que lhe contasse a verdade. Eu não sabia como fazer aquilo, como revelar o que tinha feito. Eu sabia que ela não aceitaria bem minha atitude, mas até que ponto isso poderia nos distanciar? Quão forte seria seu amor? Será que a ponto de me perdoar? Não, eu não poderia colocar seu amor à prova; ela sempre foi sincera comigo, o tempo todo. Era eu que estava sendo um canalha.

— Ela descobriu alguns delitos meus.

— Delitos? — Soltou minha mão, sua postura se tornando defensiva.

— Calma, Paola. Não é nada do que você está imaginando. — Eu precisava saber como explicar para ela. — No nosso meio, é comum, apesar de não ser legal, averiguarmos pistas, investigarmos as pessoas envolvidas numa ação, num caso judicial. As duas partes costumam fazer isso. Mesmo todos sabendo desses recursos que utilizamos, costuma-se fazer vista grossa, deixando passar. Você entende?

— Sim, Pedro, já assisti muitos filmes e seriados desse gênero. Sei do que está falando, mas, como você mesmo disse, isso é praticamente normal.

— Pois é. Normalmente os grandes escritórios têm alguém de dentro para fazer este tipo de serviço. Outros menores acabam contratando um freelancer. Nós temos um desses, que presta esse serviço para nós e também para outros advogados. Acontece que só eu trato com ele. Rodrigo sabe, mas nunca manteve contato. E Silvia descobriu sobre esse cara.

— Até aí eu entendi. Mas o que isso tem a ver? Ela não trabalha lá? Queira ou não, isso a beneficia também.

— Acontece que ela está me chantageando. Ameaçou me delatar.

Provocante 287

— Mas isso não faz sentido, Pedro! Por que ela faria isso? O escritório sairia perdendo, você, ela, o próprio irmão. E, como você disse, isso é normal nesse meio, então não vejo o que isso pode trazer de tão prejudicial para vocês.

— Algumas investigações seriam realmente ilegais, Paola. Dependendo, poderiam até reabrir alguns casos. — Ao invés de contar a verdade ou uma meia-verdade, como Rodrigo havia sugerido, eu estava me perdendo cada vez mais. Paola não era burra.

— Que tipo de investigações seriam essas?

— Gravações sem autorização, invasão de privacidade. — Eu precisava testar sua reação antes de realmente contar a verdade.

— Invasão de privacidade? Tipo colocar escuta, filmar?

— Mais ou menos isso.

— Isso realmente é ilegal. E imoral! — Parou, me observando. — Mas ela está te chantageando com o quê? O que ela quer, afinal de contas, para não te delatar?

— A Silvia está louca, meu amor.

— O que ela quer, Pedro?

— Eu!

— Como assim ela quer você?

— Ela disse que fica quieta se eu ficar com ela. — Paola ficou muda, me olhando surpresa e decepcionada. Eu a senti murchar quando falei aquilo.

— E você falou o quê?

— É claro que eu disse que não cederia. — Peguei sua mão, puxando-a para o meu colo, tentando dar a segurança que ela precisava. — Em hipótese alguma eu faria isso e deixei bem claro. Mas ela acha que posso mudar de ideia e me deu até sua volta para pensar. Mas não há o que decidir. Ela está completamente louca. Já conversei com Rodrigo e vamos pensar em alguma coisa até ela voltar.

— Deus! Ela é pior do que eu imaginava! — Voltou seu olhar para mim. — Mas por que você não me falou isso naquele dia? O que te impediu?

— Ela me pegou de surpresa, amor. Eu ainda não tinha assimilado a ideia quando você chegou. Então eu a vi e pensei no que ela estava me propondo. Foi um choque, eu não conseguia raciocinar.

— Desculpe, mas isso que ela está querendo não faz sentido. Ela estaria disposta a prejudicar todo mundo por um capricho? Sim, porque ela sabe que você não a ama!

— Nada que diga respeito à Silvia faz sentido. Agora, vamos esquecer essa história. — Eu precisava deixar de lado esse assunto.

Sei que piorei ainda mais minha situação, pois menti para ela novamente. Eu precisava pensar rápido numa solução. Minha linda namorada não ia sossegar com aquele assunto. Eu precisava me livrar daquela chantagem essa semana, pois logo Silvia estaria de volta.

Abracei Paola, trazendo-a para mais perto de mim, enterrando meu rosto em seus cabelos, sentindo seu cheiro maravilhoso me invadir.

— Não pense que vou deixá-la dormir! Quero usufruir de tudo isso que tenho aqui à minha disposição! — Me afastei o suficiente para alcançar o controle e ligar o som.

"Ed Sheeran – Thinking out loud"

Take me into your lovin' arms
Kiss me under the light of a thousand stars

— Vem cá, minha linda! — Puxei-a pela cintura, trazendo seu corpo para junto do meu.

Desci meus lábios até sua boca, beijando-a suavemente, enquanto uma das mãos passeava pelo seu corpo. Soltei o cinto do seu roupão, afastando-o e revelando seus seios firmes e redondos. Demorei ali, numa carícia delicada, roçando o polegar em seu mamilo, sentindo-o enrijecer. Ela já arquejava de prazer, seus gemidos denunciando a sua excitação. Ela era assim, quente, sempre disposta a ser amada. Continuei com o beijo apaixonado, carinhoso, minha língua tocando todos os cantos da sua boca.

Logo ela estava deslizando as mãos por minhas costas, agarrando meus quadris, puxando-me para mais perto dela. Eu podia sentir seu fogo, sua necessidade de se fundir a mim. Mas eu queria que dessa vez fosse calmo. Por mais que eu adorasse minha loba faminta, que gostasse de pegá-la de forma selvagem, hoje eu queria fazer amor. Queria venerar seu corpo, tocar seu coração, como ela merecia.

Aos poucos, fui descendo, minha boca tomando seu seio, mordiscando levemente o mamilo já duro de tão excitada que estava. Beijei seu ventre. Quando cheguei à virilha, ela agarrou meus cabelos, arqueando o quadril, como se implorasse para minha boca lhe devorar. Sim, eu iria me deliciar com sua excitação já tão evidente. Deslizei a língua por sua boceta molhada, seus lábios inchados e rubros, lambendo-a demoradamente. Alternava entre lambidas e leves mordidas, até me deter no clitóris inchado e duro. Eu sentia, ela estava quase lá. Bastava só mais um pouco para que ela se perdesse em um orgasmo.

— Ahhh... Pedro!

Mas me contive, parando minhas carícias. Eu queria olhar para ela quando estivesse gozando. Queria estar dentro dela. Meu pau já latejava de tão duro, firme, pronto para preenchê-la. Então voltei para sua boca, beijando-a sofregamente, deitando-me de costas e colocando-a em cima de mim.

— Vem, meu amor. Quero você sentada em mim!

Ela era linda! E quando estava com tesão, então? Porra, não existia nada melhor no mundo do que vê-la naquele estado. Tão feminina, sexy, se permitindo sentir tudo. Sentou-se sobre o meu quadril, deslizando lentamente o meu pau para dentro dela, todo o tempo olhando em meus olhos, me permitindo ver todo o seu desejo, todo o seu amor. Enterrei-me naquele ambiente úmido, quente, aconchegante. Então apoiou as mãos em meu peito, inclinando o corpo sobre o meu, permitindo que minha boca alcançasse seus seios.

Enquanto eu me deliciava com eles, ela remexia os quadris, rebolando, me deixando louco. Até que se inclinou para trás novamente, agora se apoiando em minhas coxas, se abrindo ainda mais para mim, me dando uma visão muito erótica do ponto onde nos encaixávamos. Eu precisei respirar fundo, tentando me controlar quando ela contraiu a pélvis, como se agarrasse meu pau dentro dela.

— Não faz isso, amor, senão não vou aguentar — murmurei, já no limite do meu controle.

— Então não aguenta. — Fez novamente. — Goza para mim!

— Não sem você. — Não queria gozar antes dela.

Queria que ela gozasse primeiro para que eu pudesse assistir ao seu espetáculo. Mas ela fez aquilo novamente, junto com seu rebolado e eu não tive como conter a explosão de prazer. Gozei intensamente, meu corpo todo convulsionando enquanto ela se mexia e me observava.

— Isso! Se solta! Me dá teu gozo, me dá teu amor — ela falava com a voz sexy, enquanto eu me acabava.

Continuei estocando, levando meus dedos ao seu clitóris, apenas para dar o toque final que eu sabia que ela precisava. E então ela gozou. Linda, sexy, gostosa. Sua entrega era total, ela não tinha pudores. Remexia-se e gemia, buscando a melhor forma de sentir prazer. Ela dava um show quando gozava. E aquela visão só fazia eu me apaixonar mais, se fosse possível.

Quando seu corpo retornou do estado de entrega, ela abriu os olhos marejados, se inclinando novamente por cima de mim, beijando-me.

— Eu amo você!

— Eu também te amo! Muito! Nunca se esqueça disso. — Permanecemos abraçados e nos entregamos ao sono assim, vencidos pelo cansaço.

Paola

Acordei com o som do meu celular. Rapidamente desliguei, me dando conta de onde me encontrava. Sim, eu estava no apartamento do meu lindo advogado, mais precisamente em sua cama e em seus braços. Ele me envolvia pela cintura, suas pernas enroscadas às minhas, gerando um calor escaldante. Eu precisava me desvencilhar daquele aperto para levantar e preparar o café da manhã, bem como tomar banho e me arrumar.

Suavemente tentei tirar seu braço de cima de mim, mas ele apertou mais ainda o abraço.

— Aonde você pensa que vai? — murmurou com a voz rouca.

— Pretendo fazer café.

— Não quero café! Quero você! — Senti algo firme me cutucando na bunda e um aquecimento no meio das pernas.

— Uau! Acordamos animados? — Rebolei, me encaixando mais ainda nele.

— Os homens sempre acordam animados, você não sabia disso? — Agora suas mãos passeavam pelo meu quadril, me puxando cada vez mais para junto de sua ereção.

— Sério? E eu pensando que o motivo da sua animação fosse eu.

— E quem disse que não é? — Começou a distribuir beijos e mordidas pelo meu pescoço.

— Você está me deixando muito mal-acostumada. Desse jeito, não vou querer sair daqui.

— Então não saia. Fique aqui, durma comigo todos os dias e prometo acordar sempre animado assim. — Levou a mão até o meu seio, já beliscando o mamilo intumescido.

— Ah, essas promessas!

— O que mais você quer que eu prometa? — Desceu a mão até o meio das minhas pernas. — Que eu vou te amar para sempre? — Deslizou os dedos pelos lábios inchados. — Que eu vou estar sempre ao seu lado? — Enfiou um dedo. — Aconteça o que acontecer? — Enfiou dois. — Queira você ou não? — Massageou meu clitóris. — Que eu vou viver para te fazer feliz? — Me preencheu com seu membro em uma só estocada, me fazendo alucinar com sua voz sexy sussurrada em meu ouvido. — Que eu vou te comer de todas as formas e te fazer gozar como nunca? — Eu já estava quase lá. — Hein? Minha bruxa. — Uma estocada. — Minha loba. — Outra estocada. — Minha deusa. — Mais uma. — Amor da minha vida! — E então eu gozei, com ele grudado às minhas costas, segurando meus quadris, puxando para que pudesse estocar mais fundo, me levando a outro mundo. Seu corpo vibrou junto com o meu, denunciando também o seu orgasmo, nossos líquidos se misturando.

— Porra! Como eu te amo! — Abraçou-me apertado, aos poucos nossos corpos voltando ao normal.

Cheguei ao escritório e Edu já estava lá. Guardei minhas coisas e fui cumprimentá-lo. Bati à sua porta, aguardando sua permissão, e entrei.

— Bom dia! — Sorri para meu sócio, que estava novamente maravilhoso em um terno. Ultimamente, ele estava se empenhando em parecer mais bonito ainda. Sua barba por fazer lhe dava um toque mais sedutor.

— Bom dia! Uau! Que bronzeado é esse? Está ainda mais linda. — Levantou-se, vindo até mim e beijando meu rosto.

— Pois é. Passei o final de semana na praia. Deu para pegar uma cor.

— Pedro? — perguntou, me analisando.

— Sim! Fomos para o apartamento dele em Camboriú.

— Você está radiante. Seus olhos têm um brilho incomum e sua pele está viçosa. Ele parece estar te fazendo feliz. — Apesar da afirmação, pude sentir certo pesar em sua voz.

— Sim, Edu, ele está me fazendo muito feliz. Tanto que às vezes tenho até medo.

— Medo do quê? — Tocou meu rosto de forma carinhosa.

— Porque é bom demais para ser verdade. Às vezes, tenho a impressão de que vou acordar desse sonho — confessei.

— Nossa, o cara é tão bom assim? — Seu olhar me estudava atentamente, a decepção estampada em seu semblante pelo meu entusiasmo.

— Ele é perfeito, Edu! Tudo o que sempre sonhei.

— Tudo o que eu não fui para você? — Suas palavras me pegaram de surpresa.

— Por que isso agora? O que você quer dizer?

— Que eu o invejo, Paola. Que ele tem aquilo que eu já tive oportunidade de ter, mas fui muito egoísta e orgulhoso e deixei escapar. Que, se eu pudesse voltar no tempo, faria tudo diferente. Ou se houvesse uma segunda chance, eu faria de tudo para aproveitá-la.

Puta que pariu! Eu passo um final de semana esplêndido com o amor da minha vida e, em seguida, ouço praticamente uma declaração de amor de um homem tão bonito e sedutor quanto meu namorado e com o qual já me envolvi? Era isso mesmo que estava acontecendo? Alguém estava fazendo uma brincadeira de muito mau gosto comigo.

— Desculpe, Edu, mas, como você mesmo disse, sua oportunidade passou. E depois dela, mais treze anos para uma segunda chance. Por que só agora você enxerga isso? Será porque eu não estou mais disponível?

— Não sei, Paola. — Ele se aproximou mais, tocando agora meus cabelos.

— Eu poderia ter me apaixonado por você. Você sabe disso. Enfim, acho que agora é um pouco tarde, não é mesmo? Como você já percebeu, estou muito feliz. E sinceramente gostaria de continuar me dando bem com você aqui no escritório. Portanto, melhor não tocar nesse assunto novamente.

— Tudo bem, Paola. Só quero que você saiba que eu estou aqui. — Seu polegar deslizou pelos meus lábios. Ele estava muito perto agora. — E não pretendo ir a lugar algum. — Porra, o que deu nesse homem?

— Com licença, Eduardo. Preciso trabalhar. — Voltei à minha sala.

Sinceramente, eu não conseguia acreditar no que estava acontecendo. Mas o melhor era esquecer aquilo. Eu tinha muita coisa com que me preocupar, muito a fazer naquela semana. Enfiei a cara no trabalho, me desligando daqueles pensamentos.

O dia passou voando e, ao final da tarde, antes de ir buscar Alana, resolvi dar uma olhada na rede social e dar um oi para minhas amigas insanas. Passei pelo post que estava bombando por causa de um livro que mexeu com a mulherada. Eu ainda não tinha lido, mas estava causando bastante rebuliço, controvérsias e debates.

Paola: Uau, meninas! Não sei se quero ler esse livro não! Tá dando muito o que falar, hein!

Elis: Paola, você ainda não leu? Super recomendo, mas já aviso que é foda esse.

Fernanda: Verdade, Paola. Leia e venha aqui comentar.

Paola: Ai, gente, não tô conseguindo ler nada. Até levei um livro esse final de semana na viagem, mas não consegui dar andamento.

Luciana: Trabalhando muito, Paola? Ou é o advogado que está tomando seu tempo?

Paola: Mais ele tomando meu tempo mesmo. Nossa, tô assada já.. kkkkkkk... Meu Deus, ele não me dá descanso!

Pietra: Ui, que delícia! E você está reclamando? Passa pra mim, então!

Paola: Em hipótese alguma estou reclamando. É só pra vocês saberem o meu estado.

Comentei mais algumas coisas a respeito do final de semana, bem como da atitude meio suspeita do meu sócio.

Val: Porra, Paola! Tá com tudo, hein! Dois gostosos te querendo. Aproveita e dá pros dois! Faz um ménage!

Paola: Uau! Não seria má ideia, hein? kkkkkkk

Maitê: Oi, meninas! Ainnn, só não pega o meu advogado, hein, Paola!

Paola: Ei, apareceu a margarida! E aí, dando muito pro Dr. Rodrigo?

Maitê: Nossa, tô me acabando!!! Ele me levou numa casa de swing, meninas!

Pronto, estava feito o barraco no grupo. Todas querendo saber maiores detalhes do que estava rolando entre Maitê e Rodrigo. Fiquei mais um pouco por ali e logo me despedi para pegar Alana.

Fomos direto para casa e, quando estávamos entrando no apartamento,

Pedro enviou uma mensagem dizendo que sairia do escritório em meia hora e iria direto para lá.

Alana me ajudou e tive tempo de preparar alguma coisa para comermos antes de ele chegar.

— E de resto, como foi o final de semana, mãe? — perguntou enquanto arrumava a mesa.

— Maravilhoso! O apartamento dele é lindo, filha. Tem uma vista espetacular, uma sacada imensa, de frente para o mar. E o tempo estava ótimo, então tudo ajudou.

— Namoraram bastante?

— Foi só o que fizemos. — Sorri toda boba.

A campainha soou e Alana foi atender, enquanto eu dava o toque final na comida e levava para a mesa.

— Oi, gatinha! Senti saudade de você. Tudo bem? — Meu amado entrou, abraçando minha filha e dando-lhe um beijo estalado. Eu bem podia me acostumar com aquela cena.

— Oi, Pedro. Tudo ótimo. Você, eu nem preciso perguntar se está bem, né? Dá para ver a felicidade estampada no seu rosto. — Vieram abraçados até mim.

— Culpa da sua mãe! Ela tem o dom de me fazer feliz. — Chegou já me enlaçando em seus braços. — Olá, minha linda!

— Oi, meu amor! Estava com saudade. — Enlacei seu pescoço, beijando-o.

— Eu também. Esse dia parecia que não ia acabar nunca.

— Com fome? — perguntei e, assim que vi o brilho nos seus olhos, me arrependi da pergunta.

— Muita! — Apertou minha cintura.

— Sente-se, então, porque a comida já está na mesa. — Ele tirou o paletó e desfez o nó da gravata, enquanto eu só observava. Adorava vê-lo fazendo aquilo. Era tão sexy!

Jantamos calmamente e ficamos um tempo a mais na mesa, conversando, até que minha filha se retirou, com a desculpa de que precisava estudar. Eu sabia que ela fez isso para nos deixar a sós.

— Vamos para o sofá? — Peguei minha taça de vinho, aguardando que ele fizesse o mesmo, enquanto eu colocava uma música.

"Pearl Jam – Soldier of love"

Lay down your arms and surrender to me
Oh lay down your arms and love me peacefully. Yea

— Eu ia sugerir a cama, mas se você prefere o sofá... — Segurou minha mão, me acompanhando.

— Comporte-se, Dr. Pedro Lacerda! Não estamos sozinhos.

— Eu sei. Venha aqui. — Sentou no chão, sobre o grosso tapete, o corpo encostado no sofá, me puxando para seu colo. Apenas a luz do abajur na mesa ao lado estava acesa, tornando o clima romântico. — Será que a gente consegue namorar sem se atracar? — Rimos, lembrando do termo que usei com ele, quando falei do nosso vício um pelo outro.

— Fácil não vai ser, mas a gente pode tentar. — Me acomodei de frente para ele, as pernas enlaçando sua cintura. — Pelo menos hoje estou de calça, o que já dificulta um pouco, né?

— Você acha mesmo que uma calça é páreo para mim, meu amor? — Me puxou para mais perto, uma mão em minha bunda, outra em meu pescoço, trazendo minha boca até a sua para um beijo.

Desci as mãos para acariciar seu tórax, sentindo toda a musculatura do seu peito. Alcancei seus braços, apalpando os bíceps bem definidos e não consegui segurar o gemido que me escapou.

— Comporte-se, Srta. Paola Goulart! Não estamos sozinhos — repetiu minhas palavras, só para me provocar.

— É uma tarefa muito difícil essa de me controlar quando estou com você.

Ficamos namorando, como ele disse, nos atendo apenas a beijos e carícias mais comportadas.

— Sexta terei a tarde toda livre. O que acha de me fazer companhia? — perguntou entre um beijo e outro.

— Eu tenho meus exames marcados para sexta. Não posso adiar, senão vai demorar mais um mês até conseguir novo horário.

— Que exames?

— Exames de rotina, Pedro. Ecografia, mamografia, essas coisas de mulher.

— Mas você já não tinha ido ao médico na semana passada?

— Sim, me consultei, fiz preventivo, revi meu anticoncepcional, mas esses exames são feitos em uma clínica especializada.

— Quer que eu vá com você?

— E ficar lá sentado na sala de espera um tempão? Isso costuma demorar. Não, eu vou e depois a gente se encontra. — Acariciei seu peito por baixo da camisa entreaberta. — Como está seu dia amanhã?

— Agitado. Mas posso tirar um tempinho para dar atenção à minha namorada. O que você tem em mente?

— Não sei ainda, mas te aviso, conforme estiverem as coisas lá no escritório.

— O que você está pensando em aprontar, minha loba?

— Hummmm... Ideias, surpresas!

— Isso está me cheirando à sacanagem.

— E você não gosta de sacanagem?

— Se for com você, adoro. — Apertou minha bunda, suspirando.

Após mais alguns amassos, nos despedimos na porta, relutantes em deixar um ao outro.

Como sempre, eu acordava com o toque do meu celular. Porém, nas últimas semanas, não era pelo despertador, mas pelas mensagens de bom dia do meu lindo advogado.

"Bom dia, minha loba! Ansioso pela surpresa do dia. Te amo! Bjs"

Eu já tinha em mente o que faria, ou melhor, o que usaria para agradá-lo. Ele disse na noite anterior que o dia seria agitado, portanto eu tinha que me organizar para não tomar muito do seu tempo.

"Bom dia, garanhão! Como está seu horário de almoço hoje? Pode me receber à uma hora? Também te amo! Bjs."

Com cuidado, vesti a roupa que iria fazer meu namorado surtar de tesão. Sim, lembrei-me dele perguntando na noite em que brincamos enquanto ele viajava por que eu ainda não tinha usado meia e cinta-liga. Cuidei do cabelo e carreguei um pouco mais na maquiagem. Queria fazer um estilo *femme fatale*. Óbvio que, por cima do traje, coloquei um vestido comportado, que não revelava nada.

Deixei Alana no colégio, matando mais uma vez a academia, e fui para o escritório. Edu também já estava lá. Depois da sua revelação de ontem, não conversamos mais. Mantive-me o dia todo ocupada, assim como ele. Mas não queria que ficasse um clima estranho entre nós. Por isso, fui até sua sala para lhe dar bom dia.

Bati à sua porta, entrando em seguida.

— Bom dia! — cumprimentei-o sorrindo.

No que dependesse de mim, nada mudaria entre nós. Ele estava atrás de sua mesa e parecia concentrado, até que levantou o olhar. Não sorriu como era seu costume, pelo contrário, parecia triste. Apesar de estar lindo usando um terno novamente, seu charme estava apagado.

— Bom dia, Paola — me cumprimentou, me analisando de cima a baixo, demorando-se em minhas pernas. Eu não sabia se deveria perguntar ou não o motivo do seu abatimento, mas, antes de qualquer coisa, éramos amigos.

— Está tudo bem? Você parece chateado. Aconteceu alguma coisa, posso ajudar? — Sentei-me à sua frente.

— Eu preciso te pedir desculpas.

— Pelo quê?

— Pelo que te fa*l*ei ontem. Não era minha intenção te constranger. Eu devia ter ficado quieto, guardado para mim, já que não tenho mais chance.

— Por que agora, Edu? Faz um mês que estou com o Pedro. Vai me dizer que só agora você percebeu que sente algo por mim? — perguntei, encarando os olhos azuis à minha frente. Eu podia sentir seu perfume tomando conta do ambiente.

— Tenho saudade de nós dois.

— Sinto muito, Edu. Como eu disse ontem, estou muito bem com o Pedro. Gosto muito de você, mas não dessa forma que você imagina. Vamos esquecer esse assunto de uma vez por todas. Nós trabalhamos juntos e não acho bom termos um clima pesado aqui.

— Você tem razão. Me perdoe mais uma vez. Por favor, esqueça isso — pediu, já se recompondo — Melhor voltarmos ao trabalho.

— Sim, melhor. Até mais — me despedi, voltando às minhas tarefas.

Confesso que fiquei abalada com a atitude de Eduardo. Não que eu estivesse balançada, eu amava Pedro como nunca, ele era minha vida. Mas não dava para ficar totalmente indiferente ao charme do meu sócio. Precisaria mudar meu comportamento para que ele não tivesse esperança.

Pedro havia confirmado que eu poderia encontrá-lo em seu escritório. Saí para almoçar e do restaurante fui direto. Cheguei pontualmente no horário marcado. Viviane estava em seu local e me cumprimentou simpática.

Me dirigi até seu escritório, tendo o cuidado de bater antes de entrar. Me recostei à porta, observando-o. Ele estava ao telefone, sentado atrás de sua mesa, todo imponente em um terno cinza chumbo, camisa branca e gravata amarela. Ah, sim, e aquela barba por fazer, que eu já imaginava roçando em minha pele, me deixando marcada.

Sorriu assim que me viu, indicando que eu fosse até ele.

— Claro, podemos marcar uma reunião aqui mesmo em meu escritório. Esse assunto é melhor tratarmos pessoalmente — ele falava enquanto me olhava.

Continuei admirando-o, então tranquei a porta e soltei o cabelo. Fui até a poltrona que havia perto da mesa de reunião e deixei minha bolsa. Virei-me para ele e desabotoei meu vestido, abrindo-o e revelando parte do que havia por baixo. Seu olhar, que não havia me deixado um instante sequer, agora estava vidrado em mim. Levantou-se, sua postura já demonstrando agitação, tratando de dispensar quem quer que estivesse do outro lado da linha.

— Sim, vou te transferir para minha secretária. Ela verificará um horário para você. Agora, se me der licença, tenho um assunto urgente para tratar.

— Você quer me matar? — perguntou enquanto transferia a chamada. — Viviane, atenda o Bernardo para mim. Ele precisa agendar um horário. — Seu olhar já me incendiava. — E não me passe mais nenhuma ligação. — Desligou e ficamos alguns segundos apenas nos encarando. Sentei na poltrona, cruzando as pernas e afastando o vestido para os lados, revelando a meia, unida à cinta-liga.

— Então, Dr. Pedro Lacerda, será que o senhor teria um tempinho na sua agenda para me atender?

— Do que exatamente a senhorita necessita? — Finalmente se afastou de onde estava, caminhando lentamente até mim.

— Preciso de assessoria num processo de fusão. — Descruzei as pernas, colocando um pé em cima da mesa, fazendo com que ficassem ligeiramente afastadas, proporcionando a ele uma bela visão.

— Processo de fusão? — Ele já estava à minha frente e agora baixou o tronco, segurando as laterais da poltrona, aproximando mais seu rosto do meu.

— Sim, fusão do meu corpo com o seu — falei, agarrando sua gravata, puxando-o para mais perto ainda de mim, minha voz revelando meu estado de completa excitação.

— Tenho a impressão de que esse processo vai se estender pelo resto da sua vida. Eu ficaria imensamente feliz em lhe assessorar.

Segurou minha mão, me colocando em pé, me devorando com seu olhar. Agarrou as laterais do meu vestido, puxando-o pelos ombros, fazendo-o escorregar para o chão, e se afastou novamente.

— Uma voltinha, por favor. — Girou o dedo no ar.

Lentamente fiz o que me pediu, até parar, enlaçando seu pescoço, olhando em seus olhos escuros de desejo.

— E então? Acha que pode me ajudar? — Grudei meu corpo no seu, erguendo um joelho na lateral do seu quadril. No mesmo instante, ele deslizou a mão naquela perna, voltando seu olhar para onde seus dedos tocavam e de volta para meus olhos.

— Posso te afirmar que, enquanto estiver vivo, é só o que desejo fazer. — Agarrou mais forte minha coxa, grudando ainda mais meu corpo no seu, me permitido sentir sua ereção em meu ventre.

— Deixe-me te ver melhor. — Me soltou, se afastando o suficiente para me observar. — Porra, você é gostosa demais! Ainda me mata de tanto tesão! — falou, retirando o paletó. Quando foi com a mão à gravata, eu o impedi.

— Se não for pedir demais, fique com ela. — Segurei-a, trazendo-o para perto. — Quero você vestido.

— Que tara é essa de transar comigo vestido? — Agarrou minha nuca, colando os lábios no meu pescoço e colo.

— Acho extremamente excitante. — Eu começava a desmanchar em suas mãos. Sua boca já chegava aos meus seios, tirando-os do sutiã, mordendo os mamilos até arrancar de mim um gemido profundo. Rapidamente desabotoou a peça, me livrando dela.

— Porra, sou apaixonado por esses seios. Tão firmes e redondos, que cabem perfeitamente em minhas mãos, em minha boca. — Assim como ele falava, fazia.

E foi descendo, distribuindo beijos, lambidas e mordidas por todo o meu corpo, até estar de joelhos à minha frente, com os dedos enroscados, descendo minha calcinha, me deixando apenas com a cinta-liga. Ergueu uma das minhas pernas em cima da poltrona e, ainda me encarando, desceu com a boca até meu centro úmido. Mordeu a pele totalmente exposta pela depilação, até chegar mais fundo, sua língua passeando por toda a extensão do meu sexo.

— Adoro essa boceta! Sempre molhada, pronta para me receber.

Eu já tinha dificuldade para me manter em pé. Mas não podia fraquejar, porque vê-lo ali ajoelhado me chupando e me lambendo era muito erótico. Agarrei seus cabelos, tentando me equilibrar diante daquele ataque. Se ele continuasse, eu logo gozaria. Sentindo que eu estava quase lá, parou sua investida, levantando-se, tomando meus lábios novamente.

— Quero você de quatro! — Já foi me virando de costas para ele.

— Espere — falei ofegante. — Lembra o que te falei na noite que enviamos as fotos um para o outro, enquanto você me fazia gozar por telefone? — Peguei-o pela gravata, puxando-o até a parede ao lado.

— Em pé, contra a parede, te mordendo, estocando fundo... Sim, eu me lembro perfeitamente, minha loba. — Soltou o cinto, abrindo a calça, apenas para livrar seu membro ereto. Seu olhar estava ensandecido. Cacete, ele ia acabar comigo.

E do jeito que eu queria e sonhava, ele fez. Me virou de frente para a parede, segurando meus braços para cima com uma mão, a outra em meu pescoço, à frente, como se quisesse me sufocar, enquanto sua boca grudava em meu ouvido, sussurrando palavras sujas.

— É isso que você quer? — Senti sua ereção em minha bunda. — Ser comida sem dó nem piedade? — Então ele se encaixou em minha entrada. — Abra as pernas!

Afastei-as e imediatamente ele me preencheu. De uma só vez, firme, forte, vigoroso, arrancando o ar dos meus pulmões, me fazendo ver estrelas.

— Eu vou te dar tudo que você quer. — Suas mordidas em minha nuca e costas iam me deixar marcada, assim como sua barba me arranhando, mas eu não me importava porque queria ficar marcada por ele, por aquele amor selvagem que fazíamos.

— Delícia de boceta molhada e apertada. Suga meu pau para dentro de você, minha loba. — Ah, sim, ele ia fazer tudo que pedi. Aquelas palavras sacanas... — Sinta eu me enterrar em você! Quero teu gozo para mim. — Soltando meu pescoço e meus braços, agarrou meu cabelo com uma mão, puxando-o, me fazendo arquear a cabeça para trás, enquanto a outra ia para o meu clitóris. Eu disse que ele ia acabar comigo!

— Bom assim? Hein? Fala para mim!

— Caralho... Bom demais! — Foi só o que consegui falar, pois já estava me perdendo em um orgasmo alucinante enquanto ele estocava cada vez mais fundo e mais forte.

— Goza, delícia! Goza comigo. — Senti seu pau enrijecendo ainda mais, jorrando dentro de mim, se entregando ao momento enlouquecedor, naquele clima sexy.

Lentamente ele saiu de mim, sua roupa toda amarrotada.

— Espere aqui, amor. — Afastou-se e foi até o banheiro, trazendo uma toalha para nos limpar.

— Venha, sente-se aqui. — Me levou até a poltrona, me ajudando a me limpar. — Não acredito que vou precisar trabalhar depois disso. — Me beijou, seus olhos me mostrando todo o seu amor. — Tudo que eu queria agora era te levar para casa e me perder em você novamente.

— Seu insaciável! — Bati levemente em seu ombro, sorrindo completamente feliz. O telefone em sua mesa tocou, nos tirando do momento.

— Porra, eu pedi para não transferir nenhuma ligação — falou, relutante em se afastar.

— Vá atender e volte. — Pisquei para ele.

Fiquei sentada, admirando meu lindo advogado, todo amarrotado, cabelos desarrumados, enquanto ele se dirigia à sua mesa.

— Pois não? — atendeu, sem tirar os olhos apaixonados de cima de mim. — Precisa ser agora? Ok, já estou indo.

Desligou e voltou para mim, me apertando em seus braços.

— Aguarde um minuto, minha linda. Só vou conferir um documento com o Rodrigo e já volto. — Me deu um beijo e saiu, me deixando às voltas com minha roupa para vestir.

Eu adorava pegá-lo assim desprevenido. Não que ele não soubesse que eu iria até lá para uma rapidinha, mas o traje o surpreendeu. Olhei para a parede à minha frente, o quadro estava torto e alguns objetos de cima do aparador estavam caídos. Tudo por causa da forma como ele me pegou ali. Era incrível o fogo que tínhamos.

Eu estava terminando de me ajeitar quando a porta se abriu de repente, revelando uma presença indesejada. Era só o que faltava.

— Ora, ora, vejam só que feliz coincidência. Você por aqui, Paola! E pelo visto quase interrompi alguma coisa.

Puta que pariu! Como eu odiava aquela mulher. O que ela tinha de bonita, tinha de insuportável. Nem parecia irmã do Rodrigo. Mas ela não iria me vencer.

— Como vai, Silvia? — perguntei seca, reparando em sua roupa impecável, os cabelos perfeitamente escovados.

— Não tão bem quanto você, eu acho. Apesar de que isso pode mudar rapidamente. — Olhou ao redor. — Pedro te deixou sozinha?

— Ele está na sala do seu irmão, resolvendo alguma coisa. — Então me lembrei que ela estava viajando. Deveria ter chegado recentemente, pois Pedro falou que ela ficaria fora aproximadamente por uns dez dias. — Fez boa viagem? — Me mantive em pé, ficando no mesmo nível que ela, encarando-a.

— Ótima! Nova York sempre é magnífica, mesmo que você vá só a trabalho, não acha? — Veio e sentou-se no local que agora há pouco havia sido ocupado por mim e meu namorado para uma parte da nossa foda espetacular. Ela notou os objetos fora do lugar, bem como meu estado — cabelos bagunçados e batom borrado —, que indicavam que algo havia acontecido.

— Não sei dizer. Não conheço Nova York.

— Mesmo? Que pena, não sabe o que está perdendo. Mas imagino que não seja fácil para uma mãe solteira viajar para lugares tão caros.

Aquela lazarenta ia começar com suas ofensas? Pois bem.

— Realmente, Silvia, para quem tem família, não nasceu em berço de ouro e precisa trabalhar para conquistar as coisas, não é fácil fazer viagens desse nível. Mas posso te dizer tranquilamente que não me faz falta. Minha filha é o meu bem mais precioso. E agora tenho outra pessoa em minha vida, que é muito especial e faz esse tipo de lazer parecer sem graça. Não troco uma noite ao lado dessas pessoas por viagem alguma.

Seu rosto se transfigurou ao entender de quem eu falava. E agora não fazia mais questão alguma de parecer cordial.

— Você acha realmente que o Pedro vai ser sempre seu? Que ele não vai enjoar dessa sua cara comum?

— E você, por acaso, acha que, depois de todos esses anos que você deu em cima dele, agora, por causa de uma chantagem barata, ele vai se jogar aos seus pés? Você acredita mesmo nisso? — Enfrentei-a, pois já estava cansada daquela história. Alguém tinha que dar um basta naquela mulher.

— Uou! O que seu namorado andou falando para você? Sério, o Pedro preferiu te contar a verdade? E você, depois de saber de tudo, ainda está com ele?

Merda! Do que ela estava falando? Que verdade era aquela que poderia fazer com que eu não ficasse ao lado dele? O que ele não me contou? Mas eu não podia deixá-la perceber que eu não sabia de tudo.

— Para você ver, Silvia, o tiro saiu pela culatra.

— Ah, não acredito!

Nesse momento, a porta se abriu e o sorriso de Pedro desapareceu no instante em que viu Silvia à minha frente.

— Silvia, o que você está fazendo aqui? — Rapidamente veio até onde estávamos, se colocando entre nós duas.

Pude ver seu semblante carregado, suas mãos fechadas ao lado do corpo. Sua postura mudou totalmente. Ele estava na defensiva.

— Olá, Pedro! Isso é jeito de cumprimentar sua amiga? — Ela falava destilando veneno.

— Silvia, por favor, saia daqui. O que quer que você precise conversar comigo pode ser depois.

— Na verdade, Pedro, não acho que tenhamos o que conversar mais tarde. Afinal, pelo que ouvi da Paola, você já contou tudo para a sua namorada. Confesso que me surpreendi. Só não sei dizer mais com quem. Se com você, por ter assumido seu erro, ou com ela, por ter aceitado tão facilmente.

— Vou te pedir novamente para se retirar, Silvia.

Pedro estava transtornado e eu via que ele fazia um esforço para se controlar. Maldita! Ela não ia desistir?

— Por que você não reconhece que perdeu, Silvia? — perguntei, dando um passo à frente.

— Paola, fique fora disso. — Pedro me dirigiu um olhar que sinceramente não deveria ser para mim. Mas nada me faria parar. Eu estava tentando ajudá-lo a pôr um fim naquilo.

— Você seria capaz de prejudicar todo mundo, inclusive seu irmão, por causa do seu capricho em querer ter uma pessoa que não te ama? — continuei meu desabafo. — Sinceramente, para uma advogada, você é bem ingênua, não acha?

— Prejudicar todo mundo? Meu irmão? Espere aí! Impressão minha ou o Pedro não te contou a história direito? — Ela olhava de Pedro para mim, agora com ironia em seus olhos.

— Silvia!

— Sério, Pedro? Além de tudo, você ainda mentiu? — Voltou seu olhar para mim. — Eu, se fosse você, Paola, procurava saber melhor a respeito disso tudo. Acho que seu namorado te enrolou mais uma vez. Mas, se por acaso ele não quiser te contar, fique à vontade para me procurar.

— Suma daqui agora, Silvia! Antes que eu te coloque porta afora!

— Eu te avisei, Pedro. Você tinha uma alternativa. Sinto muito. — Virou-se e saiu da sala.

Pedro ficou olhando para a porta por um momento, como que em transe. Seu corpo estava todo tenso, revelando seu estado. Até que baixou a cabeça, fechando os olhos. Muito bem, havia alguma coisa ali que eu não estava sabendo. E pelo jeito eu não ia gostar.

— Do que ela estava falando, Pedro?

— Paola.

— O que ela quis dizer com "apesar de eu saber de tudo, ainda estar com você"? Sobre o que você mentiu, Pedro? — Eu já sentia um gosto amargo na boca.

— Eu vou te explicar, Paola, mas, por favor, fique calma.

— Pedro, pela última vez, o que está acontecendo? O que você não me contou? Fale a verdade, não importa o que seja, só diga a verdade. — Seu olhar ao voltar seu rosto para mim era de derrota. Ai, meu Deus!

— Sente-se, Paola! Eu vou te contar.

— Não me enrole, Pedro! Ou eu saio dessa sala e vou procurar saber com a própria Silvia. E você nunca mais vai ouvir falar de mim.

— Tudo bem! Calma! Eu já disse que vou te contar. Por favor, me ouça. Sente-se.

— Não quero sentar! — Eu estava muito agitada para me sentar.

— Paola!

— Tudo bem. — Me acomodei em uma cadeira.

Talvez fosse melhor mesmo que eu estivesse sentada, sabe-se lá o que ele ia me dizer. Ele também veio e se instalou à minha frente, projetando seu corpo para frente com os cotovelos apoiados nos joelhos. Passou as mãos pelos cabelos, segurando-os por um instante. Era visível o seu desconforto. Puxou o ar e ergueu a cabeça para me olhar.

— Eu fui sincero quando disse que nunca havia me envolvido com uma mulher mais experiente.

— Mais velha, você quer dizer.

— Paola, por favor. Já não é fácil fazer isso, se você ficar me interrompendo, não vamos chegar a lugar algum.

— Desculpe.

— Como eu estava dizendo, sempre me relacionei com mulheres bem mais novas do que eu. Minha única namorada até você tinha sido na faculdade. Depois disso, meus envolvimentos se resumiam a sexo. Eu deixava isso bem claro para as mulheres que se aproximavam de mim. Às vezes, tinha um encontro para um evento, mas basicamente eram saídas que terminavam na cama. Não havia maiores interações.

Eu podia notar sua dificuldade em falar, em encontrar as palavras certas. Mas ainda não conseguia identificar aonde aquilo ia dar.

— Até o dia em que te conheci. — Sorriu um tanto constrangido. — Eu não estava preparado para encontrar uma mulher como você. Hoje, eu posso dizer que foi amor à primeira vista. Eu só não sabia ainda. Você é linda e muito diferente de tudo o que eu já tinha conhecido. Eu lembro que, ao sair do seu escritório, só pensava que eu precisava tê-la para mim.

Ah, sim, eu também lembrava muito bem daquele dia porque eu fiquei assim também.

— Mas eu vi que você não era uma mulher comum. Era madura, segura de si, do tipo que sabe o que quer da vida, o que para mim era novidade. Eu não sabia como lidar com isso, como eu deveria me aproximar porque não poderia ser da mesma forma como eu chegava nas outras mulheres. Com você deveria ser diferente.

Eu queria dizer que eu teria me rendido a ele de qualquer forma, porque também acho que tenha sido amor à primeira vista. Ele mexeu comigo de uma forma que nenhum outro tinha feito até então. Mas não iria interrompê-lo. Eu precisava saber de tudo.

— E nessa ânsia de chegar até você, de te conquistar, eu fiz uma besteira. Me deixei levar pelo momento, sem pensar direito no que estava fazendo. Eu tinha pressa em tê-la para mim. — Seu olhar estava grudado no meu, analisando minhas reações.

Minha vontade era pular em seu colo, abraçá-lo e dizer que eu não queria saber qual era o segredo, mas eu precisava me manter firme.

— Então eu mandei te hackear. — Soltou num suspiro de lamento, seu rosto contraído. Não entendi ao certo o que ele queria dizer com aquilo.

— Mandou me hackear? Como assim?

— O homem que presta serviços de investigação para nós aqui no escritório é um hacker. Pedi que ele me desse acesso à sua conta na internet, na rede social.

— Você mandou me investigar?

— Não, Paola. Eu queria apenas saber mais a respeito de como chegar até você. Não tem a ver com investigação da sua vida.

— Como não? — Levantei-me, já muito puta da vida. — Você me diz que mandou hackear minha conta e isso não é uma investigação? O que é, então? Que nome você dá para isso?

— Paola, em momento algum eu quis te prejudicar, eu só queria te conhecer melhor — falou, também se levantando.

— Sério? Em que mundo você vive? Porque, no meu, a gente conhece melhor uma pessoa convivendo com ela e não fuçando sua vida, invadindo a sua privacidade. — Eu já estava alterada, falando num tom mais alto. — Meu Deus! Como isso funciona, Pedro? Me explique!

— É como se fosse um vírus. Ele me passa um comando que eu executo em meu computador e automaticamente tenho acesso à sua conta. Como se fosse um fantasma, um espelho. — Ele estava realmente constrangido agora. Não que isso fizesse minha raiva diminuir.

— Você via tudo que eu postava? Minhas conversas com minhas amigas também?

— Tudo.

Eu olhava para ele sem acreditar no que ouvia. Por quê? Como ele pôde fazer aquilo?

— Eu não acredito nisso. Por que, Pedro? Você achava que não me conquistaria pelas vias normais? O que você pensava encontrar que facilitaria sua vida?

— Eu simplesmente não pensei, Paola. Fiz no calor do momento e me arrependo imensamente, mas não posso voltar atrás.

A ficha começou a cair. A sensação que tive algumas vezes de que ele me conhecia mais do que deveria, mais do que eu já tinha revelado. As peças começaram a se encaixar, o telefonema, a carona.

— Na noite em que você me ligou perguntando a respeito da compra de um imóvel. Você sabia que eu estava em casa. Você viu minha conversa?

— Sim.

— A carona no restaurante. Não foi coincidência. Você sabia que eu estaria lá e que eu iria beber, assim como sabia meu endereço. Eu fiquei mesmo com a impressão de que não tinha te falado. Você sabia, não é mesmo?

— Sim.

— Aquele dia aqui no escritório, na hora do almoço. Você falou que eu queria ser seduzida, que eu queria um homem que me dominasse. Falou isso pelo que viu das minhas postagens, certo?

— Você já tinha dado demonstração disso, Paola.

Eu não conseguia acreditar, não queria, na verdade. Deixei-me cair sentada na cadeira novamente, minha cabeça girando com aquelas informações. Então tudo não passou de uma farsa? Todo aquele tempo foi um sonho que vivi? Ele puxou sua cadeira para perto de mim, à minha frente. Segurou minhas mãos, procurando meus olhos.

— Paola, por favor, me perdoe! Eu sei que errei, não deveria ter feito isso, mas entenda, em momento algum, eu quis prejudicá-la.

— Você tinha intenção de me contar isso algum dia?

Ele baixou o olhar, ainda segurando minhas mãos. Então me toquei de outro detalhe: a cena em seu apartamento naquele domingo à noite.

— Era com isso que a Silvia estava te chantageando, então? Ela descobriu e ameaçou me contar, caso você não ficasse com ela? Por isso você estava tão transtornado naquele dia e me deixou ir embora. Domingo, quando te perguntei, você mentiu para mim! É isso mesmo, Pedro? Além de toda a merda que você fez, ainda mentiu para mim! Duas vezes! — Puxei minhas mãos das suas.

— Paola, eu amo você! Sim, eu menti, mas porque estava com medo da sua reação! Disso que estou vendo aqui agora. Eu tinha medo de te perder.

— E você acha que eu não tenho razão? Isso tudo foi uma mentira, Pedro. Eu sabia, no fundo, sabia que era muito bom para ser verdade. Você era perfeito demais.

— Não, Paola! Esse sou eu! Quanto a isso, eu não menti. Em momento algum, representei para você. Eu sempre fui verdadeiro em tudo o que eu disse e fiz.

— Como você pode dizer isso se invadiu minha privacidade para saber do que eu gostava, para me conquistar? Isso é ser verdadeiro, Pedro? — A raiva agora cedia lugar à decepção e à tristeza por ver que eu estava vivendo um sonho até então. Senti um bolo em minha garganta e as lágrimas se formando em meus olhos. Eu queria ser forte e não chorar na sua frente, mas era muito difícil me conter. — Eu contei a você o que me aconteceu no passado, uma situação muito parecida com essa. E ainda assim, você insistiu nisso?

— Paola, por favor! Eu amo você! Como nunca amei ninguém. E sei que você também me ama. Tenho plena consciência do meu erro e me arrependo imensamente disso, mas ele não trouxe prejuízo para ninguém. Eu nunca quis te prejudicar, de forma alguma. Eu te peço, vamos esquecer isso.

Ele conseguiu com aquelas palavras trazer à tona as lágrimas que eu lutava para segurar.

— Acredito que você me ame, Pedro. Só tem um detalhe. Não posso afirmar a mesma coisa.

Ele saiu da cadeira, vindo até o chão, se ajoelhando à minha frente, agarrando novamente minhas mãos.

— Não, Paola, não diga isso. Eu sei que você me ama. Eu posso sentir isso.

— Não, Pedro. Eu amo uma farsa, uma fantasia. Amo um homem que não sei se existe, um que mais parece um personagem dos meus livros. Você mentiu para mim. Como quer que eu acredite que esse homem é você mesmo?

— Não, Paola! Por favor, não faça isso! — Baixou a cabeça em meus joelhos. — Preciso de você, do seu amor. Esse sou eu! Tudo o que fui com você foi verdadeiro, tudo o que vivi com você foi real. Nada do que eu fiz foi encenado. Por favor, diga o que eu posso fazer para que você me perdoe.

As lágrimas molhavam minha face, escorrendo até pingar em meu colo. Já não importava mais. Eu só queria deixar vazar aquela tristeza, aquela dor que me consumia. Eu via arrependimento em seus olhos, seus gestos, mas não podia simplesmente esquecer tudo. Eu estava confusa, magoada, traída.

Olhei para o lado, vendo alguns objetos fora do lugar, a prova da nossa loucura de alguns minutos atrás. E a dor em meu peito só aumentava. Por quê? Por que ele fez aquilo? Por que mentiu? Eu não podia continuar ali.

— Eu preciso ir, Pedro — falei, esperando que ele levantasse.

— Não! Fique, Paola. Fique aqui comigo. Não me deixe. — Ergueu o rosto, me deixando ver seus olhos vermelhos.

— Por favor, me deixe ir. Eu preciso de um tempo. — Levantei, pegando minha bolsa.

— Fale comigo, meu amor. Grite, xingue, mas fale comigo, Paola. — Ele também estava em pé.

— Não tenho nada para falar agora. Eu simplesmente não sei o que pensar. — Então, em dois passos, ele chegou até mim, me abraçando.

— Eu amo você! Te amo! Te amo!

Aquilo só acabava mais ainda comigo. Eu já quase soluçava. Minha vontade era de me agarrar a ele e ficar ali. Esquecer tudo aquilo, como se fosse só um sonho ruim. Mas não podia.

— Me deixe, Pedro! — Me livrei do abraço, me dirigindo rapidamente para a porta, antes que eu me arrependesse.

— Paola! — chamou suplicante, quando eu já estava com a mão na maçaneta. Virei o olhar para ele mais uma vez, já sentindo saudade. — Eu não vou desistir de você! Vou te dar o seu tempo, mas te terei de volta. Vou te provar que esse sou eu. E que o meu amor por você é maior do que tudo isso.

Eu queria que fosse verdade o que ele me dizia. Sim, eu queria que ele lutasse por mim e me provasse que eu estava errada. Saí, deixando-o parado no meio da sala, me dirigindo aos elevadores quase sem enxergar, pois as lágrimas turvavam minha visão. Desci e corri para o carro, ficando ali um momento, o choro me devastando. Meu mundo tinha desmoronado.

Continua em *Provocante*
Volume 1 - segunda parte

Entre em nosso site e viaje no nosso mundo literário.
Lá você vai encontrar todos os nossos
títulos, autores, lançamentos e novidades.
Acesse www.editoracharme.com.br

Além do site, você pode nos encontrar em nossas redes sociais.

https://www.facebook.com/editoracharme

https://twitter.com/editoracharme

http://www.pinterest.com/editoracharme

http://instagram.com/editoracharme